Marsali Taylor
MÖRDERISCHE
INSEL

aufbau taschenbuch

MARSALI TAYLOR wurde in der Nähe von Edinburgh geboren. Sie lebt mit ihrem Mann, ihren Katzen und zwei Shetlandponys an der Westküste der Shetland-Inseln.

Sie war Sprach- und Theaterlehrerin und Touristenführerin, spielt Theater, schreibt für die Zeitschrift »Shetland Life«, gibt Segelkurse oder ist mit ihrem Segelboot unterwegs.

Im Aufbau Taschenbuch Verlag erschien bisher ihr Roman »Mörderische Brandung«.

Mehr Informationen zur Autorin: www.marsalitaylor.co.uk.

Cass Lynch aus Brae, der »Öl-Hauptstadt« der Shetland-Inseln, unterrichtet zurzeit Jugendliche im Segeln. Zwei schicke Boote legen im Hafen an. Als zwei ihrer Besitzer von einem Landgang zum Elfenhügel, einem Steinzeitgrab, nicht zurückkehren, wird Cass misstrauisch. Kurz darauf findet man einen ihrer begabtesten Segelschüler tot unter einem Quad. War es ein Verkehrsunfall, oder wurde er ermordet? Es ist wohl besser, Detective Inspector Macrae aus Inverness um Hilfe zu bitten.

Marsali Taylor

MÖRDERISCHE INSEL

EIN SHETLAND-KRIMI

*Aus dem Englischen
von Ulrike Seeberger*

aufbau taschenbuch

Die Originalausgabe unter dem Titel
The Trowie Mound Murders
erschien 2014 bei Accent Press, Bedlinog.

MIX
Papier aus verantwor-
tungsvollen Quellen
FSC® C006701

ISBN 978-3-7466-3261-2

Aufbau Taschenbuch ist eine Marke der Aufbau Verlag GmbH & Co. KG

1. Auflage 2017
© Aufbau Verlag GmbH & Co. KG, Berlin 2017
Copyright © 2014 by Marsali Taylor
Umschlaggestaltung www.buerosued.de, München
unter Verwendung eines Bildes von © Oxford Scientific/Getty images
Gesetzt in der Adobe Garamond Pro durch Greiner & Reichel, Köln
Druck und Binden CPI books GmbH, Leck, Germany
Printed in Germany

www.aufbau-verlag.de

Montag, 6. August
  Gezeiten für Brae:
  Niedrigwasser 06.32 0,4 m
  Hochwasser   12.58 2,1 m
  Niedrigwasser 18.41 0,6 m
  Hochwasser   01.03 2,3 m
  Mond abnehmend, letztes Viertel

Zwei Tage, nachdem alles vorüber war, machte ich mich auf den Weg nach Bergen.

Die Bergungsboote waren schon vor mir draußen, flankierten die Stelle, wo die Rustler untergegangen war. Ich beobachtete sie, während ich mit der *Chalida* zwischen den niedrigen grünen Hügeln von Busta Voe hinaussegelte und Brae hinter mir zurückblieb. Es waren zwei robust gebaute Metallkolosse mit Katamaranrumpf und genügend Kraft, um eine 13-Meter-Yacht aus der grünen Tiefe der Cole Deeps hochzuholen.

Ich wollte nicht bleiben, um zuzusehen. Ich wusste, wie sehr das Wasser die makellose Inneneinrichtung des Bootes bereits jetzt beschädigt haben würde. Der glänzende Lack würde weiß gefleckt sein, die Arme des Seetangs und die klauenbewehrten Meeresbewohner würden schon über die weidengrünen Kissen und in die verschlossenen Schränke kriechen. Die elektrischen Anlagen würden nicht mehr zu reparieren sein, die Metallteile der Takelage hätten bereits zu rosten angefangen. Jetzt war das Boot nur noch Bergungsgut, falls jemand es tatsächlich kaufen wollte – jemand, der nicht die schrecklichen Dinge hatte identifizieren müssen, die da in der Tiefe des Meeres auf dem Boden der Kabine gelegen hatten, Futter für die Krebse.

Vier Menschen waren gestorben, und drei waren in Polizeigewahrsam. Es war vorüber.

Ich wendete die *Chalida* und richtete sie auf das offene Meer aus.

1

A silk Monenday maks a canvas week.
Ein seidener Montag bringt eine sackleinene Woche.

*(Altes Sprichwort aus Shetland:
Eine Woche, die zu gut beginnt, kann schlimm enden.)*

KAPITEL 1

Montag, 30. Juli
  Gezeiten für Brae:
  Niedrigwasser   01.08   0,7 m
  Hochwasser   07.22   1,9 m
  Niedrigwasser   13.30   0,8 m
  Hochwasser   19.39   2,0 m
  Mond zunehmend, letztes Viertel

»Ich weiß, wie du die Narbe da gekriegt hast«, sagte der Junge, und seine Augen wanderten über die schartige Delle, die über meine Wange verlief.

Ich wollte ihm keine Reaktion zeigen. Er war um die fünfzehn Jahre alt, kompakt gebaut, hatte die Sonnenbräune eines Menschen, der sich kaum je im Haus aufhält, glänzendes schwarzes Haar und einen Matrosenohrring, der ihm vom linken Ohr baumelte, einen goldenen Reif mit einem Kreuz. Seine Augen waren graugrün, standen über der Hakennase eng beieinander, die Wimpern an den im Augenblick halbgeschlossenen Lidern waren sehr dunkel. Er schaute mich schräg darunter hervor an wie ein Kormoran, der ein waches Auge auf einen zappelnden Fisch hält.

Ich versuchte immer noch, mich zu erinnern, wer er war. Inzwischen hatte ich die meisten Kinder und Jugendlichen aus der Gegend kennengelernt, und sein Gesicht kam mir bekannt vor. Er war keiner von den Seglern aus dem Klub – doch dann fiel mir ein, dass er mich mal unter einem Helm hervor frech angegrinst hatte. Da hatte er seinen kleinen Bruder auf einem Quad-Bike abgeholt. Sein Bruder war Alex, ein begeisterter Segler, der sich hinter mir immer noch durch die Flaute am felsigen Eingang des Yachthafens quälte. Olaf Johnstons Sohn – Norman, so hieß er. Ich erinnerte mich an Olaf aus meiner Schulzeit und war überhaupt nicht überrascht, dass er sich zu einem Vater entwickelt hatte, der seine Kinder auf einem Quad-Bike über die Straßen rasen ließ. Wahrscheinlich fand er, dass er seine Verantwortung in Sachen Sicherheit im Verkehr bereits erfüllt hatte, wenn er die Jungs dazu brachte, einen Helm zu tragen.

Er war kein Vater, der mir in meiner gegenwärtigen Lage viel nutzen würde.

Es war ein wunderschöner Abend. Obwohl es beinahe neun Uhr war, schien die Sonne immer noch über dem Berg im Westen und glitzerte auf dem Wasser. Die Gezeiten hatten sich vor einer Stunde gedreht, und nun begann das Wasser allmählich am warmen Beton der Slipanlage abzulaufen. Der silbrige Geist eines Dreiviertelmondes schimmerte über den Bergen im Osten. Ein Südwind Stärke 3 hatte dafür gesorgt, dass die Picos mit den pinken Segeln rasch um ihren Dreipunktekurs flitzten. Wir hatten alle ungeheuer viel Spaß gehabt, bis man vom Anlegesteg unterhalb des Klubhauses das hohe Jaulen eines Motors hörte. Dann kam ein Junge auf seinem Jetski herausgeschossen, kurvte um die Dinghys herum, um sie zum Schaukeln zu bringen, und wendete zwischen ihnen, um sie mit glitzernden Wasserfontänen zu bespritzen. Ich hatte mir vorgenommen, mir diesen Jungen vorzuknöpfen, sobald er wieder an Land kam.

»Schau mal«, sagte ich, »ich weiß, das hier ist eine öffentliche Slipanlage, aber es ist doch wirklich nicht nötig, dass du mit deinem Jetski so nah an den Segelanfängern vorbeirast.«

Er ging nicht darauf ein. »Dein Freund hat auf dich geschossen. Und dann hast du ihn über Bord geschmissen und ertrinken lassen.«

Alain ... Es war, als hätte der Junge mir eine Ohrfeige gegeben. Er hatte wohl gesehen, wie sich meine Augen vor Schreck weiteten, denn seine dünnen Lippen verzogen sich zu einem spöttischen Lächeln.

»Das reicht jetzt«, sagte eine Stimme über meine Schulter hinweg. Die t-Laute waren betont, die Vokale guttural, denn der Sprecher war Norweger. Der junge Mann war von hinten herangetreten und stand nun dicht neben mir. Er war einen halben Kopf größer als ich, breitschultrig und so muskulös, wie man wird, wenn man den ganzen Tag Motoren herumwuchtet. Sein silberblondes Haar war halb unter einer Kappe verborgen, deren Schirm einen dunklen Schatten auf seine Stirn warf, seine Augen waren vom kalten Blau des Meeres an einem Wintertag, und sein Mund war im Augenblick eine harte Linie zwischen dem blonden Schnurrbart und dem ordentlich gestutzten Kinnbart. Er trat noch einen Schritt vor. »Wenn ich dich noch mal hier sehe, bist du danach ein paar Monate nicht mehr auf dem Jetski.«

Ich machte eine Protestgeste. Er trat vor mich, rückte dem Jungen ganz nah auf den Leib. »Solange, bis der Gipsverband abkommt. Kapiert?«

»Du kannst doch nicht …«, hob ich an. Beide ignorierten mich, starrten einander an wie zwei Vordeckmatrosen beim Pokern. Der Junge wollte auf keinen Fall zeigen, dass er eingeschüchtert war, aber seine trotzige Körperhaltung veränderte sich ein bisschen, und die Augen, die mir so kühn ins Gesicht geblickt hatten, wandten sich ab. Aber seine absolute Niederlage würde er nicht hinnehmen.

»Wie sie schon gesagt hat, das hier ist ein öffentlicher Anlegesteg. Den kann ich benutzen, wann ich will.« Er schaute auf den Norweger, und wieder verzog sich sein Mund zu diesem unangenehmen Grinsen. »Mein Dad ist Olaf Johnston. Der hätte was dagegen, dass du mich belästigst.« Seine Augen wanderten zu meinem Gesicht, dann wieder zum Norweger.

Anders ließ sich das nicht gefallen. Er machte noch einen Schritt vorwärts und sprach sehr leise. »Das hat gar nichts mit deinem Vater zu tun. Ich rede mit dir. Komm ja nie wieder in die Nähe unserer Dinghys.« Er warf dem Jungen einen letzten harten Blick zu. »Oder in meine Nähe.« Sprach's und wandte sich mir zu, als wäre der Junge Luft. Er deutete mit dem Kopf an die Stelle, wo unsere Segelschüler gerade ihre Dinghys mit dem Schlauch fertig abgespritzt hatten und sich nun ihre Trockenanzüge, Schwimmwesten und einander vornahmen. »Gehen wir, Cass?«

Mir war klar, dass er fort wollte, solange er im Vorteil war. Denn er hatte kaum zwei Schritte getan, als eine Beule an seiner linken Schulter auftauchte und sich zu bewegen begann; sie wanderte über seinen Brustkorb und nach oben. Eine rosa Nase und ein bebender Schnauzbart tauchten am Halsausschnitt seines karierten Hemdes auf, und dann schlängelte sich Ratte heraus und setzte sich auf seine Schulter, den Schwanz um Anders' Hals gelegt. Ratten sind ziemlich große Haustiere, und diese Ratte war ein gutgewachsenes Exemplar, beinahe 60 cm von der Nase bis zur Schwanzspitze. Ihr Fell war glänzend weiß, mit einem schimmernden schwarzen Fleck steuerbords und einem anderen über Ohr und Wange backbords. Ich mochte sie; sie war sauber, wendig und im Allgemeinen an Bord gut zu halten, wenn man die Keksdose fest zugeschraubt hatte und die Leichtwindsegel achtern in der Backskiste untergebracht waren. Trotzdem begriff ich, warum Anders sie lieber verborgen halten wollte; sie hätte eindeutig das Image des harten Mannes ruiniert.

Anders spazierte die Slipanlage hinauf; ich blieb noch, um das letzte Dinghy mit hochzuziehen. Das Wasser spülte mir warm um die Knöchel.

»Wir sind am Eingang zum Yachthafen einfach nicht mehr weitergekommen«, erklärte der Skipper. Es war Alex, der Bruder unseres Jetski-Idioten. Er war ein zu klein geratener Zehnjähriger mit lavendelblauen Augen in einem runden Gesicht und mit einer Goldrandbrille, die er mit einem Gummiband befestigt hatte. Sein blondes Haar war modisch lang und lockte sich seltsam feucht um seinen Hals wie die Tentakel einer Qualle.

»Ich habe euch gesehen«, stimmte ich zu. »Was habt ihr falsch gemacht?«

Er dachte nach. »Mit der Pinne gewackelt.«

»Ja.«

»In die verbotene Zone gesegelt?«

»Das war euer Hauptproblem«, sagte ich. »Nächstes Mal löst ihr die Pinne ein wenig und lasst das Boot Fahrt aufnehmen. Es ist egal, wenn ihr dann ein paar Wenden mehr machen müsst.«

»Okay«, sagte er. Er schaute zu dem neonpinken Dreieck hinauf, das über uns flatterte. »Muss ich auch das Segel abspritzen?«

»Ist es im Wasser gewesen?«

»Nein.«

Ich schaute auf sein nasses Haar. »Und wieso warst du dann drin?«

»O ja, ich bin umgekippt«, gab er zu.

»Dann spritze das Segel auch ab.«

Wir schoben das Dinghy an seinen Platz in der Reihe unterhalb des Yachtklubs. Das Klubhaus selbst war ein Betonwürfel aus den siebziger Jahren, der Zeit, als Shetland plötzlich die Ölhochburg Europas geworden war. Während der Bauphase des riesigen Ölterminals in Sullom Voe zehn Meilen nördlich hatten über viertausend Männer in dem Wohnlager gelebt, und die Bosse mussten sich etwas einfallen lassen, um sie bei Laune zu halten. Das Kino und die Turnhalle waren inzwischen längst zu Lagern für Schaffutter verfallen, aber den Yachtklub hatten die Einwohner mit Begeisterung übernommen. Traditionell waren die Bewohner von Shetland Fischer mit einem kleinen Bauernhof. In den achtziger Jahren war dieses Voe (der Dialektausdruck für einen langen Fjord wie diesen hier) weiß vor Segeln der traditionellen Shetland Models oder Maids gewesen; Jugendliche hatte man mit den rot besegelten Mirrors geködert. Jetzt hatten die älteren Segler das Spektrum auf Yachten erweitert, brachen von einem Augenblick zum nächsten nach Farö oder Norwegen auf und stillten ihren Ehrgeiz im Wettbewerb bei heiß umkämpften Punkteregatten. Die Jüngeren verbrachten ihre Zeit auf den Picos, einer Art flacher Badewanne mit Mast. Als Seglerin hatte ich nicht sonderlich viel für diese Boote übrig, musste aber zugeben, dass sie praktisch unverwüstlich waren, selbst in den Händen von Wahnsinnigen wie Alex, der genauso viel Zeit im wie auf dem Wasser verbrachte.

Als ich endlich ins Klubhaus kam, hatten die meisten Kinder ihre triefnassen blauen Trockenanzüge und scharlachroten Schwimmwesten im Trockenraum aufgehängt und waren nun (dem Krach nach zu schließen, der durch die Fenster herausdrang) in den Duschen schwer beschäftigt: Die Mädchen duschten ausgiebig in einer Wolke duftender Seifenblasen, die Jungen bespritzten einander, so gut es nur ging. Es ist schon erschreckend, wie vorhersehbar die Geschlechterrollen sein können.

Ich setzte mich auf die Bank und wartete darauf, dass sie fertig würden. Mein Haar war feucht; ich löste es aus dem üblichen Zopf und ließ mir meine dunklen Locken in Wellen auf die Schulter fallen. Rechts von mir erstreckte sich die grüne Biegung von Ladies' Mire unter dem Stehenden Stein, der seine raue Rückseite in die Sonne hielt und einen klobigen Schatten auf die mit Gänseblümchen übersäte Wiese bis hin zum dunklen Tang am Strand warf. Dahinter erhob sich ein dunklerer, mit Heidekraut überwucherter Berg, der Scattald, das gemeinsam genutzte Weideland. Die Bauern hatten den ganzen Tag lang hier mit den Schafen gearbeitet. Eine Reihe von Pick-ups parkte unterhalb des Gatters am Hang, und schwarzweiße Collies knurrten einander durch die Rückfenster herausfordernd an. Ab und zu blickte ich auf und sah eine Gruppe entrüsteter, nervöser Schafe quer über den Hang rennen, und zwei, drei Hunde flitzten um sie herum. Scheren, die Hufe überprüfen, sie lila einsprühen, bei den Schafen nahm die Arbeit kein Ende. Diese Bergschafe, die sich da so nervös zu einem vielfarbigen Haufen zusammendrängten, waren echte Shetland-Schafe, halb so groß wie die großnasigen Suffolks, die in der Nähe der Häuser majestätisch durch die grünen Parks schritten. Diese Schafe streiften im Sommer auf den mit Heidekraut bewachsenen Hängen herum, und im Winter kamen sie herunter, um am Strand Seetang zu fressen und das Salz von den Straßen zu lecken. Sie waren schwarz, grau und mittelbraun, gelegentlich war ein schwarz-weiß geschecktes oder ein weißes dazwischen; hier passte das Sprichwort vom »schwarzen Schaf der Familie« nicht.

Ein bis oben mit Heu beladener Berlingo kam die Hauptstraße zwischen den neuen Häusern auf dieser Seite und den älteren auf der gegenüberliegenden entlanggerasselt; die älteren waren traditionelle Bauernhäuser, die noch nach dem Wikingermuster gebaut waren: lang und niedrig, mit grau gedeckten Ziegeldächern und einer dichten schützenden Hecke aus bronzeblättrigem Ahorn davor. Links von mir schwang sich der Strand im weiten Bogen zum alten Brae, wo jedes Haus auf seinem eigenen schmalen Stück Land stand, das bis zu einer unwegsamen Hangweide hinauf und bis zu der Stelle hinunter reichte, wo das Boot in seiner kleinen Kuhle wartete. Selbst das Pfarrhaus hatte einen steinernen Anleger, und der ehemalige Dorfladen erhob sich stolz oberhalb eines beachtlichen Landestegs aus der – nicht allzu fernen – Zeit, als alle Waren und Kunden noch übers Meer kamen. Die Geschichte Shetlands war immer um uns herum, und die alten Muster setzten sich fort.

Der Strand endete an der Landspitze von Weathersta. Letzte Nacht hatte ich von der Selkie-Frau geträumt, die dort gelebt hatte. Es war einer jener Träume, aus denen man mit einer unguten Vorahnung aufwacht, die sich den ganzen restlichen Tag wie ein dunkler Nebel an einen heftet. Ich war diese Selkie-Frau gewesen, als Seehund geboren und entzückt von den rauen Wellen, und doch hatte ich mein Fell abgelegt, um an Land eine Frau zu sein und auf Menschenbeinen im Mondlicht zu tanzen – bis ein junger Fischer mein Fell versteckt und mich für sich behalten hatte. Im Traum hatte ich ihn geliebt und war in seine Arme gesunken. Ich wollte dem Gesicht keinen Namen zuordnen, nicht einmal heimlich nur für mich. Aber meine Selkie-Frau hatte eine nagende, schmerzliche Herzenssehnsucht nach dem Meer entwickelt, und ich hatte überall nach dem Seehundfell gesucht, in dem kahlen Haus mit den aus Treibholz gezimmerten Möbeln, in der unaufgeräumten Scheune unter den Bojen aus Hundefell und den verhedderten Tauen, bis ich völlig verzweifelt war und glaubte, er hätte es zerstört und ich müsste auf immer an dieses schwerfällige Land gefesselt bleiben, bis ich vor Sehnsucht starb. Ich war ins Meer gelaufen, hatte mein in der Wiege schreiendes Kind zurückgelassen und wachte keuchend auf, als sich mein Mund mit Wasser füllte ...

Ich wusste, woher dieser Traum kam. Mein Freund Magnie hatte Gespenstergeschichten erzählt, und eine davon hatte von dem schreienden Baby gehandelt, dem verlassenen Kind der Selkie-Frau, das ohne sie krank geworden und gestorben war. Ich kannte auch den Grund; der war recht offensichtlich. Nach einem Dutzend Jahren auf See, als Skipper von Yachten und Segellehrerin, hatte ich beschlossen, einen zertifizierten Abschluss am North Atlantic Fisheries College in Scalloway, der uralten Hauptstadt Shetlands, zu machen. Ich wusste, dass das eine vernünftige Idee war – nein, besser noch, es war genau das, was ich wollte: für eine bezahlte Arbeit an Bord eines Großseglers qualifiziert zu sein, anstatt immer nur als Teil einer ehrenamtlichen Mannschaft für nichts als die Unterkunft und Verköstigung. Trotzdem grauste mir vor einem Jahr Schule, davor, Tag für Tag an Land gefangen zu sein, in diesem nördlichen Klima festzusitzen, ohne eine Chance, weiße Segel über meinem Kopf zu sehen und in der blauschwarzen Nacht das Kreuz des Südens strahlend hell vor dem Bug. Ich hatte Angst, dass ich es nicht schaffen würde, dass der Ruf des Meeres zu stark sein würde, dass ich mich in einem Klassenzimmer gar nicht mehr wiedererkennen würde, die Haare ordentlich zum Zopf geflochten, in einem Pullover mit einem adretten Muster für den Landgang und mit Schuhen anstatt Segelstiefeln oder Flipflops an den Füßen.

Eine Bewegung am Ende des Voe unterbrach meine Grübeleien. Ein Motorboot kam herein. Ich ließ den Blick über die Pontons schweifen, suchte nach Lücken. Das dunkelblaue Boot, das dem lauten jungen Paar gehörte, war nicht da, aber zum Glück waren es nicht die beiden, die jetzt zurückkamen; dieses Boot war weiß und hatte einen hohen Bug. Bei der Geschwindigkeit, die es hatte, würde es in fünf Minuten bei uns sein. Als ich mich fragte, ob die Leute vielleicht vorher telefonisch einen Liegeplatz reserviert hatten, knirschten Reifen auf dem Kieshang, der von der Hauptstraße zur Slipanlage herunterführte. Ein uralter senfgelber Fiesta klapperte an mir vorbei und hielt an dem Metalltor. Es war Magnie höchstpersönlich, der Hüter des Yachthafens, der gekommen war, um die Festmachleinen aufzunehmen und den Leuten einen Schlüssel zum Klubhaus zu geben.

Er hatte sich dem Anlass entsprechend gekleidet; die Sonne betonte das blendende Weiß seines traditionellen Fair-Isle-Pullovers, den noch seine verstorbene Mutter gestrickt hatte und auf dem ein Längsmuster mit Zöpfen und Ankern vor einem mattblauen Hintergrund prangte. Sein rotblondes Haar war zurückgestrichen, und seine roten Wangen glänzten, als wären sie gerade frisch rasiert. Die Leute auf dem Motorboot mussten Besucher von außerhalb sein. Denn Einwohner von Shetland, die sich nur einen schönen Abend machen wollten, hätten sich mit dem traditionellen Blaumann und gelben Gummistiefeln zufrieden geben müssen.

Das Motorboot war eine 45-Fuß-Yacht mit einem langen Vordeck zum Sonnenbaden im Hafen und einem hohen Ruderhaus, das auf ein geschütztes Cockpit hinausging. Der Motor heulte auf, als das Boot vor dem Yachthafen einen Bogen fuhr, ehe das Heulen in ein sanftes Brummen überging, als der Bootsführer die Motoryacht zu dem Ponton lenkte, wo Magnie wartete.

Unterhalb von mir auf der Slipanlage schaute Norman mit weit offenstehendem Mund zu, wie das Boot über das Wasser heranglitt. Noch ein Wasserstrudel am Bug, und dann lag es still da. Magnie warf die Achterleine, und der Mann am Ruder machte sie fest; im Vordeck öffnete sich eine Klappe, und eine Frau kam heraus und streckte die Hand nach Magnies zweiter Leine aus. Eine kleine Pause, während sie das Boot auch an der anderen Seite festmachten, und dann kletterte Magnie an Bord. Ich überlegte, ob er wohl zum Willkommen eine Flasche in der Hüfttasche stecken hatte.

Norman war nicht der Einzige, der fasziniert zu dem Motorboot starrte. Anders hauchte auf Norwegisch: »Das ist eine Bénéteau Antares.«

Ich zuckte mit den Achseln, legte die traditionelle Verachtung der Seglerin für Motorboote an den Tag.

»Die macht bestimmt dreißig Knoten«, fügte Anders hinzu.

»Ohne dass die Mannschaft nass wird«, gestand ich ihm zu und schaute auf den verbreiterten Bug. Es sah beinahe so aus, als wäre das Boot halb so breit wie lang. »Die muss innen riesig sein.« Ich drehte den Kopf zu Anders und lächelte ihn an. »Wir können uns wahrscheinlich später mal da umschauen.«

Dass man Gott und die Welt auf sein Boot lassen muss, ist das immerwährende Risiko, wenn man in einem Yachthafen vor Anker geht.

»Die wollen sich vielleicht mal die *Chalida* von innen anschauen«, meinte er mit Trauermiene.

»Mal sehen, wie der Rest der Welt so lebt«, stimmte ich ihm zu. Die *Chalida*, meine Yacht und das Zuhause, das wir uns teilten, war nur 8 m lang.

Das Poltern von Füßen auf der Treppe verkündete, dass unsere Kids endlich aus der Dusche heraus waren. Anders ging nach oben, um heißen Fruchtsaft und Schokokekse auszuteilen, und ich steckte kurz die Nase in die nach Talkumpuder duftende Luft des Umkleideraums für Mädchen. Es sah ziemlich ordentlich aus: nur eine kleine Überschwemmung auf dem Fußboden, dazu noch zwei Kleiderbügel für Trockenanzüge und die unvermeidliche einzelne Socke. Dann folgte ich Anders nach oben, um die Nachbesprechung zu machen und die RYA-Logbücher der Kids zu unterschreiben: *27. Juli, Aktivität: Regattatraining, 2 Stunden Selbst, Windstärke 2–3, Cass Lynch.* Endlich fuhren sie auf ihren Rädern davon oder wurden von ihren Eltern in schlammbespritzten Pick-ups mit einem bellenden Hund auf der Ladefläche abgeholt, und Anders und ich konnten nach Hause gehen.

Norman hatte noch nicht aufgegeben. Als wir aus der Tür des Klubhauses traten, jaulte und brüllte seine Höllenmaschine auf, und er raste davon, von zwei öligen Wasserfontänen flankiert. Eine Pause, dann eine scharfe Kurve, um ein bisschen Wasser über die *Chalida* zu sprühen, mit einem Blick zurück über die Schulter, um sicher zu sein, dass wir es auch gesehen hatten, ehe er über das Voe hinausbrauste, um dafür zu sorgen, dass niemand innerhalb eines Radius von drei Meilen einen ruhigen Sommerabend genießen konnte.

Wir schauten ihm hinterher. Ich wollte Anders dafür danken, dass er ihm den Kopf gewaschen hatte, doch ich hatte sein Einschreiten eigentlich nicht gebraucht, und ich war mir gar nicht sicher, ob die Androhung von Gewalt die Lage wirklich verbessern würde. Aber ich wollte die Sache auch nicht auf sich beruhen lassen. *Und dann hast du ihn über Bord geschmissen und ertrinken lassen.* Anders und ich hatten nie über Alains Tod geredet, und ich wollte nicht, dass er nur Normans verdrehte Fassung kannte. Ich warf ihm einen unsicheren Blick zu, den er nicht bemerkte. Er war zu sehr damit beschäftigt, die neuangekommene Bénéteau mit begehrlichen Blicken anzuschmachten.

»Die hat zwei 500 HP Cummins-Motoren.«

Eindeutig stachen die Cummins den uralten, klapprigen Volvo Penta der *Chalida* aus. Ich gab auf.

»Dann wollen wir mal hingehen und hallo sagen.«

KAPITEL 2

Wir schlenderten am Ponton entlang. Die Frau war unter Deck gegangen, doch der Mann stand mit Magnie auf dem Vordeck und führte dort eine größere elektrische Ankerwinde vor. Ich verspürte einen Anflug von Neid, denn das Heraufholen des Ankers der *Chalida* konnte einem beinahe das Kreuz brechen, besonders wenn die Gezeiten in die andere Richtung zerrten.

Magnie nickte, als wir nur noch zehn Meter entfernt waren, und begrüßte uns, wie es in Shetland Tradition ist, mit: »Noo dan.«

»Now«, erwiderte ich. Ich nickte dem Fremden zu. »Hallo. Kommen Sie von weit her?«

»Von Orkney«, antwortete er. Er war Ende vierzig und ein dunkler Typ, und die Sonnenbräune ließ seine Haut beinahe ledern erscheinen. Er hatte einen glänzenden schwarzen Schnurrbart und struppige Brauen, die seine braunen Augen beschatteten. Oben auf dem Kopf bekam er schon eine Glatze, das konnte man trotz der Segelmütze sehen, und das schwarze Haar wich ihm auch von der Stirn zurück, war aber hinten noch dicht und wurde dort zum Ausgleich sehr viel länger getragen. Er war untersetzt, sein Stiernacken ging in breite Schultern über, und seine massige Taille wölbte den weißen Pullover unter der marineblauen Jacke vor. Irgendwie kam er mir vertraut vor, aber im Augenblick konnte ich es nicht mit Bestimmtheit sagen; ich war mir sicher, dass ich ihn noch nie zuvor gesehen hatte. Er trat vor, um mir sachlich und fest die Hand zu schütteln.

»David Morse.«

»Cass Lynch«, sagte ich. »Von der *Chalida*.« Ich deutete mit dem Kinn nach hinten. »Das ist die 8-m-Offshore-Yacht da drüben.«

Er schaute hin, erkannte sie sofort. »Van de Stadt.«

»Ja, die große Schwester der Pandora.«

»Das war ein toller Schiffsbauer. Wir hatten eine Pioneer, oh, das ist lange her, vielleicht zwanzig Jahre.« Ich konnte seinen Akzent nicht genau lokalisieren: gebildeter Schotte, eher von der Ost- als von der Westküste, hatte wahrscheinlich irgendwas mit Finanzen oder so zu tun. Vielleicht kauften sich Banker mit ihren Bonuszahlungen solche Boote? Dies hier war nagelneu und hatte bestimmt eine Stange Geld gekostet. »Tolles seegängiges Boot, wirklich toll. Kommen Sie an Bord.« Er winkte mich heran, wandte sich Anders zu, streckte ihm die Hand hin, starrte ihn an und hob dann die Hand mit der Handfläche nach vorn. »Ach je, einen Augenblick lang habe ich geglaubt, ich hätte Halluzinationen. Ihr Haustier, junger Mann?« Er streckte Anders wieder die Hand hin. »David Morse.«

Bei der Wiederholung seines Namens fiel der Groschen. Plötzlich war ich wieder fünf Jahre alt und blätterte die Seiten eines französischen Bilderbuchs um: *Capitaine Morse et le Dragon de Mer* *, bestaunte die detaillierten Abbildungen der grünroten Seeschlange und des Fischerbootes, das »Käpt'n Walross« gehörte. Und hier stand er leibhaftig vor mir, mit seinem freundlichen Lächeln, dem Schnurrbart, der Segelkappe und allem. Bei aller Leutseligkeit, wenn ich ihn als Mannschaft hätte einteilen müssen, hätte ich ihm entweder einen älteren männlichen Wachführer zugesellt, der den Vorgesetzten rauskehren konnte, oder eine effiziente Frau, die ihn auf dem falschen Fuß erwischen und zurechtstutzen würde. Sonst würde er zu sehr dazu neigen, das Kommando an sich zu reißen, selbst wenn er nicht genau wusste, was er eigentlich tat; man konnte sehen, dass er es gewöhnt war, seinen Willen durchzusetzen.

---

* (franz.) Kapitän Walross und der Meeresdrache.

»Anders Johansen.« Anders hob eine Hand zu Ratte, deren Schnurrhaare erwartungsvoll bebten, in der Hoffnung, dass sie ein neues Schiff erkunden dürfte. »Sie haben doch nichts gegen eine Ratte? Sie ist stubenrein.«

»Überhaupt nicht, aber ich werde meine Frau warnen.« Er drehte sich um und rief in die Kabine hinunter: »Madge? Madge, Besuch, einschließlich einer zahmen Ratte.«

Von unten war ein gedämpfter Schrei zu hören, dann das Klirren einer heruntergefallenen Henkeltasse. »O je …« Die Stimme war eindeutig von der Westküste, aus einem der vornehmeren Viertel Glasgows. Madge linste um den Türpfosten herum. Ihr Haar hatte die rötlichbraune Farbe eines Taschenkrebsrückens und war zu einem federigen Bob geschnitten. Die graugrünen Augen in dem rundlichen, rosa gepuderten Gesicht waren mit Wimperntusche eingerahmt. Ihr Blick fiel auf mich, erfasste die Schneckenspur meiner Narbe, wanderte viel zu schnell zu Anders' Gesicht und glitt dann zu seiner Schulter hinab. Ihr stand der Mund weit offen. »Großer Gott, das ist ja eher ein kleines Pferd. Die beißt doch nicht, oder?« Der Glasgower Akzent war noch stark, aber jetzt, da ich sie länger reden gehört hatte, war er von einem anderen überlagert, irgendeinem nordenglischen vielleicht.

Anders schüttelte den Kopf und warf ihr sein bestes Lächeln Marke »junger Odin« zu. »Ratte hat noch nie jemanden gebissen.«

»Na ja, das ist die erste Ratte, die wir je an Bord hatten. Gehen Sie schon mal rauf. Das Wasser hat gerade gekocht.«

Wir stiegen über die glänzende Glasfaserbordwand und ins Cockpit. David winkte uns nach oben. »Der Abend ist viel zu schön, um drinnen zu sitzen.«

Das Dach des Ruderhauses umrahmte eine obere Ebene mit einem Tisch und einem halbrunden Sofa mit weißen Kunstlederpolstern, einer kleinen Spüle, einer Arbeitsfläche aus hellem Holz und einer Sonnenliege von Doppelbettbreite. Das Boot hatte gigantische Ausmaße. Die gesamte Kabine der *Chalida* hätte locker allein in diesen Sitzbereich gepasst. Das Armaturenbrett sah aus wie das eines Autos, komplett mit Lenkrad, Gangschaltung und Instrumenten. Allein diese Matrix von Bildschirmen und Knöpfen war ihre zwanzigtausend wert. Ich erkannte einen Fischfinder, einen Radar, einen Chartplotter und ein Automatisches Identifikationssystem, zusätzlich zu den üblichen Geräten: Funkgerät, Echolot, Windmesser, Barometer, Gezeitenuhr und Logge. Beim AIS hielt ich inne.

»So eins hätte ich gern, vor allem draußen auf See. Wenn man einhandsegelt, muss es toll sein, frühzeitig gewarnt zu werden und die Gelegenheit zu haben, bei den anderen Booten persönlich anzurufen.«

Nicht dass das immer was brachte. Der Ozeandampfer damals, die *Sea Princess*, die an uns vorüberfuhr, kurz bevor Alain über Bord ging, hatte überhaupt nicht auf meinen Funkruf reagiert, war einfach nur weitergefahren. Man hatte schließlich einen Fahrplan einzuhalten.

David langte mir über die Schulter und schaltete das Gerät an. »Es hat auch ein eingebautes Alarmsystem. Wenn irgendwas näher als, nun, das kann man einstellen, zehn Meilen, zwanzig Meilen herankommt, warnt es einen.«

»Cool«, sagte ich.

»Ja, ja«, meinte Magnie. »Schon fantastisch, was die heutzutage alles können.«

Ich warf ihm einen raschen Blick von der Seite zu. Er war viele Jahre als Maat auf einem Walfangschiff durch die Antarktis gefahren, ehe er näher an Zuhause ein Fischerboot übernahm. Was er nicht über technische Einrichtungen auf Schiffen wusste, war nicht wissenswert. Ich würde ihn später fragen, warum er den Trottel vom Land spielte.

»Also, jetzt schalte das mal wieder aus«, rief Madge von unten herauf. »Ich weiß doch, wie ihr Seeleute seid.« Man hörte stampfende Schritte auf der Treppe, dann erschien ein Tablett in der Luke, wurde auf dem Boden abgestellt, und dahinter tauchte ihr krebsrotes Haar auf. Sie trug einen jadegrünen Velourstrainingsanzug unter einer geblümten Schürze, farbenfroh und heimelig, die Gattin des Vorstandsvorsitzenden beim Entspannen. Die Hände, die nun nach dem Tablett griffen, waren mit unzähligen Ringen geschmückt. »Ihr schaltet ein Gerät ein«, fuhr sie fort, »und dann müsst ihr es ausgiebig vorführen, dann das nächste, und ehe wir uns versehen, sind wir wieder auf See und suchen Fischschwärme. Nein danke! Alles abschalten, David, und lass unsere Gäste ihren Kaffee trinken.«

Es war richtiger Bohnenkaffee, dessen Duft sich mit einem Hauch von frisch gebackenem Schokoladenkuchen mischte. Ich schob die Beine unter den Tisch, setzte mich auf das weiße Kunstledersofa und bewunderte das Arrangement auf dem Tablett: eine Cafetière, Henkeltassen, Milchkännchen und Zuckerdose aus feinem Porzellan und ein Teller mit einer ordentlich gestapelten Pyramide aus Schokoladen-Brownies. Auf der *Chalida* würde sich dieses feine Porzellan keine zehn Minuten halten.

»Milch und Zucker?«, fragte Madge.

»Schwarz für mich«, sagte ich. Ich wartete, bis sie mit Einschenken fertig war, und streckte ihr dann meine Hand hin. »Ich bin Cass Lynch von der *Chalida*, der kleinen weißen Yacht da drüben. Der erste Mast rechts.«

»Madge Morse.« Sie verzog das Gesicht. »Ich weiß, der Name klingt furchtbar. Nicht nur kurz, sondern auch noch zwei M hintereinander. Wenn ich heute heiraten würde, würde ich meinen Mädchennamen behalten, Madge Arbuthnot klingt viel gediegener.«

»Wofür steht Ihr Cass?«, erkundigte sich David.

Das schien mir eine seltsame Frage zu sein.

»Cassandre«, antwortete ich und sprach es auf französische Art aus. Er zog die Brauen in die Höhe. »Meine Mutter ist

Französin«, erklärte ich, »und Opernsängerin. Damals wirkte sie gerade bei einer Inszenierung der *Troerinnen* mit.«

»Na, das ist aber spannend«, meinte Madge. »Wir hören uns leider nicht viel Oper an. Ich bin eher auf BBC 2 abonniert, aber wir mögen auch Andrew Lloyd Webber – hat Ihre Mutter schon was von ihm gesungen?«

Ich musste lächeln, wenn ich mir vorstellte, wie meine Mutter einen Anruf von Sir Andrew entgegennahm. *Sie möchten, dass ich in einem Musical mitsinge?* Ihr Tonfall wäre der eines Kapitäns, den man gebeten hat, das Deck zu schrubben. *Sie haben sich in der Nummer geirrt, Monsieur. Ich bin Eugénie Delafauve.* Und dann würde sie auflegen. *Das war irgendjemand, der meinte, ich sollte leichte Muse singen. Ich muss unbedingt mit meiner Agentin reden.*

»Nein«, sagte ich, »sie hat sich ganz dem Hof des Sonnenkönigs verschrieben. Auftritte in großartigen Kostümen in eleganten Châteaux.« Im Augenblick probte sie eine Erzschurkin von Rameau, die Erinice in *Zoroastre*, in einer aufwändigen Inszenierung in Chinon, die Ende August Premiere haben sollte. Nach der bisher erfolgreichen Versöhnung meiner Eltern hatte Dad für uns beide Flugtickets besorgt, damit wir uns die Oper anschauen konnten.

»Das klingt gut«, erwiderte Madge. Dann wandte sie sich Anders zu, der immer noch mit sehnsüchtigem Blick auf die Einstiegsluke zum Maschinenraum starrte. »Ihren Namen habe ich nicht mitbekommen.«

Er riss mit sichtlicher Mühe seine Gedanken von Zylindern und Kolben weg und stellte sich vor.

»Milch, Zucker? Und möchte Ihre Ratte ein Brownie?«

Anders schaute zweifelnd auf das helle Polster. »Wenn Sie erlauben, gebe ich ihr ein bisschen was von meinem ab, aber auf dem Boden. Ein ganzes für sie allein wäre zu viel.«

Wir ließen uns in der Rundung des Sofas nieder: Magnie außen – der Henkelbecher mit dem Charles Rennie Mackintosh-

Muster wirkte in seinen knorrigen Händen außerordentlich zerbrechlich –, dann kamen ich, Anders und Madge dort, wo Tisch und Sofa den größten Abstand hatten. David komplettierte den Kreis auf dem Fahrersitz. Ich nahm mir ein Brownie und biss dankbar hinein. Es war noch warm und schmeckte sehr gut.

Anders fragte Madge: »Darf ich Ratte absetzen, damit sie sich ein bisschen umschaut?«

»Aber gern«, antwortete sie. »Hält sie sich selbst so makellos weiß, oder müssen Sie sie waschen?«

»Oh, sie hält sich selbst sauber«, antwortete Anders. »Ratten sind sehr reinliche Tiere.« Er setzte Ratte auf den Boden, sie reckte alle viere von sich, schlug mit dem Schwanz. Er bot ihr ein Stückchen von seinem Brownie an. Ratte schaute es sich an, zog ihre durchscheinenden Zehen unter den Körper, rollte den Schwanz ein und knabberte los.

»Sie sind also aus Norwegen«, konstatierte David. »Nur zu Besuch?«

»Im Augenblick schon«, erwiderte Anders. »Cass hat mich hergeholt, als Maschinist auf einem Filmschiff.«

»Oh«, sagte Madge überrascht. »Ich hätte Sie jetzt für ein Paar gehalten.«

Wir schüttelten beide den Kopf. Zu meinem Erstaunen sah ich, wie David Madge einen seltsamen Blick zuwarf, als wäre das irgendwie bedeutsam. Magnie hatte das auch bemerkt; ich sah, wie er über der Henkeltasse seine hell bewimperten Augen aufschlug, dann gleich wieder senkte.

»Ich habe im Moment hier Arbeit als Mechaniker«, erklärte Anders.

Er erwähnte nicht, dass er und seine Kumpels, Nerds wie er, gerade schwer mit einem intergalaktischen Krieg beschäftigt waren, der mit Schwertern und Zauberkraft ausgetragen und mit kompliziert bemalten Spielfiguren auf einer Modellbahnlandschaft ausgefochten wurde, die einen ganzen Keller mit

Beschlag belegte, und dass nichts ihn dazu bringen würde, hier wegzugehen, ehe die Schlacht nicht geschlagen war. Ich vermute auch, dass er zu gewinnen schien; er hatte in der letzten Woche eine ziemlich große Selbstsicherheit an den Tag gelegt – zum Beispiel in der Art, wie er mit dem jungen Norman umgesprungen war. Bei jedem anderen hätte ich auf eine willige neue Freundin getippt, aber bei Anders war es wesentlich wahrscheinlicher, dass er jetzt Warlord Ruler des Planeten Krill war. Ich konnte mit Mühe das Lächeln unterdrücken, das mir schon beim Gedanken daran kam.

»Ich habe es nicht eilig, wieder nach Hause zu kommen, obwohl mein Vater langsam ungeduldig wird. Er betreibt eine Werft bei Bergen – kennen Sie Norwegen?«

David sagte »Nein«, während Madge gleichzeitig »Ja« sagte. David schaute sie wütend an und schüttelte den Kopf. »Jedenfalls nicht gut«, improvisierte er. »Wir haben einmal dort Urlaub gemacht, aber weiter südlich als Bergen. Wir haben von Stavanger aus Touren unternommen. Wir hatten immer vor, mal wieder hinzufahren. Von hier aus sind wir ja in sieben, acht Stunden in Bergen drüben.«

Ich hatte mit der *Chalida* dreißig gebraucht.

»Stavanger war wunderschön«, sagte Madge sehnsüchtig. »So sauber, und dann die Holzhäuser mit den roten Dächern um den See herum.«

»Ist Stavanger der Ort mit den kleinen Holzhäusern bis hinunter zum Meer?«, fragte Magnie unschuldig, als würde er nicht jeden norwegischen Hafen genauso gut kennen wie Lerwick.

David schüttelte den Kopf. »Das ist Bergen, glaube ich, mit Bryggen. Wo, sagten Sie, hat Ihr Vater seine Werft, Anders?«

»Gleich hinter dem Yachthafen in Bildøy«, antwortete Anders, »die Johansen-Werft. Wenn Sie mal da in der Gegend sind und was reparieren lassen müssen, dann können Sie sicher sein, dass man es dort gut macht, und zu einem vernünftigen Preis.«

»Das schreibe ich mir auf«, sagte David. »Ein guter Kontakt ist immer nützlich.« Er zog ein iPad heraus und ließ sich von Anders die Adresse und Telefonnummer geben. Dann wandte er sich mir zu. »Und wo kommen Sie her, Cass?«

»Das hier ist meine Heimat – ich bin gleich hinter dem Berg da aufgewachsen.« Ich deutete auf die grüne Wölbung von Muckle Roe. »Diese Insel da – die ist mit einer Brücke angebunden, aber das können Sie von hier aus nicht sehen.«

Mein Vater war einer der Bauleute gewesen, die die Errichtung des Ölterminals in Sullom Voe beaufsichtigten; vor dem Haus, in dem ich großgeworden bin, donnerte der Atlantik an den Strand und schleuderte Salz an mein Schlafzimmerfenster. Dieser lange schmale Meeresarm war mein Spielplatz gewesen, zwei Meilen bis zu der Verbreiterung des Fjordes und der Biegung zum Atlantik (diese Richtung war uns absolut verboten: nächster Halt die ferne Insel Foula, dann die Spitze von Grönland). Inzwischen hatte ich den Atlantik mehrere Male überquert. Vor meinem geistigen Auge wurde aus den blauen Kräuselwellen, die so ordentlich durch Reihen von Muschelbänken mit dem braunen Strand verbunden waren, eine Einöde von grauem Wasser, über das große Brecher rollten. Ein Mann, der mitten auf dem Atlantik über Bord geht, ist nicht leicht wieder aufzufinden. Ich hatte Alain nie gefunden.

»Ein wunderbares Gebiet zum Segeln«, stimmte mir David zu.

»Ein wunderbares Gebiet für eine Kindheit«, fügte Madge hinzu, »obwohl man wahrscheinlich hier nicht viel unternehmen konnte.«

»Also, ich weiß nicht«, erwiderte ich. »Ich hatte Glück, denn meine beste Freundin Inga wohnte nur hundert Meter weiter die Straße entlang, also war entweder ich bei ihr oder sie bei mir zu Hause, oder sie und ich und ihr Bruder Martin waren in den Bergen oder am Strand unterwegs. Es war eine tolle Kindheit. Wir haben in dem alten Bauernhaus Vater-Mutter-Kind gespielt, am Strand Feuer gemacht, und wir sind im Fjord geschwommen und zum Laden geradelt, um Süßigkeiten zu kaufen. Und natürlich bin ich gesegelt. Ich hatte ein Mirror, und Martin war meine Mannschaft. Wir waren überall auf den Regatten.« Nur eines hatte ich gehasst: im Haus eingesperrt zu sein. Maman hatte den Versuch unternommen, aus mir ein hübsches kleines Mädchen mit langen, dunklen Zöpfen und Rüschenkleidchen zu machen. Es hatte nicht funktioniert. »Und jetzt haben die Kinder natürlich auch noch das Freizeitzentrum und das Schwimmbad direkt vor der Tür, dazu noch alles, was in Lerwick so geboten wird.«

Es sah nicht so aus, als hätte das Madge überzeugt. »Aber was ist mit der Schule? Mussten Sie dafür in die Hauptstadt fahren?«

Ich schüttelte den Kopf und zeigte auf ein Gebäude an Land. »Das da drüben ist die Schule, mit dem Freizeitzentrum gleich daneben. Wir hatten eine gute Schuldbildung. Mit Computern und Sport und Fahrten ins Ausland. Die Lehrer kannten uns alle, und wir kannten sie.«

»Sie haben Ihren Schulabschluss hier gemacht?«

»Nein. Meine letzten Schuljahre habe ich in Frankreich verbracht.« Langsam teilte ich Magnies Misstrauen. In Shetland würde einem natürlich jeder diese Fragen stellen, um einen »einzuordnen«, und das Gespräch würde mit dem Satz beendet: »Ja, ja, jetzt weiß ich, wer du so bist.« Ye, ye, I ken wha du is noo. Aber Madge war ja nicht aus Shetland, und so würden ihr die Namen nichts sagen. Vielleicht war sie einfach nur neugierig und noch zu neu in der Bootsszene, um die ungeschriebenen Gesetze über die Privatsphäre zu verstehen – und doch hatte sie die Bugleine festgemacht wie ein echter Profi. Ich beschloss, dass jetzt die beiden an der Reihe wären. »Wie ist es mit Ihnen, Sie sagten, Sie kommen aus Orkney?«

Keiner von beiden hatte auch nur eine Spur des Akzents von

Orkney, dieses wunderbaren Singsangs, als spräche ein walisischer Sänger Scots. Aber es konnte ja sein, dass sie sich dort zur Ruhe gesetzt hatten. In Orkney war die zugewanderte Bevölkerung viel größer als in Shetland.

David schüttelte den Kopf. »Wir sind vom Central Belt.* Aber jetzt kommen wir gerade von Orkney. Wunderschön da; wir haben ein kleines Hotel entdeckt, das uns die besten Steaks serviert hat, die ich je gegessen habe. Wir waren ein paar Tage in Kirkwall, dann sind wir über Fair Isle hierhergeschippert.« Er schaute auf seine Armbanduhr. »Schon zehn Uhr! Ich habe mich immer noch nicht an das Licht hier gewöhnt. Es ist ja kaum Dämmerung. Entschuldigen Sie mich, ich muss mir die Nachrichten anhören.«

Er schaltete das Radio an, und wir bekamen fünf Minuten Schlagzeilen zu hören. Eurokrise, Sorgen eines Wohltätigkeitsverbandes wegen fallender Spenden, Ankündigung weiterer Sparmaßnahmen durch den Finanzminister. Ich war im Augenblick reich, denn der Filmjob war gut bezahlt worden, aber dieses Geld wollte ich mir für das College aufheben, also lebten Anders und ich von unseren Tageslöhnen. Die Gürtel wurden diesen Sommer enger geschnallt.

Am Ende der Schlagzeilen schaltete David das Radio aus und schüttelte den Kopf. »Ich interessiere mich brennend für den letzten dieser Kunstdiebstähle. Aber da gibt es anscheinend nichts Neues.«

Kunstdiebstähle, davon hatte ich noch nichts gehört, aber ich verfolgte ja die Nachrichten nicht sehr aufmerksam. Ich spannte den Kiefer an, um ein Gähnen zu unterdrücken. »Entschuldigung, aber ich bin den ganzen Tag auf dem Wasser draußen gewesen.«

Magnie kam mir zu Hilfe. »Die Diebstähle, bei denen Gemälde und so Sachen aus schottischen Herrenhäusern geklaut

---

* Zentralschottland zwischen Glasgow und Edinburgh.

wurden? Nicht aus den ganz großartigen, nicht aus so großen wie Glamis. Eher aus kleineren Herrenhäusern.«

»Darüber haben sie ein bisschen was gebracht«, sagte David. »Anders, kommen Sie und bewundern Sie unsere Motoren.«

Anders ließ sich nicht zweimal bitten. Er setzte sich Ratte wieder auf die Schulter, und sie verschwanden die Leiter hinunter.

»Einen der Bronzeköpfe von Epstein haben sie auf den Färöern wieder aufgetrieben«, meinte Madge.

»Das ist prima«, sagte ich. Das nächste Gähnen würde ich nicht unterdrücken können. »Tut mir leid!« Ich stand auf. »Vielen Dank für den Kaffee, und ich hoffe, dass Sie eine schöne Zeit in Shetland verbringen. Haben Sie vor, lange hierzubleiben?«

»Oh, eine Woche so etwa, wir machen ein paar Touren«, sagte sie. »Wahrscheinlich nicht von Brae aus; hier wollten wir nur frische Vorräte an Bord nehmen und auftanken, dann weiterfahren.«

»Na, dann gute Reise«, antwortete ich. Magnie setzte seinen Henkelbecher ab und stand auf.

»Werfen Sie den Schlüssel einfach im Bootsklub in den Briefkasten«, sagte er. »Einen schönen Aufenthalt in Shetland.«

»Den haben wir bestimmt«, antwortete Madge lächelnd.

»Die führen irgendwas im Schilde«, konstatierte Magnie, als Anders zurückgekehrt war, noch mit dem verträumten Gesichtsausdruck eines Mannes, der gerade eine Vision gehabt hat. Wir saßen wieder alle sicher und geborgen in der viel kleineren Kabine der *Chalida*, und die Kerze in der Laterne warf flackernde Schatten auf die holzgetäfelten Wände ringsum. Mein kleines Zuhause war ganz traditionell eingerichtet, mit einer Sitzbank mit blauen Kissen an der Steuerbordseite, die von dem hölzernen Schott vorn bis zur Viertelkoje achtern verlief, und mit dem Herd, der Spüle und dem Kartentisch auf der Backbordseite. Hinter dem Schott war die Toilette, die wir im Yachthafen nicht benutzten. Mittschiffs war eine Luke und gegenüber an der Steuerbordseite ein Hängeschrank, dahinter noch, wegen der Privatsphäre mit einem Vorhang abgetrennt, die V-förmige Vorpiekkoje, in der Anders und Ratte schliefen. Die Sitzbank wurde von einem Klapptisch unterbrochen. Anders saß dahinter, den blonden Kopf an das Schott gelehnt, während Ratte neben ihm auf der Holzleiste balancierte, die auf See unsere Bücher im Regal hielt. Magnie saß ihm gegenüber, und ich hatte meinen üblichen Platz auf den Stufen eingenommen, die gleichzeitig die Motorabdeckung waren.

»Du hast es mit dem Trottel vom Land ein bisschen übertrieben«, sagte ich zu Magnie. »Kein Fischer würde sich mehr über ein AIS wundern, die haben so was schon seit Jahren.«

»Die wussten doch gar nicht, dass ich Fischer war«, antwortete Magnie. »Und außerdem«, beharrte er stur, »führen die was im Schilde! Ich hab das Gefühl, die sind von der Polizei.«

»Polizei?«, wiederholte ich.

Anders schaute beunruhigt. »Wieso sollte denn die Polizei hierherkommen?«

»Irgendein Dienst jedenfalls«, behauptete Magnie beharrlich. Ich schaute ihn zweifelnd an. »Das Boot war einfach zu schick«, fuhr er fort, »und die passen nicht dazu. Nun kenn ich mich mit den Leuten aus dem Süden natürlich nicht so aus, aber da stimmt was nicht. Sie war viel zu jung, um sich so alt anzuziehen.«

Darüber dachte ich nach. »Die Schürze?«

»Wie alt ist die wohl, was meinst du? Fünfundvierzig?«

»So in der Gegend«, stimmte ich ihm zu.

»Also, ich hab noch nie so 'ne Schürze an einer unter sechzig gesehen, seit Jahren nicht, und so rosa Puder im Gesicht auch nicht. Und sie war auch ziemlich flink auf den Beinen.«

»Mit fünfundvierzig ist man auch noch nicht gerade im Rheuma-Alter«, wandte ich ein.

»Trotzdem hat sie sich bewegt wie eine viel Jüngere«, beharrte Magnie. »Wenn man nur danach geht, wie sie mit dem Tablett die Leiter rauf- und runtergeklettert ist, na, da hätte man doch auf dreißig getippt.«

»Vielleicht geht sie ins Fitnessstudio«, schlug ich vor.

»Dann hätte sie aber nicht so viel auf den Rippen.«

»Ja«, stimmte ich zu. »Sie war mollig. Das waren sie beide.«

»Es waren die Diebstähle«, sagte Anders plötzlich. »Davor haben sie einfach nur Fragen gestellt, wie das die Leute auf Booten so machen. Unter Deck hat der Mann auch immer weiter darüber geredet.«

»Viel zu viele Fragen«, meinte ich.

»Nicht zu viele, wenn man nur in einem Hafen kurz vorbeikommt«, widersprach mir Anders. »Das ist was anderes. Wenn man zur Mannschaft auf einem Schiff gehört, ja, da wären es viel zu viele Fragen, denn man wird ja einen Monat mit den Leuten zusammenleben.«

Ich nickte. Die Privatsphäre wurde eifersüchtig gehütet, wenn man zu siebt auf einer 40-Fuß-Yacht hauste.

»Das habe ich mir auch gedacht«, sagte Magnie. »Dass sie sogar wissen wollten, wo du aufgewachsen bist, Cass.«

»Das mit Norwegen war auch komisch«, fügte ich hinzu. »Als wollten sie dich irgendwie abchecken.«

»Aber als David dann auf die Diebstähle zu sprechen kam, hat er dich beobachtet. Er war total misstrauisch, besonders als du gegähnt hast.«

»Ich bin den ganzen Tag auf dem Wasser draußen gewesen«, protestierte ich. »Frische Luft und so.«

»Wenn eines von diesen Kopfdingern auf den Färöern aufgetaucht ist«, meinte Magnie, »dann haben sie vielleicht Privatyachten im Verdacht, die zwischen Schottland und dort hin- und herfahren können.«

Ich schaute zu Anders rüber, der sich in seine Ecke gelehnt hatte, die schläfrige Ratte ans Kinn geschmiegt. Die Laterne warf bernsteinfarbene Schatten auf sein Haar. Dann sah ich auf meine farbbespritzte Jeans. »Sehen wir zwei wie Leute aus, die einen Leonardo von einem Leuchtturm unterscheiden können?«

»Also, den Leuchtturm würden wir erkennen«, antwortete Anders.

»Ihr Name war auch komisch«, fuhr ich fort. »Ich weiß, die Namen passen oft zu den Leuten, doch ich fand, dass er wirklich ein bisschen wie ein Walross aussah, er hatte so was wabbelig Fettes, wisst ihr, aber mit jeder Menge Kraft unter dem Fett. Und dann habe ich mich plötzlich an ein Bilderbuch erinnert, das ich als Kind geliebt habe, in dem ging es um einen ›Käpt'n Walross‹, und der Mann sah genauso aus wie auf den Bildern.«

»Wo kommen die her?«, fragte Magnie plötzlich. »Ich hab gar nicht am Heck vom Boot nachgeschaut.«

»Am Bug stand nichts«, erwiderte ich.

Anders setzte Ratte auf dem Tisch ab, machte einen Schritt nach vorn, schob die Luke auf und streckte den Kopf hindurch. »Das ist sehr seltsam.« Er langte nach oben, stemmte einen Fuß auf seine Bank und schwang sich in einer flüssigen Bewegung nach draußen. Magnie und ich schauten einander mit hochgezogenen Brauen an, stiegen dann über die Kajütenleiter ins Cockpit. Der Mond war zu einem Silberpenny verdichtet, stand strahlend hell am blassblauen Himmel; das Wasser war schon halb die Slipanlage hinuntergesunken und wirbelte aus dem Yachthafen auf seinen Sammelpunkt in den tiefsten Tiefen des Ozeans zu.

»Das Boot hat keinen Namen«, murmelte Anders. »Und ich glaube, bei den Instrumenten habe ich auch kein Rufzeichen gesehen.«

»Nein«, sagte ich. »Da war keines.«

Magnie schüttelte den Kopf. »Das ist doch immer beim Funkgerät, das ist übliche Praxis.«

Wir schauten über den Bug der *Chalida* auf den schimmernden Heckspiegel des Motorboots, der mit seiner Reflektion im Wasser eine breite Acht bildete. Darüber schimmerte das Licht in der Kajüte orange und ließ die klare Nacht finster erscheinen. Auf der ausgedehnten Glasfaserfläche war keine Markierung. Kein Name, kein Heimathafen, nur die rote Schiffsflagge, die schlaff in der windstillen Luft in Falten hing.

Wir standen einen Augenblick da und schauten das Boot an. Ich versuchte, mich zu erinnern, ob ich je zuvor ein namenloses Schiff gesehen hatte, und kam zu dem Schluss, dass mir so etwas noch nie begegnet war.

»Auch keine SSR-Nummer*«, murmelte Anders.

»Illegal«, stimmte ich ihm zu.

Dublin, Edinburgh, Newcastle, Portsmouth. Norwegen, Färöer, Deutschland, Polen. Von hier aus stand ihnen die Wikingerroute offen. David und Madge waren Schotten, aber sie konnten von überall gekommen sein.

---

* Seeschiffsregisternummer.

KAPITEL 3

»Und ich sag's euch«, beharrte Magnie, »das ist ein Polizeiboot oder irgendein Geheimdienst.«

Er stapfte zum Bug und schaute lange und bedächtig über das Voe in Richtung Rona. »Na ja, wenn dieses andere Schiff nicht bald kommt, geh ich ins Bett.«

»Noch ein Schiff?« Anders schüttelte den Kopf und verfiel in breitesten Shetland-Dialekt. »Junge, Junge, hier geht's bald zu wie in Waterloo Station zur Hauptverkehrszeit.«

»Zwei an einem Abend, nicht schlecht«, stimmte ich ihm zu. »Die haben wahrscheinlich von den heißen Duschen im Klubhaus erfahren.«

»Oder vom Vorrat an Real Ale aus Shetland im Mid-Brae Inn.«

»Von Frankie's Fish and Chips-Bude.«

»Vom nördlichsten indischen Restaurant mit Straßenverkauf in ganz Großbritannien.«

»Es ist eine Yacht«, erklärte Magnie. »Die haben um die Abendessenszeit angerufen. Die kommen von Hillswick runtergesegelt, meinte der Mann, und sie hofften, vor Einbruch der Dunkelheit in Brae zu sein. Ich habe ihnen gesagt, dass sie euch beide aufwecken sollen, wenn ich nicht hier bin.«

»Kein Problem«, sagte Anders. Er kam zum Cockpit zurück. »Ich bin bestimmt noch wach, auch wenn Cass schon längst wie eine Tote schläft. Da kannst du lange warten, bis du die aufgeweckt kriegst, sag ich dir.«

»Ja, ich kann im Stehen schlafen«, stimmte ich ihm zu.

»Geht schon in Ordnung«, meldete Magnie. »Da kommen sie jetzt. Hört nur.«

Wir lauschten auf das sanfte Plätschern des Wassers auf dem

Kiesstrand und das Schwatzen der Küstenseeschwalben, die ihre Küken für die Nacht zur Ruhe betteten; ein Auto kam um die Kurve zum Klubhaus gefahren; ein Schaf blökte nach seinem Lamm; und am Berghang war das seltsame Gurren einer Schnepfe zu hören. Sobald unsere Ohren all diese Geräusche herausgefiltert hatten, erkannten wir in der Ferne das leise Brummen eines Motors.

»Es sei denn, es ist das Partyboot, das dunkelblaue«, unkte ich. »Das von Kevin und Geri.«

Anders schüttelte den Kopf. »Das ist ein Yachtmotor.«

Magnie schaute in die Ferne. »Da sind jetzt die Positionslichter, sie kommen um die Landspitze.« Er schwang sich über die Bordwand der *Chalida* auf den Ponton. »Sechsunddreißig Fuß. Die lasse ich mit der Nase nach vorn an der anderen festmachen.«

Ich ging rasch nach unten, um die Kerze in der Laterne auszupusten, gesellte mich dann zu Magnie auf dem Ponton. »Ich helfe dir, ihre Leinen einzuholen.«

Wir beobachteten, wie das Licht näher kam, einen schlanken Mast über einem dunkelgrünen Bootskörper erhellte, der sich an beiden Enden elegant verjüngte. »Mann«, staunte ich und betrachtete das Schiff neiderfüllt, »das ist eine Rustler. Das sind fantastische Boote, richtige Ozeanüberquerer. Wenn ich je reich bin ...«

»Der Motor ist gut in Schuss«, sagte Anders, als die Yacht in einem Bogen in den Hafen einfuhr.

»Schaut euch die Linien an«, hauchte ich. »Was für ein wunderschönes Heck!«

»Hat aber 'nen langen Kiel«, sagte Anders. »Ich wette, da braucht's zum Rückwärtsfahren 'n Bugstrahlruder.«

»Bleiben die lange hier, Magnie?«

»Zwei, drei Tage. Wollt ihr beide mit den Leinen helfen oder nur an der Pier Maulaffen feilhalten?«

Wir packten jeder eine Leine und machten uns zum Werfen bereit. An Bord war ein Paar, das sich mit der Leichtigkeit bewegte, wie sie nur lange Übung bringt. Der Mann war am Bug, die Frau steuerte. Sie schaltete den Motor ab, fuhr dann rückwärts, bis das Boot genau einen Meter vom Heck der Bénéteau hielt; der Mann stieg ganz gelassen auf den Ponton, während das Boot hereinkam, hielt eine Leine in der Hand und hielt das Boot ruhig, ehe er einen Schlag Leine um den Poller legte. Dann wandte er sich uns zu und lächelte. »Danke.« Er warf seiner Begleiterin die beiden Achterleinen zu und ging selbst nach vorn, um den Bug der Rustler zu sichern. »Na, das war ein guter Segeltörn. Hoffentlich haben Sie nicht extra auf uns gewartet ...« Er betrachtete erst Anders, doch dann wanderte sein Blick zu Magnie. »Mr Williamson, stimmt's?«

»Magnie.« Sie schüttelten sich die Hand.

»Kommen Sie an Bord – kann ich Sie zu einem Schlummertrunk überreden?«

»Ich will Sie nicht aufhalten«, sagte Magnie.

»Die Nacht ist noch jung«, erwiderte der Mann fröhlich, »und ein kleiner Whisky ist immer gut nach einem langen Segeltag. Kommen Sie rüber.«

»Ja, bitte!«, schallte die Stimme der Frau aus dem Cockpit. »Wir wollen Sie nämlich über die Umgegend ausfragen, Sie tun uns also einen Gefallen.«

Wir stapften an Bord.

Ich war noch nie im Innenraum einer Rustler gewesen, und ich wurde nicht enttäuscht. Über dem Niedergang in der Kajüte war ein Glasfaserdach, das die Navigationsinstrumente und den Steuermann schützte; mit diesem Boot konnte man durch einen Sturm segeln, ohne nasse Haare zu bekommen. Ich duckte mich nach unten und kam in die Kajüte. Der Grundriss war derselbe wie auf der *Chalida*, mit einer Koje in der Vorpiek, einem Wohnbereich, Kartentisch und zwei Viertelkojen, die unter dem Cockpit lagen (heutzutage sehr altmodisch, wo man auf einer 36-Fuß-Yacht mindestens eine Kabine achtern erwarten würde), aber weil der Kiel so tief war, musste man vier

Stufen nach unten gehen und hatte eher das Gefühl, als beträte man die Kajüte eines Großseglers. Der Innenraum war mit hellem Holz getäfelt, dessen Lack im Licht der Öllampen glänzte, und wo auf der *Chalida* Anders' Vorhang war, gab es hier eine massive Schottentür, die offen stand und den Blick auf eine unruhig gemusterte blau-grüne Bettdecke auf dem dreieckigen Bett freigab. Im Wohnbereich war der Tisch ein wenig versetzt, so dass ein freier Gang entstand, und hinter den grün gepolsterten Sofas zu beiden Seiten befanden sich verschlossene Schränke und ein gut mit Leisten abgesichertes Bücherregal. Gleich bei der Treppe war der Kartentisch mit einer Reihe von Bildschirmen und einem Laptop und gegenüber davon eine ordentliche Bordküche mit Herd, Spüle und Arbeitsfläche. Das Boot war makellos sauber und für eine Fahrt aufgeräumt: Alle losen Gegenstände waren entweder verstaut oder gesichert.

»Peter und Sandra Wearmouth«, sagte der Mann. »Setzen Sie sich. Whisky?«

»Wir haben uns ein Gläschen verdient«, meinte Sandra. »Wir sind gerade um Muckle Flugga herumgesegelt.« Das ist der nördlichste Punkt Großbritanniens, ein Leuchtturm hoch auf einem zerklüfteten schrägen Felsen, umgeben von großen Brechern und Querströmungen.

»Für mich keinen Whisky«, antwortete Magnie. Anders und ich starrten ihn an. Magnie wurde rot. »Ich muss noch fahren«, fügte er hinzu. Da ich ihn schon hatte Auto fahren sehen, als er kaum noch stehen konnte, nahm ich ihm das nicht ab.

»Dann vielleicht eine Tasse Tee?«, fragte Sandra.

»Das wäre ganz wunderbar«, antwortete Magnie und rutschte hinter den Tisch.

»Die hätte ich auch lieber«, sagte ich und gesellte mich zu ihm. Peter schaute Anders fragend an.

»Whisky, bitte«, sagte der. »Vielen Dank.«

Als wir endlich alle um den Tisch saßen, sah ich mir die beiden genauer an. Peter war so Anfang fünfzig, hatte einen glatten silbrig schimmernden Haarschopf und kluge Augen unter geraden Brauen. Seine Haut hatte die satte rosige Farbe, die man oft bei Schreibtischarbeitern findet, die nun aber von einer Seglerbräune überdeckt war, und er trug einen gestreiften Pullover im Stil von Mike Aston in schreienden Farben. Er machte auf mich den Eindruck, als wäre er früher mal beim Militär gewesen, er hatte etwas Befehlendes an sich. Sandra war ein bisschen jünger, Ende vierzig oder knapp fünfzig, hatte das aschblonde Haar zu einem Bob mit Pony geschnitten. Ihre graugrünen Augen erinnerten mich an jemanden, wenn ich auch nicht genau sagen konnte, an wen. Unter ihrem Ölzeug trug sie adrette Business-Kleidung: einen dunkelgrünen Pullover mit passender Hose und ein farblich kontrastierendes orangefarbenes Tuch, das irgendwie Schick mit Mütterlichkeit verband. Die beiden waren aus Newcastle; Peter sprach Londoner Englisch, gelegentlich mit dem flacheren A oder spitzen U des Geordie-Dialektes, Sandras Akzent war noch ziemlich stark.

Wir hatten uns gerade hingesetzt, als aus der Vorpiek ein heiseres Krächzen ertönte und die seltsamste Katze, die ich je gesehen hatte, vom Bett sprang, über den Badezimmerboden tappelte und dann leicht wie die Brustfeder einer Möwe im Wind auf Peters Schulter schwebte. Sie war klapperdürr, hatte lange schokoladenbraune Beine, einen peitschenartigen schwarzen Schwanz und Ohren, die sie von einem zweimal so großen Wesen geborgt zu haben schien. Am meisten überraschten mich aber die Augen, die genauso blau waren wie meine. Die Katze gab noch einmal diesen seltsamen Laut von sich, machte auf Peters Schoß kehrt, setzte sich kerzengerade hin und starrte uns mit diesen erstaunlichen Augen an. Ein solches Tier hatte ich noch nie gesehen.

Magnie lachte mich an. »Das ist eine Siamkatze, Cass.«

»Eine Kreuzung zwischen einer Katze und einem Affen«, meinte Peter. »Sie ist unser Maskottchen.«

»Deines«, korrigierte Sandra. »Mit mir spricht sie nicht.«

Gut, dass Anders Ratte an Bord der *Chalida* gelassen hatte.

»Also«, fragte ich, »was bringt Sie nach Shetland?«

»Die Archäologie«, antwortete Peter, während er Anders seinen Whisky in einem geschliffenen Kristallglas reichte.

»Peter ist süchtig auf Vergangenheit, seit er *Time Team** angeschaut hat«, erklärte Sandra und deutete kopfschüttelnd auf seinen Pullover. »Aber ich habe ein Machtwort gesprochen, als er auch noch einen Hut wie Phil wollte, nicht wahr, Pet?«

»Ich hab mir einen bei eBay bestellt«, konterte er. »Aber ernsthaft, diese Serie hat mein Interesse an unserem historischen Erbe geweckt, an all den Dingen ringsum, die wir oft nicht mal bemerken. Und Shetland ist einfach unglaublich. Dies hier zum Beispiel.«

Er deutete mit der Hand auf Magnies Cottage, das in seine Bucht geschmiegt lag. »Das Cottage?«, fragte ich.

»An einem Wikingerstandort errichtet, mit Steinen von einem piktischen Broch** gebaut«, erklärte Magnie.

»Die großen Steine, die hinter dem Haus den ganzen Hang hinauf liegen.«

»Trowie-Steine. Elfensteine«, sagte ich. »Bringt Unglück, wenn man die woanders hinbringt.«

»Steinzeitliche Feldabgrenzungen, fünftausend Jahre alt.«

»Echt?«, sagte ich verblüfft. »Fünftausend?«

»Vielleicht die Steine da nicht, obwohl die großen vielleicht schon so alt sein könnten. Aber der Grenzverlauf ist wohl geblieben, seit er zuerst festgelegt wurde. Und man kann es von hier aus zwar nicht sehen, aber ich bin sicher, das da oben auf der Bergkuppe ist ein Steinhügelgrab.« Er wedelte mit der Hand in Richtung Norden auf die Silhouette des Nibon.

---

* Britische Fernsehserie über Archäologie. Einer der Experten, Mick Aston, trug stets sehr bunte Ringelpullover, ein anderer, Phil Harding, extravagante, breitkrempige Hüte.
** Runder, fensterloser Turm aus der Eisenzeit.

Wir schauten ihn verständnislos an. »Ich weiß nicht, was das ist«, sagte Anders. »Meinen Sie einen Hügel, auf den man einen Stein legt, um zu zeigen, dass man den Berg bestiegen hat?«

»Nein, etwas Größeres«, antwortete Peter. »Es sieht jetzt wie ein mit Gras bewachsener Hügel aus, aber unter dem Gras liegen Mauern. Es ist nicht direkt oben auf dem Berg, sondern an einer abgeflachten Stelle, von der aus man einen Blick über die ganze Bucht hat. Schauen Sie, hier.« Er faltete die Karte zwischen uns auseinander und deutete auf die Atlantikküste, an der sie entlanggesegelt waren, zog dann den Finger eine Meile quer über den gegen Norden schützenden Berg, fuhr mit ihm von der Öffnung unterhalb der Brücke von Muckle Roe zum langen Voe von Mangaster, einem echten norwegischen Fjord mit steilen grünen Hängen, die sich direkt aus dem Meer erhoben. Auf dem Berg hielt sein Finger inne.

»Oh«, sagte ich, »Sie meinen den Trowie-Hügel.«

»Trowie-Hügel?«, wiederholte Sandra.

»Trows nennt man in Shetland die Feen«, erklärte ich. »Nein, nicht die Feen, sondern die Elfen. Wie Puck und so, die in der Nacht den Ponys die Mähnen zu Zöpfen flechten. Trolle, so heißen die wohl auf Englisch.«

»Auf Norwegisch«, mischte sich Anders ein.

Ich ignorierte ihn. »Das sind kleine haarige Wesen, die unter der Erde leben, unter grünen Hügeln wie diesem da.«

Peters Augen leuchteten auf. »Da sehen Sie, das sind volkstümliche Überlieferungen, Erinnerungen aus der Zeit der Pikten. Die haben in sogenannten Radhäusern gewohnt, die von außen genauso ausgesehen haben wie ein grüner Hügel.«

»Die Elfen mögen gern Musik, besonders Fiedelmusik«, fuhr ich fort, »und Magnie kennt eine Geschichte über einen Fiedler – komm schon, Magnie, erzähl du sie.«

»Die Leute wollen mich bestimmt nicht die ganze Nacht lang quasseln hören«, protestierte Magnie.

»Doch«, erwiderte Sandra. »Ich will mir einfach Ihren Akzent anhören. Kommen Sie schon.«

»Na gut«, sagte Magnie mit perfekt dosiertem Zögern, »es ist eine der Geschichten, die ich von meiner Großmutter habe, und ich kann mich dafür verbürgen, dass sie wahr ist, denn sie hat den Mann persönlich kennengelernt, als sie noch ein kleines Mädchen war ...«

Es war Magnies beste Geschichte, und er erzählte sie wunderbar. Er begann mit dem Abend des Mittsommertages an jenem grünen Hügel, als ein kleiner, farbenfroh gekleideter Mann einen Fiedler aus dem Ort fragte, ob er auf einer Hochzeit spielen würde. Dann folgte die Beschreibung des Elfenfestes, und schließlich erwachte der Fiedler neben dem Hügel wieder und musste feststellen, dass sich ringsum die Landschaft verändert hatte, alte Häuser verschwunden und neue gewachsen waren. »Und er ging zurück, dieser Fiedler, zu seinem eigenen Haus, und die Leute da starrten ihn an, bis ein Alter am Kamin sich an Erzählungen über seinen Großvater erinnerte, der verschwunden war und den man nie wieder gesehen hatte, und das war genau dieser Fiedler.«

»Und was ist dann mit ihm geschehen?«, fragte Sandra.

Ein seltenes Lächeln zerknitterte Magnies wettergegerbtes Gesicht. »Sie denken, der ist vielleicht vor ihren Augen zu Staub zerfallen? Nö. Nö. Nun, sie haben ihn gebeten, dazubleiben, er war ja ihr Verwandter, aber er hat sich nie wieder eingelebt. Es war niemand mehr da, den er kannte, wissen Sie. Schließlich hat er all seine Tage auf dem Friedhof verbracht und nur die Gräber angestarrt. Und als dann der Mittsommer wieder kam, sagte er, jetzt hätte er genug. Die Elfen würden sich über einen guten Fiedler freuen, meinte er, und am Mittsommerabend würden sie gewiss dort oben sein. Also wollte er zum Hügel hoch und sie bitten, ihn mit hineinzunehmen. Und in jener Nacht ist er da hochgegangen und ward danach nie mehr gesehen. Aber manchmal – und ich habe das selbst schon vernommen –, da kann man eine Fiedelmelodie hören, die aus genau dem Hügel da kommt, oder man kann Lichter sehen, die sich ringsum bewegen – und die habe ich auch schon gesehen.«

Er machte eine wohlabgewogene Pause und wandte sich an Peter. »Natürlich haben Sie doch recht, es ist ein Steinhügelgrab, wie Sie gesagt haben, aus der mittleren Steinzeit, vielleicht dreieinhalbtausend Jahre alt.« Ich war keineswegs verwundert über seine Kenntnisse. Was ein Shetländer nicht über seine Heimat weiß, das kann man getrost vergessen.

»Aber was ist es?«, fragte Anders beharrlich.

»Es ist eine steinzeitliche Grabkammer«, erklärte Peter. »Keine sonderlich große, denn zunächst haben sie Himmelsbestattungen gemacht, wissen Sie, die Leichen für die Vögel hingelegt, die daran fraßen, und dann haben sie ein, zwei Mal im Jahr eine große Zeremonie abgehalten und die Knochen in das Haus der Ahnen gebracht. Was meinst du, Sandra, wandern wir morgen mal da hin? Ein netter kleiner Spaziergang, um unsere unruhigen Beine zu bewegen.«

»Es ist weiter, als es aussieht«, warnte ich sie. »Sie können nicht geradewegs von hier da hochgehen. Sie müssen erst die Straße da lang, etwa fünf Meilen …« Ich drehte die Karte zu ihnen hin. »Sie halten sich von Brae aus nach Norden, dann geht's in die Berge hinauf in Richtung Küste. Wenn ich mich recht erinnere, steht da ein Haus …« Ich deutete knapp unterhalb des Elfenhügels auf die Karte. »Und zu dieser Stelle führt bestimmt von der Spitze des Voe ein Pfad, von hier. Dann geht es schnurstracks den Hang hinauf zum Elfenhügel.«

»Eine ordentliche Strecke«, stimmte mir Peter zu. »Zehn Meilen zu laufen. Was meinst du, Sandra, nehmen wir das Zelt mit? Schlagen es bei dem Hügel auf und sehen uns dort mal gründlich um? Kann man rein, wissen Sie das, Cass?«

»Ich erinnere mich schwach«, sagte ich, »dass das geht. Der Junge aus dem Haus gleich unterhalb des Hügels, der ist mit mir hier in Brae in die Schule gegangen. Er war drei, vier Jahre älter als ich, und ich weiß noch, dass er mal in einer Tragetasche einen Totenschädel mitgebracht und versucht hat, uns allen Angst damit einzujagen.«

»Einen Totenschädel?« Peter schrie das beinahe.

»Er sagte, der Hügel wäre voller Knochen«, erzählte ich weiter. »Die anderen Jungs fanden das cool, aber ich weiß nicht, ob sich einer von ihnen je die Mühe gemacht hat, den ganzen Weg da hochzugehen und nachzuschauen.«

»Sie meinen«, fragte Peter mit bebender Stimme, »dass dort nichts ausgegraben worden ist? Dass damals die Knochen der begrabenen Menschen noch dort lagen?«

»Nach fünftausend Jahren?«, meinte ich. »Sicher nicht.«

»Das könnte leicht sein«, wandte Sandra ein. »Wir sind in Orkney zu diesem fantastischen Ort gegangen, dem Tomb of the Eagles*, und da hatten sie jede Menge Schädel ausgegraben. Die konnten alles Mögliche über die Leute sagen – sie haben ein junges Mädchen identifiziert, einen Mann, der sich den Arm gebrochen hatte, und eine Großmutter mit Arthritis.«

»Es könnte damals aber auch ein Schafsschädel gewesen sein«, fügte ich hinzu, weil ich nicht wollte, dass sie sich zu große Hoffnungen machten. »Ich weiß es nicht mehr, und ich wette, dass Brian – das war der Junge aus dem Haus da – es auch nicht wusste. Seine Mum ist dann von dort weggezogen, als er in die Schule gekommen ist, und sie haben das Haus nur noch in den Ferien benutzt.«

»Morgen?«, fragte Peter und schaute Sandra an. »Wir könnten erst die Lebensmittel einkaufen und uns danach auf den Weg machen – ein kleiner Halt für ein Picknick, sobald wir von der Straße weg sind –, am Nachmittag die Gegend erkunden und vor der Abenddämmerung wieder zurücksein.«

»Okay, Pet«, sagte sie.

---

* (engl.) Adlergrab.

2

Da stane at lies no in your gait braks no your toes.
Der Stein, der dir nicht im Weg liegt, bricht dir
nicht die Zehen.

*(Altes Sprichwort aus Shetland:
eine Warnung davor, sich in Dinge einzumischen,
die einen nichts angehen.)*

KAPITEL 4

Dienstag, 31. Juli
  Gezeiten für Brae:
Niedrigwasser   02.06   0,5 m
Hochwasser   08.25   1,9 m
Niedrigwasser   14.23   0,7 m
Hochwasser   20.35   2,1 m
Mond zunehmend, letztes Viertel

Die Leute, die mit den Schafen arbeiteten, fingen am nächsten Morgen schon früh an. Eine Salve von Blöken vom Berghang weckte mich auf, und als ich den Kopf aus der Luke in die warme Sonne streckte, hatten sich jede Menge Pick-ups da oben versammelt, eine Schafherde war im Pferch zusammengedrängt, Männer in neonorangen Overalls oder Blaumännern schoben sich zwischen ihnen hindurch, und der Geruch nach Jeyes Fluid* verpestete die Luft. Irgendwo war dazwischen auch ein Quad-Bike zu hören, das auf dem Hang herumsauste und die weit verstreuten Herden auf die Stelle zutrieb, wo die Hunde sie übernehmen konnten. Der Fahrer war schmal und hatte dunkle Haare, seine dunkle Blousonjacke blähte sich im Wind: Norman, der Jetskifahrer von gestern. Ich hoffte, er würde den ganzen Tag da oben bleiben und uns auf dem Wasser in Ruhe lassen.

Es war wieder ein perfekter Tag zum Segeln, mit einer leichten, warmen Brise von Süden und Sonne, die durch die Kajütenfenster blinkte. Die Flut war nicht weit von der Oberkante der Slipanlage; es war beinahe Vollmond. Ich zog mir die Jeans

---

* Desinfektionsmittel.

über mein Nacht-T-Shirt, schnappte mir das Waschzeug und machte mich auf den Weg zu den Duschen. Sandra war schon da und bürstete sich vor dem Spiegel die Haare. »Schöner Morgen«, sagte sie.

»Genau, was uns der Wetterbericht versprochen hat«, stimmte ich ihr zu und ging zur Dusche. Ich hatte gerade eben meine Kleider ausgezogen, als die äußere Tür wieder aufging und ich Madges Stimme hörte. »O hallo. Sind Sie die Frau von der Rustler?«

Noch mehr Fragen. Ich überlegte, ob Magnie recht hatte und die beiden verdeckt ermittelnde Polizisten waren. Dass wir alle drei gleichzeitig in der Dusche waren, schien mir ein merkwürdiger Zufall zu sein; nein, eigentlich mehr als ein Zufall. Der Ponton bebte unter jedem Schritt, also wusste man ziemlich genau, wer wann wo war, und dann würde man nicht ausgerechnet auf die einzige Duschkabine zusteuern, wenn man wusste, dass bereits zwei Leute in den Waschräumen waren.

»Sandra Wearmouth«, erwiderte Sandra. »Wir sind aus Newcastle. Und Sie?«

»Madge. Wir sind grade von Orkney hochgekommen.«

Wieder kein Heimathafen. Ich wartete einen Augenblick, aber dann war es still, und man hörte schließlich ein Klirren, als stellte Madge irgendwelche Flaschen hin. Dann ertönte erneut ihre Stimme: »Fahren Sie heute weit?«

»Das Boot bleibt im Hafen«, sagte Sandra, »aber wir haben uns überlegt, dass wir eine kleine Wanderung in die Berge machen wollen. Mein Mann hat was interessantes Archäologisches entdeckt, das er unbedingt untersuchen muss.«

»Archäologisches«, wiederholte Madge verwundert und lachte dann. »Meiner redet nur davon, dass er seinen Fischfinder testen will. Und ich, ich sorge dafür, dass ich meine Sonnencreme und ein gutes Buch dabei habe.«

»Das ist das Beste«, stimmte ihr Sandra zu. »Also, bis später.« Die Tür ging wieder auf und zu. Nach einer kurzen Pause sagte

Madge leise, aber deutlich: »Scheiße.« Und dann klang es, als wühlte sie in ihrer Tasche herum.

Langsam wurde die Sache peinlich. Ich ließ geräuschvoll meine Shampooflasche auf den Boden fallen und drückte auf den Knopf der Dusche. Heißes Wasser strömte heraus. Ich seifte mich gründlich ein, wusch mir sogar die Haare, obwohl heute Kenterübungen auf dem Plan standen und sie garantiert gleich wieder nass würden.

Als ich triefnass und in ein Handtuch gewickelt herauskam, zog sich Madge gerade ihr Oberteil aus, das wieder jadegrün war. Ein himmelblauer Nicki-Anzug lag schon auf der Lattenbank bereit. Ich sagte: »Morgen« und wollte mich ohne einen weiteren Blick an ihr vorbeischlängeln, wie man das in Umkleideräumen taktvoll macht, aber sie drehte sich zu mir hin und schien zu einem Schwätzchen aufgelegt. »Guten Morgen, Cass. Herrlicher Morgen, nicht?«

»Großartig«, stimmte ich ihr zu.

»Sie unterrichten heute den ganzen Tag hier?«

»Bis fünf«, antwortete ich. »Wie steht's mit Ihnen? Geht's wieder weiter?«

Sie zuckte vage die Achseln. »David redet davon, dass er nach Norden will, aber wir haben es nicht eilig.« Sie langte mit der linken Hand nach einer kleinen Geldbörse. Irgendwas stimmte nicht an dieser Geste, aber ich konnte es nicht genau ausmachen. »Braucht man hier für die Dusche eine Münze?«

»Nein, Sie drücken einfach auf den Knopf«, erwiderte ich. Ich erwartete, dass sie jetzt gleich reingehen würde, aber sie lungerte immer noch rum, faltete ihr Oberteil, das ja wahrscheinlich gleich in der Schmutzwäsche landen würde, unnötig ordentlich zusammen.

»Ich finde die Gegend hier ziemlich interessant. Gibt's irgendwas, das wir unbedingt erkunden müssen, während wir hier sind? Sie wissen schon, alte Kapellen oder irgendwelche Grabstätten?«

»O ja, so was haben wir«, räumte ich ein. Ihre kieselgrauen Augen schauten auf einmal ganz schlau. Ich drehte dem Elfenhügel den Rücken zu und deutete in die genau entgegengesetzte Richtung. »Die Kirche am anderen Ende des Voe und die Gräber auf dem Kirchhof gehen bis ins siebzehnte Jahrhundert zurück, hat man mir gesagt.«

Ihre Augen wurden ganz kalt und scharf vor Misstrauen. »Klingt interessant. Da könnten wir heute Morgen mal hinspazieren. Noch was?«

Ich wandte ihr den Rücken zu und fing an, mir die Haare zu trocknen. »Nicht, dass ich wüsste.« Ich spürte förmlich, wie sich mir ihre Augen in den Rücken bohrten, aber ich konzentrierte mich darauf, meine nassen Strähnen auszukämmen, und nach ein paar Sekunden verschwand Madge endlich in der Dusche.

Als ich nach draußen kam, sah ich, dass David und Peter schon auf der quadratischen Pier vor dem Klubhaus ins Gespräch vertieft waren. David hatte die Bénéteau rübergefahren und tankte, schaute über den schweren Plastikschlauch hinweg zu Peter. Der hatte einen Arm nach vorn ausgestreckt und deutete zu dem Berg hinauf, auf dem der Elfenhügel lag. David nickte, und seine Augen huschten vom Schlauch zu Peters Gesicht. Ich zerbrach mir auf dem gesamten Rückweg am Yachthafen entlang den Kopf darüber. Wieso waren David und Madge so scharf darauf, uns alle derart genau zu beobachten? Waren die wirklich von der Polizei?

Peter und Sandra machten sich auf den Weg, als ich gerade die Tafel aufstellte, um die heutige Windrichtung und die verbotenen Zonen anzuzeigen. Die beiden trugen Wanderschuhe und hatten jeder einen kleinen Rucksack.

»Viel Spaß!«, rief ich ihnen zu, als sie vorbeikamen.

»Bestimmt!«, antwortete Peter.

Sandra verdrehte die Augen und lachte. »Bis später!«

Sie verließen gerade den Yachthafen, als Alex auftauchte, auf seinem Fahrrad um sie herumschleuderte, dass seine blonden

Tentakel nur so flogen. Er kam in einer Fontäne aus Kies zu mir heruntergerutscht und stieg ab, indem er das Rad einfach fallen ließ. »Hi, Cass. Waren das die beiden vom Motorboot?«

»Nein, die vom Segelschiff«, antwortete ich.

Er warf ihnen einen weiteren langen Blick hinterher, drehte sich um und betrachtete die Rustler. »Ich wette, mit der könnte man nach Amerika segeln.«

»Wette ich auch«, stimmte ich ihm zu.

Er hatte seine lavendelblauen Augen wieder auf mich gerichtet. »Wer sind dann die auf dem Motorboot?«

Ich zuckte mit den Achseln. »Weiß nicht.«

Plötzlich schaute er zu meiner Überraschung ängstlich. »Doch, das weißt du. Du warst doch an Bord und hast mit denen geredet.«

»Nur auf eine Tasse Kaffee«, gab ich zu.

»Na gut, wer sind die also?«

»Einfach Leute«, sagte ich. »Die sind von Orkney hochgekommen.«

Sein Gesicht war plötzlich wie reingewaschen, wurde unschuldig und naiv. »Weißt du, ich kenne die. Ich hab die jedenfalls schon mal gesehen, als ich bei Brian unten war. Du weißt schon, Brian, das ist der Kumpel von meinem Da, mit dem er gearbeitet hat, als er unten im Süden war. Die waren miteinander auf der Schule. Der ist dort oben ...« Er zeigte auf die Gruppe von Männern, die um den Pferch mit den Schafen herumstanden. »Na ja, wir waren in den Ferien unten, und da habe ich die gesehen.« Eine kleine Pause, um weitere Einzelheiten zu erfinden, vermutete ich. »An den Mann erinnere ich mich.«

Das wäre eigentlich plausibel gewesen, wenn er mich nicht gerade gefragt hätte, wer Peter und Sandra waren. Mir fiel jetzt wieder ein, wie sein großer Bruder gestern Abend auf das Motorboot gestarrt hatte, und ich fragte mich, ob vielleicht Norman derjenige war, der das alles wissen wollte.

»Mir fällt sogar sein Name ein, wenn ich drüber nachdenke«, behauptete Alex. »Der fängt mit einem B an ...« Er beobachtete aufmerksam mein Gesicht und änderte rasch die Richtung. »Nein, mit einem M.«

»Gut geraten«, lobte ich.

»Morrison«, versuchte er. »Nein, das stimmt nicht ganz. Mackay.« Er wartete darauf, dass ich ihn korrigieren würde, und schüttelte dann den Kopf. »Fällt mir schon wieder ein.«

»Sag mir Bescheid, wenn du's wieder weißt«, sagte ich. Er starrte mich immer noch an. »Wenn du jetzt dein Boot auftakelst, ehe die anderen kommen, kriegst du eines von den neuen Segeln.«

Abgelenkt rannte er auf den Bootsschuppen zu. Warum um alles in der Welt, überlegte ich, sollte Norman Alex dazu anstiften, was über diese beiden Fremden herauszufinden? Es war natürlich möglich, dass sie von der Polizei waren und er das wusste; vielleicht hatte er sie mal in Uniform gesehen. Norman würde ich durchaus zutrauen, dass er mit irgendwelchen krummen Dingern zu tun hatte; Drogen zum Beispiel.

Ich dachte wieder an das unbestimmte Gefühl von eben, dass irgendwas daran nicht stimmte, wie Madge nach ihrer Börse griff. Ich versuchte mir die Bewegung noch einmal vor meinem geistigen Auge vorzustellen; die mollige Hand, jetzt ohne die Ringe, die sich über das weiße Waschbecken hinweg bewegte. Hatte sie nur wegen der fehlenden Ringe anders ausgesehen? Ja, schon, aber das war doch kein Grund zur Beunruhigung. Sie hatte auch ihren Ehering abgestreift. Hatte das was zu sagen? Ja, genau, das war's! Ihre Hand war gleichmäßig gebräunt gewesen, und es war keine Spur von irgendeinem Ring an einem ihrer Finger, nicht einmal ein weißer Streifen oder eine Delle, wo normalerweise der Ehering saß. Und das bedeutete, schloss ich, dass sie den sonst nicht trug.

Was wohl hieß, nahm ich an, dass die beiden nur vorgaben, verheiratet zu sein. Ich erinnerte mich daran, dass Magnie über ihr Alter spekuliert hatte, dass sie seiner Meinung nach jünger war, als sie aussah: eine jüngere Kollegin mit einem älteren Kollegen, die versuchten, sich als Ehepaar in den besten Jahren auszugeben. Was, fragte ich mich, hatte die beiden bloß nach Brae gebracht?

Bis zum Abendessen bekamen wir jede Menge zu tun. Anders musste woanders arbeiten, und Ratte hatte beschlossen, den Tag an einem sonnigen Fleckchen im Cockpit der *Chalida* zu verschlafen, doch Magnie gesellte sich im Schlauchboot zu mir. Wir gruppierten die Kids in Paaren und spielten »alles nachmachen«: Das Rettungsboot fuhr im Zickzack voraus Richtung Linga, und dann segelten sie mit zu beiden Seiten ausgelegten Segeln zum Strand zurück. Sobald sie das zweimal gemacht hatten, zogen wir uns mit dem Schlauchboot ein bisschen zurück und dümpelten sanft vor uns hin, beobachteten die Kids und gaben ihnen Ratschläge, wenn sie an uns vorbeikamen. Die Sonne schien warm auf uns herab. Ich lehnte mich auf den Ellbogen zurück und merkte, dass das Gummiboot weich nachgab.

»Das müssen wir ein bisschen aufpumpen.«

»Könnte nicht schaden«, stimmte mir Magnie zu. Er reichte mir die Pumpe und beobachtete weiter mit zusammengekniffenen Augen die Kids, während ich mich an die Arbeit machte. »Alex, Graham, ihr kneift. Kommt ein bisschen vom Wind, dann seid ihr schneller.«

»Fühlt sich aber viel schneller an, wenn wir in Schräglage sind«, rief uns Alex zu, als er an uns vorbeirauschte.

Magnie zuckte mit den Achseln, während Alex um die Boje herumflatterte. »Das ist der Junge von Olaf o' Scarvataing, stimmt's?«

Ich versuchte mich an den Namen von Olafs Haus zu erinnern. »Von Olaf Johnston, der mit mir in die Schule gegangen ist.«

»Eben, Olaf o' Scarvataing. Hat ein Mädel aus dem Süden

geheiratet, und ich denke, gut hat er die nicht behandelt, denn es heißt, wenn sie nicht so fromm wäre, hätte es längst 'ne Scheidung gegeben. Die sind hier hoch gekommen, um die Sache wieder ins Lot zu bringen, aber da müsste er sich gewaltig ändern. Der hat sich nie was sagen lassen, genau wie sein Vater – der ist mit mir in die Schule gegangen. Steven. Na ja, wir geben dem Jungen hier einfach weiter Ratschläge, vielleicht bricht er die Familientradition.«

»Olafs älterer Junge ist eine echte Nervensäge«, sagte ich. »Dem hat irgendwer einen von diesen Jetskis gegeben. Er ist gestern um die Dinghys rumgerast und hat alle nassgespritzt.«

»Ist mal was anderes«, meinte Magnie, »als auf diesem Quad-Bike durch die Berge zu donnern.«

»Ich habe gesehen, wie er heute Morgen geholfen hat«, berichtete ich.

»Geholfen?«, wiederholte Magnie verächtlich. »Der doch nicht. Der hat die Schafe eher in alle vier Winde auseinandergetrieben und so aufgescheucht, dass die Hunde mit ihnen nichts mehr anfangen können. Und wenn es nicht das Quad-Bike ist, dann rennt er mit einem Gewehr da draußen rum.«

»Kaninchen gibt's ja genug«, sagte ich beruhigend. Es machte mir Spaß, diese Tiere im ersten Morgenlicht zu beobachten, graue Knubbel mit wachen Ohren, die in der frühen Sonne am Gras knabbern.

Magnie schnaubte verächtlich. »Kaninchen! Der ballert auf alles, was sich bewegt. Gestern Abend habe ich ihn da oben beim Elfenhügel gehört.« Er fügte nachdenklich hinzu: »Der hatte auch ziemlichen Ärger in der Schule, weil Sachen verschwunden sind, allerdings konnte man ihm nichts beweisen – du weißt ja, wie vorsichtig die heutzutage sein müssen. Die anderen Kids wussten genau, dass er es war.«

Mir fiel wieder ein, dass ich mir vorhin überlegt hatte, ob er seine Finger in irgendwelchen krummen Dingern hat. »Hast du was gehört, dass er mit Drogen zu tun hat?«

»Könnte sein«, meinte Magnie. »Viele von den jungen Kerlen machen so was. Aber ich will ihn nicht schlechtreden. Hab noch nix gehört, dass er so was mitmacht. Nur, dass die Mütter nicht gerade scharf drauf sind, ihre Mädels auch nur in seine Nähe zu lassen.« Er lehnte sich über die Seite des Schlauchbootes und brüllte so laut, dass ich zusammenzuckte: »Junge! Hörst du wohl auf, mit deinem Boot Autoscooter zu spielen!« Hastig lavierte Alex von Grahams Heck weg.

»Das kann gestern Abend nicht er gewesen sein, der da geschossen hat«, sagte ich. »Der hat uns die ganze Zeit mit seinem Jetski genervt.«

»Der geht immer zu dem alten Nicolson-Haus unterhalb vom Elfenhügel.« Magnie saß inzwischen wieder aufrecht da und schaute zum Yachthafen hinüber. »Du solltest jetzt besser in deine Trillerpfeife blasen. Da fährt jemand aus dem Hafen raus – wird dieses neue Motorboot sein.«

Die weiße Nase ohne jedes Kennzeichen schaute schon um die felsige Ecke des Yachthafens herum. Ich gab den Kids das Signal, sie sollten sich ums Schlauchboot herum versammeln, und David steuerte in vorsichtigem Tempo in großem Bogen um uns herum. Madge winkte uns vom Cockpit aus zu. Ich beobachtete, wohin sie fuhren, nach rechts, durch Rona und in Richtung Atlantik. Jetzt standen ihnen alle Seerouten offen: Norwegen, Schottland, Färöer, Amerika.

Ein dumpfer Schlag hinter uns warnte mich, dass die Kids langsam unruhig wurden. Ich lotste sie hinter uns her in den Yachthafen zurück, indem ich Bälle aus dem Rettungsboot warf, die sie einsammeln sollten. Der Crew, die die meisten Bälle brachte, versprach ich als Preis einen beinahe abgelaufenen Marsriegel aus der Bar des Klubhauses. Das Wasser war an der Slipanlage schon so weit gefallen, dass man bereits das Gemisch aus Schlamm und grünen Algen unterhalb der Betonbahn sehen konnte. Also ließen wir die Picos beim Ponton schaukeln und setzen uns zu unserem Picknick in die Sonne. Nach dem Mittagessen fuhren wir noch ein paarmal um die Bojen herum und beendeten dann den Nachmittag mit der Kenterübung im Yachthafen, für die wir nur ein Dinghy an einer langen Leine anbanden. Das war für alle der Höhepunkt des Tages, trotz der Schreckensschreie, wenn die Kids das eiskalte Wasser zu spüren bekamen. Ich stoppte die Zeit, die sie brauchten, bis sie das gekenterte Boot wieder segelten, und Alex gewann mit zwanzig Sekunden Vorsprung. Dann scheuchte ich sie alle nass und lachend nach Hause, schälte mich aus meinem Neoprenanzug und machte mich auf den Heimweg zur *Chalida*.

Es war jemand an Bord gewesen. Das wusste ich sofort, als ich das obere Spritzbrett öffnete; es lag was in der Luft, wenn auch nichts so Konkretes wie ein Parfüm, und als ich genauer hinschaute, war alles eine kleine Spur anders – der Winkel des Logbuchs auf dem Tisch, die Lage der grünen und gelben Kissen, der Fall des Vorhangs zu Anders' und Rattes Koje. Ratte selbst kam aus ihrem Versteck unter dem Werkzeugregal hervorgeflitzt. Dass sie dort Zuflucht gesucht hatte, war nur eine weitere Bestätigung dafür, dass jemand, ein verstohlener, schlauer, unbekannter Jemand, an Bord gewesen war und sich an unseren Sachen zu schaffen gemacht hatte. Ich überprüfte alles sorgfältig. Meine Koje; ja, die hatten nicht nur in meinem Bett nachgeschaut, die hatten sogar die Kissen hochgehoben, um auch noch die Backskiste darunter zu checken. Sie hatten alle Töpfe und Pfannen rausgenommen und, glaubte ich, auch einen kurzen Blick in den Motorraum geworfen, denn die Messinghaken, mit denen die Abdeckung befestigt wird, waren nicht in der Position, in der ich sie hinterlassen hätte. Was sie vorn noch angestellt hatten, konnte ich nicht sagen. Meine Wut wuchs, und wenn Madge oder David hier gewesen wären, hätte ich ihnen gehörig die Meinung gegeigt. Sie hatten nicht das Recht, ohne meine Zustimmung an Bord zu kommen, und schon gar nicht das Recht, mein Schiff zu durchsuchen. Wenn sie bei der Polizei waren, sollten sie doch mit einem Durchsuchungsbefehl wiederkommen.

Ich machte mir keine Sorgen, dass etwas gestohlen worden sein könnte; bei mir gab es nichts zu stehlen. Dann kam mir ein viel hässlicherer Gedanke: Wenn sie nun nichts weggenommen, sondern vielmehr etwas hergebracht hatten? Es gab ein Dutzend Stellen auf der *Chalida,* wo sie eine illegale Ladung verstauen konnten – Drogen zum Beispiel oder sogar eines von den Gemälden, von denen David geredet hatte. Dann mussten sie nur der Polizei einen Tipp geben, und wir hatten ernsthaft Probleme.

Die *Chalida* zu durchsuchen, das war das Letzte, wonach mir der Sinn stand. Ich wollte viel lieber eine Tasse Tee in der Sonne trinken, Ratte um meinen Hals drapiert, in der friedlichen Ruhe des Yachthafens ohne ein Dutzend Kamikaze-Picos, die um mich herumschwirrten.

Ich seufzte und straffte die Schultern. Die *Chalida* war ja, wenn man so was machen musste, zum Glück ein kleines Schiff, und ich kannte hier jeden Zentimeter. Wenn es nicht was völlig Exotisches war, zum Beispiel Diamanten, die man so angemalt hatte, dass sie aussahen wie Glasfaserbrocken, die man an den Schiffsrumpf geklebt hatte, würde es nicht lange dauern, bis ich sicher war, dass man mir an Bord nichts untergeschoben hatte.

Es dauerte eine Dreiviertelstunde. Ich räumte jede Backskiste aus und verstaute dann den Inhalt wieder darin, ich schüttelte alle meine Kleider aus und faltete sie erneut zusammen, und ich leuchtete mit der Taschenlampe jeden Zentimeter des Motorraums aus. Ich zupfte sogar Rattes Papiernest auseinander, zu deren größtem Missfallen. Das Einzige, was ich nicht durchsuchte, war Anders' Vorpiek. Das wollte ich ihm überlassen. Überall, wo ich nachgeschaut hatte, hatte es Anzeichen gegeben, kaum merklich, aber eindeutig, dass zuvor schon jemand anders dort herumgekramt hatte. Aber soweit ich es ausmachen konnte, war nichts gestohlen worden und nichts dazugekommen.

Schließlich ließ ich mich mit einer Tasse Tee im Cockpit der *Chalida* nieder und beobachtete die Sturmseeschwalben mit ihren schwarzen Hauben, wie sie im Sturzflug herabschossen, um sich im ruhigen Wasser zehn Meter von mir entfernt Sandaale zu greifen. Die Leute, die am Berg mit den Schafen arbeiteten, waren wohl fertig, denn sie luden gerade ihre Hunde in die Pick-ups, und die letzten Schafe trollten sich erleichtert den Hang hinauf, blökten nach ihren Lämmern und begleiteten sie in die sichere Zone des gemeinsamen Weidelandes. Die Pick-ups rasselten über das Viehgatter, das Quad-Bike röhrte davon, und endlich trat Stille ein. Der Duft blühender Mehlbeeren wehte von dem Garten oberhalb des Yachthafens herunter, die Seeschwalben schwatzten miteinander, und das Wasser plätscherte sanft gegen die Slipanlage des Bootsklubs.

Auch in Anders' Seesack war nichts hineingelegt worden, aber wenn man bedachte, wie entspannt er sonst so war, reagierte er überraschend verärgert auf die Durchsuchung.

»Dazu haben die kein Recht!«

»Stimmt«, erwiderte ich. »Und was haben die gesucht?«

»Die Gemälde, von denen sie geredet haben. Ich nehme mal an, Magnie hatte recht, die sind von der Polizei, und die glauben, wir sind die Diebe, hinter denen sie her sind.« Er fuchtelte mit der Gabel in der Luft herum. »Ich weiß nicht, wieso die das glauben, es sei denn, sie haben eine Beschreibung der echten Diebe, die auch auf uns passt.«

»Unsere Beschreibung würde auf niemand sonst passen: kleine, dunkelhaarige Halbfranzösin mit Narbe, Norweger mit zahmer Ratte.«

»Stimmt.«

»Die haben Paare im Verdacht«, überlegte ich. »Die haben ja auch Peter und Sandra ausgequetscht. Als wüssten sie lediglich, dass sie nach einem Paar auf einem Boot suchen, aber mehr nicht – keine Beschreibung, die auf uns zutrifft, würde auch auf die beiden passen, dazu sind wir im Alter zu weit auseinander.«

»Es ist alles sehr seltsam«, sagte Anders. Er errötete leicht, wurde dann puterrot, mit der Röte, die einem vom Nacken bis in die Haarwurzeln hinaufsteigt, rasch wie die Flut an einem flachen Strand. »Cass, was ich dich schon die ganze Zeit fragen wollte ...«

Ich wartete fasziniert.

»Ich wüsste gern, was hierzulande in den Gesetzen so über, na, du weißt schon ...« Er schaute unruhig über die Schulter. »... über Sexfilme steht.«

Ich starrte ihn an. Bisher hatte nichts darauf hingedeutet, dass er süchtig nach Sexfilmen war, aber was wusste ich schon? Er hatte seinen eigenen Laptop und konnte sich anschauen, was er wollte. »Porno-DVDs?«

Er schaufelte sich eine große Portion Gemüsepfanne in den Mund und konzentrierte sich aufs Kauen, während die Röte ihm wieder übers Gesicht kroch. Er nickte, sah mich nicht an.

»Keine Ahnung«, antwortete ich, »aber ich denke mal, wenn es sich um norwegisches Zeug handelt, das noch nicht durch die britische Zensur ist, sind sie vielleicht nicht sonderlich glücklich drüber.«

Er kaute zu Ende und machte den Mund auf, um etwas zu sagen, machte ihn dann wieder zu und schüttelte bedrückt den Kopf. Ich wollte lieber nicht weiterfragen.

Es war ein Abend mit einer Punkteregatta. Ich fuhr nicht mit der *Chalida* auf diese Regatten – sie war mein Zuhause, sollte keine Trophäen gewinnen –, aber es machte mir Spaß, als Crew auf einem der anderen Boote mitzufahren, einer neuen Starlight. Der Besitzer und die meisten andern Crew-Mitglieder waren in Magnies Alter, und mir gefiel die gesellige Atmosphäre, wenn wir auf dem Vordeck saßen und schwatzten, gelegentlich unterbrochen durch ein bisschen Herumwuchten der Fock oder des Spinnakers. Ich hatte das Gefühl, zu meinen Wurzeln damals in Dublin zurückzukehren und wieder meiner Oma und ihren Freundinnen zu lauschen, wenn ich mir jetzt all die Klatschgeschichten darüber anhörte, was in und um Brae so los war. Wie Frauen zu dem Ruf gekommen sind, die einzigen Klatschmäuler zu sein, kann ich nicht sagen, denn diese Männer konnten es jederzeit mit Granny Bridget aufnehmen. Sie hechelten gerade jemanden durch, der John o' Easthouse hieß und den man betrunken am Steuer seines Autos erwischt hatte, sowie einen Streit zwischen Bill und Maggie o' the Hoyt, weil sie bei ihrer Silberhochzeit einen Whisky über den Durst getrunken hatte. »Man sollte meinen, dass er sich inzwischen dran gewöhnt hat«, sagte Jeemie – und schon waren wir beim gestrigen Zusammentreiben der Schafe.

»Robbie o' the Knowe hat das Maul ein bisschen weit aufgerissen, als sie am Berg waren«, erzählte Jeemie. »Er hat erzählt, was alles in dem alten Nicolson-Haus abgeht und wer da so alles mitmacht, und dabei stand Brian direkt hinter ihm.«

»Ach ja?«, meinte Magnie aufmunternd.

»Allzu viel hat er nicht gesagt, aber doch genug, und ich denk mal, Brian schaut sich bald an, was da los ist.«

Natürlich, das alte Nicolson-Haus war das Haus unterhalb des Elfenhügels, wo Brian aufgewachsen war. Ich nahm an, dass es ihm noch immer gehörte.

»Was geht denn da ab?«, fragte ich. Magnie wurde rot, und Jeemie interessierte sich plötzlich brennend für die Position des Großsegels.

»Ach, paar Treffen und so«, antwortete Magnie. »Und jetzt frag besser nicht weiter, Cass, Mädel.«

»Jawohl, und Brian will wahrscheinlich seinen Schlüssel zurück«, sagte Jeemie. Er schaute erleichtert auf die Boje in fünfzig Meter Entfernung. »Also, Leute, seid ihr bereit mit dem

Drachen? Ich hab Peter o' Wast Point am Heck kleben, seht also zu, wie schnell ihr das schaffen könnt.«

Ich schaute zurück. Die *Renegade* hatte ihre übliche vollzählige Mannschaft, einschließlich Olaf Johnston, der mit einer Bierdose in der Hand hinten im Cockpit hockte, und Alex auf dem Vordeck. Der winkte. »Hi, Cass, wir kriegen euch.«

Ich rutschte zum Heck, bereit, das Segel und die Schot zu packen; Magnie hob die Stange hoch, und Jeemie lehnte sich vor, um sie hochzuziehen. Ich zog die Schot straff und machte sie fest. Dann ging Magnie zum Mast und begann den zerknitterten Spinnaker aufzuziehen. Er ging schnell nach oben, blähte sich auf, und ich zerrte am Segel und zähmte es in eine wunderschöne Kurve. Das Boot schoss vorwärts.

»Gut so«, rief Magnie vom Vordeck. »So halten.« Er setzte sich auf das Kajütendach. »Was ist eigentlich mit deinen Wandersleuten von der Yacht, Cass? Schon wieder was von denen gesehen?«

»Nichts«, rief ich über das klatschende Flattern des Spinnakers der *Renegade* hinweg. »Aber es ist ja noch früh, und es ist die ganze Nacht hell. Ist schließlich 'ne ziemliche Wanderung bis zum Elfenhügel. Die tauchen schon wieder auf. Aber wenn die nicht bald zurückkommen, muss ich wohl was unternehmen.«

Die *Renegade* strich ihr Segel, so dass die letzten Worte in der plötzlichen Stille laut schallten. Ich sah, dass Alex' Kopf herumfuhr. Er schaute mich lange an, und als er bemerkte, dass ich ihn beobachtete, wandte er sich wieder ab. Ich konnte jedoch sehen, dass er sich alles gemerkt hatte; und er würde es Norman weitersagen. Ich hätte zu gern gewusst, warum der sich so brennend für die Bootsbewegungen im Yachthafen interessierte.

KAPITEL 5

Mittwoch, 1. August
 Gezeiten für Brae:
 Niedrigwasser   02.56   0,4 m
 Hochwasser   09.19   2,0 m
 Niedrigwasser   15.09   0,6 m
 Hochwasser   21.25   2,2 m
 Mond zunehmend, letztes Viertel

Peter und Sandra hatten vom Zelten gesprochen. Ich hatte zwar kein Zelt gesehen, als sie sich auf den Weg machten, aber einer ihrer Rucksäcke hätte gut ein zusammengefaltetes Minizelt sein können. Am nächsten Tag schaute ich, während die Kids im Sonnenschein um mich herumsegelten, immer wieder zur Zufahrt des Bootsklubs. Als Anders und ich nach der Arbeit am Abend eine Tasse Tee tranken und immer noch nichts von den beiden zu sehen war, wurde ich unruhig.

»Ich weiß, die beiden sind vernünftige Erwachsene«, sagte ich, »aber trotzdem hätte ich erwartet, dass sie entweder inzwischen zurückgekommen wären oder beim Bootsklub angerufen und drum gebeten hätten, dass wir die *Genniveve* im Auge behalten. Und was ist mit ihrer Katze? Die ist noch an Bord.«

»Wenn das Wochenendsegler sind«, meinte Anders, »dann kommt es ihnen nicht merkwürdig vor, das Schiff mal über Nacht allein zu lassen. Du bist dran gewöhnt, ständig auf deinem Boot zu sein.«

»Stimmt«, räumte ich ein, »aber es ist ein seltsamer Liegeplatz.«

»Sie haben das Schiff sehr sorgfältig festgemacht, und Peter hat noch mal alles überprüft, ehe sie weggegangen sind. Vielleicht genießen sie es, per Anhalter kreuz und quer durch Shetland zu gondeln, oder sie haben die Gelegenheit ergriffen, mal in einem Bed & Breakfast zu übernachten. Irgendwo«, fügte er mit dem Blick eines Mannes hinzu, der von Wundern träumt, »mit einem warmen Frühstück und heißen Duschen und einem bequemen Doppelbett.«

»Vielleicht«, erwiderte ich. »Aber auf mich haben sie den Eindruck gemacht, dass sie bestimmt nur einen Tag wegbleiben wollten. Wie wäre es, wenn du mit dem Wagen ein Stück die Straße hochfährst und schaust, ob du irgendwelche Zeichen von ihnen siehst? Und ich segle mit der *Chalida* zum alten Nicolson-Haus, gehe dort vor Anker, setze mit dem Dinghy zum Strand über und steige zum Elfenhügel hoch?«

Als ich mich die Worte sagen hörte, fielen mir Magnies Worte von gestern wieder ein. Er hatte von Norman gesprochen – dass Mütter nicht mochten, wenn er auch nur in die Nähe ihrer Mädels kam –, und dann hatte er, als folgte das unmittelbar daraus, noch hinzugefügt: *Er geht immer zu dem alten Nicolson-Haus.*

Ach, paar Treffen und so ... und Brian will wahrscheinlich seinen Schlüssel zurück. Den letzten Satz hatte ich laut gesagt, und Anders fuhr auf wie ein verschrecktes Schaf.

»Was meinst du damit?«

»Es war was, das Magnie gestern gesagt hat, dass Norman, der Typ mit dem Jetski, immer zum alten Nicolson-Haus geht. Es klang so, als würde das alles über ihn sagen. Dann haben Alex und Graham angefangen, mit den Booten Autoscooter zu spielen, also habe ich nicht weiter nachgefragt.«

Anders schaute mich von der Seite an. »Du bist einfach zu jung, Cass. Du bist ein hoffnungsloser Fall, siehst einfach die Welt nicht.«

»Was entgeht mir denn?«

Anders wurde wieder zartrosa. Ich schaute voller Interesse auf die auf- und wieder abwallende Röte. Aber er wechselte das

Thema. »Ich denke, es würde nichts schaden, wenn wir nach ihnen Ausschau halten. Doch was ist, wenn wir sie nicht finden?«

»Lass uns erst einmal suchen«, sagte ich. Ich schaute aus dem Fenster auf die Flut, die sich zentimeterweise die Slipanlage hochschob, und langte nach dem Marine-Gezeitenatlas für Orkney und Shetland, der oberhalb des Kartentischs untergebracht war. Das Niedrigwasser war kurz nach drei gewesen, also war es jetzt Hochwasser minus vier, ich hatte eine Stunde, um auf den Atlantik hinauszukommen, Hochwasser minus drei, dann plus zwei, um es wieder auf das Hochwasser Dover zurückzurechnen – ich blätterte die Seiten durch und betrachtete die Pfeile. Die Gezeiten im weiten Bogen der St Magnus Bay würden beim Ausfahren gegen mich stehen, aber nicht viel, einen Knoten oder so, und bei der Heimfahrt würden sie mir helfen. Der Wind kam immer noch aus Süden mit Windstärke 3, so dass ich den ganzen Weg segeln konnte.

Es wurde ein wunderschöner Segeltörn. Die *Chalida* zerrte ungeduldig unter meiner Hand, als ich das Großsegel trimmte. Sie war wohl froh, endlich wieder auf dem Wasser zu sein, anstatt Hausboot zu spielen. Wir fuhren rasch und stetig das zwei Meilen lange Voe hinunter, dann um die Landspitze in das tiefere Gewässer von Rona, zwischen den roten Klippen von Muckle Roe und der Insel Vementry mit ihren Geschützständen aus dem 1. Weltkrieg hindurch. Diese Kanonen mit ihrem 20-Fuß-Lauf hatten zum Schutz der St Magnus Bay gedient, wo die britische Flotte vor der Skagerrakschlacht vor Anker lag. Jenseits davon war der Atlantik; die *Chalida* tanzte bereits in der höheren Dünung. Möwen kamen knapp vor mir im Sturzflug auf das Wasser heruntergeschossen. Ich hakte die Kette der Selbststeueranlage über die Ruderpinne der *Chalida* und holte die Handleine hervor. Es wäre schade, einen Schwarm Makrelen zu verpassen. Bis wir die Gewässer von Rona verließen, hatte ich fünf mittelgroße Fische gefangen, die grün und silbern schillerten, als ich sie durchs Wasser hochzog, und sich dann mit ihren Tigerstreifen im Eimer wanden. Zum Abendessen würde es gegrillte Makrele geben. Aber ich hatte jetzt schon Hunger. Ich filetierte zwei und schob sie unter den Grill. Ich würde eine jetzt essen und mir die zweite in Brötchen beim Elfenhügel genehmigen, mit Blick auf die Bucht.

Ich segelte weiter um die Landspitze herum. Links von mir lag Papa Stour, jenseits davon der ferne dreistufige Fleck von Foula, und danach zweitausend Meilen nichts als Meer. Ich schwenkte nach rechts um und segelte an der Küste entlang, hielt vorsichtigen Abstand zu den roten Klippen mit ihren vorstehenden Felsen, die wie offene Haimäuler aufgesperrt waren. In der Ferne war ein weißes Motorboot zu sehen, gute zwei Meilen von mir entfernt. Es lag genau da vor Anker, wo mein Zielpunkt war. Ich langte nach dem Feldstecher und stellte scharf. Ja, es war wirklich das Boot von David und Madge mit seinem hohen, verbreiterten Bug, und jemand in einer roten Musto-Jacke machte sich mit Angelruten zu schaffen, die am Heck in Halterungen befestigt waren. Von Madge war auf dem Vordeck nichts zu sehen, aber hier in der Bucht war es auch nicht so geschützt und daher zu kühl zum Sonnenbaden. Ich beobachtete das Boot noch ein bisschen länger, aber unter Deck war keine Bewegung auszumachen. Ich fragte mich, wo die beiden wohl übernachtet hatten. Sowohl in Aith als auch in Voe gab es Pontons, zudem waren da noch einige geschützte, abgelegene Buchten, wenn man eine Nacht unter dem Sternenhimmel verbringen wollte. Allerdings hätte ich die beiden nicht als »Unter-den-Sternen-Leute« eingeschätzt. Die würden die Elektrizität an Land brauchen, um all ihre Geräte zu betreiben.

David blieb dort, bis ich auf fünf Kabellängen* heran-

---

* Nautische Längeneinheit, 1/10 nautische Meile.

gekommen war, hob dann den Anker und brauste davon. Immer noch keine Spur von Madge. Ich überlegte, wo sie wohl sein könnte, falls sie nicht an Bord war.

Die Landspitze unterhalb des Elfenhügels war ziemlich so, wie ich sie in Erinnerung hatte: ein steiler grüner Berghang auf drei Seiten, und der Hügel selbst wie ein Pickel oben drauf. Die vierte Seite, die zum Meer hinausging, war eine Klippe aus glitzerndem rosa Granit, die senkrecht zum Meer abfiel. Unsere Ahnen haben wirklich ihren Toten die beste Rundsicht auf ihr Gebiet ermöglicht, damit »die Alten« weiterhin über sie wachen konnten. Gut, dass der Hügel so grün war; falls die beiden da oben in Schwierigkeiten geraten waren, würden sich die roten Jacken von Peter und Sandra abzeichnen wie der Strahl eines Leuchtturms in dunkler Nacht. Hinter dem Berg erstreckte sich in weitem Bogen das lange Voe von Mangaster ins Land. An seinem hinteren Ende waren Häuser zu sehen, doch die Bauernhäuser am diesseitigen Ende hatte man in den fünfziger Jahren aufgegeben, als der Transport über die Straße den Bootstransport ablöste. Nur eines sah noch bewohnbar aus, das am nächsten am Meer gelegene, das »Nicolson-Haus«. Es lag in seine kleine Bucht geschmiegt, und die Inseln Egilsay und Cave schützten es vor dem Atlantik und verbargen es vor Blicken aus den Häusern auf Muckle Roe; ein abgelegenes Fleckchen Erde, sogar mir zu einsam, obwohl ich vermutete, dass man heutzutage mit dem Pick-up über den Wanderpfad am Strand entlang hierhin fahren könnte. Eine Festmachboje schaukelte in der Bucht, grellorange mit einem Ring oben. Die hatte vermutlich Brian erneuert, um das Cottage mit dem Boot besuchen zu können. *Paar Treffen und so ...*

Ich verdrängte diesen Gedanken und zerrte die Ankerkette aus ihrer Kiste im Bug. Die Boje würde die *Chalida* wahrscheinlich halten, aber sich auf gut Glück auf eine unbekannte Boje zu verlassen, das war nicht seemännisch.

Ich warf den Anker in drei Meter Wassertiefe knapp vor dem

Cottage. Es sah nicht so aus, als würde das Haus jetzt häufig genutzt. Es wirkte leblos, wie das bei Häusern manchmal passiert, wenn die Fenster schwarz und leer sind und die geschlossene Tür aussieht, als würde sie sich nie wieder öffnen. Die Abendsonne verlieh den weißen Mauern einen schwachen Farbschein, ließ die Risse im Anstrich der Fensterrahmen hervortreten und schenkte dem Cottage einen langen finsteren Schatten. An dem Strandstreifen vor dem Haus hatte man Felsbrocken in eine Reihe gerollt, um einen Landeplatz zu schaffen. Ich ruderte mein Gummidinghy da hin, platschte an Land und machte das Boot fest.

Das Cottage war in der traditionellen Shetland-Bauweise errichtet, genau wie das von Magnie: Haus, Scheune und Stall, alles in einer Reihe. Auf jeder Seite des Vordachs in der Mitte befand sich ein quadratisches Fenster, und im Dach waren drei Mansardenfenster. Drinnen würde es auf jeder Seite ein Zimmer geben, und eine steile Treppe in der Mitte würde zu den beiden Zimmern im Obergeschoss führen. Ich erhaschte einen Blick auf ein Doppelbett und eine Art Stativ aus schwarzem Metall, das sich von der weißen Bettdecke abhob. Vor dem Haus war kein Garten, nur ein Rasenrechteck, gesprenkelt mit korallenrosa Kuckuckslichtnelken, dann kam gleich der Strand, wo die Wellen zwischen den Kieseln flüsterten. Es war sehr still; nur das Wasser, das Piep-Piep eines Austernfischers unten am Saum des Meeres und das Murmeln des Windes unterbrachen die Ruhe.

Trotzdem hatte ich das ungute Gefühl, beobachtet zu werden, als ich am Cottage vorüberging. Da waren ein Prickeln zwischen den Schulterblättern und der dringende Wunsch, sofort wieder umzukehren. Ich fragte mich, ob das Cottage wohl den Ruf eines Spukhauses hatte. Ich musste Magnie danach fragen, wenn ich ihn das nächste Mal sah. *Er geht immer zu dem alten Nicolson-Haus...* Vielleicht hielten die Teenager hier ihre satanischen Rituale ab, mit all dem Unsinn wie Ouija-

Brettern und Tischrücken, und Norman verkleidete sich als Hauptpriester oder wie immer sich die Teufelsanbeter nannten.

Während ich den Berg hinaufstapfte, versuchte ich mich daran zu erinnern, wann das Haus zuletzt bewohnt gewesen war. Brians Mutter hatte Barbara geheißen. Ihr Gesicht schwebte mir vor Augen, eine dünne Frau mit sandfarbenem Haar, säuerlicher Miene und eckigen Bewegungen, abgehackt wie die eines Brachvogels am Strand, der seinen Schnabel plötzlich in den Sand sticht und einen Wurm herauszerrt. Was war eigentlich mit Brians Vater gewesen? Der war irgendwie weggegangen, mit einer anderen Frau oder einfach so. Ich war mir nicht sicher, ob Barbara erst danach so säuerlich geworden war oder ob ihre miesepetrige Laune ihn vertrieben hatte. Er war Fischer gewesen. Vielleicht hatte es ihm einfach nicht gefallen, so am Ende der Welt zu wohnen. Doch dieses Haus hatte ja Barbaras Familie gehört, sie war dort aufgewachsen, und ich hatte die vage Erinnerung, dass auch ihre Mutter noch am Leben war und dort wohnte. Jedenfalls hatte Barbara hier mit Brian gelebt, ehe der in die Schule kam, dann hatte man ihr eine Sozialwohnung angeboten, weil sie den Jungen nicht jeden Tag mit dem Boot in die Schule bringen konnte und der Fußweg bis zum Ende des Pfades und zur Haltestelle des Schulbusses für einen Fünfjährigen zu weit gewesen wäre. Brian war – da musste ich ein wenig überlegen – zwei, nein, drei Jahre älter als ich. Als er in der siebten Klasse der Grundschule war, war ich in der vierten.

In den Ferien waren sie immer wieder hierhergekommen. Daran erinnerte ich mich. Es war nach dem Ende der Sommerferien gewesen, als Brian in die Schule gekommen war und mit den Totenschädeln angegeben hatte, die er im Elfenhügel gefunden hatte. Er hatte versucht, uns Angst einzujagen, indem er die offene Tragetasche zu uns hinschwenkte. Seine Großmutter war vor zwölf Jahren gestorben, kurz bevor ich Shetland verlassen hatte. Sie war einer der vielen Krebsfälle gewesen, die kurz nach dem ersten Golfkrieg die Leute in Shetland trafen, nachdem der Wind schwach radioaktive Substanzen zu uns hergeweht hatte.

Zwölf Jahre. Ich blieb stehen und schaute auf das Haus zurück. Es hatte noch ein traditionelles Dach mit schwarzklebriger Teerpappe, das jedes Jahr neu gestrichen werden musste, und dieses Dach hier hatte man offensichtlich in letzter Zeit gestrichen. Brian kümmerte sich wohl um das Haus. Vielleicht gab es auch Zuschüsse vom SIC*, wenn man alte Wohnstätten wieder nutzte, anstatt irgendwo anders neu zu bauen; möglicherweise wollte Brian wieder hierher ziehen. Ich versuchte mich zu erinnern, was aus ihm geworden war. Ein Elektriker, meinte ich zu wissen, der im Süden arbeitete, auf dem schottischen Festland. Magnie würde das wissen.

Ich war schon beinahe oben auf dem Hill of Heodale, der sich oberhalb des Hauses erhob, und ziemlich außer Atem. Die grasbewachsenen Mauern des Elfenhügels ragten eindrucksvoll über mir auf. Da fand ich ein totes Kätzchen. Erst hielt ich es für ein kleines schwarzes Kaninchen, das einfach für seine Feinde zu gut zu sehen gewesen war, doch dann registrierte mein langsames Hirn die dreieckigen Ohren und den kurzen Schwanz. Das Tier lag in einer Kuhle aus Heidekraut, die weißen Pfoten in stummem Protest von sich gestreckt. Ein wildes Kätzchen, vermutete ich, das sich von den anderen im Wurf weg verirrt hatte und das eine Mantelmöwe erwischt hatte. Das waren wirklich bösartige Vögel. Fünfzig Meter weiter entdeckte ich ein zweites. Vielleicht war die Mutterkatze umgekommen, und der Hunger hatte die Kleinen aus dem Nest getrieben. Sie mussten noch sehr jung sein, denn keines war größer als meine Handfläche. Die armen kleinen Dinger.

Ich stieg die letzten zehn Meter bis zu dem flacheren Ge-

---

* Shetland Island Council, Kommunalverwaltung für die Shetland Islands.

lände hinauf und lehnte mich an den Elfenhügel, um mich umzuschauen. Die Sonne schien mir noch warm aufs Gesicht und glitzerte golden auf dem Wasser. Westlich erstreckte sich die weite offene See, auf der Papa Stours gedrungene Form knapp vor dem orangefarbenen Horizont lag, gleich daneben der schwache weiße Fleck der Schären von Ve, wo damals die Männer der hier auf Grund gelaufenen *Ben Doran,* an ihre Takelage gebunden, vergeblich auf die Helfer gewartet hatten, die es über zweihundert Meter felsgezahnter See hinweg nicht schafften, sie zu erreichen. Nördlich lag der Buckel von Ronas Hill, rot vom Granitkies und den Felsbrocken auf seiner windgepeitschten arktischen Tundra. Südlich war meine eigene Insel Muckle Roe zu sehen, dahinter erstreckte sich der lange Grat der Kames, dreier Bergketten, die durch schmale Streifen Meer voneinander getrennt waren. Wenn man diese Kette verlängerte, erreichte man den Great Glen auf dem schottischen Festland. Östlich davon lagen die grünen Berge, die sich im Norden von Brae befanden. Von da, wo ich stand, konnten die Alten wirklich ihre ganze Welt segnen.

Es regte sich nichts auf dem Grün des Berges, dem Blau des Meeres, dem Tangrostrot des Strandes. Keine roten Segeljacken bewegten sich im Marschtempo einen Hang hinauf oder lagen unheilvoll still am Fuß einer Böschung. Ich stand auf und schaute mich lange und sorgfältig mit meinem Feldstecher um. Nichts.

Ich lehnte mich wieder an den Elfenhügel und kaute auf der Unterlippe. Gründe, sich zu beruhigen, gab es genug: Peter und Sandra Wearmouth waren scheinbar doch außerordentlich kompetente Erwachsene und an unebenes Gelände gewöhnt. Es war leicht möglich, dass sie beschlossen hatten, eine Nacht an Land zu verbringen. Sie waren schließlich auf Urlaub hier und konnten machen, was sie wollten. Sie hatten ihrer Katze vielleicht eine doppelte Ration Futter und eine Katzentoilette dagelassen. Trotzdem …

Trotzdem war das Meer kein sicherer Lebensraum, und jeder vernünftige Skipper machte einen Plan, ehe er loszog. Dazu gehörte auch die Angabe eines Zielhafens und einer Ankunftszeit, damit die Helfer an Land weitere Erkundungen einziehen konnten, falls man nicht auftauchte. Peter hatte mir den Plan mitgeteilt, dass sie einen Tag wandern wollten, und damit war ich ihr Helfer an Land geworden. Die beiden waren nicht wieder zu ihrem Boot zurückgekehrt, und sie hatten nicht angerufen, um jemandem mitzuteilen, dass ihr Plan sich geändert hatte. Zugegeben, sie hatten meine Handynummer nicht, aber die Nummer des Bootsklubs stand im Telefonbuch, und dort konnten sie eine Nachricht für mich hinterlassen.

Ich ließ mich am grünen Gras des Elfenhügels heruntergleiten und setzte mich auf den von den Schafen gestutzten Rasen an seiner Unterkante. Hinter meinem Rücken war eine große Steinplatte, und ich rutschte so lange hin und her, bis ich bequem angelehnt saß, zog dann mein Handy aus dem Rucksack und war überrascht und erfreut, dass ich hier ein Netz hatte. Sogar drei Balken! Kontakte. Anders. Anrufen.

Er ging gleich ran. »Hi, Cass.«

»Hi. Hier ist keine Spur von den beiden.«

»Hier auch nicht. Ich bin den ganzen Weg bis Ronas Hill gefahren, falls sie sich entschlossen haben sollten, da auch noch raufzusteigen, aber ich habe sie nicht gesehen. Und ich habe unterwegs mehrere Leute gefragt.«

»Nichts?«

»Nein. Jetzt bin ich wieder im Yachthafen, und hier sind sie auch nicht. Es hat auch niemand im Klub angerufen, um zu sagen, dass sie sich verspätet oder ihre Pläne geändert haben. Meinst du, wir sollten die Küstenwache anrufen?«

»Ja ...«, antwortete ich zögerlich. »Ich rufe sie von hier aus an. Wir sehen uns dann im Yachthafen.«

Die Nummer der Küstenwache war auf meinem Handy einprogrammiert, obwohl ich normalerweise auf UKW-Sprechfunk von der *Chalida* dort anrufen würde. Hilary nahm den Anruf entgegen.

»Hi, Hilary«, sagte ich. »Cass hier. Es könnte sein, dass wir ein Problem haben.«

»Der flotte Norweger wartet wohl deinen Motor nicht anständig?«, entgegnete sie. Ich konnte ihre Kollegen im Hintergrund grölen hören.

»Männer«, erwiderte ich ziemlich lahm. Mir stand nicht der Sinn nach einem fröhlichen Schlagabtausch. »Nein, es ist ganz was anderes. Vielleicht sind zwei Leute vermisst.«

Sie wurde ganz ernst. »Wer? Wo? Seit wann?«

Ich erklärte es ihr und hörte sie am anderen Ende der Leitung schreiben. »Und ihr habt nichts von ihnen gehört? Im Klub auch nicht?«

»Nein. Und es waren ältere Leute. Ich weiß, es ist nur eine Nacht, aber die beiden wussten, dass wir ihre Pläne kannten ...«

»Und wenn man am Berg in Schwierigkeiten geraten ist, kann eine Nacht sehr lang sein«, vollendete sie meinen Satz. »Okay, Cass, ich rede mit den Jungs vom Hubschrauber. Die könnten einen Überflug machen. Personenbeschreibung?«

»Schöne, leicht auszumachende scharlachrote Segeljacken«, sagte ich. »Er ist groß, an die eins achtzig, mit weißem Haar, und sie hat so rötlich-blondes Haar, wie Torfasche. Vielleicht eins zweiundsechzig.«

»Wir starten die Suche«, sagte sie und legte auf. Ich setzte mich wieder und lehnte mich an den Elfenhügel. Ich wühlte in meinem Rucksack nach der Wasserflasche und den Makrelenbrötchen, die ich mir auf der *Chalida* gemacht hatte.

Ich hatte gerade in das erste Brötchen gebissen, als ich neben mir ein leises Scharren hörte, das aus dem Inneren des Elfenhügels kam.

KAPITEL 6

Ich erstarrte mitten im Bissen und lauschte. Es war ein sehr leises Geräusch, ja, wirklich ein Scharren. Konnte es sein, dass Peter und Sandra irgendwie im Hügel feststeckten? Ich wickelte mein Brötchen wieder in das Papier ein und stand auf. Das Geräusch hörte auf.

Ich rief die Namen der beiden. Meine Stimme hallte von den Steinen wider. Keine Antwort. Ich begann langsam um den Hügel herumzugehen und nach einem Eingang zu suchen.

Von außen gesehen, war es einfach ein runder, mit Gras bewachsener Hügel, vielleicht zwei Meter hoch und zehn Meter im Durchmesser, der auf einer abgeflachten Stelle oben auf dem Berg thronte. Auf den ersten Blick wirkte er nicht künstlich; auf den Bergen ringsum gab es überall solche knubbeligen Felsnasen. Wenn man allerdings weiter unten an den Seiten genauer hinschaute, zeigte sich hier und da die äußere Mauer aus Felsbrocken, die teilweise so groß waren wie mein Körper und mit der flachen Seite nach außen zusammengefügt waren wie ein Mosaik. Über einem dieser Steine hatte jemand einen Streifen Rasen weggerissen, so dass man die erste Steinreihe einer Trockenmauer sehen konnte. Die freigelegten Steine waren noch dunkel von der Erde, und der Rasenstreifen lag unten am Fuß der Mauer.

Oberhalb meines Lieblingsankerplatzes auf der Insel Vementry gab es eines dieser Steinhügelgräber, das man in Viktorianischer Zeit ausgegraben hatte. Ich runzelte die Stirn und versuchte, mir bildlich vorzustellen, wie dieses Grab ausgesehen hatte. Ich meinte mich zu erinnern, es wäre eine kleine quadratische Kammer gewesen, die ringsum Simse für die Knochen hatte. Das Ganze war ein wildes Durcheinander von Steinen, aber man konnte immer noch den Eingang sehen, durch den man kriechen musste. Der zeigte nach Süden, auf das Rückgrat von Shetland in Richtung Fair Isle und Orkney, sozusagen zu den Trittsteinen, die die Ahnen der Toten benutzt hatten, um nach Shetland zu gelangen. Ich ging weiter langsam um den Hügel herum, bis ich ihn zu einem Viertel umrundet hatte.

Da hörte ich hinter mir ein Rascheln. Ich fuhr mit dem Kopf herum. Mein Rucksack bewegte sich, als wäre etwas Lebendiges da drin. Ich schlich zurück, aber die Tritte meiner Füße auf dem weichen Gras waren wohl trotzdem zu spüren, denn gerade, als ich zum Rucksack gelangte, kam ein winziges sandfarben getigertes Kätzchen rasch rückwärts herausgeklettert und verschwand unter dem Stein, neben dem ich gesessen hatte.

Ich kniete mich hin, um nachzusehen. Das glatte Gras war den Stein hochgewachsen, aber neben einem Loch war es weggeschart bis auf die nackte Erde, wie im Eingang zu einem Kaninchenbau. Vielleicht waren da die toten Kätzchen herausgekommen. Dieses hier mochte der letzte Überlebende des Wurfs sein und knapp vor dem Verhungern. Ich legte ein paar Stückchen Makrele und gebuttertes Brötchen in einer Linie vom Loch nach vorn, setzte mich zurück und wartete.

Sofort kam das Kätzchen herausgeschossen und verschlang gierig die Brocken. Es konnte höchstens ein paar Wochen alt sein, war noch unsicher auf den Pfötchen. Der hochgewölbte Schädel schien zu schwer für den winzigen Körper. Seine Augen hatten die milchige Farbe des vom Meer geschliffenen blauen Glases, das man am Strandsaum findet, und das Schwänzchen hatte das kleine Tier unter den Körper gezogen. Es war gestromt, mit schwarzen Haarspitzen über einen sandfarbenen Unterfell; nur die Pfoten waren wunderschön gestreift und liefen in adretten schwarzen Schuhen aus. Seine Ohren waren unverhältnismäßig groß und bewegten sich nervös hin und her, während es das Essen verschlang. Als ich eine Bewegung machte, um das zweite Brötchen herauszuholen, zuckte das Kätzchen zusammen, erstarrte zunächst und flitzte dann zurück in die Sicherheit. Nach einer kurzen Pause linste es mit seinem kleinen dreieckigen Gesicht wieder unter dem Felsen hervor, hoffte auf mehr, war aber jederzeit zum Rückzug bereit.

Ich saß sehr still da und dachte über meine nächsten Schritte nach. Ein wildes Kätzchen würde sich gar nicht gern herumtragen lassen, aber ich musste es wohl versuchen. Ich konnte es hier nicht verhungern lassen. Es schaute mir ängstlich zu, als ich meine Vliesjacke auszog, in den Rucksack stopfte und dort zu einem Nest rollte, in das ich noch ein paar Brocken vom gebutterten Brötchen packte. Dann legte ich eine weitere Makrelenspur aus. Der Geschmack des Essens hatte das Kätzchen kühner gemacht; es kam beinahe bis zu meiner Hand, als ich das erste Bröckchen hinlegte, und folgte ihr dann weiter, so dass es ganz leicht war, die Hand umzudrehen und das Kätzchen hochzuheben, während es mit den winzigen Pfoten hilflos in der Luft ruderte. Ich steckte es sofort in den Rucksack. Es miaute einmal in Protest, hockte dann da und schnüffelte, fand die Brötchenbrocken und begann wieder zu fressen. Ich zog die Kordel zu, bis der Rucksack beinahe geschlossen war, und trug ihn dann vor mir her, während ich vorsichtig den Berg hinunterstieg.

Die Fahrt mit dem Dinghy würde am schlimmsten sein. So lange musste das Kätzchen noch im Rucksack bleiben. Ich zog die Kordel fester zu und legte den Rucksack auf den Boden des Dinghys. Wieder verspürte ich das merkwürdige Kribbeln zwischen den Schultern, aber ich hatte jetzt zu viel zu tun, um mir Gedanken über Gespenster zu machen. Ich schob das Dinghy ins Wasser, ruderte zur *Chalida,* hob den Rucksack ins Cockpit und kletterte an Bord.

Boote sind nicht wie Häuser, sie haben keine Schränke unter der Treppe, in denen man Pappschachteln verstaut, die man vielleicht irgendwann mal brauchen kann. Das Beste, was ich finden konnte, war ein blauer Plastikcontainer, in dem einmal Champignons gewesen waren und der nun verhinderte, dass Konservenbüchsen in die Wasserlache gerieten, die sich manchmal in der mittleren Backskiste auf der Steuerbordseite bildete. Ich trocknete ihn ab, rollte meinen Wollschal darin zusammen und schuf so ein kätzchengroßes Nest. Das müsste einstweilen reichen. Ich schüttete eine kleine Pfütze Milch in eine Suppentasse, hatte sogar noch ein bisschen übrig gebliebenes gebratenes Hackfleisch anzubieten, das eigentlich die Grundlage für das Abendessen von morgen bilden sollte.

Ich schob die Schotts in ihre Nute, so dass das Kätzchen nicht an Deck flitzen konnte, aber als ich den Rucksack aufmachte, zeigte es keinerlei Anzeichen, dass es fliehen wollte. Sein Bäuchlein war wohlig gerundet, und die milchigen Augen zwinkerten. Ich versuchte ihm mit einem Finger über den Kopf zu streicheln und war gerührt, als ich das Grummeln eines Schnurrens hörte. Vielleicht war es nicht völlig wild, vielleicht hatte nur jemand einen unerwünschten Wurf draußen am Berg ausgesetzt und sich gesagt: »Oh, Katzen können schon irgendwie für sich sorgen.« Menschen können wirklich unglaublich grausam sein.

Nun, wenn das Kätzchen so zufrieden war, umso besser. Ich rollte den oberen Teil des Rucksacks auf, klemmte diesen dann in meiner Koje fest und stellte die Schüssel mit der Milch daneben. Dann kletterte ich über das Schott und verstaute das Dinghy. Ich zog gerade das Großsegel hoch, als ich in der Ferne das Dröhnen eines Hubschraubers hörte. Es war der Chopper der Küstenwache. Oscar Charlie. Ich winkte, als die rot-weißen Rauten über mich hinwegflogen. Wenn Peter und Sandra irgendwo am Berg waren, würde man sie finden.

Dann lichtete ich den Anker und segelte aus der Bucht fort. Die *Chalida* erreichte unter Segeln eine viel höhere Geschwindigkeit als unter Motor, und das Motorgeräusch hätte vielleicht auch das Kätzchen erschreckt. Die See war spiegelglatt, also würde mein kleiner Passagier nicht zu sehr durchgerüttelt werden. Ich überlegte, ob Katzen wohl seekrank wurden. Ich hoffte es nicht.

Als ich um die Landspitze auf den Atlantik einbog, schaute ich kurz zum alten Haus zurück. Am Fenster war ein Aufblitzen zu sehen, Sonne, die sich in Glas spiegelt, als hätte jemand hastig einen Feldstecher sinken lassen. Ich beobachtete die Stelle, aber das Blitzen kam nicht wieder. Doch ich war mir sicher, dass ich es gesehen hatte. Jemand hatte mich beobachtet, wie ich den Berg hinaufstieg und wieder herunterkam, ein lichtscheuer, verstohlener Jemand, der nicht herausgekommen war, um Hallo zu sagen.

Das war kein angenehmer Gedanke.

Am Yachthafen wartete Anders auf mich, hatte sich bequem an einen der Poller gelehnt. Seine blaue Kappe lag neben ihm auf dem Boden, und die Sonne schimmerte auf seinem blassgoldenen Haar und glänzte in seinem adretten elisabethanischen Seemannsbart. Ratte hatte sich um seinen Hals geschlungen.

Katze und Ratte, das klang nicht nach einer guten Kombination. Ich hoffte, dass es nicht zu viele Probleme geben würde.

Als wir unter der Fock in den Eingang des Hafens segelten, stand Anders auf, nahm seine Kappe und kam herüberspaziert, um meine Festmachleinen entgegenzunehmen. »Willst du nur angeben, oder ist wieder Dreck im Diesel?«

»Angeben«, antwortete ich, »aber mit gutem Grund.«

»Immer noch keine Spur?«

»Keine«, erwiderte ich. »Aber ...«

»Ich hab den Hubschrauber gesehen.«

»Moment«, sagte ich, als er sich gerade in die Kajüte hinunterschwingen wollte. »Wir haben einen Passagier mehr.«

Er drehte sich mit fragend hochgezogenen Augenbrauen zu mir, und ich erklärte ihm die Sache mit dem Kätzchen. »Ich konnte es nicht dalassen«, sagte ich. »Das arme Ding war kurz vorm Verhungern. Es kann höchstens ein paar Wochen alt sein. Aber was wird Ratte dazu sagen?«

Wir gingen in die Kajüte hinunter. Ratte hüpfte geschickt von Anders' Hemdkragen, sprang dann auf ihren üblichen Platz oben auf der Leiste, die unsere Bücher im Regal hält, und begann sich den Schnurrbart zu putzen. Plötzlich schaute sie ziemlich böse. Ich hatte das furchtbare Gefühl, dass ich mal einen Bericht über eine zahme Ratte gelesen hatte, die einen Säugling umgebracht hatte. Mein winziges Kätzchen würde keine zehn Sekunden überleben.

Anders blickte finster auf die kleine sandfarbene Fellrolle. Ich legte meine gewölbte Hand darüber und spürte, wie die winzigen Muskeln zuckten, sich anspannten und dann wieder lösten. Der kleine Kopf hob sich, die milchigen Augen wurden aufgeschlagen. Ich setzte mich neben dem Rucksack aufs Sofa und holte das Kätzchen heraus. Wieder ertönte das brummende Schnurren in eindrucksvoller Lautstärke.

Ratte kam mit zuckenden Schnurrhaaren und lang gestrecktem Körper auf der Leiste entlanggeturnt, um nachzusehen, was da los war. Das Kätzchen hob den Kopf, um hinzuschauen, schnurrte noch lauter, sprang hoch, kletterte auf die Leiste und balancierte mit wild ruderndem Schwänzchen darüber. Ratte erstarrte, nur ihre Schnurrhaare bebten. Ich streckte die Hand aus, um das Kätzchen aus der Gefahrenzone zu heben.

»Nein, das geht sicher«, sagte Anders. »Ratte tut ihm nichts. Sie kennt Katzen schon.«

»Aber was ist, wenn das Kätzchen versucht, sich auf sie zu stürzen?« Es wedelte bereits mit seinem kleinen Hinterteil und machte Anstalten, loszuspringen.

»Es spielt nur. Ratte weiß das.«

Das schien zu stimmen. Denn als das Kätzchen versuchte, sich auf sie zu stürzen, sprang sie geschickt über den kleinen Kerl weg und machte sofort kehrt, um ihm wieder gegenüber zu stehen. Das Kätzchen drehte sich auch um, verlor das

Gleichgewicht, rutschte mit scharrenden Klauen über die Leiste hinunter und landete auf den Sitzkissen auf der Bank. Ratte folgte ihm, wich dem nächsten Angriff wieder aus. Wenige Sekunden später jagten die beiden einander fröhlich über den Boden der Kajüte.

»Die anderen Kätzchen im Wurf waren natürlich schwarzweiß«, sagte ich. Ich traute dem Frieden immer noch nicht ganz, bis das Kätzchen plötzlich in einer Ecke der Bank umfiel und einschlief, wie ein abgelaufenes Aufziehspielzeug, und Ratte sich mit einer Miene elterlicher Wachsamkeit daneben zusammenrollte.

»Sie hat es adoptiert«, meinte Anders. »Jetzt ist es gut.« Er stand auf, um den Wasserkessel aufzusetzen. Ich hob das Kissen unter mir hoch, damit ich die Kekse aus der Backskiste holen konnte. Wir hatten es uns gerade gemütlich gemacht, als das Funkgerät rauschte.

»*Yacht Chalida, Chalida, Chalida,* hier ist die Küstenwache von Shetland. Kanal 23, over.«

Ich streckte die Hand zum Funkgerät aus und wechselte den Kanal. »Küstenwache Shetland, hier ist die Yacht *Chalida*.«

Es war Hilarys Stimme. »Cass, der Hubschrauber hat seinen Überflug gemacht. Nicht die geringste Spur von euren Leuten. Habt ihr irgendwas von ihnen gehört?«

»Nein«, antwortete ich. »Auch hier keine Spur. Das Boot liegt noch genauso da wie immer.«

»Okay«, erwiderte Hilary. »Die Jungs vom Helikopter waren sich ziemlich sicher, dass sie die beiden gesehen hätten, wenn die hier irgendwo in der Gegend in Schwierigkeiten geraten wären.«

»Stimmt«, sagte ich. »Heute ist die Sicht so klar, wie es nur geht.«

»Dann denke ich, wir müssen davon ausgehen, dass sie sich nur einen weiteren Tag an Land genehmigt haben, vielleicht irgendwo in einem B&B. Rücksichtslos, dass sie niemandem Bescheid gegeben haben, aber manche Leute sind einfach so.«

»Trotzdem vielen Dank«, erwiderte ich.

»Meldet euch, wenn ihr bis morgen früh noch immer keine Spur von ihnen habt.«

»Mach ich«, sagte ich. »Tschüs.«

Ich schaute Anders achselzuckend an.

»Komisch«, meinte der.

»Ich denke mal, als Skipper gewöhnt man sich dran, seinen eigenen Kram zu machen und nicht ständig irgendwelchen Leuten zu sagen, wo man hingeht«, überlegte ich.

Anders schüttelte den Kopf. »Im Gegenteil. Sieh dir doch an, wie du der Küstenwache Bescheid gibst, wenn du eine größere Stecke fährst. Da überlegst du gar nicht zweimal, das ist eine vernünftige Sicherheitsmaßnahme. Peter würde genauso denken. Er hat dir doch gesagt, wohin sie gehen wollten.«

»Ich weiß«, erwiderte ich.

Der Wind flaute an jenem Abend nicht ab, sondern drehte nach Osten, wirbelte gegen die abfließende Flut am Hafenausgang weiße Schaumkronen auf und ließ kleine Wellen gegen die Seiten der *Genniveve* klatschen. Es war auch kälter geworden, und die rauere Luft brachte einen Hauch von kühlem Nebel, verlassenen Mooren und den wellenumtosten Stränden mit sich, an denen die Selkie-Frau ihr Kind zurückgelassen hatte. Die *Chalida* zerrte an der Bugleine, und die Fender rieben an ihren Seiten, ein Knarren wie vom Schaukelstuhl eines Gespenstes. Der Mond war ein kalter grauer Penny und wirkte mit seinem platten Gesicht seltsam geheimnistuerisch. Es war eine jener Nächte, für die der Himmel und die Wettervorhersage übereinstimmend keine großen Änderungen prophezeiten, während mir alle meine Instinkte eingaben, bloß wach zu bleiben. Ich straffte ringsum die Leinen und ging unruhig zu Bett.

Eine Bewegung auf dem Ponton weckte mich auf. Eine Person ging vorbei, und der Anlegesteg bebte. Es war zur finstersten Stunde der Nacht – um eins, halb zwei. Ich brauchte ein paar Sekunden, um zu begreifen, dass Peter und Sandra zurückgekommen sein mussten. Da hatten sie ihren Motor schon angelassen und sofort den Gang eingelegt, und die *Genniveve* stieß bereits auf den Wendeplatz zurück. Ich kletterte aus der Koje und schwang mich ins Cockpit. Anders war nur wenige Sekunden nach mir dort, zog sich die Jacke über den nackten Oberkörper. Die *Genniveve* war bereits längsseits von uns, und ihre Nase zeigte auf den Hafenausgang, der Schiffskörper glänzte weiß unter den Lichtern im Hafen. Die Gestalt in der roten Jacke im Cockpit beugte sich vor, um den Vorwärtsgang einzulegen, und das Schiff glitt nach vorn. Die Gestalt hob eine Hand, und eine Frauenstimme rief: »Tschüs!« Dann schaute die Frau wieder nach vorn, von uns weg, und die Kapuze schirmte ihr Gesicht ab.

Wir blickten der Yacht nach, die durch den Hafenausgang fuhr und hinter der Steinmauer des Hafens verschwand. Die Topplaterne leuchtete rot, grün und weiß darüber, bewegte sich immer weiter und weiter weg; das Tuckern des Motors wurde leiser, war aber in einer so stillen Nacht immer noch zu hören.

»Das waren sie also«, meinte Anders leise. Sein sonnenbraunes Gesicht wirkte im weißen Licht der Hafenbeleuchtung ganz blass.

»Ich denke schon«, stimmte ich ihm zu. »Wer war am Steuer, konntest du das sehen?«

»Sandra«, antwortete Anders. »Peter ist größer.«

»Aber wenn Leute in Segelkleidung stecken, ist das schwer zu sagen«, sagte ich. »Irgendwie hat die Jacke nicht richtig ausgesehen, als hätte sie die von Peter angehabt. Und wieso fahren die mitten in der Nacht aus?«

»Gezeiten«, erwiderte Anders rasch.

Ich versuchte, diese Theorie zu durchdenken. Das glänzende Wasser war auf der Slipanlage für die Dinghys bereits zwei Drittel gesunken, das hieß, es war hier noch zwei Stunden bis Niedrigwasser, zwei Stunden bis Hochwasser Dover. »Ja, den Papa Sound schaffen sie damit«, musste ich zugeben. »Aber nach der halben Strecke in Richtung Sumburgh haben sie die volle Kraft der Tide gegen sich.« Ich konnte mich nicht aus dem Kopf an die Gezeiten für Muckle Flugga erinnern, aber die beiden waren doch gerade von Norden gekommen, also konnte ich mir nicht vorstellen, wieso sie wieder in diese Richtung zurückfahren wollten.

Anders schüttelte den Kopf. »Ich weiß nicht. Wahrscheinlich gibt es eine ganz einfache Erklärung.«

»Wahrscheinlich«, erwiderte ich, genauso wenig überzeugt wie er.

Wir standen noch einen Augenblick länger da und lauschten auf das Motorgeräusch in der Ferne. Ich wollte gerade die Gasflasche aufdrehen und eine Tasse Tee vorschlagen, als sich das Geräusch veränderte. Das schwache Echo schaltete auf Leerlauf, dann wurde der Motor abgestellt. Nach einem langen Augenblick Stille ertönte ein anderes Motorgeräusch. »Die Bénéteau«, hauchte Anders. Ich fragte ihn nicht, ob er sich sicher war, genau wie er mich nie fragen würde, warum ich die *Genniveve* sofort als Rustler-Yacht identifiziert hatte. Jedem das Seine.

Was immer das für ein Treffen war, es dauerte nicht lange. Der Motor der Bénéteau war weniger als fünf Minuten im Leerlauf, dann hörten wir, dass das Boot erneut Fahrt aufnahm und davonbrummte, in Richtung offenes Meer, vermutete ich, denn wir hätten es länger gehört, wenn es südlich Kurs auf Aith oder östlich auf das Dorf Voe genommen hätte. Als das Motorboot fort war, senkte sich die Stille wieder herab. Wir standen reglos unter den neonweißen Lichtern des Hafens und lauschten, aber da war nichts mehr. Der Motor der *Genniveve* wurde nicht wieder angelassen, genauso wenig hörte man das scharfe Surren einer Fock, die mit der Winsch aufgezogen wurde. Nur die Topplaterne leuchtete gleichmäßig weiter, auf zwei Meilen sichtbar, wie es die Kollisionsverhütungsregeln verlangten.

Jetzt verstand ich gar nichts mehr. Sandra und Madge hatten sich doch verhalten, als wären sie einander nie vorher begegnet, und bei unserem Plausch in der Kajüte hatte niemand beiläufig gesagt: »Ah, ich sehe, die Bénéteau ist vor uns angekommen. Wir hatten in Cullivoe neben ihr festgemacht«, wie es nur natürlich gewesen wäre. Warum brachen die beiden also mitten in der Nacht zu einem heimlichen Treffen auf? Vielleicht war Peter wirklich bei einem der Geheimdienste, wie ich vermutet hatte; vielleicht war der Besuch der *Genniveve* hier eine Tarnung für ein Treffen mit Kollegen, die ebenfalls verdeckt ermittelten. Magnie hatte ja steif und fest behauptet, David und Madge wären auch irgendwelche Offizielle – Zollbeamte vielleicht. Vielleicht hatte meine wohlgemeinte Einmischung alle möglichen Geheimdienstpläne über den Haufen geworfen.

Da verlosch die ferne Topplaterne. Die *Genniveve* war wohl weiter westlich, als ich gedacht hatte. Ich versuchte, in der Dunkelheit die Formen der Berge auszumachen. Wenn die Yacht ins Gewässer von Rona eingebogen war, würde es nicht lange dauern, bis sie die offene See erreicht hatte: eine halbe Stunde.

»Das war sie also«, sagte Anders. Seine Stimme schallte ein wenig zu laut über die klatschenden Wellen.

»Tasse Tee?«, fragte ich.

Er schüttelte den Kopf und wollte sich gerade hinunterbeugen, um in die Vorpiek zurückzugleiten, als er erstarrte.

»Was ist?«, wollte ich wissen.

Er zuckte die Achseln. »Eure Gespenstergeschichten hier in Shetland setzen mir allmählich zu.«

Jetzt hörte ich es auch, im Dämmerlicht unter den sommerlichen Sternen und dem verdellten Kreis des Mondes, der kalt auf dem schwarzen Wasser leuchtete. Mir lief ein kalter Schauer über den Rücken. Ganz schwach, weit draußen auf dem Wasser, schrie verzweifelt ein Baby.

3

Gotta taka gamla mana ro.
Man muss den Rat alter Menschen annehmen.

(Sprichwort in der uralten Norn-Sprache)

KAPITEL 7

Donnerstag, 2. August
  Gezeiten für Brae:
  Niedrigwasser   03.41   0,3 m
  Hochwasser   10.06   2,1 m
  Niedrigwasser   15.52   0,5 m
  Hochwasser   22.11   2,3 m
  Vollmond

»Hast du gestern Nacht ein merkwürdiges Geräusch gehört?«, fragte ich Magnie, als er kam, um im Schlauchboot mitzufahren.

Er schüttelte den Kopf. »Ich hab so schlimme Probleme mit Schlaflosigkeit, dass mir der Doktor Schlaftabletten verschreiben musste.«

»Schlaflosigkeit?«, wiederholte ich überrascht.

Magnie wurde rot. »Weißt du, ich habe das Trinken aufgegeben.«

Jetzt fiel mir wirklich nichts mehr ein. Magnie trocken? »Was? Völlig aufgegeben?«

»Ganz und gar. Weißt du, Mädel, ich kann einfach die Frau nicht vergessen, die neulich gestorben ist, die vom Film. Die ist gestorben, weil ich zu betrunken war, um mich um sie zu kümmern.«

»Das kannst du doch nicht wissen.«

»Trotzdem hab ich sie auf dem Gewissen. Und daran war nur der Alkohol schuld.« Er holte tief Luft und sprach so vertraulich, wie das ein älterer Mann aus Shetland nur fertigbrachte. »So'n Mensch will ich nicht sein – der jemandem nicht hilft, der Schwierigkeiten hat. Das passiert mir nie wieder.«

»Und schaffst du's – damit ganz aufzuhören, meine ich?«

»Gleich am nächsten Tag, nachdem du mir erzählt hattest, was ich getan hatte, da habe ich allen Alkohol, den ich im Haus hatte, den Ausguss runtergeschüttet. Hab seither keinen Tropfen mehr angerührt, und das bleibt auch so.«

Er war einer der letzten Walfänger gewesen, unser Magnie. Er hatte in South Georgia Kälte und Durst durchgestanden, und einmal waren ihnen auf dem Schiff sogar die Rumvorräte ausgegangen. Wenn Magnie sich was vornahm, dann schaffte er das.

»Allerdings mag ich diese Schlaftabletten nicht besonders«, fuhr er fort. »Ich überlege, dass ich mir vielleicht ein Hobby zulege, weißt du, irgendwas, das ich nachts machen kann, wenn ich Probleme mit dem Schlafen habe.«

»Puzzle.«

»Nö, nö, das sind so fieslige Dinger für Frauen, und außerdem will ich nicht fünfzehn Jahre vor der Zeit mein Augenlicht verlieren. Und komm mir bloß nicht mit Patiencen. Das einzige Kartenspiel, bei dem ich mitmache, ist Five Hundred.«

Five Hundred war die Shetland-Variante von Bridge, und der Bootsklub war im Winter einer der Austragungsorte für die »500-Abende«. »Nö, ich hatte da 'ne Idee. Ich dachte, ich bau ein Modell von der *Oceanic*, dem Ozeandampfer, der auf Foula gestrandet ist, dem Schwesterschiff der *Titanic*. Weißt du, mein Vater war damals bei den Rettungsmannschaften, und ich hab in den siebziger Jahren geholfen, als sie nach ihr getaucht haben. Ich hab sogar 'n bisschen Kupferdraht von ihr.«

Er schaute zum Yachthafen hinunter und wechselte das Thema. »Wann ist die Yacht denn weggefahren?«

»Mitten in der Nacht«, antwortete ich und erzählte ihm die Geschichte. Er strich sich über das stoppelige Kinn und dachte nach. »Die waren von Norden gekommen, also sind sie wohl eher nach Süden weiter, und die Yacht macht vielleicht sechs Knoten. Sieben Stunden bis Scalloway. Komm, wir schicken die Kids aufs Wasser, und dann können wir ein bisschen nachforschen.«

Ich rief die Kids zusammen, um mit ihnen vor dem Segeln einiges zu besprechen. Wir stellten fest, dass die Flut auflief und dass es ein hohes Hochwasser geben würde, dann prüften wir den Wind, der immer noch eher von Osten als von Süden kam und eine Windstärke von 2 bis 3 hatte, mit gelegentlichen Böen, die weiße Kronen auf das blaue Wasser peitschten.

»Also«, sagte ich, »was für Probleme könnte euch das machen?«

»Beim Rausfahren«, schlug Alex mit einem Blick auf den Hafeneingang vor, durch den die Flut und der Wind das Wasser wie einen Fluss hineinströmen ließen. Ich warf Vaila, der Tochter meiner Freundin Inga, einen missbilligenden Blick zu, als sie meinte, das könne man am besten dadurch umgehen, dass das Schlauchboot alle rausschleppte. Allerdings würde es am Ende wirklich sogar darauf hinauslaufen. Wir übten eine Weile an Land schnelle Wenden und blieben dann mit dem Schlauchboot in der Nähe, während die Kids sich aufs Voe rauskämpften und ihren Dreipunktekurs segelten.

»Nicht schlecht«, kommentierte Magnie. »Keiner ist auf den Felsen aufgelaufen – das ist schon mal 'n Fortschritt. Sieh du zu, dass du sie auf Kurs bringst, und währenddessen telefonier ich ein bisschen rum.«

Ich gruppierte meine Kids in Paare, die immer einer um den anderen herum wenden sollten, und hörte dabei Magnie zu. Der sprach mit jemandem namens Joanie. Erst wurden eine ganze Weile die neuesten Nachrichten ausgetauscht, ehe er endlich dazu kam, sich nach der Yacht zu erkundigen, und dann folgten noch ein paar Nachrichten, und das Gespräch endete mit »See dee, boy«*, ehe er mich kopfschüttelnd ansah. »In Scalloway sind sie nicht angekommen, und in Burra

---

* (Shetland-Englisch) Man sieht sich, Junge.

oder Trondra liegen auch keine fremden Yachten vor Anker. Na, lass mich mal nachdenken. Die hätten auch schnurstracks nach Westen fahren können, nach Foula.«

Er machte einen weiteren Anruf. »Da ist auch keine Spur von ihnen. Da frag ich mich ...« Er runzelte die Stirn und telefonierte noch einmal. »Robbie, mein Junge, Magnie hier. Ich will dich nicht lange aufhalten. Wüsste nur gern, ob du eine grüne Yacht gesehen hast, die in Richtung Süden bei dir vorbeigekommen ist ... Segel oder Motor, könnte beides sein, dunkelgrüner Rumpf, ziemlich hoher Mast ... fünfunddreißig Fuß ... nö, nö, alles in Ordnung. Dank dir, mein Junge.«

Er steckte das Telefon wieder in die Tasche und schüttelte den Kopf. »Also, nach Süden ist sie nicht gefahren, das ist mal klar. Wenn Robbie o' the Heights* sie nicht gesehen hat, dann war sie nicht da.«

Acht Stunden, achtundvierzig Meilen; die Yacht konnte oben in Ronas Voe im Norden vor Anker liegen oder in Cullivoe in Yell, der nächsten Insel nach Mainland – nur ergaben die nächsten paar Telefonate, dass sie da auch nicht war. Man hatte sie ebenfalls nicht in Richtung Lerwick durch den Yell Sound fahren sehen; niemand hatte irgendwo eine dunkelgrüne Yacht geortet. Bei begeisterten Schiffsbeobachtern wie den Leuten von Shetland war das nun wirklich bemerkenswert.

Wir beließen es dabei, um uns wieder auf die Kids zu konzentrieren, aber ich wurde ein ungutes Gefühl nicht los. Das Baby, das in der Nacht weinte, hatte in mir eine Unruhe geweckt, die ich noch nicht abgeschüttelt hatte. Es gab keinen Grund, warum Peter und Sandra nicht so mitten in der Nacht wegfahren sollten. Es hatte nicht so ausgesehen, als machte sich ein Fremder an ungewohnten Leinen zu schaffen oder als hätte jemand Schwierigkeiten, den Motor anzulassen. Und ich war mir auch nicht sicher, dass es nicht doch Sandra gewesen war,

---

* Shetland-Dialekt: Robbie von den Höhen.

die »Tschüs« gerufen hatte, als die *Genniveve* den Yachthafen verließ. Die verstohlenen Schritte auf dem Ponton, das leise Ablegen, all das konnte aus Rücksicht auf unseren Nachtschlaf so geschehen sein.

Ich wollte der Polizei vor Ort nicht lästig fallen. Mein Verdacht war nur allzu vage, und außerdem, wenn es wirklich eine große internationale Geheimdienstoperation war, würde ich mit einer Nachfrage vielleicht alles vermasseln. Doch ich kannte einen Polizisten, der in Inverness bei der Kriminalpolizei war, und ich glaubte, der würde mir zuhören. Er hieß Detective Inspector Gavin Macrae, war erst vor etwas über einem Monat hier gewesen und hatte in dem Mordfall ermittelt, von dem Magnie und ich gerade gesprochen hatten, dem Mord an der Frau vom Film. Eine Zeitlang war ich sogar die Hauptverdächtige gewesen, aber trotzdem hatten Gavin und ich einander sympathisch gefunden oder uns zumindest auf einen Waffenstillstand geeinigt. Ich hatte akzeptiert, dass er nur seine Arbeit machte, und er hatte meine Vergangenheit akzeptiert. Ich war Cass, die Selkie-Frau. Er hatte sich die Geschichte von Alains Tod angehört und mich hinterher immer noch gemocht.

Und es war sein Gesicht gewesen, das ich in meinem Traum gesehen hatte.

Ich dachte den ganzen restlichen Morgen darüber nach. Erstens war es eine triviale Sache, mit der man einen vielbeschäftigten DI nicht belästigen sollte. Und dann wollte ich auch nicht, dass er glaubte, ich müsste mir einen Vorwand ausdenken, um ihn zu kontaktieren. Ich konnte warten, bis wir uns beim Prozess trafen und ihn dann fragen ...

Und Peter und Sandra?

Wir Seeleute müssen uns doch umeinander kümmern. Ich war allein und völlig verschreckt auf See gewesen, und niemand wusste, wann und wo ich an Land gehen wollte. Ich war auch an Land schon in furchterregenden Situationen gewesen, und nur die *Chalida,* die an einer Pier festgemacht war, konnte jemandem verraten, dass ich je existiert hatte. Wenn man die Freiheit der Meere hat, kann man leicht verschwinden. Falls etwas nicht stimmte, konnte ich für die beiden tun, was hoffentlich niemand je für mich tun müsste. Sobald ich am Mittag auf der *Chalida* allein war, blätterte ich auf dem Handy meine Kontaktliste durch und fand Gavin Macrae. Ich ignorierte das Hämmern meines Herzens und meinen plötzlich trockenen Mund und drückte auf den grünen Knopf.

Er ging beim dritten Klingeln ran. »Cass?«

Er musste allein sein; der Highland-Singsang in seiner sanften Stimme, der wie die Gezeiten auf und ab flutete, je nachdem, ob er in seiner Polizistenwelt oder in seiner eigenen Welt war, schwang so stark mit wie damals, als wir mit der *Chalida* zusammen auf See waren. Damals hatte er meinen Namen genauso ausgesprochen, mit einem klaren »a« und einem weichen und langen »ss«. Ich hörte nichts als höfliche Effizienz in seiner Stimme.

»Hallo«, sagte ich knapp. »Hör mal, es tut mir leid, dass ich dich störe. Aber hier gibt's was, das mir ein bisschen Sorgen macht.«

»In was für Probleme bist du denn wieder reingesegelt?« Ein Lächeln klang in seiner Stimme mit.

»In gar keine«, erwiderte ich. »Magnie und ich sind ganz brav, bringen den Kids hier das Segeln bei. Nein, ich sorge mich, dass jemand anders in Schwierigkeiten ist.«

Ich erzählte ihm die ganze Geschichte, und er hörte geduldig zu. Das hatte ich als Erstes an ihm bemerkt: dass er dasaß, als hätte er alle Zeit der Welt, besonders, wie er mir später erzählte, wenn der Verdächtige, den er befragte, sehr darauf aus war, so schnell wie möglich wieder wegzukommen. Wenn er jemandem gegenüber sehr misstrauisch war, wie er das bei mir gewesen war, dann knüpfte er Fliegen für Meerforellen. »Kein Mensch achtet auf seine Worte, wenn ihn meine Finger ablenken.« Ich konnte ihn jetzt beinahe vor mir sehen, wie er die Augen auf die durchsichtige Angelschnur und die glänzenden Haken richtete. Seine braunen Hände waren geschickt, fürs Arbeiten gemacht, nicht nur Zierde.

Nachdem ich zu Ende gesprochen hatte, gab es eine lange Pause. »Also«, fasste er zusammen, »die beiden sind fort, ihre Yacht ist jetzt auch weg, hat sich in Luft aufgelöst. Warum glaubst du, dass es nicht Sandra war, die das Boot aus dem Hafen gesteuert hat?«

»Es war die Jacke«, antwortete ich. »Es war die richtige Art von Jacke, eine rote Musto, aber sie hat ihr nicht gepasst – ich habe gesehen, wie ihr der Ärmel über die Hand hing, und die Jacke selbst schien im Vergleich zu ihrem Körper auch zu lang.«

Ich freute mich, dass er meine Worte ernst nahm und keine Witze über mein Modebewusstsein machte. »Könnte sie vielleicht aus Versehen die ihres Mannes erwischt haben?«

»Könnte sein«, stimmte ich zu, »aber ich denke, dass sie das nicht gemacht hätte. Das passiert einem doch an Bord nicht. Man achtet auf seine Sachen, sonst riskiert man einen Unfall, wenn ein zu langer Ärmel im Weg ist oder man irgendwas Wichtiges nicht erreichen kann, weil die Jacke unter den Armen zu eng ist. Es ist einfach viel bequemer, und wenn es nur um so Kleinigkeiten geht wie die eigene Kapuze, die man so eingestellt hat, dass sie gut passt. Ich würde nie die Jacke von jemand anderem anziehen, wenn meine an Bord ist. Und wenn die beiden gerade zurückgekommen sind, von wo auch immer, würde doch sicherlich jeder sein eigenes Zeug tragen?«

»Was meinst du denn, wer es gewesen sein könnte?«

»Ich habe mich gefragt, ob es vielleicht Madge war«, antwortete ich. »Die Frau vom Motorboot. Die Körpergröße hat gestimmt, und sie war pummelig, zu pummelig, um in Sandras Jacke zu passen. Um wie Sandra auszusehen, hätte sie Peters Jacke anziehen müssen.«

»Und dann haben sie sich mit dem Motorboot getroffen und …?«

»Ich nehme an, dass Peter und Sandra vom Motorboot aus wieder an Bord gekommen sind – oder dass man sie wieder aufs Motorboot gebracht hat – und sie dann alle in See gestochen sind. Die *Genniveve* hätte mit Leichtigkeit direkt nach Orkney oder zu den Färöern fahren können, ohne irgendwo in Shetland Zwischenhalt zu machen.«

»Was soll ich tun?«

»Ich möchte nur sicher sein, dass es ihnen gut geht«, sagte ich. »Ich weiß, dass es für jede dieser Kleinigkeiten allein eine vernünftige Erklärung geben könnte, aber alle zusammen machen mir ein ungutes Gefühl.«

»Nun, erst einmal«, erwiderte er, »finde ich heraus, ob Wearmouth wirklich früher beim Militär war, und überprüfe, was er in Shetland zu suchen hatte, falls er in offizieller Mission und nicht im Urlaub dort war. Ich kann auch das Boot überprüfen, denke ich mal. Ich nehme an, du hast nicht herausgefunden, ob die Yacht im Seeschiffsregister stand?«

»Doch«, sagte ich. Wie bei der *Chalida* war auch bei der *Genniveve* das Kennzeichen ins Schott eingekerbt und auf der Außenseite des Luks angebracht. »SSR90 – irgendwas, noch drei Zahlen.« Ich hörte, wie er das aufschrieb.

»Gib mir eine möglichst vollständige Beschreibung.«

»Eine Rustler 36, dunkelgrün mit Holzleisten, grüne Segelhüllen und Windabweiser mit ihrem Namen *Genniveve,* eine Navik-Windsteueranlage und ein graues Dinghy auf dem Kajütendach«, antwortete ich prompt. Jetzt lachte er laut.

»Von den Leuten, Cass, von den Leuten.«

Ich versuchte mein Bestes und beschrieb obendrein noch die Katze.

»Und jetzt das Motorboot, mit dem sie sich anscheinend getroffen haben.«

Ich beschrieb auch das.

»Gut. Ich schicke eine SMS oder rufe an, sobald ich Neuigkeiten habe.«

Ich wollte das Gespräch nicht mit Plaudereien verlängern. »Danke«, sagte ich, schaltete erleichtert das Telefon ab und nahm mir meine Schwimmweste, um mich zu den Kids zu gesellen, ehe ich auch nur eine Chance hatte, wehmütigen Gedanken nachzuhängen. Trotzdem hatte ich sein Bild vor Augen: Er war nicht groß, vielleicht einen halben Kopf größer als meine eins fünfundfünfzig, aber er strahlte eine kompakte, belastbare Stärke aus. Ich konnte mir gut vorstellen, wie er einen Schafsbock in einen Pferch hievte oder ein Boot auf den Strand schob. Sein Haar war dunkelrot wie die Halsmähne eines Hirschs im Herbst, seine Augen hatten das Grau des Meeres an einem bewölkten Tag, und er hatte eine Nase, die aussah, als wäre sie einmal gebrochen und schief zusammengewachsen – verdammt, ich würde mich nicht in einen Polizisten verlieben!

Ich erstickte den Gedanken im Keim, ob Gavin wohl herkommen und selbst die Untersuchungen leiten würde, ging stattdessen los, um meine Kids einzusammeln, die sich nach dem Mittagessen gegenseitig mit Quallen bewarfen.

Ich hatte mich gerade auf den Ponton geschwungen, als ich vom Voe her das Brüllen eines Motors hörte. Ein Motorboot näherte sich mit einiger Geschwindigkeit. Diesen Krach kannte ich. Es waren die Leute, die ich im Yachthafen am wenigsten leiden konnte, Kevin und Geri, denen eine dunkelblaue 9-m-Apreamare gehörte. Theoretisch war das ein Motorkreuzer für feine Herren, aber in der Praxis war das Schiff der beiden innen wie außen total schäbig, bis zum Rand voll mit Plastikeimern voller Fische, mit Fischkörben und verhedderten orangen Nylonseilen. Anders schauderte beim Geräusch des Motors.

Ich war von der ersten Begegnung an gegen die beiden eingenommen. Ich hatte auf See ab und zu das Vergnügen gehabt, die Gesellschaft von Walen zu genießen, angefangen vom riesigen gebogenen Rücken eines Blauwals, der mich vor Nova Scotia kurz begleitete, bis hin zu Schwärmen von Grindwalen rings um Shetland herum, und ich würde zwar nicht das ganze Zeug von den »mystischen Weisen der Welt« unterschreiben, habe es aber jedes Mal als Privileg empfunden, auf diese größten Meeresbewohner zu treffen, die da friedlich ihr Leben lebten. Als Kevin verkündete, er wäre eigens auf die Färöer gefahren, um dort an einem Walschlachten teilzunehmen, hat mich das nicht gerade für ihn eingenommen; aber ich war mir andererseits nicht sicher, ob er mir nicht sowieso unsympathisch gewesen wäre. Er war ein blonder Shetländer, mit glattem, feinem Haar, das ihm in die eng zusammenstehenden Augen fiel, die hierhin und dorthin huschten, als müssten sie Notizen machen. Er hatte wulstige rote Lippen und erweckte allgemein den Eindruck, er hielte sich für den Größten. Auch Geri hatte ich auf Anhieb nicht leiden können. Sie war eine von diesen eisigen Blondinen, deren Haare zu einem glasigen Schimmer poliert sind, noch dazu hielt sie sich so aufrecht wie eine Heringsmöwe auf einem Mast. Sie hatte zudem noch Möwenaugen, diesen kalten Blick aus verengten Augen, der den Abstand zwischen dem erschöpften Schaf und seinem neugeborenen Lamm abschätzt, ehe der Vogel sich zum tödlichen Angriff herunterstürzt. Wenn Geri irgendwas Weiches an sich hatte, wusste sie es jedenfalls gut zu verbergen. Freiwillig wäre ich nicht näher als auf sechzig Schritt an sie herangegangen.

Außerdem hatten Anders und ich in den drei Wochen, seit die beiden ihr Boot hier zu Wasser gelassen hatten, feststellen müssen, dass sie einfach nur laut waren, die Art Leute, die immer das Radio auf volle Lautstärke aufdrehen und die ihren Grill anzünden und windabwärts alle mit Rauchwolken zuqualmen. Kevin und sein Kumpel Jimmy gingen auf nächtliche Fischzüge, und da sie außer Volldampf voraus keine Motorgeschwindigkeit kannten, weckten sie uns alle bei der

Rückkehr auf. Erst hörte man den brüllenden Motor, dann kam die Dünung, die die *Chalida* gegen die Seiten des Ankerplatzes schob, ganz egal, wie fest wir sie verzurrt hatten. Außerdem leckte ihr Motor Diesel, das einen Regenbogenschimmer auf das Wasser legte, als schaumbraune Schmiere an den Seiten der *Chalida* hinaufkroch und zweifellos auch für die Seeschwalben und Jakobsmuscheln nicht gerade gesund war.

Heute hatte ich keine Lust auf Höflichkeit. Die konnten sich selbst um ihre Festmachleinen kümmern. Ich schwang mich wieder an Bord und wartete. Noch ein kehliges Brummen, während das große Motorboot rückwärts an den Anlegeplatz fuhr, und ringsum wurde das Wasser aufgewühlt. Die *Chalida* schaukelte, kam dann wieder ins Gleichgewicht, als der Motor des Bootes auf Leerlauf geschaltet wurde. Kevin stieg aus, um die Bugleine festzumachen, während Geri mit einem Bootshaken nach der Heckleine angelte. Dann ging Kevin wieder an Bord. Ich erwartete, dass er nun den Motor ausschalten würde, aber der brummte weiter. Vielleicht hatten wir Glück und sie würden gleich wieder rausfahren. Musik plärrte los, eine dieser Gruppen mit einem donnernden Rumms-rumms-rumms-Rhythmus. Ratte zuckte missbilligend mit den Schnurrhaaren und verschwand in ihrem Nest; das Rascheln ließ darauf schließen, dass sie es umschichtete. Kater verkroch sich in meinem Schlafsack.

Ich schaute den beiden weiter zu. Kevin tauchte mit einem roten Eimer auf, einem eckigen Eimer mit Deckel. Er trug ihn irgendwie merkwürdig; er war wohl nicht sonderlich schwer, das konnte ich sehen, aber er behandelte ihn mit großer Vorsicht, als wäre er wertvoll oder zerbrechlich, und doch hielt er ihn gleichzeitig weit von sich weg, als wolle er ihn nicht in seiner Nähe haben. Geri erschien gleich hinter ihm, und ihr konnte ich sofort ansehen, dass sie das, was immer in dem Eimer war, auf keinen Fall im Haus haben wollte. Ihr Gesicht war unter dem eisig blonden Haar wie versteinert, und sie versuchte, mit heftigen Gesten zu verhindern, dass der Eimer wieder aufs Boot gebracht wurde. Kevin verzog als Antwort das Gesicht und deutete auf die Kajüte. Er wollte das Zeug offenbar auch nicht auf seinem Schiff haben. Geri zögerte keine Sekunde. Dann sollte das Etwas eben ins Cockpit. Kevin versuchte, mit ihr zu diskutieren, schaute immer wieder verstohlen in Richtung Brae und deutete dann erneut aufs Cockpit. Geri schüttelte den Kopf, schien aber nicht völlig überzeugt zu sein. Kevin probierte es erneut, diesmal ein wenig nachdrücklicher, und endlich nickte Geri. Kevin nahm den Eimer auf und trug ihn zu ihrem Auto. Geri folgte ihm, und weg waren sie und ließen uns ihre Musik und den Dieselgestank ihres Auspuffs zurück. Aber nicht lange; Kevin hatte wohl nur Geri nach Hause gebracht, denn er war schon bald wieder da, kam mit seinem hochmodernen Pick-up (mit Überrollbügel und Doppelscheinwerfern) den Kiesweg zum Yachthafen heruntergebrettert. Er stieg aus und zerrte eine große Kiste aus dem Kofferraum. Das Ding sah schwer aus, und irgendwas an der Beschriftung verkündete selbst auf diese Entfernung deutlich Skandinavien. Ich wartete, bis er halb über den Ponton war, ging dann auf ihn zu, während ich mir die Schwimmweste wieder umschnallte.

»Tag!«, grüßte ich fröhlich. »War's ein guter Törn zu den Färöern?«

Sein sandfarbener Kopf senkte sich, er spitzte die roten Lippen und schob sich seitlich an mir vorbei wie ein Krebs auf dem Weg zum Meer. »O nein, wir waren nicht auf den Färöern. Nur fischen.« Er hievte sich die Kiste auf den anderen Arm, so dass sein Körper zwischen mir und der Last war.

»Und jetzt geht's schon wieder raus zum Fischen?«, sagte ich und deutete mit dem Kopf auf die Kiste.

»Oh, nur Vorräte auffüllen«, antwortete er, und die Kiste wechselte noch einmal so schnell die Seite, dass ich keine Chance hatte, die Beschriftung zu lesen. Dann schwang er sich aufs Boot. »Man sieht sich.«

Ich schaute im Vorübergehen hinten auf den Pick-up. Die Ladefläche war voller Kisten und Eimer, die alle mit einer Plane abgedeckt waren. Ich wollte gerade hineinlangen und die Plane hochheben, als Kevin wieder von seinem Boot kam und ich weitergehen musste.

Wenn das alles Vorräte waren, dann plante er wohl eine Weltumsegelung; oder vielleicht hatte ich bei dieser Überlegung einfach nicht eingerechnet, dass manche Männer nur so zum Befeuchten ihrer Kehle am Nachmittag ein Sechserpack Bier brauchen. Er verstaute jedenfalls den Rest in Rekordzeit an Bord, und dann fuhr der Pick-up röhrend fort.

Ich überlegte immer noch, was wohl in dem Deckeleimer gewesen war. Wenn sie auf den Färöern gewesen wären, hätte es Walfleisch sein können – aber das würde doch Geri dann zu Hause haben wollen, wenn sie es wirklich aßen. Irgendwelche Köder? Nein, die hätten sie selbstverständlich auf dem Boot gelassen. Ich fragte mich, ob es unter Umständen irgendein Fang war, den Kevin sich präparieren und ausstopfen lassen wollte, ein Riesenrochen oder so was. Aber dafür war der Eimer nicht groß genug gewesen – der reichte höchstens für eine besonders große Forelle, aber soweit ich wusste, angelte Kevin nicht in Süßwasser, und auf einen Superfang wäre er ja auch besonders stolz gewesen und hätte ihn nicht loswerden wollen. Na ja, zweifellos würde sich alles irgendwann aufklären.

KAPITEL 8

Wir verbrachten einen glücklichen, patschnassen Nachmittag damit, eine Seglerversion von Wasserball zu spielen, und beendeten ihn mit der unvermeidlichen Kenterübung im Yachthafen. Die Kids waren gerade dabei, die Boote, ihre Trockenanzüge und alles andere in Reichweite mit dem Schlauch abzuspritzen, als ein hochaufgeschossener Mann mit sandfarbenem Haar auf mich zukam. Ich konnte mich nicht sofort an seinen Namen erinnern, aber er war der beste Kumpel von Kevin vom lauten Motorboot. Er trug einen roten Overall und gelbe Gummistiefel, im traditionellen Kleinbauernstil. Ich hatte das Gefühl, dass er kein Vollzeitbauer war – er arbeitete irgendwo in Lerwick in einer Ingenieurfirma.

Alles an ihm war sandfarben: das gelbbraune Haar, das ihm so platt am Kopf anlag, als hätte die Flut es gerade glattgestrichen, der blasse Teint, der zu seinen Sommersprossen passte, sogar seine Augen waren von einem undefinierbaren Hellbraun. Auch sein Verhalten war irgendwie sandig, seine gewandte Art erinnerte mich vage ans Herunterschlittern von einer Sanddüne. Er schaute mich beim Sprechen nicht an.

»Cass, aye aye.«

»Now then«, antwortete ich. Jimmie, so hieß er. Er war in der Schule in derselben Klasse wie Kevin gewesen, gerade in die 7. Klasse der Grundschule gekommen, als ich weggegangen war. Also war er vier Jahre jünger als ich, fünfundzwanzig. Er sah nicht so aus, schien auf keinen Fall alt genug zum Heiraten. »Wie geht's mit den Vorbereitungen für den großen Tag voran?«

Er verzog das Gesicht. »Och, weißt du, jede Menge Getue. Ich geb mir alle Mühe, meiner Mam jetzt aus dem Weg zu gehen. Sie und Donnas Mam – und Donna auch, wenn ich's recht überlege – sind ständig am Wirbeln mit Arbeiten im Haus und mit Telefonieren.«

Ich zermarterte mir das Hirn, was Inga mir von seiner Hochzeit erzählt hatte. »Nächsten Samstag?«

»Samstag in einer Woche«, sagte er. »Die Party ist diesen Samstag, am Tag der Voe Show.«

Mit einer Hochzeit in Shetland schien auf jeden Fall ein ganztägiger Zug durch die Kneipen verbunden zu sein, am besten in Verkleidung. Die Männer in Shetland hatten da allerdings noch Glück: In Orkney banden ihre Kumpel sie auf einen Stuhl, der hinten auf einem Lastwagen stand, überhäuften sie mit den widerlichsten Dingen, die ihnen in den Sinn kamen, wie zum Beispiel Schafsdärmen, und fuhren sie durch die Straßen. »Was ist euer Thema?«

»Fischen«, antwortete Jimmie, »zumindest auf unserem Bus. Donna wollte mir nicht verraten, was das Thema vom Mädelsbus ist. Sie meint, wir müssen warten, bis wir uns treffen.«

»Oh«, sagte ich. »Ich habe immer gedacht, der Gedanke dahinter wäre, dass es die letzte Zechtour ohne die Zukünftige ist?«

»Heutzutage nicht«, erwiderte Jimmie finster. »Heutzutage sorgen die Frauen dafür, dass sie in dieselben Kneipen kommen wie wir oder zumindest am Schluss in derselben Kneipe landen, damit sie sicher sind, dass wir nicht mit einer anderen nach Hause gehen.«

Ich fragte mich, ob das Feminismus oder einfach die AIDS-Generation war.

»Du könntest wahrscheinlich bei Donna im Bus mitfahren, wenn du möchtest«, sagte Jimmie.

Ich schüttelte den Kopf. »Ich glaube, ich möchte nicht.« Ein betrunkener Abend mit Segelkumpels von einer Windjammer, das war eine Sache, aber ich würde mich lieber kielholen lassen, als verkleidet in einem Bus mit beschwipsten Mädels von einem Pub zum anderen zu kutschieren. Jimmie seufzte und wechselte das Thema.

»Hast du vielleicht Kevin irgendwo gesehen? Ich habe versucht, ihn zu erwischen, aber sein Telefon ist ausgeschaltet.«

»Vorhin war er hier«, sagte ich. »Du hast es auf dem Boot versucht, ja?«

»Alles abgeschlossen.«

Abgeschlossen, hier in Shetland? Wieder musste ich an das Paket denken, das Geri nicht im Haus haben wollte. Irgendwas, das sie von den Färöern mitgebracht hatten. Ich sagte leichthin: »Du bist letztens nicht mit ihnen auf die Färöer gefahren?«

Er wandte den Kopf ein wenig zu rasch zu mir. »Wieso auf die Färöer?«

»Sind sie da nicht gerade hergekommen?«

»Ich wusste nicht, dass sie drüben waren«, sagte Jimmie und runzelte die Stirn, als gefiele ihm dieser Gedanke nicht besonders. »Wo da, hat er was gesagt?«

Ich schüttelte den Kopf. »Ich glaube, er hat nichts gesagt, es war nur ein Eindruck, den ich hatte«, redete ich mich raus.

»Na ja«, meinte Jimmie. Er schaute mich noch einmal durchdringend an, mit einer Spur Boshaftigkeit dabei. »Es ist ziemlich früh fürs Walschlachten.«

Auf diese Stichelei würde ich nicht eingehen. »Stimmt«, sagte ich.

Darüber musste er lachen. »Mir hat das auch nicht sonderlich gefallen«, gestand er. »Das Boot stinkt heute noch danach. Ich hab's gerade wieder bemerkt, diesen Gestank nach Innereien.« Er wandte sich ab. »Ich find ihn schon irgendwann. Wenn du ihn siehst, kannst du ihm vielleicht sagen, dass ich ihn gesucht habe.«

»Mach ich«, antwortete ich.

Als ich wieder den Ponton entlanglief, warf ich einen kurzen Blick auf Kevins Boot. Die verschossenen braunen Vorhänge waren zugezogen, und am Schott war ein Vorhängeschloss angebracht.

Plötzlich fragte ich mich, wie schwer und wie groß wohl eine Bronze war. *Einen der Bronzeköpfe von Epstein haben sie auf den Färöern wieder aufgetrieben,* hatte Madge gesagt. Wenn es, sagen wir mal, ein Porträtkopf war – wie nannten sie das doch gleich, eine Büste –, dann war die wahrscheinlich lebensgroß, so von der Größe, die gut in einen Anglereimer passen würde. Fisch drüber, und niemand würde was merken.

Ich fragte mich, wie oft Kevin und Geri auf die Färöer fuhren.

Ich hatte Kater und Ratte zusammen zurückgelassen, während ich segeln war, und als ich nach ihnen schaute, nachdem die Boote weggepackt waren, schliefen sie beide, glänzendes schwarz-weißes und flauschiges sandfarbenes Fell auf meiner Koje zusammengerollt. Das Katerchen hatte die Katzentoilette benutzt, aber sein Kot war weich und stank. Vielleicht brauchte er besondere Nahrung. Ich stellte den letzten Rest Makrele auf einem Teller auf den Boden und machte mich auf den Weg, um Inga zu Rate zu ziehen. Wir waren vom Kindergarten an zusammen in der Schule gewesen, aber während ich unterwegs war und mich auf Booten herumgetrieben hatte, war sie hiergeblieben und hatte einen Jungen vom Ort geheiratet, Charlie Anderson, und jetzt hatten sie drei Kinder. Sie beneidete mich um meine Abenteuer, und manchmal war ich neidisch auf ihre Häuslichkeit, aber nicht so sehr, dass es mich danach verlangt hätte, mich auch irgendwo niederzulassen. Ich hütete gelegentlich ihren Jüngsten, Peerie Charlie[*], und war immer froh, wenn ich ihn ihr zurückgeben konnte.

Sich niederlassen ... Ich spürte wieder, wie sich die Landwelt um mich zusammenschloss. Ein ganzes Jahr am selben Ort; ich

---

[*] (Shetland-Dialekt) Kleiner Charlie.

konnte mir einen Freund suchen, eine Beziehung anfangen. Mein Herz verkrampfte sich in Panik. Jemand, der mir sagte, was ich tun sollte, Streit und ein Leben voller Kompromisse, nicht mehr so frei sein, dass der Wind mich wegwehen konnte.

Ich ging am Strand entlang, nicht auf der Straße, ließ die Flipflops von einer Hand baumeln. Die Flut strömte gerade erst vom schwarzen Seetang der Hochwassermarke fort, Wasser floss saugend um den knirschenden Tang und ließ die Kiesel in den verebbenden Wellen flüstern. Eine Seeschwalbe stieß ins Wasser herab und kam mit einem sich windenden Fisch im Schnabel wieder hoch. Unmittelbar vor dem Strand schaukelte eine junge Lumme auf dem Wasser. Von der Frittenbude wehte der Geruch nach Gebratenem herunter und mischte sich mit dem Jodduft des zermalmten Tangs unter meinen Füßen.

Ich hatte gerade die Mitte des Strandes erreicht, als mein Telefon klingelte. Es war Gavin. Ich legte einen Finger über das hintere Mikrofon, um das Geräusch des Windes abzumildern. »Hey.«

»Ich habe Informationen für dich«, sagte er. »Bist du irgendwo, wo du reden kannst?«

»Mitten auf einem einsamen Strand«, antwortete ich. Ich ging zu einem Felsbrocken und setzte mich hin. Das Wasser wirbelte auf meine Füße zu; ich tastete mit den Zehen danach und spürte, wie sich der kalte Schaum darum schmiegte. »Vielleicht ist noch eine junge Lumme da.«

»Lummen können den Schnabel halten«, erwiderte er. »Okay. Nun, ich hatte keine Schwierigkeiten, den Wearmouths auf die Spur zu kommen. Peter ist tatsächlich bei der Polizei – gerade in den Ruhestand gegangen, vorher war er Chief Inspector bei der Kripo von Newcastle.«

»Interessant«, sagte ich.

»Warte. Ich habe dort in der Zentrale angerufen, und da ist es erst richtig interessant geworden. Weißt du, normalerweise arbeiten wir bei der Polizei gut zusammen. Man erklärt, was man will, und dann tun die anderen ihr Bestes. Diesmal nicht. Ich bin völlig abgewürgt worden von einem Beamten, der sich benommen hat«, und hier wurde seine sanfte Stimme schärfer, »als wäre Inverness irgendwo in der tiefsten Wildnis. CI Wearmouths früherer Partner wäre augenblicklich verreist, und er könnte mir keine Auskunft geben. Seine Fälle würden von anderen Beamten weiterbearbeitet und wären natürlich streng vertraulich. Er hat nicht gerade gesagt, ich solle mich wieder um meine entlaufenen Hochlandkühe und betrunkenen Fischer kümmern, aber fast.« Er lachte. »Also habe ich weiter ermittelt.«

Ich wusste, dass er ein Mann nach meinem Herzen war. »Gut gemacht!«

»Ich habe ein bisschen in den Polizeilisten nachgeforscht, und nach ein, zwei Telefonaten hatte ich einen von Wearmouths Arbeitskollegen an der Leitung. Der wollte auch nicht so recht raus mit der Sprache, hat betont, die Operation sei noch nicht abgeschlossen, er könne mir also nur Hinweise geben, denen ich nachgehen könne. Ich erzähle dir, was er mir gesagt hat, aber du musst es für dich behalten.«

»Verstanden«, sagte ich. Auch auf Windjammern musste man Geheimnisse wahren.

»Wearmouth hat an einem Fall gearbeitet. Er nahm an, dass die darin verstrickten Leute vielleicht von Shetland aus operierten. Die Sache hat mit gestohlenen Gegenständen zu tun, die auf dem britischen Festland verschwinden und schließlich im Ausland wieder auftauchen – auf den Färöern, in Island, Dänemark und Norwegen, sogar in Norddeutschland.«

Ich brauchte dazu nicht auf eine Landkarte zu schauen. Das waren die Länder der mittelalterlichen Hanse aus Zeiten, in denen Shetland ein Zentrum des Nordseehandels war. »Alle mit einem schnellen Motorboot von Shetland aus bequem zu erreichen.«

»Ja. Wearmouth fragte sich, ob die Gegenstände übers Meer nach Shetland gebracht und dort gelagert wurden, ehe man sie weitertransportierte, wiederum auf dem Meer, wenn man die Werte flüssig machen wollte.«

»Ich frage mich«, sagte ich, »ob zu diesen ›gestohlenen Gegenständen‹ zufällig auch verschwundene Kunstwerke gehörten?«

»Das ist tatsächlich so. Die Häuser, aus denen gestohlen wurde, sind alle miteinander kleine Herrensitze, und alle liegen in bequemer Nähe zu einem Hafen – daher der Schluss, dass die Gegenstände übers Meer transportiert werden. Die Küstenwache hat ein paar Stichproben bei Schiffen gemacht, bisher ohne Erfolg.«

»Und wenn sie dann einmal hier sind, ist es leicht.« Vor meinem geistigen Auge sah ich wieder, wie sich Kevin und Geri vom lauten Motorboot über den roten Eimer stritten. »Du packst die heiße Ware in einen Eimer oder eine Kiste und trägst sie einfach an Land, in deine Scheune oder sonstwohin.« In dein einsames Cottage unterhalb des Elfenhügels, mit einer schönen neuen Festmacherboje und keinem anderen Haus weit und breit?

»Wenn man keinen Verdächtigen hat, weiß man leider nicht, wo man mit der Suche anfangen soll. Um die Sache noch schlimmer zu machen, hatte Wearmouth den Verdacht, dass irgendwo bei der Polizei jemand Informationen nach draußen verriet. Wir geben natürlich höchst ungern zu, dass es einen Maulwurf in der Truppe gibt, und das erklärt, warum der erste Beamte, mit dem ich gesprochen habe, mich so hat abfahren lassen.«

»Wusste Wearmouths Partner, was der gerade macht?«

»Der ist wirklich im Urlaub, und der Kollege wusste, dass Wearmouth eine Art Segeltörn geplant hatte, konnte mir aber nicht sagen, wohin. Ich habe versucht, ein Foto von Wearmouth zu bekommen, aber sein Kollege hat sich zu sehr gesorgt, dass er die Operation gefährdet, falls Wearmouth einem Verdacht nachgeht.«

»Schade.«

»Dann habe ich es bei ihm mit der Beschreibung deines anderen Paars versucht, aber die beiden kamen dem Mann gar nicht bekannt vor. Ich arbeite noch an deren Boot – es ist neu, und es wurden noch nicht viele von diesem Modell verkauft, also hoffe ich da auf Hinweise. Es wird ein paar Tage dauern.«

»Für die Lagerung von Gegenständen gäbe es dieses Cottage.« Ich beschrieb es ihm. »Ich kann mir kaum einen praktischeren Ort vorstellen, wenn man was verstecken möchte. Man würde weder beim Kommen noch beim Gehen gesehen werden. Es soll angeblich leer stehen, aber ich könnte schwören, dass mich jemand von da drin beobachtet hat.«

»Es gibt nicht zufällig Geschichten, dass es da spukt, nur so als zusätzliche Tarnung? Die Leute vom Zoll schauen immer zuerst in den Spukhäusern nach.«

Ich seufzte. »Nicht noch mehr Gespenster.«

»Oh?«

»Es ist nur eine von Magnies Geschichten von der Selkie-Frau, die ihr Baby am Strand zurücklässt und ins Meer zurückgeht. Angeblich hört man es weinen. Und Anders und ich haben letzte Nacht, kurz nachdem die *Genniveve* in See gestochen ist, so was gehört.«

»Ein weinendes Baby?«

»Klagendes Heulen. Es waren schreckliche, verzweifelte Laute. Mir läuft es immer noch kalt den Rücken runter.«

»Hmmm …« Eine Weile war er still, als dächte er über etwas nach. »Hattest du als Kind Haustiere?«

»Ich? Maman hatte nicht viel für Tiere übrig. Inga hatte einen Collie.«

»Ja«, sagte er, als bestätigte das einen seiner Gedanken.

»Jetzt habe ich aber einen Kater«, sagte ich. »Ein Kätzchen. Ich habe es gefunden.«

»Schwarz?« Seine Stimme neckte mich. »Ich kann dich mir richtig mit einem Hexenkater vorstellen: an einem einsamen Berghang, dein Haar weht im Wind hinter dir, und der schwarze Kater folgt dir auf den Fersen.«

»Meiner ist grau«, erwiderte ich streng. »Und was hat das zu sagen?«

»War nur so eine Idee. Lauscht weiter auf euer Gespensterbaby und sagt mir Bescheid, wenn ihr es noch einmal hört.«

»Jetzt spielst du Sherlock Holmes«, sagte ich. »Und willst nur den dusseligen Watson überraschen.«

»Ich würde es niemals wagen, dich dusselig zu nennen. Wie geht's mit den Plänen fürs College?«

»Ich habe mich angemeldet. Ich habe die Aufnahmegespräche überstanden, und im August fange ich an.«

»Cass, deine Stimme klingt, als würdest du dich auf deine Beerdigung vorbereiten.«

»Es wird einfach so seltsam sein«, sagte ich. »An Land, immer am selben Ort, ein ganzes Jahr lang, Tag für Tag in einem Klassenzimmer. Ich bin nicht sicher, ob ich mich da noch wiedererkennen werde.«

»Du wohnst doch immer noch an Bord der *Chalida*?« Er beherrschte den französischen Trick, eine Aussage in eine Frage zu verwandeln.

»Ja, aber sie wird einfach nur ein Hausboot sein. Wenn ich mit dem Unterricht fertig bin, wird es zu dunkel sein, um noch mit ihr rauszufahren, und wahrscheinlich habe ich ja auch noch Hausaufgaben zu machen.«

»Denk an das Endergebnis – dein Skipper-Patent. Deine Chance, wirklich auf einer Windjammer zur Mannschaft zu gehören.«

»Ja.« Er hatte mir gesagt, dass meine Stimme mich jedes Mal verraten hatte, wenn ich ihn anzulügen versuchte. »Ich weiß, ich muss erwachsen werden. Ich kann nicht immer frei und ungebunden in den Tag hinein leben. Es ist nur so – sesshaft sein, das bin einfach nicht ich, weißt du? Ich bin nie sesshaft gewesen. Ich kann mir eine Cass mit einer Hypothek und einem festen Freund nicht vorstellen, die jeden Freitag in den Pub und jeden zweiten Samstag ins Kino geht.«

Er lachte. »Es würde mich sehr überraschen, wenn dich dieses Schicksal ereilen würde.« Er ging wieder zum Geschäftlichen über. »Hör mal, dieses Cottage ...«

»Ich könnte vorbeisegeln und es mir näher anschauen, wenn du möchtest. Ich vermute, da kommt man leicht rein.«

»Nein.« Das war seine Kapitänsstimme. »Das hier ist mein Schiff, Cass. Und du musst meinen Anweisungen folgen. Man vermutet, dass die gestohlenen Gegenstände gegen Drogen getauscht werden, die man dann ins Land schafft. Und das bedeutet, dass wir es hier mit skrupellosen Leuten zu tun haben. Schnüffel nicht herum, versuche nicht, mehr herauszufinden. Du hast mir die Sache übergeben, jetzt vertraue mir. Ich tu, was ich kann.«

»Soweit ich das hinkriege«, sagte ich langsam, »werde ich es tun. Wenn sich noch was ergibt, rufe ich dich an, ehe ich irgendwas unternehme.«

»Tu das. Hast du Papier zum Schreiben?«

Ich schaute auf den feuchten Sand an der Gezeitenlinie. »So gut wie.«

»Okay, ich gebe dir meine Telefonnummer zu Hause.« Er diktierte sie mir, und ich schrieb sie mit einem spitzen Stein in den Sand. »Da funktioniert das Handy nicht.« Er lächelte wieder hörbar. »Ich wohne am Ende der Welt, mit meiner Mutter und meinem Bruder Kenny zusammen. Wir haben einen Bauernhof ganz hinten an einem Fjord. Erschrick nicht, wenn mein Bruder am Telefon auf Gälisch antwortet.«

Ich kramte die Überreste von Erse[*] hervor, wie ich es bei meiner Seereise mit Iren auf der *Sea Stallion* gelernt hatte. »Go raibh míle maith agat.« Tausend Dank dir.

Er antwortete mir mit einer Flut weicher Silben und leg-

---

[*] Irisches Gälisch.

te lachend auf. Ich übertrug die Nummer sorgfältig in mein Handy, steckte das Telefon in die hintere Hosentasche und sah dann zu, wie die Wellen die Nummer ausradierten.

Den ganzen restlichen Weg am Strand entlang dachte ich darüber nach. Ich hatte gewusst, dass er auf dem Land aufgewachsen war, hatte aber angenommen, dass er jetzt in der Stadt wohnte, in einem adretten Häuschen in Inverness, in der Nähe des Polizeireviers. *Ein Bauernhof ganz hinten an einem Fjord...* Er war also immer noch ein Landbewohner, der beim Aufwachen Berge und Meer und Stille um sich hatte. Mein Bild von ihm, wie er Schafböcke in den Pferch hievte und mit einem Boot arbeitete, hatte also ins Schwarze getroffen. *Mein Bruder Kenny...* Solche Brüder gab es in Shetland auch, die weiter im Haus der Familie wohnen blieben, wenn keiner von beiden geheiratet hatte, erst mit ihrer alternden Mutter zusammen und dann als Paar, mehr und mehr als Einsiedler, mehr und mehr abhängig voneinander. Ich überlegte, wie alt wohl Gavins Mutter sein mochte. Wenn sie nicht sehr spät Kinder bekommen hatte, würde sie höchstens um die Sechzig sein.

Das war alt genug, um etwas dagegen zu haben, dass ihr Sohn, der Polizist, sich mit einer Herumtreiberin, einer Seglerin einließ.

Außerdem hatte der Volksmund ja jede Menge Warnungen dagegen parat, sich auf einen Mann einzulassen, der nie von zu Hause weggegangen war. Ich wandte bewusst meine Aufmerksamkeit wieder Kevin und Geri zu. Kevin war letzte Nacht auch draußen gewesen, aber andererseits hatte Anders gesagt, dass das Motorboot, das wir gehört hatten, die Bénéteau-Motoryacht war, und Anders hätte niemals deren Motor mit dem von Kevins Boot verwechselt, nicht mal bei niedriger Drehzahl. Aber trotzdem, die beiden fuhren regelmäßig auf die Färöer hinüber, öfter als die meisten. Es war auch seltsam, dass sie ihr Schiff so gründlich verriegelt hatten, nachdem Kevin die Pakete von seinem Pick-up drin verstaut hatte. Vielleicht würde ich morgen versuchen, mir die Sache etwas näher anzuschauen. Ich erstickte diesen Gedanken gleich im Keim. *Das hier ist mein Schiff, Cass…*

4

A holl ida sheek and a dimple i da chin,
Der little grace i da face at der baith in.
Ein Grübchen auf der Wange und eines im Kinn
S'ist wenig Segen im Gesicht, da beide sind drin.

(Altes Shetländisches Sprichwort: Hüte dich vor Menschen, die zu gut aussehen.)

KAPITEL 9

Ingas Haus lag am fernen Ende des Strandes. Ihr Schwiegervater hatte es in den späten siebziger Jahren gebaut. Mit den Geldern, die die Inseln für die durch das Öl erlittenen Schäden und Belästigungen bekamen, hatte die Inselregierung unter anderem 90-prozentige Zuschüsse an Bauern gezahlt, deren Häuser so verfallen waren, dass ein Neubau die bessere Idee war. Der alte Charlie war einer von denen gewesen, die plötzlich festgestellt hatten, dass ihre Dächer völlig marode waren. Er hatte ein großes quadratisches Haus gebaut, grau verputzt, mit einem roten Dach und einem Panoramablick aus dem riesigen Fenster. Er war zu seinen besten Zeiten ein begeisterter Maid-Segler gewesen, und als er nicht mehr selbst bei der Brae-Regatta mitsegeln konnte, hatte er sich mit dem Feldstecher in der Hand auf dem Rasen in einen Liegestuhl gesetzt. Martin und ich achteten stets darauf, dass die Halsen, die wir an der Boje unterhalb seines Hauses machten, völlig fehlerfrei waren; wenn das Boot auch nur ein bisschen schaukelte oder wir nicht ganz ordentlich mit dem Spinnaker arbeiteten, kriegten wir das zu hören, wenn wir den alten Charlie das nächste Mal im Klub trafen. *Also, Kinder, ihr müsst drauf achten, dass ihr euer Segel mehr dichtholt, ehe ihr an der Stange die Halse macht ...* Um den Garten herum wuchs eine Hundsrosenhecke, und die letzten tiefrosa Blüten entfalteten sich gerade, um ihre gelb gekrönten Herzen zu zeigen, während sich bereits die ersten grünen Hagebutten bildeten. Ich klickte das Gartentor auf und ging den Steinplattenweg hinauf. Auf einer Seite des Gartens stand ein rundes blaues Trampolin, auf der anderen gab es eine Plastikrutschbahn und ein Spielhaus. Draußen war kein Lebenszeichen zu bemerken; ich schob die Tür auf und rief: »Ist jemand zu Hause?«

Links von dem mit Linoleum ausgelegten Flur lag ein Hauswirtschaftsraum. Inga hatte wohl im Torf gearbeitet, denn den Korridor entlang stand eine Reihe schlammiger Gummistiefel: große gelbe mit verstärkten Zehenkappen für Charlie, schicke grüne für Inga, zwei Paar in Neonrosa für die Mädchen. Peerie Charlies Paar mit Spiderman lag auf der Seite, genau wie er die Schuhe von den Füßen gekickt hatte. Ich rief noch einmal und ging dann in die Küche.

Ich musste mich förmlich durch den Geruch von heißem Fett durchkämpfen. Inga überwachte den Herd, das dunkle Haar verstrubbelt, die Wangen rot; die älteren beiden Mädchen spritzten Ketchup auf Fischstäbchen und stritten sich darüber, wer heute an der Reihe war, auf der Fahrt zum Schwimmen in Lerwick vorn zu sitzen. Peerie Charlie saß auf seinem Hochstuhl, und eine rote Soßenspur triefte ihm über das Kinn. Er winkte mir mit seinem Löffel und versuchte aufzustehen.

»Dass!«

»C-c-c-cass«, korrigierte ich ihn.

Er zuckte mit den Achseln und schaute mich mit verständnislosem Blick an, aus dem bald in seinen Teenagerjahren ein »ja und?« werden würde. »Dass, ich hab Fischstäbchen.«

»Stimmt«, bestätigte ich.

»Ich ess die.«

»Iss weiter«, sagte Inga. »Er mag die eigentlich nicht«, fügte sie hinzu, »aber die Mädchen schon, also will er sie unbedingt auch haben.«

Ich setzte mich neben Charlie an den Tisch und nahm eine seiner Fritten in die Hand. »Wie wäre es mit einer von denen?«

»Ich nicht«, antwortete Charlie. Er schob sich die goldenen Locken mit beiden Händen aus dem Gesicht, hinterließ eine Spur von Semmelbröseln auf einer Wange und spielte dann weiter Auto mit dem Rest seines Fischstäbchens.

Ich aß die Fritte selbst und schaute mich in der Küche um. Für mich war das eine seltsame Umgebung: Regalbretter mit

Geschirr die ganze Wand hinauf, breite Fenster, die auf das Voe hinausgingen. Der Raum war geräumig und hoch, und doch so vollgestopft: Charlies Plastiktraktor parkte in einem Durcheinander aus Federballschlägern und Rollschuhen, ein Haufen Bauklötze war vor den hellen Holzschränken ausgebreitet. Wenn man das alles hier um fünf Grad kippte, würden Teller und Henkeltassen in Kaskaden von den Regalen stürzen und auf dem Boden zerschellen, und die Kupfertöpfe auf ihrem Brett würden sich in gefährliche Geschosse verwandeln. Ich war an eine Welt gewöhnt, die ständig für den Fall der Fälle festgezurrt war.

»Also«, meinte Inga. »Was ist bei dir so los? Wohin warst du gestern Nachmittag unterwegs? Ich habe mich gefragt, was du wohl im Sinn führst, als ich den Hubschrauber über uns wegfliegen sah. Aber da er den Berghang abgesucht hat, wusste ich, dass nicht du verloren gegangen warst.«

»Nein«, antwortete ich. »Das waren Leute vom Yachthafen.«

»Ich weiß«, sagte Inga. »Sie haben es in Radio Shetland gebracht.«

Ja klar.

»Die sind aber doch wieder aufgetaucht?«, fügte Inga hinzu. Sie deutete mit dem Kinn auf die felsigen Mauern des Yachthafens, über die die Masten aufragten. »Der Mast ist weg.«

»Das Boot ist letzte Nacht ausgelaufen«, sagte ich. Jemandem, mit dem man in die Schule gegangen ist, kann man nichts vormachen. Inga warf mir einen raschen Blick zu. »Ich nehme an, das sind sie gewesen«, meinte ich. »Doch es war alles ein bisschen merkwürdig. Das ist jetzt aber egal. Ich wollte dich wegen eines Kätzchens um Rat fragen.«

»Wegen eines Kätzchens«, wiederholte Inga.

»Du weißt schon, es ist ein wirklich kleines«, sagte ich. Ich schaute auf ihre Katze, einen Fußball aus schwarzem und rotem Fell, der bei der Heizung zusammengerollt lag und das Chaos ringsum nicht beachtete. »Na ja, handgroß. Es kann schon selbst fressen, aber es hat ein bisschen Durchfall, und da habe ich mich gefragt, ob es vielleicht noch zu klein für Fisch und Gehacktes ist. Sollte ich es mit Milch aus der Flasche füttern?«

»Sind die Augen schon offen?«

»Ja.«

»Farbe?«

»Noch so ein milchiges Blau.«

Inga warf mir einen »Was hast du da wieder gemacht?«-Blick zu. »Unter sechs Wochen, und du fütterst es mit Makrele. Ich gehe mal davon aus, dass es Makrele ist.«

»Ja, war es«, gestand ich.

»Ein bisschen weißer Fisch«, sagte Inga, »und Hackfleisch, das sollte gehen, aber kein öliges Zeug. Man kann spezielles Futter für Katzenbabys kaufen, aber gib ihm keine Milch, das wäre wirklich schlecht, es sei denn, der Coop hat plötzlich Ziegenmilch oder Soja, das ginge auch.«

»Futter für Katzenbabys«, wiederholte ich. »Das versuche ich mal und hoffe, dass ihm Ratte nicht alles wegfrisst.«

Plötzlich hatte Charlie uns auf dem Radar. »Will das Tätzchen sehen.«

»Es ist noch zu klein«, erklärte ich ihm. Ich hatte bereits erlebt, wie er mit seinem Teddy umging.

»Du musst ganz lieb mit ihm sein«, warnte Inga ihn. »Du darfst es nur mit einem Finger streicheln, genau wie du das bei Ratte machst.«

Charlie reckte einen orangen Finger in die Luft. »Einer.«

»Was sagt Ratte zu dem Kätzchen?«, fragte Inga.

»Hat es adoptiert, zum Glück. Als ich gegangen bin, schliefen die beiden aneinander gekuschelt, alles sehr friedlich und häuslich.«

»Du und Anders, ihr werdet noch richtig sesshaft.« Inga warf mir einen Blick von der Seite zu. »Aus euch wird schon noch ein Paar.«

Sesshaft. »Gott behüte.«

Inga lachte, tauschte Charlies Teller gegen einen Jogurtbecher aus, trug den Teller zur Spüle und drehte sich dann um. »Oh, ich weiß, ich wollte was mir dir besprechen. Wie sieht's bei dir mit Geld aus? Möchtest du einen Teilzeitjob?«

»Ja«, antwortete ich sofort.

Inga warf mir einen zweifelnden Blick zu. »Es ist eine Putzstelle.«

»Ich kann putzen«, sagte ich. »Du hast das Messing an einer Windjammer noch nicht gesehen.«

»*Häuser* putzen«, betonte Inga. »Na ja, *ein* Haus, das von Barbara Nicolson, Barbara o' the Trowie Mound. Erinnerst du dich noch an Brian Nicolson, der mit uns in der Schule war, der ganz weit draußen bei der Straße nach Mangaster wohnte? Sie ist seine Mutter. Sie möchte ein bisschen Hilfe im Haus, und da habe ich an dich gedacht.«

»Ich erinnere mich gut an Brian«, sagte ich. Ich dachte wieder an das unbewohnte Cottage, das womöglich doch nicht wirklich leer war. »Der hat doch behauptet, er hätte Totenschädel im Elfenhügel gefunden.«

Inga fing an zu lachen. »O ja, das weiß ich noch! Er und Olaf, die haben versucht, uns mit ihrem Gerede Angst einzujagen. Ich wette, das war nur ein Schafsschädel. Die haben den doch nie aus der Tragetüte genommen, damit wir ihn richtig anschauen konnten.«

»Was ist aus Brian geworden?«, fragte ich. »Wohnt der immer noch in dem Haus am Ende der Welt – wie hieß das noch gleich?«

»Staneygarth. Brian hat eine Elektrikerlehre gemacht, und dann ist er in den Süden gegangen, hat da bei irgend so einer Sicherheitsfirma gearbeitet, weißt du, Häuser bewacht, Herrenhäuser, so in der Größenordnung. Seine Frau geht in eure Kirche, die kennst du wahrscheinlich. Wie heißt sie noch gleich? Die will nicht viel mit uns Landpomeranzen zu tun haben, wenn sie mal hier sind. So eine Blonde mit Sonnenstudiobräune, wie eine Fußballerfrau.«

Das kam mir nicht bekannt vor. Ich ließ in Gedanken meinen Blick durch die sonntäglichen Bankreihen schweifen, mir fiel aber niemand ein, auf den diese Beschreibung gepasst hätte.

»Cerys«, sagte Inga plötzlich. »So heißt sie. Sie war mit Kirsten befreundet, die Olaf geheiratet hat, die ist auch eine von euch, und die sind immer als zwei Pärchen ausgegangen. Kirsten musst du aber kennen, die geht regelmäßig in die Messe. Dunkle Haare und dunkle Augen, und sie trägt Kleider.«

»Oh«, sagte ich. »Ja, ich weiß, wen du meinst …« Und mit dem Bild kam auch die Erinnerung an zwei Frauen, die zusammen zur Kommunion gingen, der glatte dunkle Kopf und der elegante blonde. Sie waren unmittelbar vor mir gewesen. Die blonde Frau hatte die Kommunion auf der Zunge empfangen und den Kopf geschüttelt, als ihr der Kelch gereicht wurde, und die dunkelhaarige Frau hatte die Arme vor dem Körper verschränkt und nur einen Segen erbeten.

»Siehst du Brian nicht mehr am Yachthafen?«, fragte Inga. »Er hat ein Motorboot, das hat mal seinem Vater gehört.«

»Oh, welches Boot?«, fragte ich.

Inga verdrehte die Augen. »Ich habe so eine vage Erinnerung, dass es ein altes dunkelblaues ist, am mittleren Ponton.«

Ich ging den Ponton in Gedanken durch und identifizierte das Boot ohne Probleme. »Alt, aber kein schlechtes Boot, seetüchtig. Er ist in den letzten paar Wochen zwei-, dreimal damit rausgefahren. Er ist mir aber nicht sonderlich aufgefallen. Wohnt er noch immer ganz weit draußen?«

»Er lebt im Süden, das habe ich dir doch gesagt. Er kommt nur in den Ferien her, um seiner Mutter mit den Schafen zu helfen.«

»Gut, wohnt die noch ganz weit draußen?«

»Sie wohnt«, sagte Inga mit viel Betonung, als wäre ich Peerie Charlie, »oben in Toytown, in der städtischen Siedlung. Es ist das letzte Haus nach der Autowerkstatt, mit dem Blick auf das Voxter Voe da oben. An die Hausnummer kann ich mich nicht mehr erinnern. Ich weiß nicht, ob Brian und seine Frau bei ihr wohnen, wenn sie hier sind, oder ob sie nach Staneygarth rausgehen. Ich glaube aber nicht. Die Frau, Cerys, sieht nicht aus wie eine, die gern drei Meilen von der nächsten Straße wegwohnt.«

Aber es war jemand im Haus gewesen. Ich erinnerte mich an das flüchtige Blitzen des Feldstechers. »Ich bin mir nicht sicher, ob ich ihn heute noch erkennen würde«, sagte ich.

»Nö, der hat sich nicht verändert«, erwiderte Inga. »Ich sag dir was, geh zum Schießstand auf der Voe Show. Um den kümmert er sich jedes Jahr, wenn er hier ist. Den hat er übernommen.«

Der Schießstand. Schüsse oben beim Elfenhügel. Ich hatte das Gefühl, als legte ich ein Puzzle und fände immer mehr Teile, die zusammenpassten. Ich musste noch einmal mit Gavin telefonieren – nein, eine SMS würde reichen. Ich wollte nicht den Eindruck erwecken, ich wäre hinter ihm her.

»Jedenfalls«, schloss Inga und änderte abrupt das Thema, »sucht seine Mutter eine Putzhilfe, vier Stunden die Woche, zweimal zwei Stunden. Interessiert dich das?«

»Ja«, sagte ich.

Inga ging zum Telefon und nahm das Telefonbuch von Shetland zur Hand. »Ich hoffe nur, sie hat sich die Mühe gemacht, die Postkarte auszufüllen – ja, da ist sie. Toytown.« Sie wählte und lehnte sich an die Wand. »Barbara? Hier ist Inga o' Cruister. Hast du schon jemanden gefunden, der dir im Haus zur Hand geht?«

Im Telefon hörte man längeres Quaken. Inga schaute mich an und schnitt eine Grimasse, dann fiel sie der Frau ins Wort: »Ich hab jemand hier, meine Freundin Cass, du weißt schon, Cass o' Finister, das Mädel von Dermot Lynch. Die sucht einen

Teilzeitjob – ja, die, die auf dem Boot im Yachthafen wohnt.« Noch mehr Quaken, und Inga sprach tonlos in meine Richtung: »Mit dem jungen Norweger mit der Ratte.« Dann sagte sie zu Barbara: »Nein, die Ratte bringt sie nicht mit. Warum versuchst du es nicht mal eine Woche mit ihr, und wenn ihr nicht klarkommt, dann ist sie nicht beleidigt.« Sie überdauerte das nächste Quaken mit der Leichtigkeit der geübten Zuhörerin. Ihre Schwiegermutter war mit Abstand die schnellste Sprecherin in Brae, trotz scharfer Konkurrenz. »Ich sag dir was, ich schick sie gleich jetzt zu dir, und dann könnt ihr selbst sehen, wann es passt. In zehn Minuten ist sie bei dir. Tschüs.«

Sie legte das Telefon zurück und verdrehte die dunklen Augen. »Das letzte Haus auf der zweiten Straße. Viel Glück.«

»Danke«, sagte ich und machte mich auf den Weg.

KAPITEL 10

Inga hatte an ihre Aussage nicht die verhängnisvollen Worte »du kannst es gar nicht verfehlen« angehängt – aber das Haus war wirklich leicht zu finden. Ich bog links in die Hauptstraße ein, lief am Coop vorbei, hielt mich bei der Citroën-Werkstatt links und sah dann zu meiner Rechten die kleinen Häuser von Toytown, grau verputzt und alle gleich. Man hatte sie ebenfalls für die Ölarbeiter gebaut. Als die Konstruktionsphase des Terminals vorüber war, hatte man sie in städtische Wohnungen umgewandelt. Jetzt konnte ich auf meinem Weg durch das Viertel sehen, dass jedes Haus eine individuelle Note bekommen hatte: hier ein Hängekorb mit neonrosa Petunien in einem schäbigen grauen Windfang, dort eine Haustür in glänzendem Aquamarin oder ein Sandkasten mitten auf dem handtuchgroßen Rasen.

Wie Inga gesagt hatte, war Barbaras Haus das letzte an der Straße und hatte einen Blick auf das untere Ende von Sullom Voe zur Rechten. Man konnte das Ölterminal von hier aus zwar nicht sehen, weil der Berg hinter Voxter House im Weg war, sehr wohl aber die Gegenwart des Terminals schon spüren: zwei Ölsperren sollten im Falle eines Öllecks den mit Seetang gesäumten Strand schützen. Dazwischen glitzerte das Meer mattblau.

Barbaras Haus war so geblieben, wie man es gebaut hatte: graue Mauern und ein weißgestrichenes Betonvordach, das aus der L-förmigen Mauer hervorragte und unter dem die Haustür und gegenüber die Schuppentür lagen. Die Schuppentür war schlachtschiffgrau gestrichen; die Haustür bestand halb aus Glas, halb aus dunkelbraunem Holz und hatte einen Klingelknopf in der Mitte. Alle Fenster, die ich sehen konnte, waren mit Netzvorhängen verschleiert, von der schwereren Sorte mit einem knubbligen Muster in der Mitte und einem Spitzensaum. Das Muster direkt vor meiner Nase zeigte ein kleines Mädchen mit einer Gießkanne in der Hand; in der Küche war es eine Sonnenblume, und im Bad prangten Segelschiffe, die sofort gekentert wären, wenn jemand so unklug gewesen wäre, sie auch nur in die Nähe eines Gewässers zu bringen. Ich hätte all das runtergerissen und den meeresklaren Sonnenschein ins Haus gelassen.

Ich wollte gerade die Hand heben und klingeln, als die Tür von innen aufgerissen wurde und Barbara dastand und mich anschaute. Sie war eine kleine, dünne Frau mit Knopfaugen wie ein Watvogel, mit denen sie mich wachsam musterte, einen Blick auf meine nackten Füße in den Flipflops warf, dann zum Voe, wieder zu meinem geflochtenen Haar, einen Blick zum Himmel, dann einen auf meinen roten Baumwollstrickpullover für den Landgang. Keiner der Blicke dauerte länger als eine Sekunde, aber ich hatte den Eindruck, dass der Frau nicht viel entgangen war. Nachdem ich zehn Sekunden auf ihrer Schwelle gestanden hatte, dachte ich, sie hätte jedem, der es wissen wollte, eine haargenaue Beschreibung meiner Person geben können.

Mein erster Eindruck war nicht gerade ermutigend. Ich erinnerte mich daran, dass sie eine ältere Mutter als meine glamouröse Maman gewesen war; sie müsste jetzt in den Sechzigern sein. Ihr Haar hatte sein natürliches Eisengrau und war kurz geschnitten. Ihr Mund war eine dünne, missbilligende Linie unter diesen bohrenden Augen. Sie trug einen traditionellen Shetlandpullover mit Joch und einen kastenförmigen Tweedrock, der nicht ganz lang genug war, um den Gummibund ihrer seidenstrumpfähnlichen langen Söckchen zu verbergen, dazu graue Plastikpumps.

»Dann komm mal rein«, sagte sie endlich. »Komm ins Zimmer.«

Es gab einen kleinen Windfang, etwa einen Quadratmeter groß, mit einem Sims für die Post. Allerdings würde der Briefträger Mühe haben, die Briefe zwischen die dort prangenden Töpfe mit den blühenden Fleißigen Lieschen zu quetschen. Ich trat mir die Flipflops auf der »Willkommen«-Matte ab und folgte ihr ins Haus. Der Flur war ein kleiner Raum am Fuß der Treppe. Eine Wand hing voll mit Mänteln, darunter auch ein Batik-Modell in Schwarz-weiß, von dem ich annahm, dass es der Spielerfrauen-Schwiegertochter gehörte. Die Tür rechts führte in die Küche, die etwa ein Viertel der Fläche von Ingas Küche hatte, und wenn man Ingas Küche durch leichtes Kippen ziemlich in Unordnung gebracht hätte, wäre es hier eine Katastrophe geworden. Auf jedem Zentimeter jeder erdenklichen Oberfläche lag irgendwelches Zeug. Auf dem Tisch stapelten sich an der einen Seite Berge von Briefen und Zeitschriften, die Arbeitsflächen waren unter Obstschalen und Nudelgläsern verschwunden, die Wände waren vollkommen mit Bildern oder mit kleinen Regalen voller herziger Porzellanfigürchen bedeckt. Ich begriff mit düsterer Resignation, warum diese Frau Hilfe brauchte, um all das sauber zu halten.

Sie führte mich ins Wohnzimmer gegenüber. »Möchtest du eine Tasse Tee?«

»Ja, bitte«, antwortete ich, und sie wuselte fort, um mit dem Wasserkessel zu klappern. Ich lehnte mich an den schmirgelrauen Plüsch und bedachte meine Misere. Im Kamin machte sich ein quadratischer schwarzer Ofen breit und verstreute munter Staub auf all den Nippes ringsum: auf das große Porzellanpferd, das einen Weidenkarren zog, auf eine reichverzierte Vase mit einem kleinen Wald von Kunstblumen in Toilettenpapier-Apricot, auf einen ganzen Tisch voller Fotos in schnörkeligen Rahmen. Auch hier hatte das Fenster Netzgardinen, diesmal mit einer adretten Borte aus Dahlien. Wo die Gardinen hochgebunden waren, standen Topfpflanzen, diesmal Usambaraveilchen, und dazwischen kleine Keramikschalen mit leblos wirkenden Kakteen, der Sorte mit den spillerigen Spinnenarmen. Es war genau die Sorte Haus, die mir immer wieder klarmachte, warum ich lieber auf dem Wasser lebte. Es würde jeden Tag ein paar Stunden dauern, all das nur abzustauben, vom gründlichen Reinigen ganz zu schweigen – und am Schimmern des Messingkaminbestecks und des Glases in den unzähligen Bilderrahmen war leicht zu erkennen, dass hier hohe Maßstäbe von Reinlichkeit angelegt würden.

Am meisten jedoch fiel mir der Geruch nach abgestandener Zimmerluft auf, der dick wie Staub über dem Zimmer lag, gemischt noch mit dem Duft eines Potpourris aus überparfümierten, überbunten Spänen. Das Fenster ging nach innen auf, von den Usambaraveilchen und Kakteen gebremst. Die klassische Spinnwebe war gar nicht nötig – wenn denn eine Spinne sich überhaupt erdreistet hätte, hier ein Netz zu weben –, um mir zu verraten, dass dieses Fenster mindestens ein Jahrzehnt nicht geöffnet worden war.

Ich wollte gerade aufstehen und mir die Bilder ansehen, als ich Schritte an der Tür hörte und eine Frau in Sandalen mit Stiletto-Absätzen ins Zimmer trat, die nur die Spielerfrau sein konnte. Ich hatte mich aus der Messe richtig an sie erinnert: gute 30 Zentimeter größer als ich, mit scheinbar meterlangen glatten, sonnengebräunten Beinen unter einem kurzen geblümten Kleid – oder vielleicht war es ein langes Oberteil, ich hatte die Mode dieses Sommers noch nicht ganz begriffen. Die Sonnenbrille hatte sie in ihr blondes glattes Haar hochgeschoben. Arme, Beine und Gesicht glänzten in einem einheitlichen rötlichen Mahagonibraun. Auf den Wangen war noch ein Hauch Puder und Rouge darüber gelegt. Die Frau sah so künstlich aus, dass ich nicht sagen konnte, wie alt sie wohl sein mochte, doch ich tippte auf Anfang dreißig. Sie bewegte sich mit einer kaum unterdrückten Gereiztheit, die mich nicht im Geringsten verwunderte: Ich konnte mir sehr gut vorstellen, dass diese Schwiegermutter und ihre Schwiegertochter nicht besonders gut miteinander auskamen.

»Oh«, sagte sie, musterte mich vom Scheitel bis zur Sohle und zerstörte all meine Hoffnung, dass ich vielleicht doch gut oder modisch aussehen könnte, gleich im Ansatz. »Nicht schon wieder ein Störenfried!«

»Das«, verkündete Barbara, die hinter ihr eintrat und das Teetablett mit einem heftigen Knall auf einem Dutzend alter Exemplare von *Shetland Life* auf dem Sofatisch absetzte, »ist das Mädel, das kommt, um mir im Haus zur Hand zu gehen. Cass Lynch o' Finister – du weißt schon, das ist das Haus, das beinahe am Ende der Straße nach Muckle Roe liegt.« Sie machte sich mit dem Ausschenken des Tees zu schaffen, und jede ihrer Bewegungen war so rasch und entschlossen, dass ich mich fragte, wieso sie überhaupt Hilfe brauchte. Vielleicht hatte sie Herzprobleme, oder sie wollte einfach mehr Zeit haben, um zum Schwimmkurs zu gehen oder Blumen zu arrangieren oder sich für wohltätige Zwecke zu engagieren.

Den Gedanken verwarf ich nach ihrer nächsten Bemerkung gleich wieder. »Nicht, dass ich im Haus Hilfe bräuchte, verstehst du, aber ich hab so viel damit zu tun, den Dienstplan für den Wohltätigkeitsladen zu organisieren. Und dann mach ich ja gerade auch noch die Arbeit in Lerwick. Da habe ich einfach nicht die Zeit. Also hat Brian gemeint: ›Na gut, Mam, warum schaust du nicht, ob du ein Mädel findest, das dir zur Hand geht?‹ Er ist ein sehr guter Sohn.«

Die Spielerfrau – wie hatte Inga sie genannt? Cerys? – stieß einen verärgerten Seufzer aus. »Nimmst du Milch, Cass?« Sie hatte eine ausdruckslose, gelangweilt klingende Stimme mit einem Liverpool-Akzent.

»Nein, danke«, antwortete ich. An Bord der *Chalida* gab es erst Milch, deren Verfallsdatum nicht abgelaufen war, seit ich in Brae vor Anker lag. Die Spielerfrau schnitt eine Grimasse, wollte wohl die Stärke des Tees bemäkeln, als sie mir die Tasse reichte.

»Nun«, sagte Barbara und setzte sich auf einen der beiden

Sessel mit direktem Blick auf den Fernseher, »was für Erfahrung hast du denn mit Putzen?«

»Bisher habe ich nur auf Schiffen geputzt«, erwiderte ich, »aber ich lerne schnell, und ich weiß, wie man Anweisungen befolgt.«

Sie lachte krächzend. »Na, das ist heutzutage ja schon mal was. Die Mädels im Coop, na ja, ich glaube nicht, dass die irgendwas im Kopf haben außer, wie sie ihre Gesichter am besten bemalen« – mit einem Seitenblick auf Cerys –, »und was das Befolgen von Anweisungen betrifft, na ja, ich glaube, keine von denen kann eine Anweisung lange genug behalten, um sie zu befolgen.« Sie sprach mit einer dünnen, beleidigten Stimme, die ein bisschen wie eine Säge klang, die sich kreischend durch einen Draht frisst. »Ich weiß nicht, was aus der Welt geworden ist. Alle sind viel zu sehr damit beschäftigt, mit ihren Freundinnen zu telefonieren, um einen zu bedienen. Ich sag's dir, wenn ich so eine erwische, stelle ich einfach meine Einkäufe vor ihr auf die Theke und verlasse den Laden.«

»Und die Polizisten werden auch immer jünger«, fügte Cerys hinzu, während sie mit einem boshaften Funkeln ihrer Augen unter der dicken Wimperntusche hervorschaute.

Barbara biss sofort an. »Polizisten! Ich sag euch, wenn dieses blonde Peterson-Mädel auch nur wieder einen einzigen Fuß auf meinen Gartenpfad setzt, bin ich gleich am Telefon und ruf in Lerwick an.«

Ich hatte Sergeant Peterson neulich bei dem Mordfall kennengelernt. Sie hatte mich an eine Meerjungfrau erinnert mit ihren langen, weißblonden, zu einem Pferdeschwanz gebundenen Haaren und ihren eisgrünen Augen, die unbeteiligt auf die Narrheiten der Menschheit blickten. Ich fragte mich, was sie wohl gemacht hatte, um Barbara derart gegen sich aufzubringen.

Cerys zuckte mit den Achseln und goss Öl ins Feuer. »Sie hat doch nur ihre Pflicht getan.«

Barbara schnaubte. »Pflicht! Der geb ich Pflicht! Ich weiß noch, wie sie im Kinderwagen lag, und wenn ihre Mutter selig sie gesehen hätte, wie sie hier reingeplatzt ist und gefragt hat, was mein Brian macht, na, dann hätte sie den Makkin Belt schneller rausgezogen, als unsere junge Dame rennen kann, das sag ich euch.«

Der Makkin Belt war ein Ledergürtel mit einem Polster, in das man beim Stricken die Enden der Nadeln stecken konnte. Er war in einer Zeit, als man Kinder noch schlagen durfte, die Waffe der Wahl aller Mütter gewesen. Jede Hausfrau in Shetland trug einen, für den Fall, dass sie einmal bei der Arbeit ein wenig Leerlauf hatte und weiterstricken konnte. Die schnelleren Kämpferinnen konnten sich den Gürtel in unter fünf Sekunden von der Taille reißen und ihn einem aufsässigen Kind hinten über die Beine klatschen. In meiner Kinderzeit war er natürlich bei den Müttern bereits aus der Mode gekommen, aber die Großmütter aller anderen Kinder waren immer noch äußerst zielsicher, wenn sie irgendein Fehlverhalten vermuteten. Meine Schulkameraden beneideten mich um meine beiden Großmütter, die französische und die irische.

Aber wieso, fragte ich mich, war Sergeant Peterson hinter Brian her? Ich konnte mich schlecht danach erkundigen, und Barbara war inzwischen bereits wieder in der Spur. »Sieben Pfund die Stunde, wenn alles passt, und zweimal zwei Stunden die Woche.«

Achtundzwanzig Pfund für gerade mal vier Stunden Arbeit. Mit dreißig Pfund konnte ich knapp über die Runden kommen, obwohl mir schon jetzt klar war, dass es hart verdientes Geld sein würde. Ich stimmte zu, und wir einigten uns auf die Stunden: dienstags und freitags abends, von sieben bis neun. So hätte ich den Tag fürs Segeln frei.

»Und diese Ratte kommt mir nicht ins Haus«, bestimmte Barbara. Cerys' blondgesträhnter Kopf ruckte in die Höhe.

»Welche Ratte?«

»Es ist die Ratte meines Schiffskameraden«, sagte ich. »Keine Sorge, ich bringe sie nicht mit.« Ich fügte nicht hinzu, dass Ratte auch äußerst wählerisch war, wo sie hinging. Von diesem Haus ohne Frischluft und Krümel würde sie nicht sonderlich begeistert sein.

Cerys starrte mich immer noch an. »Du wohnst also mit Anders im Yachthafen zusammen?«

»Wir teilen uns mein Boot«, sagte ich klar und deutlich.

Das gefiel ihr gar nicht. Ich konnte den Grund nicht ausmachen; ich war überrascht, dass sie Anders überhaupt kannte, es sei denn, sie war eine verdeckt agierende intergalaktische königliche Kriegerin. Sie stand auf, drehte den Schulterriemen ihrer sperrigen Ledertasche zwischen den Fingern. »Wie kommt es, dass du bei Leuten putzt, wenn du auf einem Boot lebst?«

Es hatte keinen Sinn, jetzt ein leidenschaftliches Bekenntnis zu erfinden, dass ich es als meine Lebensaufgabe sah, Porzellanpferde so glänzend wie möglich zu polieren. »Geld«, antwortete ich schlicht. »Du kennst also Anders?«

»Nein«, erwiderte sie. »Nein, wieso sollte ich ihn kennen? Ich hatte nur von der Ratte gehört, das ist alles.« Sie drehte mir den Rücken zu, und Barbara erhob sich.

»Dann sehen wir dich am Freitag. Und wenn es einer von uns nicht recht ist, dann sagen wir es einfach, und das war's, und keiner ist beleidigt.«

Wir gaben uns die Hand drauf, und ich schlängelte mich in den briefmarkenkleinen Flur. Barbara ging vor mir zur Tür und öffnete sie. Als ich mich an ihr vorüberdrückte, fragte ich betont nebenbei: »Benutzt ihr eigentlich noch das alte Haus, Staneygarth heißt es, oder?«

Ich schaute ihr geradewegs ins Gesicht. Sie machte einen Schritt zurück. Ihr dünnlippiger Mund blaffte: »Nie. Das habe ich auch der Polizistin gesagt. Ich war seit Jahren nicht mehr da!« Und dann schnappte ihr Mund zu wie eine Falle. Hinter Barbara hatte Cerys eine erschrockene Bewegung gemacht, stand dann stocksteif da und starrte mich mit wütend blitzenden Augen an.

»Ich frag ja nur«, sagte ich beschwichtigend und machte mich auf den Weg zur Tür. Kurz vor dem Windfang stolperte ich über einen der unzähligen Läufer, die da übereinander lagen, und musste mich am Türpfosten festhalten, um nicht das Gleichgewicht zu verlieren. Dabei kam meine Nase beinahe mit einer Reihe von Gemälden in Berührung, die auf dem fünfzehn Zentimeter breiten Streifen Wand zwischen der Haustür und der Tür zum Badezimmer hingen.

Die obersten beiden waren grässliche Klecksereien: ein kleines Mädchen mit übertriebenem Grinsen, das eine Gießkanne hielt, und ein Junge mit einem ebenso zahnbewehrten Lächeln, der einen Blumenstrauß hinter dem Rücken verbarg. Das dritte Bild war anders. Es hatte einen breiten Rahmen aus dunklem Holz mit einer Innenkante, die mit Blattgold überzogen zu sein schien. Im Zentrum befand sich das Porträt eines alten Mannes mit einem langen Bart. Der heilige Nikolaus, hätte ich gesagt, aber ich hätte länger hinschauen müssen, um sicher zu sein. Seine Robe war in einem üppigen rosa Violett gehalten, die erhobene Hand elfenbeinblass. Darunter prangte eine Schrift in kyrillischen Druckbuchstaben.

Was, fragte ich mich, hatte unter all diesem Flohmarktnippes von Barbara Nicolson ein Bild zu suchen, das wie eine Jahrhunderte alte russische Ikone aussah?

Barbara hatte nichts dagegen, dass ich das Bild anschaute, aber Cerys hatte erschrocken die Hand vor den Mund geschlagen. Ich tat so, als hätte ich nichts bemerkt, und ging mit munteren Schritten den Gartenweg hinunter, wandte mich am Tor noch einmal um und winkte. Barbara wartete, um sicher zu sein, dass ich das Tor ordentlich hinter mir zumachte, ging dann wieder ins Haus und schloss mit einem Klicken die Tür hinter sich. Ich sprang mit einem Satz über das Törchen zurück, schlich mich zur Haustür und öffnete sie leicht, um zu lauschen.

»Und wieso kanntest du dann seinen Namen?«, fragte Barbara mit messerscharfer Stimme. »Anders, du hast seinen Namen gesagt, bevor sie ihn erwähnt hat.«

»Jemand hat davon erzählt, dass er eine zahme Ratte hat.« Ein Klicken war zu hören, Cerys nestelte wohl an der Schnalle ihrer Tasche herum. »Ich weiß nicht mehr, wer das war.«

»Wahrscheinlich jemand beim alten Cottage.«

Nach einer langen Pause ertönte Cerys' Stimme klar und kalt: »Wenn du Lügengeschichten über mich verbreitest, zwingst du Brian, sich zwischen seiner Mutter und seiner Frau zu entscheiden. Bist du dir deiner Sache so sicher, dass du das tun würdest?«

Wieder Stille, und dann wurde eine Tür zugeschlagen. Ich flitzte davon, gerade noch rechtzeitig, denn ich war kaum draußen vor dem Tor, als ein roter Pick-up mit einer Vollbremsung vor dem Haus anhielt und Brian heraussprang.

Wenn ich nicht vor dem Haus seiner Mutter gestanden hätte, ich hätte ihn niemals wiedererkannt. In der Grundschule war er ein schmales Kind gewesen, und in der Sekundarschule war er wie Unkraut in die Höhe geschossen; ganz gewiss hatte er nicht die muskulösen Schultern und die breite Brust des Mannes gehabt, der mir nun gegenüberstand. Auch nicht den Schurkenschnurrbart. Brian war einer der »schwarzen« Shetländer, eine Erinnerung an die Matrosen von den Schiffen der Armada, die hier gestrandet waren: blauschwarzes Haar, das sich drahtig um Nacken und Ohren lockte, und ein dunkler Teint, der von den ersten schwachen Sonnenstrahlen des Frühlings schon sonnengebräunt war. Er hatte etwas von einem Piraten, trotz seiner bäuerlichen Kleidung, die aus einem Overall und gelben Gummistiefeln bestand. Das machten seine selbstbewusste Kopfhaltung und der scharfe Blick seiner braunen Augen. Ich war mir nicht sicher, ob ich ihn als Matrosen auf einem meiner Schiffe hätte haben wollen. Mit ihm würde es sicher Probleme geben.

Außerdem schien er außerordentlich wütend zu sein. Seine schwarzen Brauen waren so sehr zusammengezogen, dass sie sich über seiner Nase trafen, sein Mund war zu einer dünnen Linie verhärtet. In einer Hand hielt er etwas fest umklammert. Ich konnte nicht genau sehen, was es war – es schien ein Rechteck aus Metall zu sein. Dann schaute er über die Schulter und sah mich. Überraschung flackerte auf seinem Gesicht auf, und er lächelte und kam drei Schritte auf mich zu. Sein Overall stank nach Schaf und Desinfektionsmittel, aber als er sich bewegte, roch ich auch einen leisen Hauch Holzrauch, als hätte er an einem Feuer gestanden.

»Hiya, Brian«, sagte ich.

»Hey, coole Cass. Gut, dich mal wieder zu sehen. Du hast ja ein paar Abenteuer erlebt, seit wir im gleichen Klassenzimmer saßen.«

Da zu diesen Abenteuern auch Alains Tod und all die Ungelegenheiten mit der Film-Crew gehörten, hatte ich den Verdacht, dass das nicht sonderlich nett gemeint war. Das Leben im Süden hatte den Shetland-Akzent ein wenig aus seiner Stimme weggebügelt, aber zweifellos würde sich der während der Ferien wieder einfinden. Brians Stimme war recht angenehm, tönte tief aus seiner Brust.

»Du bestimmt auch«, erwiderte ich. »Du arbeitest im Süden, nicht?«

»Ja, ich bin Elektriker. Und mich hat damals der alte Taity aus dem Technikunterricht rausgeschmissen!«

»Jemand hat mir erzählt, dass du in Herrenhäusern Sicherheitsanlagen einbaust«, sagte ich. *Mein Schiff, Cass ...*

Er grinste. Jetzt sah er erst recht wie ein Pirat aus. An einem Ohr glitzerte ein goldener Ring. »Stimmt. Das sind tolle Häuser. Nicht so richtig vornehme Paläste, weißt du, eher die Sorte Häuser, die seit zwei-, dreihundert Jahren im Familienbesitz sind. Einfach bewohnt. Die Art von Haus, die man mit Geld nicht kaufen kann. Da wünsch ich mir sogar manchmal, ich hätte in Geschichte in der Schule besser aufgepasst.« Sein Mund wurde wieder eine dünne Linie. »Meine Frau hasst so was. Die möchte, dass alles modern ist.« Er warf einen finsteren Blick auf die gardinenverhangenen Fenster, und seine Hand umklammerte erneut das Metallrechteck. Dann konzentrierte er sich wieder auf mich. »Also, Cass, was machst du hier? Sag bloß, meine Mutter hat dich drangekriegt, und du hilfst ihr bei ihrer Wahnsinnsarbeit bei der Voe Show.«

»Bis jetzt noch nicht«, antwortete ich. »Ich hatte gehört, dass sie eine Putzhilfe sucht.«

Seine Reaktion war die gleiche wie die von Inga. »Häuser putzen? Du hast doch seit zehn Jahren nicht mehr in einem Haus gelebt.«

»Hast du mal all das Messing an Bord einer Windjammer gesehen?«, erwiderte ich.

»Ich werde Mam warnen, dass sie dich bloß nicht den Küchenboden mit dem Schlauch abspritzen lassen soll.« Seine Hand spannte sich erneut um den Metallgegenstand, dann drehte er ihn um. Diesmal konnte ich sehen, was es war. »Bis dann, Cass.«

Er ging mit großen Schritten den Gartenweg hinauf. Ich wandte mich ab und ging in Richtung Coop.

Der Gegenstand, den er da mit der Hand umklammerte, als wolle er ihn gleich jemandem ins Gesicht werfen, war das rechteckige Innere eines ganz gewöhnlichen, altmodischen Einsteckschlosses.

KAPITEL 11

Auf dem gesamten Weg zur Hauptstraße rang ich mit dem Impuls, sofort bei Gavin anzurufen, um ihm diese Informationsfetzen mitzuteilen. Eine Ikone, die an einer Wand hing, reichte nicht aus, um Brian mit den verschwundenen Kunstwerken in Verbindung zu bringen. Vielleicht hatte er ja eine Großtante gehabt, die als Suffragette mit der Women's Hospital Unit von Dr. Inglis* nach Russland gegangen war, oder (sehr viel wahrscheinlicher) einen Urgroßvater, der als Seemann ins Baltikum gefahren war.

Trotzdem, er arbeitete jetzt im Süden, und zwar für ein Sicherheitsunternehmen, und das passte alles ein bisschen zu nahtlos zusammen. Wer würde denn besser wissen, wie man Sicherheitsanlagen umging, als der Mann, der sie eingebaut hatte? Ich fragte mich, ob die Polizei auch schon darauf gekommen war und deswegen Sergeant Peterson losgeschickt hatte, um das zu überprüfen. In dem Fall war es eindeutig überflüssig, dass ich noch einen weiteren Polizisten anrief. Bleib bei deinem eigenen Schiff, Cass, dort, wo du hingehörst.

Und was genau hatte Cerys oben beim alten Cottage zu suchen? Und was hatte Anders damit zu tun? Ich versuchte mich daran zu erinnern, was er gesagt hatte, als ich das alte Cottage erwähnte und er so nervös reagierte. Dass ich so jung wäre oder was Ähnliches. *Wenn du Lügengeschichten über mich verbreitest*, hatte Cerys gesagt. Die Antwort war ziemlich eindeutig, nahm ich an, so eindeutig wie Cerys selbst – und ich vermutete, dass

---

* Dr. Elsie Inglis, eine schottische Suffragette, war 1914 Mitbegründerin der Scottish Women's Hospitals for Foreign Service, der von Frauen betriebenen Krankendienste im Ausland. 1916 ging u. a. eine Krankenhaus-Einheit nach Russland.

sie wirklich sehr eindeutig sein musste, wenn sie Anders ins Bett bekommen wollte, es sei denn, sie hatte ihn mit Versprechungen über irgendeinen Motor geködert. Er verfügte zwar über einen ordentlichen Vorrat an Sprüchen, um Frauen zu umwerben, aber irgendwie kamen sie nie so recht überzeugend rüber, und ich hatte ihn eigentlich nie mit einer Frau gesehen. Wir hatten eine freundschaftliche Beziehung, es tat mir weh, mir vorstellen zu müssen, er hätte sich vielleicht mit einer so künstlich aussehenden Frau wie Cerys eingelassen.

Aber das ging mich alles nichts an.

Ich schaute auf dem Heimweg im Coop vorbei. Sie hatten kein Futter für Katzenbabys, doch ich kaufte ein Stück Goldbarsch für jetzt gleich und Pfannengemüse fürs Abendessen. Morgen würde ich versuchen, mit der Leine vom Schlauchboot aus anstatt der allgegenwärtigen Makrele etwas Weißfisch zu fangen.

Anders war schon an Bord, saß im Cockpit, hatte die Füße hochgelegt und Ratte um den Hals. Seine Haut schien unter der Sonnenbräune blass zu sein, und er hatte einen Ölfleck auf der Wange.

»Hi«, sagte ich. »Guten Tag gehabt?«

Er zuckte mit den Schultern, was Ratte ins Schwanken brachte wie ein Dinghy bei Seegang. »Wir mussten den Motor aus einem alten hölzernen Fischerboot ausbauen und haben angefangen, den neuen einzubauen. Viel schwer zu heben – die Luke war eine Größe zu klein, so dass wir die Winde nicht richtig einsetzen konnten.« Er schaute auf die Tragetaschen, die ich über die Reling geschwungen hatte. »Ist das unser Abendessen?«

»Ich hab was eingekauft«, antwortete ich.

»Gut. Ich habe gerade überlegt, ob ich zur Tankstelle gehen und Fleisch holen soll.«

»Kannst du noch fünf Minuten warten?«

Er nickte, und ich setzte mich ihm gegenüber hin auf die Reling. *Sehr häuslich.* Hinter dem Schott hervor war ein Krabbeln zu hören, dann ein entrüstetes Miauen.

»Ich war mir nicht sicher, ob du das Kätzchen schon im Cockpit oben haben willst«, sagte Anders.

»Irgendwann muss er lernen, über Bord zu fallen«, sagte ich. Ich zog das Schott hoch, und Kater kam herausgewuselt. Ich hob ihn mir aufs Knie und streichelte ihm über den knochigen Rücken. Er schnurrte freundlich, interessierte sich aber zu sehr für seine neue Umgebung, um sich niederzulassen. Er schnüffelte sich den Boden des Cockpits entlang, steckte ein Pfötchen in jeden Abfluss, kletterte auf die Ruderpinne, schaukelte daran und sprang schließlich auf die Sitze, flitzte endlich aufs seitliche Deck, um dort interessiert ins dunkle Wasser hinunterzulinsen.

»Versuch's bloß nicht«, sagte ich und holte ihn da weg. Dann zu Anders: »Ich habe einen Job. Achtundzwanzig Pfund in der Woche, für vier Stunden.«

»Das ist gut. Was musst du machen?«

»Ein mit Nippes verseuchtes Haus saubermachen«, antwortete ich heftig. Anders lachte. »Die Frau, der es gehört, ist die aus dem Cottage drüben unter dem Elfenhügel«, fügte ich hinzu. Ich war in Versuchung, noch etwas über Cerys zu sagen, aber was sie und Anders miteinander anstellten, ging mich nichts an, und ich hoffte, dass ich sie nicht mehr oft zu Gesicht bekommen würde.

Als ich das Cottage erwähnte, wurde Anders puterrot und schaltete sofort auf Neandertaler-Modus um. »Ich finde ja nicht, dass du arbeiten gehen musst. Ich bekomme jetzt ein gutes Gehalt.«

Ich starrte ihn fassungslos an. »Aber ...«

»Ich habe genug für uns beide, wenn das Geld, das du beim Film gekriegt hast, aufgebraucht ist.«

»Darum geht's nicht«, protestierte ich. »Ich kann doch nicht zulassen, dass du all unser Essen bezahlst. Das ist nicht fair.«

»Du solltest mit solchen Leuten nichts zu tun haben, finde ich«, sagte Anders. Ich konnte förmlich Generationen von schwarzgekleideten lutherischen Vorfahren hinter ihm in einer Reihe stehen sehen. »Das ist kein guter Umgang.«

»Mit Cerys werde ich nicht viel zu tun haben«, sagte ich und vergaß meinen Entschluss, sie nicht zu erwähnen. »Ich mache nur im Haus ihrer Schwiegermutter sauber.« Ich reckte das Kinn vor. »Ich habe mich noch nie von jemandem aushalten lassen, und ich fange auch jetzt nicht damit an.«

»Von deinem Vater nimmst du aber Geld für deinen Kurs im College.«

Das war ein wunder Punkt, an den ich lieber nicht rühren wollte. »Wenn ich jetzt ein bisschen mehr verdienen kann, dann brauche ich das vielleicht nicht.«

Anders seufzte. »Cass, ich möchte es dir lieber nicht erklären, aber ich glaube, du solltest nicht bei dieser Frau arbeiten, und ganz bestimmt solltest du nicht in die Nähe dieses Cottages am Elfenhügel gehen, wer immer dich auch darum bittet. Es ist kein guter Ort.« Er schüttelte den Kopf. »Und jetzt, da ich dir gesagt habe, dass du besser nicht hingehst, machst du es natürlich erst recht.«

»So blöd bin ich nicht«, erwiderte ich.

»Denk dir, dass es ein Pub ist, vor dem man dich gewarnt hat, einer in einem fremden Hafen«, sagte Anders.

»Kannst du mir nicht einfach erklären, warum ich da nicht hinsoll?«

Wieder flutete die Röte von seinem Nacken aufwärts. »Lieber nicht. Aber ich wünschte mir, du würdest mich mit dem Geld, das ich verdient habe, für uns beide sorgen lassen.« Er zuckte die Achseln und holte Kater zurück, der schon wieder am Seitendeck entlangbalancierte. Dann schaute er mich mit seinen blauen Augen ernst an. »Bitte, Cass.«

Ich begriff nicht ganz, warum ihm so viel daran lag, aber ich konnte es spüren. Diese drei Monate lang war er mein Freund, mein Gefährte gewesen und hatte mich kaum je um etwas gebeten. Ich wünschte, er hätte nicht ausgerechnet das verlangt, aber ich brachte es nicht übers Herz, jetzt nein zu sagen.

»Ich habe ihr zugesagt, also muss ich diese Woche wohl hin, dann sage ich, dass ich nach einem Tag auf dem Wasser einfach zu müde bin. Reicht dir das?«

Er nickte. »Danke, Cass.«

Wir sprachen nicht mehr über Cerys oder das Cottage am Elfenhügel. Nach dem Abendessen machte sich Anders auf den Weg zu seinem nächsten Kampf im interplanetaren Krieg, die grüne Filzrolle mit den bemalten Spielfiguren unter dem Arm. Ich fütterte Kater mit seinem Rotbarsch und ging dann mit ihm und Ratte zum Schuppen hinüber, wo sie in einem halb aufgetakelten Mirror spielten, während ich mit Bootsreparaturen beschäftigt war. Die Bootskörper der Picos waren zwar ziemlich unzerstörbar, aber ihre Fixierungen nicht, und bei einigen Booten war der Ring am Bug ausgebrochen, wodurch ein kleines Loch geblieben war, durch das Wasser in die hohle Rumpfschale sickerte. Ich nahm die Stopfen achtern heraus und stellte die Boote so auf, dass das Wasser ablaufen konnte. Die waren ohnehin schon schwer genug zu segeln, ohne dass man im Inneren noch mehrere Liter Wasser hinzufügte. Ich klebte die neuen Ringe am Bug ein und suchte dann nach passenden Stücken Seil, die wir anstelle der zerfransten Schnüre, zu denen die jetzigen Fangleinen geworden waren, als Fangleinen benutzen konnten. Ich lag gerade auf den Knien und angelte nach einem passend aussehenden Stück, das unter einem uralten Wayfarer lag, als ein Pick-up über die Kieszufahrt heruntergerumpelt kam und im Radius von drei Meilen Rockmusik aus den 80er Jahren rausdröhnte. Ratte und Kater erstarrten und tauchten dann unter einem zusammengefalteten roten Segel ab. Es wurde dunkler im Schuppen. Ich hörte, wie eine Tür zuschlug, dann waren hinter mir Schritte.

Es war Olaf Johnston, der da vor dem hellen Abend aufragte. Seine breiten Schultern füllten die Türöffnung aus und versperrten das meiste Licht. Er war nichts als ein dunkler, bedrohlicher Schatten. Schon in der Schule war er mir nicht ganz geheuer gewesen; er und Brian hatten sich zu prahlerisch, zu wichtigtuerisch aufgeführt. Ich krabbelte rückwärts unter dem Wayfarer hervor, hatte das Gefühl, dass er mich in einer ungünstigen Lage erwischt hatte, und wandte mich beim Aufstehen zu ihm hin. »Hi.«

Er war näher zu mir getreten, als mir lieb war, jetzt kaum noch eine Handlänge entfernt, und er war größer, als ich ihn in Erinnerung hatte, so dass ich ihm kaum bis zur Schulter reichte. Ich musste also den Kopf in den Nacken legen, um ihn anzusehen. Er musterte mich vom Scheitel bis zur Sohle wie ein Killerwal, der sich einen fetten Seehund anschaut. Ich würde ihm nicht die Genugtuung geben, vor ihm zurückzuweichen.

»Noo dan«, erwiderte er in einem Ton, der eher neutral als freundlich war. »Richtest wohl die Dinghys für die Kids her?«

»Nur ein paar kleine Reparaturen«, sagte ich. Ich hob das Seil hoch, um es ihm zu zeigen. Es war ein altes Fall, knirschte vom Zementstaub auf dem Boden, aber noch in Ordnung. »Ich weiß nicht, was die Kids mit ihren Fangleinen machen. Ich glaub, die benutzen die als Kaugummi.«

Er lächelte darüber, ein schiefes Lächeln, mit dem er aussah wie ein Wikinger, der einen Überfall auf ein reiches Kloster plant. Norman hatte seine Hautfarbe nicht von seinem Dad geerbt. Olaf war der traditionelle Shetländer, dem man seine Herkunft von den Wikingern ansah: groß, breitschultrig, mit rötlicher wettergegerbter Haut und einem buschigen Haarschopf irgendwo zwischen Blond und Rot. Seine Augen waren allerdings so schmal und graugrün wie die von Norman, und er hatte auch die gleiche Hakennase. Er stank nach Lynx und trug einen durchgängig gemusterten Fair-Isle-Pullover, wie ihn auch Magnie hatte, Streifen von blauen Mustern auf weißem Grund. Er und Brian hatten auch in der Schule immer solche Pullover getragen, obwohl die damals völlig aus der Mode waren und zudem noch total unpraktisch in der Saunahitze unserer Klassenzimmer, und sie hatten beide breitest möglichen Dialekt gesprochen. Das gehörte alles zum Image des hartgesottenen Landmanns. Seine Jeans waren offensichtlich gerade aus der Wäsche gekommen, und er trug schwarze Schuhe anstatt der Gummistiefel oder Turnschuhe. Das beruhigte mich, denn er sah eher aus, als wäre er auf dem Weg zu einem Abendkurs oder einem Abend mit 500-Spielen und nicht, als wollte er mir Schwierigkeiten machen, weil ich gemein zu seinen Kids gewesen war.

Er nahm mir das Seil ab und begann es aufzurollen. »Das ist ein schönes Stück, sollte für mehrere Fangleinen reichen. Alex macht der Unterricht richtig Spaß.«

»Der ist ein Naturtalent«, antwortete ich. »Ich kann mich nicht erinnern, ob du gesegelt bist, als wir in der Schule waren, aber er hat eindeutig das Segeln im Blut.«

Olaf schüttelte den Kopf. »Mein verstorbener Vater war der Segler bei uns. Ich war 'ne Zeitlang Crew auf unserem Shetland Modell, ehe sie hier in Brae mit dem Kurs aufgehört haben. Doch seither habe ich nicht viel gemacht, nur Crew bei Peter o' Wast Point. Das war neulich ein schönes Rennen abends. Wir hatten gedacht, wir hätten euch eingeholt, bis ihr den Spinnaker gesetzt habt.«

»Ich segle gern mit den Drachensegeln«, stimmte ich zu. Er reichte mir das Seil zurück, und ich trug es in den abendlichen Sonnenschein, der zwischen den Masten der Yachten hindurchfiel und den Staub auf dem Wasser aufzeigte, das oben an der Slipanlage plätscherte. Eine Bootslänge war ausreichend lang für eine Fangleine. Ich maß sie an dem nächsten Pico ab. Ja, ich würde drei Leinen herausbekommen. Die ganze Zeit über wartete ich, warum Olaf wirklich hier aufgetaucht war.

Das Schweigen dehnte sich ungemütlich zwischen uns aus, während ich das Seil in drei Längen auf dem Asphalt auslegte.

Endlich fing er zu reden an. »Ich sag dir, warum ich hier bin. Ich habe mich gefragt, ob du wohl am Samstag Zeit hast, du weißt schon, am Tag der Voe Show.«

Das war nun das Letzte, was ich erwartet hätte. Die örtliche Landwirtschaftsschau war ein großer Festtag mit Wettbewerben für alle möglichen Tiere, Tiere vom Bauernhof und Haustiere, Gartenblumen, Obst und Gemüse, Stricksachen, Fotos und Handarbeiten, zudem mit gegrilltem Fisch und Minutensteaks und Tee, Sandwiches und vielerlei Kuchen in der Dorfhalle. Anders und ich hatten fest vor, dort hinzugehen, genau wie alle anderen im Einzugsgebiet der Voe Show.

»Ich wollte auf jeden Fall hingehen«, antwortete ich.

»Kirsten arbeitet am Rettungsboot-Stand«, sagte Olaf. Ich brauchte eine Weile, um mich daran zu erinnern, dass Kirsten seine Frau war, die dunkelhaarige Frau, die die Kommunion verweigert hatte. »Du weißt schon, der ist für das Rettungsboot von Aith, für die RNLI*, und ich dachte, du willst ihr vielleicht ein bisschen aushelfen, wenn du ohnehin schon da bist. Es ist ein langer Tag für sie. Sie muss den Stand für neun Uhr morgens herrichten, damit die Leute was zum Anschauen haben, während überall die Bewertungen sind, und dann schließt er erst um vier Uhr nachmittags. Sie würde sich bestimmt über Hilfe freuen, und da hab ich gedacht, na ja, ich wollte sowieso zum Yachthafen, und da würde es nicht schaden, wenn ich frage, ob du vielleicht hilfst, wo du dich doch für Boote interessierst.«

Du solltest mit solchen Leuten nichts zu tun haben. Es gehörte sich nicht, sich Gedanken über anderer Leute Sünden zu machen, aber ich fragte mich doch, warum Kirsten die Kommunion verweigert hatte, aber trotzdem für einen Segen nach

---

* Royal National Lifeboat Institution: Britische Lebensrettungsgesellschaft.

vorn gegangen war. Was hatte sie auf dem Gewissen? Was immer es war, ich hätte mein letztes Ankertau darauf verwettet, dass Olaf sie dazu gezwungen hatte. *Wenn sie nicht so fromm gewesen wäre, hätte es 'ne Scheidung gegeben ...*

»Das wäre kein Problem«, sagte ich. »Ich weiß nicht, ob ich den ganzen Tag schaffe, aber ich könnte ihr locker ein paar Stunden unter die Arme greifen. Wann sollte ich da sein?«

»Oh, das habe ich zu fragen vergessen.« Seine Stimme verriet ihn. Er bemerkte, dass ich das mitbekommen hatte, und redete sich aalglatt heraus. »Ich bitte sie, herzukommen und das mit dir zu bereden – oder hast du ein Mobiltelefon?«

»Ja«, antwortete ich, »aber ich weiß die Nummer nicht auswendig.« Auf keinen Fall würde ich Normans Familie meine Handynummer geben. *Ich weiß, wie du die Narbe da gekriegt hast ...* »Ich sehe Alex morgen. Bitte einfach Kirsten, sie soll ihm sagen, wann sie mich am Stand braucht.«

»Das ist nett von dir«, meinte er. »Das werde ich Kirsten sagen.« Er deutete mit einer breiten Hand auf das Seil, das ich mir ausgelegt hatte. »Willst du das noch schneiden? Ich hab Takelgarn im Pick-up. Ich helfe dir.«

»Danke«, sagte ich.

Wir machten es uns auf der Bank vor den Umkleideräumen bequem. Die ganze Zeit war ich mir bewusst, dass seine Augen auf mir ruhten; was immer er mir sagen wollte, er hatte es noch nicht gesagt. Ich schnitt das Seil in drei Teile, schwenkte es ein wenig im Meer, so dass es nun nach Salz und nicht mehr nach Staub roch, und dann versäuberten wir die Enden mit einem Takling. »Ist ein paar Jahre her, seit wir in der Schule im Werkunterricht an einer Bank gearbeitet haben«, meinte Olaf.

Sein Tonfall erweckte wieder ein ungutes Gefühl in mir. Wir waren nie Kumpel gewesen, und eine Werkbank hatten wir uns gewiss nie geteilt.

»Du warst ein bisschen älter als ich«, erwiderte ich. »Du warst schon weg, als ich so weit war, dass ich Werken mit Holz hatte.« Mir hatte der Werkunterricht Spaß gemacht, denn da konnte ich Teile fürs Boot anfertigen. Das Werken hätte mir allerdings keinen Spaß gemacht, wenn Olaf und Brian im Klassenzimmer rumgegockelt hätten.

»Ich erinnere mich gut an dich«, sagte Olaf. »Die coole Cass, so haben wir dich genannt, Brian und ich.« Er stieß ein kurzes Lachen aus, das absolut nichts mit Fröhlichkeit zu tun hatte. »Wir haben Inga mit unserem Trick mit den Knochen aus dem Elfenhügel zum Kreischen gebracht, dich aber nicht. Du hast nicht mit der Wimper gezuckt.«

»Ich hatte schon jede Menge Schafsschädel am Berg gesehen«, erwiderte ich.

Er grinste wie ein Wikinger, der seinen Lieblingsfeind gleich den Wolfshunden vorwerfen wird.

»Na ja, ich weiß nicht, ob ich behaupten würde, dass es Menschenknochen waren. Es ist wahr, Brian hat damals gesagt, er hätte sie aus dem Elfenhügel, aber wer weiß schon, ob das stimmte?« Seine Finger mit den breiten Nägeln ruhten auf dem Tauende. »Er war immer ein bisschen komisch, wenn's um diesen Hügel ging. Als er klein war, war er sein Geheimversteck. Er wollte das nicht mal mit mir teilen. Er hat mich nur einmal mit reingenommen, dann hat er mich schnell wieder rausgezerrt, ehe ich mich richtig umsehen konnte.«

»Wie war es da drin?«, fragte ich.

Er zuckte mit den Achseln. »Einfach nur ein Raum mit von Menschen gebauten Mauern, weißt du, nicht sehr anders als unser Lämmerhaus. Ich hab nicht verstanden, was daran so interessant sein sollte.«

»Ich denke mir, Archäologen würden es total aufregend finden«, meinte ich.

»Kann ich mir vorstellen«, erwiderte Olaf, »aber der Hügel liegt auf Brians Land – es gehört Brian, weißt du, das ist kein Pächterland mehr –, und er würde niemals erlauben, dass jemand den Hügel anrührt. Ich erinnere mich noch, dass sie es versucht haben, ein-, zweimal, wenn er im Sommer zu Hause war. Diese Val Turner und ihr Team wollten unbedingt die Nase reinstecken, und er hat sie nicht mal in die Nähe gelassen. Er hat sogar den Tunnel aufgefüllt, durch den wir reingekommen sind – wir haben uns durch einen Spalt unter einem der großen Steine reingequetscht, ein Kaninchenloch, das ganz durch die Mauer ging.«

Der Bau meines Kätzchens. Ich schaute rasch auf das Mirror Dinghy, wo Kater und Ratte wieder unter dem Segel hervorgekrochen waren und nun über eine Spiere balancierten und Nachlaufen spielten.

Plötzlich änderte Olaf das Thema, setzte sich gerader auf, als käme nun endlich, was er wirklich hier wollte. »Ich war wütend, als ich gehört habe, dass Norman euch mit seinem Jetski geärgert hat. Die sind im Süden die große Mode, weißt du. Als wir da im Urlaub bei Brian waren, sah man die Dinger überall, und die Kids waren wie wild darauf, das auszuprobieren. Als wir wieder zu Hause waren, habe ich ihnen so ein Ding für das Voe hier gekauft.«

»Ich mache mir nur Sorgen um die Sicherheit«, antwortete ich. »Du weißt doch, wie die Kids sind. Du kannst dir den Mund fusselig reden und ihnen sagen, sie sollen beim Boot bleiben, aber einer lässt immer das Segel los oder fällt raus, und dann ist da ein Kopf im Wasser, und der ist nicht immer leicht zu sehen, besonders wenn man in dem Tempo unterwegs ist.«

»Ich hab ihm gesagt, er soll in Zukunft von den Dinghys wegbleiben.«

»Danke«, antwortete ich. Ich erinnerte mich an Normans Interesse an dem Motorboot und dachte, dass ich nun auch ein bisschen nach Neuigkeiten fischen sollte. »Es ist immer ein Problem, wenn fremde Boote rein- und rausfahren – viel zu viele Leute haben anscheinend vom Yachthafen von Brae gehört, und jetzt geht's hier zu wie am Piccadilly Circus.« Ich versuchte es mit einem harmlosen Blick. »Oh, hab ich ganz vergessen – die letzten waren ja Freunde von euch, nicht?«

Die Hand, die das Takelgarn um das Tauende wickelte, zuckte und verharrte dann reglos. Olaf warf mir einen schrägen Blick von der Seite zu, wie ein Kormoran auf einer Muschelboje, der sich überlegt, wann er abtauchen soll. »Die letzten?«

»Die auf dem weißen Motorboot, David und Madge«, sagte ich. »Ich bin mir sicher, dass Norman gesagt hat, ihr würdet die kennen. Die waren aus … nein, ich kann mich nicht erinnern. Vom Clyde vielleicht?«

»Das schicke weiße Motorboot hab ich gesehen«, sagte er langsam, und seine Hand legte wieder sorgfältige Schlaufen um den Tampen, »aber ich glaube nicht, dass ich die Leute an Bord gesehen habe.« Er warf mir noch einen raschen Blick von der Seite zu. »Und wo sollen wir die her kennen, hat Norman gesagt?«

Ich schüttelte den Kopf. »Ich kann mich nicht mal erinnern, was er gesagt hat – nein, ich glaube, was Genaueres war es nicht. Er hat nur den Eindruck vermittelt.«

Olafs Gesicht wurde ausdruckslos. Ich konnte sehen, dass er was überlegte, aber ich konnte nicht erraten, was es wohl war. Er saß noch einen Augenblick da und schaute mit gerunzelter Stirn auf das Tauende in seinen Händen, dann gewann der besorgte Vater die Oberhand über den wohlhabenden Geschäftsmann. »Jungs«, sagte er. »Ich weiß, dass wir in ihrem Alter genauso schlimm waren, aber wir hatten nicht die gleichen Versuchungen. Wir haben uns aufs Trinken gestürzt. O ja, Drogen gab es damals auch schon, aber das war was für die aus dem Süden, also haben wir uns nicht drum gekümmert. Heutzutage, bei all den Flausen, die ihnen dieses Internet in den Kopf setzt, da geraten sie in …« Er unterbrach sich und lächelte mich dann überraschend liebenswürdig an. »Aber darüber weißt du wahrscheinlich mehr als ich, du bist ja noch in der Singles-Szene unterwegs. Wir alten Ehemänner haben ja gar keine Ahnung.«

Ich würde mir von Olaf Johnson keinen Brei ums Maul schmieren lassen. »Ich kann mich nicht erinnern, wann ich das letzte Mal in einer Disco war«, sagte ich.

»Wie kommst du mit dem Geld klar? Hier im Bootsklub kannst du nicht viel verdienen.«

»Ich komme klar«, antwortete ich. »Ich arbeite für meinen Lebensunterhalt, meistens.«

»Du solltest was Besseres erreichen. Dein Leben ist das, was du draus machst.« Wieder warf er mir diesen abschätzenden Raubtierblick zu. »Ich könnte dich da ins Geschäft bringen.«

Mit Olaf Johnstons Geschäften wollte ich kein Geld verdienen. »Mir geht's gut.« Ich ging zum Thema Motorboot zurück und ignorierte die kleine Stimme, die *Mein Schiff, Cass ...* sagte. »Meinst du, dieses Motorboot hatte vielleicht was mit Drogen zu tun?«

Er schüttelte den Kopf, eher resigniert als abweisend. »Ich erinnere mich an das Motorboot«, wiederholte er. »Die sind ziemlich spät angekommen, nicht? Und dann gleich früh morgens wieder rausgefahren.«

»Lange sind sie nicht geblieben«, stimmte ich zu. Ich wartete einen Augenblick, aber er sagte nichts weiter, schaute nur finster über das gekräuselte graue Wasser. Ich machte meinen letzten halben Schlag fest und stand auf. »Das ist gut, jetzt können wir drei Boote wieder ins Schlepp nehmen, wenn der Wind abflaut, ohne dass uns die Leinen brechen.«

»Oder dass sie gleich beim Strand kentern«, stimmte mir Olaf zu, »und den Mast brechen.«

»Gott behüte«, sagte ich inbrünstig. »Die Ersatzteile für diese Dinger kosten ...!«

Darüber lachte er, schien aber immer noch in Gedanken versunken.

»Danke für deine Hilfe«, sagte ich.

»Gern geschehen. Ich bitte Kirsten, sie soll Alex die Uhrzeit sagen. Bis dann.« Er drehte sich rasch um, schwang sich in seinen Pick-up, schlug die Tür hinter sich zu und suchte nach seinem Handy. Ich hätte ihm sagen können, dass er hier kein Netz haben würde. Der schwere Pick-up ließ mit seinen dicken Reifen den Kies aufstieben, als er den Hang hoch zur asphaltierten Straße fuhr. Ich beobachtete ihn, wie er auf die Hauptstraße einbog und gleich wieder am Rand stehenblieb. Olaf hob seine Hand zum Ohr.

Natürlich konnte er auch nur Kirsten die gute Nachricht weitergeben, dass ich ihr helfen würde, aber das bezweifelte ich. Ich fragte mich, ob Gavin eine Möglichkeit hatte, irgendwie seine Anrufe nachzuverfolgen.

Heutzutage, bei all den Flausen, die ihnen dieses Internet in den Kopf setzt, da geraten sie in … Da hatte er sich unterbrochen und angefangen, über die »Singles-Szene« zu faseln, aber ich war mir nicht sicher, dass er das wirklich gemeint hatte. Norman war neugierig gewesen, hatte mehr über das Motorboot herausfinden wollen und Alex losgeschickt, dass er mich ausfragte. Ich erinnerte mich, wie er mit mir geredet hatte: *Ich weiß, wie du die Narbe da gekriegt hast.* War er dumm oder vermessen genug, diese Taktik auch bei internationalen Schmugglern anzuwenden?

5

Hit's no fir da kyunnen's
god ta be ower cosh wi whitterets.
Es ist nicht gut fürs Kaninchen,
zu freundlich zum Frettchen zu sein.

(Altes Sprichwort aus Shetland)

KAPITEL 12

Es war kurz vor neun Uhr abends. Die Sonne schien noch hell auf die nach Westen ausgerichteten Berge, aber der Nebel kroch bereits herein, fingerte sich mit langen Ranken über Scallafield, über Grobsness näher. Obwohl es morgen wieder ein schöner Tag zu werden versprach, hatte ich als Seglerin bei Nebel stets ein ungutes Gefühl. Der erste schwache Geist des Vollmonds erschien silbrig auf den Bergen, und die Flut war schon bis zur Oberkante der Slipanlage aufgelaufen. Ich takelte die Mirrors für den nächsten Tag auf, ging dann auf einen Plausch in die Bar, konnte aber nicht recht zur Ruhe kommen. Ich überlegte, ob ich bei meinen Eltern anrufen sollte, aber Dad war in Edinburgh und betrieb bei all seinen Kontaktleuten Lobbyarbeit, um sicherzugehen, dass die Genehmigung für die von seiner Firma vorgeschlagene Windkraftanlage im schottischen Parlament ohne Hindernisse durchgehen würde, und Maman steckte in Frankreich mitten in den Proben für ihren nächsten Auftritt. Ich sprach ihr eine »toi-toi-toi«-Botschaft auf ihre Mobilbox, ging dann zur *Chalida* zurück, schlängelte mich in meine Koje und lag dort auf dem Bauch, das Kinn auf die Arme gestützt, und dachte nach.

Ich wusste, dass ich die richtige Entscheidung getroffen hatte. Meine Eltern hatten versucht, mir eine gute Schulbildung zu ermöglichen. Doch weil es mich einerseits verletzt hatte, dass Dad mich verlassen hatte und an den Persischen Golf gegangen war, und ich andererseits bei Maman in Poitiers Heimweh gehabt hatte, hatte ich ihnen diese Bildung vor die Füße geworfen und war ausgerissen und zur See gegangen. In den letzten vierzehn Jahren hatte ich ein unstetes Wanderleben geführt, hatte von der Hand in den Mund gelebt, hatte mich mit Leuten angefreundet, die ich danach zwei Jahre, zehn Jahre nicht mehr sehen würde, vielleicht nie wieder. Es war Zeit, dass ich sesshaft wurde, aber um auf See befördert zu werden, brauchte man heutzutage einen offiziellen Abschluss. Ich hatte meinen Stolz überwunden und Dad gebeten, mir die Zeit am College zu finanzieren. Danach konnte ich wieder in See stechen. Der Kurs begann im September und ging bis Juni. Zehn Monate, und es würde nicht alles im Klassenzimmer stattfinden, es würde auch praktische Übungen geben. Zehn Monate, das konnte ich schaffen. Während dieser Zeit konnte ich immer noch an Bord der *Chalida* leben, allerdings in Scalloway, der uralten Hauptstadt Shetlands. Ich würde beim North Atlantic Fisheries College vor Anker liegen.

Innerlich heulte ich jedoch vor Protest. Ich würde in ein Klassenzimmer eingesperrt sein, an Land, Tag für Tag mit festem Boden unter den Füßen. Ich würde kaum Gelegenheit haben, die Segel der *Chalida* zu setzen und einfach loszufahren, die freie und ungebundene Cass zu sein. Ich würde von Fremden umgeben sein, die meine Narbe anschauen und sich darüber wundern würden, bis sie jemanden fanden, der ihnen die Geschichte erzählte, wie ich draußen auf dem Atlantik meinen Geliebten umgebracht hatte.

Die Nacht war ruhig, aber das Echo des weinenden Babys hallte noch in meinem Ohr wider. Ich dachte an die Selkie-Frau, die sich zu einem Leben an Land verpflichtet hatte und ihr Versprechen nicht zu halten vermochte. Ich lag da, während der Himmel sich blau und dann grau verfärbte und das Orange der Straßenlaternen aufleuchtete und einen dünnen Schatten über den Kartentisch warf. Kater und Ratte unternahmen noch eine letzte wilde Verfolgungsjagd über die Steuerbordleisten: Sie sprangen und krabbelten, was dem Lack gar nicht guttat, hinauf in die Halterung für den Feldstecher, dann die Stufen der Motorabdeckung hinunter, bis sie sich schließlich rechts und links von meinem Hals zusammenrollten. Kater schlief gleich ein, und das Löwenschnurren ließ seinen kleinen runden Bauch erbeben, während Ratte ganz leicht dalag und darauf wartete, dass Anders seinen intergalaktischen Feldzug beendete und nach Hause kam.

Endlich schwang Anders sich leichtfüßig an Bord, brachte die *Chalida* an ihrem Liegeplatz kaum ins Schaukeln und glitt zur Vorderluke herein. Ratte schlich sich elegant davon und hinterließ einen kalten Luftraum. Ich hörte, wie Anders sich auszog und in seinen Schlafsack kroch. Dann war es wieder still, aber ich merkte, dass auch er nicht schlief. Ich krabbelte aus meinem Schlafsack wie ein Einsiedlerkrebs aus seinem Gehäuse, zog mir die Jeans über mein Schlaf-T-Shirt und stellte den Wasserkessel auf. Wenn er schlief, würde ihn das nicht wecken. Wenn er reden wollte, konnte er sich zu mir gesellen.

Das Wasser begann gerade zu kochen, als er auftauchte, in Jeans und einem karierten Arbeitshemd, und sich in seine übliche Ecke setzte, den blonden Kopf an das Holzschott gelehnt, die Wangenknochen seltsam von den Gasflammen beleuchtet. »Ich kann auch nicht schlafen«, meinte er.

Ich stellte die Henkelbecher mit Trinkschokolade auf den Tisch und setzte mich ihm gegenüber hin, aber seitlich, den rechten Ellbogen auf den Tisch gestützt, eine Wange auf die Hand gelegt. »Der Junge neulich, Norman«, fing ich an.

Seine Augen huschten zu mir, dann wieder weg. »*Ich weiß, wie du die Narbe da gekriegt hast*«, zitierte er ihn. Ich konnte das Bier in seinem Atem riechen. »Ich hätte ihn zu Boden geschlagen, wenn ihn das zum Schweigen gebracht hätte.«

Ich wandte mich ihm zu. Die Kajüte lag jetzt im Schatten, war nur vom Orange der Straßenlaternen erhellt, das schräg durch die Ecke eines der langen Fenster fiel, und sein Gesicht war ein verschwommener weißer Klecks. So war das Reden für mich leichter. »Alle kennen die Geschichte. Es ist das Erste, was sie fragen, wenn ich außer Hörweite bin: Was zum Teufel hat sie mit ihrem Gesicht gemacht?«

»Nein«, beharrte Anders. Seine Stimme klang laut gegen das sanfte Knarzen des Boots auf dem Wasser. Er wiederholte es noch einmal leiser. »Nein. So darfst du nicht denken, Cass. Das sagen sie nicht, wirklich nicht.« Er lachte glucksend. »Ich war auf der Werft meines Vaters, erinnerst du dich, als du die *Chalida* damals zum ersten Mal gebracht hast. Die haben gesagt, Johan und Lars« – hier ging er ins Norwegische über, mit Johans starkem Nord-Trondheimer Akzent – »hat sie wirklich dieses kleine Boot einhändig den ganzen Weg vom Mittelmeer hierhergesegelt? Und Lars hat gesagt« – jetzt sprach er den Dialekt der Bergener Sozialsiedlungen – »die muss verrückt sein.«

Ich nahm einen Schluck Trinkschokolade und antwortete ihm auf Norwegisch, unserer Privatsprache, unserer Sprache für vertrauliche Gespräche. »Wann hast du die Geschichte gehört?«

Ich spürte, wie er sich anspannte. »Ich habe sie noch nicht gehört. Ich muss sie auch nicht hören, es sei denn, du willst sie mir erzählen.« Seine Stimme klang verlegen. Er ging wieder zu seinen umständlichen Komplimenten über, wie er das schon einmal gemacht hatte, damals, ehe wir zusammen nach Shetland gesegelt waren, ehe wir Freunde wurden. »Schöne Cass, du musst dich für nichts rechtfertigen. Meinst du nicht, dass ich dich inzwischen besser kenne?«

»Was der Junge gesagt hat, ist wahr«, sagte ich. »Ich habe ihn über Bord geworfen.«

»Ich hätte nie mit dem Segeln angefangen, wenn du nicht wärst«, sagte Anders. »Erzähl es mir, wenn du möchtest.«

Ich hatte Gavin neulich die ganze Geschichte erzählt, sie mit ihm noch einmal durchlebt. Seither war sie wieder ein wenig verblasst. »Wir überquerten den Atlantik, und das Boot halste, und der Mastbaum traf ihn hart am Kopf. Ich dachte, es wäre alles mit ihm in Ordnung.« Ich konnte ihn immer noch vor mir sehen, wie er schluckte, als schmecke er Blut, das Gesicht kreidebleich unter der Sonnenbräune. *Mach nicht so ein*

Theater, Cass ... »Dann ist er schlafen gegangen, und als er aufgestanden ist, war er im Delirium. Er hielt mich für mehrere Piraten. Piratenüberfälle, davor hatte er besonders Angst, deswegen hatten wir die Schusswaffe an Bord. Er sah mich doppelt und schoss auf mich. Ich kickte die Pinne herum, ganz fest, packte dann das Focksegel und ließ es los. Während das Boot eine scharfe Wende vollführte, ging er über Bord. Ich hatte das nicht beabsichtigt, aber ich nehme an, ich wusste, dass es passieren könnte.« Die Definition von Mord war, dass man etwas tat, von dem man vernünftigerweise annehmen konnte, dass es tödlich sein würde. »Ich habe da lange gewartet. Ich habe gesucht, aber er ist nicht wieder an die Oberfläche gekommen.«

»Als er auf dich geschossen hat«, sagte Anders, »als die Kugel deine Wange versengt hat ...« Er streckte eine Hand zu mir aus. Seine Finger lagen warm auf der Narbe. Sie verschoben sich ein paar Zentimeter und berührten meine Stirn. »Wenn es noch ein wenig weiter rechts gewesen wäre, dann hätte die Kugel dich umgebracht. Dann wärst du da draußen auf dem Atlantik umgekommen.« Er zog die Hand zurück, hob seinen Henkelbecher, trank und setzte ihn wieder ab. Ratte setzte sich auf die Hinterpfoten, um in die Tasse zu spähen, und ihre Schnurrhaare bebten. Sie liebte Schokolade. »Nein, Ratte«, sagte Anders. »Ich hab über dich nachgedacht, Cass. Ich habe mir überlegt, ob du wegen deiner Narbe nicht aufs College gegen willst.«

»Teils«, gestand ich ihm ein.

»Wäre es einfacher, wenn die Narbe innen wäre?«

Ich starrte auf den hellen Klecks seines Gesichts. Das Weiße in seinen Augen blitzte. »Ich versteh dich nicht.«

Er machte eine Handbewegung. »Weißt du, jeder hat Sachen getan, über die er lieber nicht nachdenken möchte.« Es war zu dunkel, um zu sehen, ob seine helle Haut wieder errötete, aber seine Stimme klang gepresst. »Man versucht, diese Gedanken zu unterdrücken, aber die Erinnerung verfestigt sich und ist immer noch da. Und dann, wenn man eine neue Beziehung anfangen möchte, dann ist da die Narbe, aber niemand außer einem selbst weiß darum, und man muss sich entscheiden, ob man es riskiert, davon zu erzählen, oder ob man hoffen soll, dass der andere sie nicht aus Zufall berührt.«

»So habe ich die Sache noch gar nicht gesehen.« Ich konnte meiner Vergangenheit nicht entfliehen, aber wenn die Umstände anders gewesen wären – wenn ich zwei glatte, sonnengebräunte Wangen hätte, wenn ich jemanden kennenlernte, an dem mir ernsthaft etwas lag –, dann hätte ich ihm auch davon erzählen müssen, und wenn es nur war, um sicher zu sein, dass nie ein Augenblick kommen würde, in dem ich zu jemandem nach Hause käme, der mich mit kalten Augen fragte: »Warum hast du mir nicht erzählt, dass du einen Mann umgebracht hast?«

Ich wollte über den Tisch schauen und fragen: »Was ist deine Narbe?« Aber das schien mir zu aufdringlich. Ich ließ die Stille wirken, falls er reden wollte.

Er hob den Kopf. Jetzt sprach er wieder Englisch. »Ich dachte …« Er ging mit einer einzigen flüssigen Bewegung zum Vorderluk, hob das Schott, lauschte, schüttelte den Kopf und schloss es wieder. »Magnies Geschichten gehen mir einfach nicht aus dem Kopf.«

»Die vom Baby oder die vom Elfenfiedler?«

Er reckte sich, ließ seine wunderbaren Brustmuskeln spielen und schüttelte den Kopf. Er nahm die beiden Henkelbecher, pumpte Wasser herein, schüttete dann das restliche heiße Wasser aus dem Kessel hinterher. Ich nahm das Geschirrtuch. »Hast du heute Abend gewonnen?«

»So leicht ist das nicht«, sagte Anders tadelnd. »Es ist wie im wirklichen Leben. Du musst Fertigkeiten erwerben und Verbündete finden. Aber bald schon werden wir die große Schlacht schlagen, und wenn die vorbei ist, muss ich nach Hause zurück. Irgendein Fischerboot fährt immer nach Bergen.«

»Das wird merkwürdig sein.« Plötzlich stellte ich mir die *Chalida* vor, ohne Ratte, die mit in die Höhe gerecktem Schwanz über die Schlingerleisten balancierte, ohne Anders, der in der Vorpiek schlief. »Erst war es so seltsam, dass du an Bord warst, aber ohne dich wird es jetzt noch seltsamer sein.«

Seine Hand, die mir gerade seine Henkeltasse reichen wollte, stockte in der Luft, bewegte sich dann weiter. Er seufzte. »Cass, du bist so jung.«

»Ich bin drei Jahre älter als du«, erwiderte ich und streckte die Hand nach meiner Tasse aus.

»Ah, aber du bist nicht in Bergen aufgewachsen.«

»Ich weiß nicht, was das mit der Sache zu tun haben soll.«

»Und du hast doch Kater zur Gesellschaft.« Er duckte sich unter dem Schott auf seine Koje zu. »*Komme, Rotte.** Gute Nacht, Cass.«

---

* (norw.) Komm, Ratte.

Freitag, 3. August
 Gezeiten für Brae:
 Niedrigwasser   04.22   0,2 m
 Hochwasser   10.49   2,1 m
 Niedrigwasser   16.32   0,5 m
 Hochwasser   22.53   2,3 m
 Vollmond

Ich wachte auf, und der Morgen war grau, der weite Himmel voller marmorierter Wolken. Anders zog betont rasch seinen Overall über und machte sich auf den Weg zur Arbeit. Ich putzte mir gerade im Cockpit die Zähne, ehe ich das Rettungsboot holen ging, als ein roter Mietwagen von Bolt zum Bootsklub einbog, den Kies herunterknirschte und zum Tor des Yachthafens fuhr, das uns am nächsten lag. Der Wagen parkte dort, und Gavin stieg aus.

Ich hätte mich beinahe an meinem Mund voll Zahnpasta verschluckt. Ich spuckte alles über die Reling, legte die Zahnbürste auf den Teakstuhl und ging nach vorn, um Gavin einzulassen. Er stand da, sah mich auf sich zukommen. Der Ponton war mir noch nie länger vorgekommen. Ich fühlte mich wie ein Fisch, der an der Angel eingeholt, erbarmungslos aus den vertrauten grünen Tiefen des Ozeans in die gefährliche Luft gerissen wird.

Gavin sah so aus, wie ich ihn in Erinnerung hatte. Selbst aus dieser Entfernung war wache Aufmerksamkeit zu erkennen: Er stand da wie ein Seeadler auf seinem Horst, reglos, sah alles ringsum. Das war das Erste, was mir an ihm aufgefallen war. Er trug seinen grünen Kilt und einen schlichten Ledersporran, für den täglichen Gebrauch, nicht zur Schau, und einen hellgrauen Pullover mit rundem Halsausschnitt: gute Arbeitskleidung, wie sie ein Bauer trägt, der gleich die Zäune abschreiten wird, aber nicht damit rechnet, dass er Drecksarbeit machen muss. Während ich auf ihn zuging, langte er ins Auto und zog schwarze Gummistiefel und eine olivgrüne Öljacke heraus.

Ich lief die schräge Gangway zum Tor hinauf. Er stand einen Meter hinter dem Maschendrahttor, wollte mir nicht zu nahe treten, wenn ich es öffnete. Unsere Augen trafen sich, während die Drahtrhomben noch zwischen uns waren, und plötzlich war alles gut. Als ich ihn das erste Mal gesehen hatte, war ich schockiert, als ich bemerkte, dass seine Augen die gleiche Form und Farbe wie die von Alain hatten. Doch jetzt waren es für mich seine Augen, meeresgrau, mit dunklen Wimpern, und sie lächelten mich an. Der Wind zerzauste sein dunkelrotes Haar, das gerade so kurz geschnitten war, dass es beinahe nicht mehr lockig war.

»Hi«, sagte ich. Meine Stimme klang ein wenig zu beiläufig. Er hatte mir gesagt, dass sie mich immer verriet. Ich versuchte, so natürlich wie möglich zu reden. »Ich habe nicht erwartet, dich schon so bald zu sehen.«

»Ich hatte noch drei Tage Urlaub.« Er schloss das Tor mit einem Scheppern hinter sich. »Gibt es eine Möglichkeit, dass du mit mir an die Stelle rausfährst, wo das Licht der Yacht ausgegangen ist?«

»In fünfzehn Minuten kommt ein ganzer Haufen Kids zum Segeln her, aber wir könnten mit Leichtigkeit mit denen da hinsegeln.« Ich schaute ihn von der Seite an. »Gibt's dafür einen bestimmten Grund?«

»Ich hab da so ein Bauchgefühl.«

»Das wird den größten Teil des Morgens dauern. Ich kann die Kids nicht allein lassen, um dich wieder herzubringen, wenn wir mal alle draußen sind.«

»Es ist ein schöner Tag, um auf dem Wasser zu sein.«

»Okay.« Ich deutete mit dem Kopf auf das Rettungsboot. »Möchtest du das Schlauchboot starten? Ich geh nur schnell meine Vliesjacke und die Schwimmwesten holen.«

»Prima, ein kleiner Test meiner Eigeninitiative«, erwiderte er. Ich hatte gerade eben die *Chalida* erreicht, als ich den Motor des Schlauchboots dröhnen hörte, dann wurde er gedrosselt. Ich grinste vor mich hin, warf mir die Vliesjacke über und ging mit den Schwimmwesten in der Hand zurück. Er machte gerade die Leinen los.

»Möchtest du steuern?«, fragte ich. Ich reichte ihm die überzählige Schwimmweste.

»Mach du. Du bist hier die Lehrerin.«

»Während du bloß dreißig Jahre mit Booten rumgemacht hast.«

»Vierunddreißig«, korrigierte er mich. »Laut Kenny, der ein besseres Gedächtnis hat als ich, hat unsere Mutter das Boot als Laufstall verwendet.«

»Ich hatte nie die Gelegenheit, ihn anzurufen. Es ist mir keine Entschuldigung dafür eingefallen.«

»Jede noch so kleine Nachricht hätte gereicht.«

»O nein, es ist mir doch ein Vorwand eingefallen. Aber vielleicht ist das alles nichts.« Ich stieß mit der Bordwand des Schlauchboots an den Ponton und langte zur Seite, um einen Ring zu finden, an dem ich es festmachen konnte. »Da gibt es diese Ikone …« Ich erzählte ihm rasch von dem russischen St. Nikolaus.

»Interessant«, stimmte er mir zu, »aber ich glaube, du hast recht, der seefahrende Großvater ist die wahrscheinlichere Erklärung. Das mit der Sicherheitsfirma ist auch interessant, aber ich denke, dass Wearmouths Team eine so offensichtliche Sache schon bemerkt hätte, wenn alle Häuser, in die eingebrochen wurde, dieselbe Firma benutzt hätten.«

Über uns auf dem Kies war das Geräusch von Reifen zu hören. Magnies uralter senfgelber Fiesta kam um die Ecke gebogen und schlitterte den Hang bis zum befestigten Platz herunter, als wir gerade die Slipanlage für die Dinghys oberhalb des Pontons erreicht hatten. Er ließ ihn beim Käfig mit den Versorgungsanschlüssen stehen und kam zu uns herüber. Er war zum Segeln angezogen: gelbe Gummistiefel, Jeans, ein uralter grauer Pullover und seine offizielle Öljacke. »Morgen, Cass.« Er kniff die Augen zusammen, als er Gavin erkannte. »Morgen.«

»Du erinnerst dich doch noch an Gavin Macrae, nicht?«, fragte ich.

»Ich weiß nicht, ob wir uns je getroffen haben«, sagte Magnie noch recht freundlich. »Was haben wir jetzt wieder angestellt?«

»Es geht um die vermisste Yacht, von der Cass erzählt hat«, antwortete Gavin. »Sie hat mich neugierig gemacht.«

»Ja, das war komisch, stimmt schon«, sagte Magnie. Er wandte sich mir zu. »Olaf o' Scarvataing hat dir doch gestern keinen Ärger gemacht, oder? Ich hab sein Auto gesehen, als ich die Straße langgekommen bin, hatte aber keine Zeit, stehen zu bleiben.«

»Er hat mir geholfen«, sagte ich. »Unser Problemvater«, erklärte ich Gavin. »Norman soll von den Dinghys wegbleiben, und er hat mit mir ein paar Fangleinen versäubert.«

»Der wird schon was davon gehabt haben«, sagte Magnie finster. »Der hilft keinem, wenn nicht was für ihn dabei rausspringt.«

»Ich habe versprochen, Kirsten bei der Voe Show am Rettungsboot-Stand zu helfen.«

Magnie schüttelte den Kopf. »Das ist dem egal. Er ist wie die alten Fischer, lässt die Frau die Kiste den ganzen Weg bis Lerwick auf dem Buckel tragen, während er nebenher stolziert.«

»Eine Kiste? Meinst du die altmodischen Seekisten?«

Magnie nickte grinsend. »Riesige, schwere Dinger waren das.«

»Aye«, sagte Gavin. »Ich weiß noch, dass das auf den Western Isles* auch so war.«

Jetzt hänselten sie mich alle beide. »Ihr wollt mir doch nicht ernsthaft weismachen, dass die Frauen sie für ihre Männer den ganzen Weg bis Lerwick getragen haben?«

»Die haben sogar die Männer getragen, wenn eine Furt zu überqueren war«, erwiderte Gavin. »Damit sie keine nassen Füße hatten, wenn sie in See stachen.«

»Huckepack, nehme ich mal an«, versetzte ich.

»Ich denke schon«, sagte Gavin mit ernster Miene.

»Ich hab das als Kind noch gesehen«, fügte Magnie hinzu.

Ich warf ihm einen bösen Blick zu. »Ach, hör doch auf, Magnie. In den fünfziger Jahren?«

»Na ja, vielleicht nicht ich selbst«, gestand er mir zu. »Aber mein Vater hat immer davon erzählt.« Er und Gavin schauten sich über meinen Kopf hinweg an. *Männer.* Und wenn Magnie jetzt anfing, den Heiratsvermittler zu spielen, dann sollte er sich gefälligst um seinen eigenen Kram kümmern.

»Gavin möchte sich die Stelle ansehen, wo ich die Rustler zuletzt gesehen habe«, erklärte ich, »also segeln wir mit den Kids in die Richtung.«

Ich drehte mich um und schaute das Voe hinunter. Der Wind kam noch von Süden, in Böen mit Stärke 3, und wirbelte deutliche Wellen mit weißen Kämmen auf. Es war ein herrlicher Segeltag, mit genug Wind, um Spaß zu machen, aber nicht so viel, dass die Kids mit den Spinnakern Probleme bekommen würden. Der Himmel würde noch aufklaren; die marmorierten Wolken rissen schon auf und zeigten das Blau dahinter. Die Schafe hatten ihre Panik überwunden und sich wieder über den Hang verteilt: weiße, rostrote, braune und schwarze Punkte, die sich vor dem dunkelgrünen Heidekraut oder den lindgrünen Moosflecken bewegten. Es waren noch

---

* Inseln westlich von Schottland, innere und äußere Hebrideninseln.

zwei Stunden bis zum Hochwasser, da konnten die Kids in beide Richtungen die Strömung nutzen. Das Wasser kräuselte sich die Slipanlage hinauf, und jede neue Welle schob sich eine Haaresbreite weiter hinauf.

»Sie können wieder die Spinnaker setzen. Es ist ein bisschen mehr Tempo drin, aber sie können sich noch nicht mit dem Mastbaum k. o. schlagen.«

»Beschrei es nicht«, sagte Magnie. Wir schauten alle hoch, als wir das Röhren eines Quad-Bikes hörten, das die Straße runterkam. »Der Junge da könnte bei totaler Flaute zu Schaden kommen.«

Das Quad-Bike bog in letzter Minute in einem Hagel von Kies in die Auffahrt zum Bootsklub ein. Ich war überrascht, dass ich niemanden hinter dem Fahrer sitzen sah, bis ich begriff, dass Alex selbst fuhr, obwohl er einiges jünger als die gesetzlich vorgeschriebenen 14 Jahre war. Natürlich hatte er auch keinen Helm auf dem Kopf.

»Darfst du eigentlich mit dem Ding schon auf der Straße fahren?«, fragte ich, als er zu uns herübergeschlendert kam. Ich wagte gar nicht, Gavin anzuschauen.

»Dad hat gesagt, ich dürfte es nehmen«, antwortete er. »Norman war nicht da, um mich zu bringen, der ist irgendwo hingegangen. Dad war nicht besonders gut auf ihn zu sprechen.«

»Wieder Mirrors heute«, sagte ich. »Wir wollen mal sehen, wie gut ihr euch daran erinnert, wie man das Hauptsegel setzt.«

»Wo geht's heute hin?«

»Nach Weathersta raus.«

Seine Augen leuchteten auf. »Cool! Wusstest du, dass es da spukt? Da ist ein Baby, das weint und weint, weil seine Mutter es ermordet hat.« Er legte eine finstere Betonung auf das Wort *ermordet*. »Sie war nicht verheiratet, und sie hat es mit einem Stock geschlagen, bis es gestorben ist, aber es hat geschrien und geschrien, und die Nachbarn haben es gehört und sind gekommen und haben sie festgenommen.«

Igitt! Da war mir Magnies Selkie-Frau schon lieber, die ihr Fell wiedergefunden hatte und nicht anders konnte. Alex interpretierte mein Schweigen als Ungläubigkeit. »Das ist wirklich wahr«, beharrte er. Seine lavendelblauen Augen wurden kugelrund und schauten ganz feierlich. »Weißt du, ich war da gestern Abend mit Robbie draußen, der wohnt gleich hinter der Landspitze, und wir haben am Strand gespielt. Da haben wir's gehört, ganz deutlich, wie es geweint hat.«

»Wann war das?«

Sein Gesicht wurde rosig, er kämpfte einen Augenblick mit sich, entschied dann, dass ich ja keine Mutter war und dass er es mir ruhig sagen konnte. »Na ja, weißt du, wir hätten schon im Bett sein sollen, und dann bin ich noch mal aus dem Fenster geklettert, und Robbie war bei sich aus der Hintertür geschlichen, und wir haben uns getroffen. Es war mitten in der Nacht.«

»Welche Farbe hatte der Himmel hinter diesem Berg?«, fragte ich und deutete nach Osten. »Schwarz oder grau oder mattblau oder schon das erste Hellblau?«

Er runzelte die Stirn und stellte es sich vor. »Mattblau.«

Das hieß, dass es zwischen eins und zwei am Morgen gewesen sein musste. Ich konnte Gavins waches Schweigen hinter mir hören. »Hast du irgendwelche Boote gesehen?«

Er zuckte mit den Achseln. »Aber wir haben das Baby schreien hören, Cass, ehrlich. Meinst du, wenn du es sehen würdest, wäre es ganz mit Blut bedeckt, mit einer Riesenwunde im Kopf, so wie die Leichen in *The Sixth Sense*?«

Ich brachte es nicht übers Herz, ihm seine Fantasien zu zerstören. »Ja, könnte schon sein.«

»Aber dann«, sagte Alex, »ist es vielleicht eines von diesen Lichtdingern, weißt du, die aus Magnies Geschichten. Je näher man kommt, desto weiter bewegt es sich weg. Denn als wir es gehört haben, haben wir uns über den Berg angeschlichen und gleich auf den Strand, aber dann klang es, als käme es von der Insel, von Linga.«

»Gestern Abend waren Lichter oben am Elfenhügel«, sagte Magnie. Er warf mir einen Blick von der Seite zu, um zu beobachten, wie ernst ich seine Aussage nahm. »Wahrscheinlich wieder eine Elfenhochzeit. Die haben mich an die alten Lea-Lichter in Aith erinnert, kennst du die Geschichte? Das Haus heißt The Lea, na ja, es hatte Erdlichter oben auf dem Berg. Wir sind immer auf dem Heimweg vom Tanzen da stehengeblieben und haben die beobachtet. Das war ganz regelmäßig. Die bewegten sich den Berg hinauf, sahen genauso aus, als ginge da jemand hoch, der eine Laterne trug. Man konnte sie aber nur von ferne sehen. Der alte Mann, der in dem Haus lebte, hat sie nie bemerkt.«

»Lichter?«, sagte ich. »Alex, du merkst gleich, was du mit der Ruderpinne falsch gemacht hast, wenn du das erste Mal zu wenden versuchst.«

»O ja«, sagte er und legte das Ruder, das er irgendwie unter dem Traveller verheddert hatte, nun darüber.

»Die Lichter haben sich im Dämmerlicht den Berg rauf und runter bewegt«, sagte Magnie. »Ich konnte nicht schlafen, also bin ich, anstatt diese Tabletten zu nehmen, ein bisschen am Berg spazieren gegangen.« Er warf Gavin einen raschen, intelligenten Blick zu. Er würde der Polizei nicht helfen, das nun nicht, aber er hatte nichts dagegen, Informationen weiterzugeben, von denen er dachte, dass die Polizei sie haben müsste. »Und da habe ich sie klar und deutlich gesehen.«

Gavin schaute mich an. »Der Elfenhügel, das ist der Grabhügel, zu dem deine vermissten Segler unterwegs waren?«

Ich nickte. Ich fragte mich, fragte mich sehr, ob das Innere des Elfenhügels ein guter Ort wäre, um dies und das zu lagern. Recht kleine, leicht zu tragende Gegenstände wie zum Beispiel Gemälde, gut gegen die Feuchtigkeit eingepackt, oder kleine Statuen. Ich hatte mich bisher immer auf das Cottage konzentriert. Aber wenn ich es recht bedachte, war das kein sonderlich gutes Versteck. Es war zu leicht über Land zu erreichen. Um die Diebesbeute zu entdecken, brauchte es nur ein paar junge Kerle, die sich gegenseitig aufstachelten und als Mutprobe durch eines der Fenster einstiegen, oder einen Penner, der einen Unterschlupf suchte. Im Gegensatz dazu war der Elfenhügel ein abgeschlossener Raum ohne offensichtliche Einstiegsöffnungen, und bis dahin war ein steiler Anstieg zu überwinden, was zufällig vorbeikommende Wanderer abschrecken würde. Um die versteckten Gegenstände wieder zu holen, musste man nur an der Boje beim Cottage vor Anker gehen und den Berg hinaufsteigen. Und die Sachen lagerten dort in Sicherheit, wenn man neugierige Archäologen fernhielt. Was hatte Olaf doch gleich gesagt? *Diese Val Turner und ihr Team wollten unbedingt die Nase reinstecken, und er hat sie nicht mal in die Nähe gelassen.* Es würde einen dabei wahrscheinlich nicht einmal jemand sehen, wenn man ein schnelles Boot und jede Menge Treibstoff hatte. Man konnte von Norwegen aus an der Boje ankommen, von den Färöern oder von Island, die Ladung aufnehmen und schon bald wieder fort sein.

Gavin beobachtete mich. Er sagte: »Mein Schiff, Cass. Konzentriere du dich auf deine Kids.«

KAPITEL 13

Ich konzentrierte mich, versammelte die Kids für die übliche Vorbesprechung am Whiteboard im Schuppen um mich: Wo kam der Wind her, wie stand es mit den Gezeiten, wie würde das die Ausfahrt aus dem Yachthafen beeinflussen, wann musste man wenden, wenn man gegen den Wind fuhr? Es gab wie immer ein verwirrtes Gewusel, als sie die Boote zum Ponton rollten und losfuhren, und dann, als der letzte Satz rote Segel es am Windschatten des Hafeneingangs vorbeigeschafft hatte, geleiteten wir sie im Rettungsboot das Voe hinauf. Wir fuhren zunächst in Richtung Busta, um eine der Festmacherboje herum, dann im Zickzack zurück Richtung Weathersta, herüber nach Muckle Roe und zurück zur uns zugewandten Ecke von Linga. Ich steuerte, Gavin saß aufrecht auf der Backbordseite, den Blick nach vorn gerichtet, das Haar vom Wind gehoben. Magnie hatte es sich steuerbords bequem gemacht und die Füße in den Stiefeln quer über das Boot ausgestreckt.

Knapp vor dem nördlichen Ende von Linga gingen wir vor Anker. Ich stellte unseren Motor ab, wandte mich dann so um, dass ich im Damensitz auf der gepolsterten Bank hockte. Hundert Meter hinter uns hatte Alex sein Boot schön ausbalanciert, aber alle anderen segelten zu nah vor dem Wind oder Meilen abseits vom Wind. Ich lehnte mich über die Seite des Rettungsbootes und ließ den Wind meine Stimme bis zu ihnen hintragen.

»Kevin, Ali, ihr kneift beide. Kommt ein bisschen vom Wind.« Sie folgten meiner Anweisung, und ich reckte den Daumen in die Höhe. »Cheryl, du könntest näher an den Wind.« Sie schaute mich verständnislos an. »Drück die Pinne ein bisschen weg«, rief ich und dann, als sie das genaue Gegenteil machte, »nein, in die andere Richtung. Weg von dir.« Auch ihr reckte ich zustimmend den Daumen in die Höhe, und dann lehnte ich mich zurück. »Man sollte doch meinen«, sagte ich, »dass ›wegdrücken‹ eine einfache Anweisung ist?«

»Du solltest die politisch korrekte einfühlsame Formulierung benutzen«, meinte Magnie. »Was haben sie noch gesagt, wie wir die Pinne nennen sollten: den ›Steuerstock‹?«

»Großer Gott«, erwiderte Gavin fromm. »Und wie nennt ihr das Segel?«

»Ich hab schon ›das flatternde Ding‹ gehört«, antwortete ich. Zu meiner Genugtuung sah ich Gavin schaudern. »Das benutze ich aber nicht. Kinder können sechs neue Wörter am Tag lernen. Wie sollen sie sich je zu einer Windjammer hocharbeiten, wenn sie über Steuerstöcke und flatternde Dinger reden? Peerie Charlie ist noch keine zwei, und der konnte alles auf der *Chalida* ringsum benennen.«

Friede senkte sich herab, zumindest zeitweise. Das Wasser klatschte um die Steine am Strand. Eine Küstenseeschwalbe tauchte ins Meer und kam mit einem glitzernden Fisch im Schnabel wieder hoch. »Ich hätte eine Thermosflasche mitbringen sollen«, meinte Magnie.

»Was mich immer wieder erstaunt«, sagte Gavin, lehnte sich mit dem Ellbogen an die graue Gummiwand des Boots und schaute auf Brae zurück, »ist der Wohlstand hier. Was ihr alles mit eurem Ölgeld gemacht habt – ihr habt Arbeitsplätze, die beste Sozialfürsorge, die Schule und das Freizeitzentrum – und die Straßen! Wenn ich das mit dem Hochland vergleiche, kann ich kaum glauben, dass beide Gegenden in Schottland liegen.«

»Darüber ließe sich streiten«, meinte Magnie.

Ich ging hastig dazwischen, ehe wir in eine Debatte über das Für und Wider gerieten, ob es richtig war, dass Schottland diesen ehemals norwegischen Archipel behalten hatte. »Wie ist es denn im Hochland?«

Gavins graue Augen mit den langen Wimpern. »Touristenland. Mehr nicht. Nichts für die Leute im Ort, keines von diesen Freizeitzentren, und die Straßen sind schlimmer als bei euch die zum abgelegensten Cottage. Eure jungen Leute bleiben hier – unsere können das nicht. Man könnte schon das Land bestellen, aber sobald ein Haus zum Verkauf steht, tauchen die großen Vermietungsagenturen auf und erwerben es für einen Preis, den niemand im Ort je aufbringen könnte, und schon haben wir wieder ein Ferienhaus mehr.« Seine Augen funkelten. »Ich darf gar nicht anfangen. Wisst ihr, wie viel von Schottland Leuten aus dem Ausland gehört? Aber das erste Gesetz, das unser neues Parlament erlassen hat, war das Landkaufgesetz. Vor nicht allzu langer Zeit war ich in Assynt, wo die ersten Pächter dem Landherrn ihr Land abgekauft haben. Jetzt haben sie Pläne – Arbeitsplätze, Wohnraum für Leute aus dem Ort, wollen das Moor wieder produktiv machen, und nicht nur mit Windturbinen. Sie werden unsere Lebensweise zurückerobern.«

Er unterbrach sich abrupt, als wäre er viel zu persönlich geworden, aber ich wollte unbedingt mehr wissen. Der Wind ließ den Kilt seine braunen Knie umspielen, ließ das kleine Band an den beiden Socken flattern, das gerade noch über den grünen Gummistiefeln sichtbar war. Er wandte den Kopf ab und beschattete seine Augen mit einer Hand vor der Sonne. »Und wo sind die Lichter von dem Boot ausgegangen, was meinst du?«

»Ich habe versucht, danach zu suchen«, sagte ich, »aber sicher kann ich nicht sein. Das Schiff könnte einfach hinter diese Landspitze gefahren sein, auf dem Weg ins offene Meer.«

»Denk daran zurück, was du vor dieser Annahme vermutet hast. Wo war es deiner Meinung nach, als es mit dem Motorboot zusammentraf?«

»Hier«, sagte ich. Ich deutete mit dem Kinn auf das kreisförmige Gewässer zwischen Linga, dem Voe von Grobsness, der Insel Papa Little und dieser Seite von Muckle Roe. »In Cole Deep.«

»Wie tief ist es hier?«

»Das Echolot der *Chalida* geht aus dem messbaren Bereich. Über 90 Meter.«

Gavin ließ seinen Blick abschätzend weit über das Wasser schweifen. »90 Meter. Und da es so nah am Ufer ist, würde hier niemand seine Netze auswerfen. Wie steht es mit Dorrows?«

Dorrow, das war ein nordisches Wort für eine lange Handleine mit einem halben Dutzend Haken an einem Ende. Auch die Schotten an der Westküste stammten von den Wikingern ab.

Magnie schüttelte den Kopf. »Hier gibt's keine Fische zu fangen. Dazu musst du nach Rona rausfahren.« Er beobachtete Gavin mit skeptischem Interesse, als wäre der ein Zauberer an einem Vergnügungspier am Meer, der gleich ein Kaninchen aus dem Zylinder ziehen würde.

»Also wäre diese Insel, Linga, oder diese da – Papa Little, stimmt's? – wohl das nächstgelegene Land?«

»Ich denke schon«, stimmte ich ihm zu.

Gavin angelte einen kleinen Feldstecher hervor, einen von der altmodischen Art mit Messingfassungen und braunem Leder ringsum. Der sah aus, als hätte er schon Gavins Großvater gehört. *Ein Bauernhof ganz hinten an einem Fjord.* Der Feldstecher beschwor das Bild herauf: ein Steinhaus, mindestens ein Jahrhundert alt, mit verblassten Vorhängen, abgeschabten Teppichen und den Jacken, Mützen und Wanderstöcken von drei Generationen im Flur, ein gemütliches Haus, in dem man sich zu Hause fühlen konnte. Gavin drehte den Kopf herum und warf mir ein melancholisches Lächeln zu. »Ich hab ja gesagt, ich gehe nur einem Bauchgefühl nach.«

Das erste Mirror näherte sich uns. Es wendete mit schlagenden Segeln und benutzte zum Anhalten die einfache Methode, schlicht das Rettungsboot zu rammen. Magnie wehrte es ab und hielt es vom Boot weg, während Alex und Robbie wieder klarkamen.

»Wir waren mit Meilenabstand die ersten«, sagte Alex.

»Weil ihr nicht gekniffen habt«, erwiderte ich, »und ihr habt euch ans Trimm erinnert. Gut gemacht. Wartet auf die anderen, dann könnt ihr um die Wette zurücksegeln und vor Busta um die Tonne halsen.«

»Um die von vorhin?«

»Egal welche«, sagte ich.

Ich schaute wieder auf die näher kommenden Mirrors, überhörte geflissentlich ein Streitgespräch im Boot hinter mir. Alex hatte irgendwas vor und wollte, dass Robbie mitmachte, aber der hatte noch Ärger wegen der nächtlichen Eskapade von gestern. Der Nachbar war draußen gewesen und hatte nach seinen Schafen geschaut und die beiden Jungen gesehen, und der hatte es Robbies Mum erzählt, die ihm für eine Woche Hausarrest gegeben hatte. Nach fünf Minuten rumste das zweite Mirror gegen uns, rasch gefolgt von den nächsten beiden und schließlich dem fünften.

»Okay, Leute«, sagte ich. »Ihr fahrt jetzt um die Wette zurück, und das Rennen endet am Ponton, mit festgemachtem Boot, Kopf in den Wind, und Crew an Land.« Ich ging noch einmal schnell den Spinnaker-Drill mit ihnen durch, überprüfte, dass sie alle bereit waren, die verschiedenen Teile zu bedienen, die sie gleich benötigen würden, und schickte sie dann auf den Weg, das zuletzt eingelaufene Boot zuerst und Alex trotz seiner lautstarken Proteste ganz am Schluss. Nach fünf Minuten Flattern und Rufen waren alle Spinnaker gesetzt, und wir hatten wieder Frieden.

Gavin ließ seinen Feldstecher sinken und schüttelte den Kopf. »Vielleicht habe ich mich geirrt.« Er warf mir von der Seite ein Grinsen zu. »Jetzt komme ich mir erst richtig dämlich vor.« Er erhob sich im Boot und formte mit den Händen einen Trichter vor dem Mund. »Miez, miez, miez. Miez, miez, miez.«

Der Ruf hallte vom felsigen Strand und ringsum vom Wasser

wider und verebbte. Gavin zuckte die Achseln und setzte sich, aber seine Hände hielten den Feldstecher weiter umklammert, und seine Augen suchten noch immer die Insel ab.

»Hier, was ist das?«, fragte Magnie. Er legte den Kopf schief und lauschte. Einen Augenblick dachte ich, es wäre eine Möwe, aber dann wurde mir klar, dass es das Geräusch war, das wir gestern Nacht gehört hatten, dieses dünne, jammervolle Schreien eines Babys. Ein kalter Schauer lief mir über den Rücken. Es kam von der Insel, genau wie Alex es gesagt hatte.

»Wir haben das letzte Nacht gehört und geglaubt, es wäre dein Gespensterbaby«, sagte ich. »Es muss doch eine Möwe gewesen sein.«

Gavin hob den Feldstecher wieder an die Augen. Er ließ ihn über die Insel schweifen, grunzte dann zufrieden. »Ich hab ihn.«

»Das ist keine Möwe, Mädel«, meinte Magnie. Er drehte seinen ganzen Körper, dass das gelbe Ölzeug quietschte. »Ich weiß nicht, was er da verloren hat, aber – meine Güte.« Mit ganz ruhigem Kopf lehnte er sich vor. »Nun, da haben wir ihn.«

Gavin senkte den Feldstecher und nickte.

Das jammernde Schreien wurde lauter. Ich sah ein kurzes Aufleuchten eines dunklen Rückens. Es war wie ein nasser Otter, der sich zwischen den Heidekrautstengeln zum Ufer hinunterschlängelte.

»Was ist das?«, fragte ich.

»In einer Minute erkennst du ihn«, antwortete Gavin.

»Keine Angst«, rief Magnie ihm zu, »wir lassen dich nicht hier zurück. Hol den Anker hoch, Cass, und dann gehen wir an Land und retten ihn. Der liebe Herrgott allein weiß, wie er da hingekommen ist. Aber seine Leute werden sich freuen, wenn sie ihn wiederkriegen.«

Jetzt hatte das Wesen den Strand erreicht, kam zum Saum des Wassers und wartete auf uns. Ich konnte das weiße Lätzchen, die schokoladenbraunen Pfoten, die schwarze Maske und die seltsamen Ohren erkennen, wenn es auch noch zu weit war, um die kornblumenblauen Augen auszumachen.

Es war Sandras und Peters siamesischer Kater.

Ich hob den Außenborder hoch und paddelte das Rettungsboot ins seichte Wasser. Magnie platschte an Land, um den Kater zu holen. Der hörte mit seinem überirdischen Jaulen auf, sobald er begriffen hatte, dass wir zu seiner Rettung kamen, und rannte stattdessen auf dem Kieselstrand auf und ab, die Augen fest auf uns gerichtet. Ich konnte nicht sehen, ob er müde wirkte, als wäre er an Land geschwommen. Sein Fell war so makellos wie an dem Tag, als wir ihn an Bord der *Genniveve* kennengelernt hatten. Allerdings war ich mir einer Sache sicher: In was für Dinge Sandra und Peter auch verwickelt waren, sie hätten ihren Kater nicht zum Ertrinken über Bord geworfen oder auf dieser unbewohnten Insel ausgesetzt.

Der Kater lief gleich zu Magnie, und der nahm ihn hoch und kam mit ihm in den Armen zu uns zurückgeplatscht. Er setzte ihn auf dem gepolsterten Sitz ab, während er ihm mit seiner Jacke in einer Fischkiste, in der wir die Bojenanker und Leinen aufbewahrten, ein trockenes Nest machte. Dann lockte er den Kater hinein, streichelte ihn beruhigend mit seinen knorrigen Händen. Er zog eine Flasche Wasser hervor und schüttete sich ein bisschen davon in seine hohle Hand. Der Kater trank durstig, lehnte sich dann entspannt in die Jacke zurück, die blauen Augen fest auf Magnie gerichtet. Der setzte sich zurück und sah mich kopfschüttelnd an.

»Also wirklich, Cass, Gespensterbabys! Du hast zu viele von meinen Geschichten angehört. Hast du noch nie eine siamesische Katze jaulen hören?«

»Nie«, antwortete ich. Deswegen hatte Gavin also gefragt, ob ich als Kind Haustiere hatte. Ich wandte mich zu ihm um. »Hast du das vermutet, nur nach dem, was ich über das Geräusch erzählt habe?«

»Ein schreckliches, verzweifeltes Jaulen, hast du gesagt. Als ich Kind war, hatten wir eine siamesische Katze, und ich erinnere mich daran, dass mal die Frau die Pfarrers gekommen ist.« Er lehnte sich vor, um den Kater an seiner Hand schnüffeln zu lassen, kraulte ihn dann unter dem Ohr. »Sie hat überlegt, wo das Baby war.«

»Ah, schöne laute Stimmen haben die«, meinte Magnie. »Diese Katzen können auch sprechen, man kann sich mit ihnen unterhalten wie mit einem Christenmenschen. Ich würde mich sehr gern ein, zwei Tage um den Burschen hier kümmern, bis seine Leute zurückkommen und ihn holen.«

Wenn sie noch am Leben sind und ihn holen können ... Ich hatte mir gedacht, dass die *Genniveve* weggesegelt war, aber nun begriff ich, dass dieser Ort nicht schlecht gewählt war, wenn man eine Yacht mit einem 15-Meter-Mast versenken will. Hinter Linga gab es eine Fischfarm mit einem schwimmenden Schuppen und verschiedene Hummerkörbe rings am Strand entlang. Aber niemand würde hier vor Anker gehen oder in der Tiefe mit dem Schleppnetz Jakobsmuscheln ernten, also würde kein Fischernetz sich an einem Mast verfangen. Hier konnte ein Boot in Frieden bis auf den Grund sinken.

Ich sah, dass Gavin genauso dachte wie ich. Sein Mund war zu einer grimmigen Linie geworden; er nickte, als sich unsere Blicke trafen. »Setzt mich an Land, sobald ihr könnt«, meinte er, »und ich bringe die Sache in Bewegung.«

Ich schaute auf den Kater, der sich in Magnies Jacke gekuschelt hatte. »Als wir neulich an Bord kamen«, sagte ich, »ist er gleich in der Backskiste verschwunden und erst herausgekommen, als er beschlossen hatte, dass es sicher war. Wenn es nicht Sandra und Peter gewesen wären, die die *Genniveve* wegholten, dann hätte der Kater genau das gemacht. Er wäre in sein Lieblingsversteck in der Backskiste geflitzt und dort geblieben.« Bis der Eindringling gegangen war ..., bis das Wasser ins Boot kam und er zuerst ins Cockpit, dann aufs Kajütendach und schließlich ins Meer musste. Das Jaulen, das wir gehört hatten, hatte angefangen, nachdem die Lichter ausgegangen waren, nachdem das steigende Wasser die Elektroanlage des Schiffs außer Gefecht gesetzt hatte. Der Kater hatte um Hilfe gerufen, und niemand war gekommen. Schließlich hatte er um sein Leben zum nächsten Strand schwimmen müssen. Die meisten Tiere können schwimmen, wenn sie müssen, und die leichte Brise hat ihn wahrscheinlich auf den Strand zugeschoben. Ja, diese zweihundert Meter konnte er geschafft haben.

»Du kannst ihn und die Ratte von dem Jungen nicht zusammen auf deinem Boot haben«, sagte Magnie. »Ich nehm ihn mit nach Hause, geb ihm was zu fressen und einen Platz zum Schlafen. Ihr kommt am Nachmittag prima ohne mich aus, noch dazu an einem so schönen Tag wie heute.«

Wir tuckerten zurück zur Pier, erreichten sie knapp vor Alex und Robbie. Magnie trug den Kater an Land und fuhr mit seinem Wagen los, das Tier neben sich auf dem Vordersitz. Ich hoffte, dass er sich mit Magnies anderen Katzen vertragen würde.

»Ich komme später wieder«, sagte Gavin, »oder ich rufe an und sage dir, was passiert.«

»Okay«, antwortete ich und ging zurück, um Ordnung in das Chaos auf dem Ponton zu bringen.

Wir kreuzten noch einmal auf dem Voe. Diesmal warf ich achteraus bunte Bälle ins Wasser, die die Kids aufsammeln mussten, während sie im Zickzack hinter mir hersegelten, und dann gab's noch eine Spinnakerfahrt zum Yachthafen zurück. Ich konnte mich aber nicht konzentrieren. Ich schaute immer wieder über die Schulter auf die gekräuselten stahlgrauen Wasser von Cole Deep und überlegte, was da wohl in der Tiefe lag. Mittags gesellte sich Magnie wieder zu mir und berichtete, sein kleiner Besucher hätte gierig gefressen und sich dann mit seiner Chefkatze Tigger angelegt. Magnie hatte den siamesischen Kater ins Gästezimmer eingesperrt, von wo er durch die geschlossene Tür mit Tigger Feindseligkeiten austauschte.

»Aber ich denke«, sagte er, während er zum Cole Deep hinüberschaute, genau wie ich das den ganzen Morgen gemacht hatte, »dass sich die beiden mit der Zeit besser aneinander gewöhnen sollten. Hast du schon was von diesem Polizisten im Kilt gehört?«

Ich schüttelte den Kopf. »Ich glaube, er muss mit Newcastle und mit Lerwick verhandeln.«

»Ja, ja, das waren Geordies*.«

Die Vergangenheitsform verhallte in einem kleinen Schweigen. Ich holte tief Luft und zog meine Trillerpfeife aus dem Halsausschnitt meiner Schwimmweste. »Gut, was gibt's heute Nachmittag?«

Es gab »Mach mir alles nach« in Paaren und ein ziemlich nasses »Fangen«, und dann beendeten wir den Tag mit ein paar Rennen. Sobald die Boote verstaut waren, schickte ich die Kids duschen und ging ins Klubhaus hinauf, wo Logbücher zu unterschreiben und Kekse und heißer Saft zu verteilen waren. Die Eltern halfen reihum dabei, und diesmal war Kirsten dran. Aha, dachte ich und wartete ab, ob sie den Rettungsboot-Stand morgen erwähnen würde.

Das tat sie sofort. »Danke, Cass, dass du angeboten hast, am Samstag auszuhelfen. Das ist besonders nett von dir – du machst doch schon so viel mit den Kindern, da hast du bestimmt nicht viel freie Zeit für dich allein.«

»Oh, das ist kein Problem«, antwortete ich. Ich klopfte auf Holz. »Bisher musste ich das Rettungsboot nie rufen, aber ich bin froh, dass es da ist.« Aber *angeboten* hatte ich meine Hilfe nicht.

»Ich bin ab acht da, aber du kommst einfach, wann es dir am besten passt.«

---

* Bezeichnung für die Einwohner von Newcastle.

»So früh bestimmt nicht«, meinte ich. »Ich hatte gedacht, dass ich mit dem Boot rumkomme, also sagen wir zehn, halb elf.«

»Das ist wirklich früh genug«, sagte sie. »Danke. Möchtest du heißen Saft?«

»Ich mach mir eine Trinkschokolade«, antwortete ich. »Aber einen Keks nehme ich gern.«

»Du brauchst ja nicht auf deine Figur zu achten, du führst ein so aktives Leben«, sagte sie.

»Du doch auch nicht«, erwiderte ich. Es war die Art von Frauengesprächen, bei denen ich mich immer unwohl fühlte. Kirsten war so schlank, dass sie schon beinahe dürr war, eine dieser nervösen Frauen, die vor lauter Sorgen nicht stillsitzen konnten. Selbst jetzt, da alle Kids ihren Saft hatten, wischte sie mit einem Tuch auf dem Tisch herum und riss ihnen die leeren Gläser beinahe aus der Hand. Ihre Schlüsselbeine stachen über dem Halsausschnitt ihres hellblauen Trägerhemdchens heraus, man konnte die Knochen in ihren Schultern sehen, und ihre Hipster-Jeans hing lose unter knubbeligen Beckenknochen. Ich fragte mich wieder, ob irgendwas in ihrem Leben schiefgegangen war, dass sie ihren Körper so eisern kontrollieren musste. Vielleicht war es der letzte Bereich, der ihr noch geblieben war; Olaf war so ein Typ, der alles an sich riss und bestimmte. Sie war hübsch wie ein moderner Filmstar: ein langes, schmales Gesicht mit hohen Wangenknochen und grünen Augen, die, dunkel umrahmt, tief in den Höhlen lagen. Ihr dunkles Haar war superglatt, fiel in einem symmetrischen Schnitt um ihr Gesicht bis zum Kinn.

»Danke, dass du das mit dem heißen Saft übernommen hast«, sagte ich und ging fort, um meine Trinkschokolade und die Kiste mit den Logbüchern zu holen. Ich schaute eines nach dem anderen durch, rief immer das Kind zu mir herüber und schrieb auf, was sie gemacht hatten: *Mirror, 3 Std Steuer, 2 Std Crew, Segeln mit dem Wind, CL*. Ich war erst halb durch, als

Kirsten ging und mir noch »Bis Samstag« zurief. Sie musste wohl Alex mit nach Hause genommen haben, denn als ich das Ende des Stapels erreichte, lag da sein Buch, aber er reagierte nicht, als ich seinen Namen rief. Gut. Ich war froh, dass zumindest ein Elternteil so vernünftig war, ihn von der Straße zu halten. Ich legte die Bücher zurück in die Kiste, stellte die Kiste in den Schrank, wusch meine Henkeltasse ab und machte mich auf den Heimweg.

Noch kein Lebenszeichen von Anders. Ratte und Kater freuten sich sichtlich, dass ich auftauchte. Wie schmeichelhaft für mich! Ich hängte meinen Neoprenanzug am Achterstag auf, setzte mich hin und ließ die beiden über mich klettern. Rattes Schnurrhaare bebten, und Kater schnurrte wie das grollende Wasser in einer Seehöhle. Ich lehnte mein Handy in der Ecke des Kartentisches an, wo ich manchmal ein Netz hatte, aber Gavin ließ nichts von sich hören.

Ich hatte gerade Radio Shetland und die 6-Uhr-Nachrichten ausgeschaltet und überlegte, ob ich mir irgendwas zum Abendessen kochen sollte, als ich das Tor zum Yachthafen klirren hörte. Ich wollte natürlich nicht gleich rausrennen und nachschauen, wer kam. Es waren Schritte zu vernehmen, dann rief jemand von draußen meinen Namen – es war nicht Gavin. Ich ging hinaus und sah Olaf auf dem Ponton stehen.

»Cass«, sagte er, »ich wollte fragen, ob du Alex nach dem Segeln irgendwo hier gesehen hast oder ob er erwähnt hat, dass er noch woanders hinwollte. Kirsten dachte, er wäre schon nach Hause gefahren, als sie sich auf den Heimweg machte. Und dann haben wir überlegt, er wäre wohl mit einem von seinen Kumpels irgendwo hingegangen, doch er hatte nichts davon gesagt, also haben wir rumtelefoniert. Aber obwohl er zusammen mit den anderen vom Segeln weg ist, hat ihn danach niemand mehr gesehen.«

Bei uns in Shetland war es zu diesem Zeitpunkt noch zu früh für den Panikknopf, aber ich konnte Olafs Sorgen gut verstehen. »Nein«, antwortete ich, »hier ist er nicht mehr. Hat er kein Handy?«

»Ist abgeschaltet«, meinte Olaf. Er rieb sich mit der Hand übers Kinn. »Er hat nicht gesagt, dass er noch irgendwo hinwollte?«

»Mir nicht«, erwiderte ich. »Er ist mit Robbie gesegelt – hat er dem nichts gesagt?«

Olaf schüttelte den Kopf. »Wir haben es auch bei Gary und Peter versucht. Nichts. Na ja, ich such einfach weiter.«

»Kann ich irgendwie helfen?«, fragte ich. »Ich könnte am Strand langgehen.«

Er schüttelte den Kopf. »Da wird er nicht langgefahren sein, er hatte das Quad-Bike.«

»Es passiert ihm schon nichts hier in Shetland«, sagte ich.

»Nichts von dem, was im Süden passieren könnte«, stimmte mir Olaf zu, aber der Gedanke schien ihn nicht sehr zu trösten. Er ging mit langen Schritten über den Ponton, der noch eine ganze Weile schaukelte.

Ich setzte mich beunruhigt ins Cockpit. Es war natürlich sehr wahrscheinlich, dass Alex zu irgendeinem seiner Abenteuer losgezogen war, ohne jemandem etwas zu erzählen. Aber Kids gingen normalerweise nicht los, ohne mindestens ein anderes Kind zu ihren Abenteuern mitzunehmen, und seine Freunde waren alle von ihren Eltern abgeholt worden oder brav mit dem Fahrrad nach Hause gefahren.

Dann erinnerte ich mich an etwas, das der Fund des siamesischen Katers aus meinen Gedanken verdrängt hatte. Alex hatte einen Plan gehabt, denn er hatte versucht, Robbie zum Mitkommen zu überreden, während sie sich am Rettungsboot festhielten und auf die anderen warteten. Robbie hatte abgelehnt, denn er hatte Hausarrest, weil er sich am Abend zuvor heimlich aus dem Haus geschlichen hatte. Was hatte Alex wohl vorgehabt?

Das wurde mir klar, als ich mich wieder an die Situation

zurückerinnerte. Er hatte mit angehört, wie Magnie über die Lichter oben am Elfenhügel sprach. Er kam mit dem Quad-Bike problemlos da hin, konnte die Straße bis zum Ende fahren, dann den Berghang hinauf. Es war ein steiler Hang, und Alex war zu leicht für das Quad. Vielleicht hatte er sich überschlagen, oder es war ihm ein anderes Missgeschick zugestoßen. Ich versuchte, das Einfache und Plausible zu sehen, gestattete mir keinen Gedanken an eine Yacht, die langsam in den Wellen versank. Ich ging wieder nach unten und grub das Telefonbuch aus, das im Augenblick als Isolierung unter Rattes Schlafkiste diente. Johnston ... Johnston.

Kirsten kam an den Apparat. Es lag Hoffnung in ihrer Stimme. Es tat mir leid, sie enttäuschen zu müssen.

»Kirsten, Cass hier. Mir ist da plötzlich was eingefallen. Magnie und ich haben drüber gesprochen, dass Magnie Lichter oben am Elfenhügel gesehen hat, du weißt schon, bei dem Steinhügelgrab oben auf dem Hill of Heodale, dem Berg hinter dem Cottage der Nicolsons, und Alex hat zugehört. Vielleicht ist er hingefahren, um sich dort umzuschauen?«

Sie griff meinen Vorschlag sofort auf. »Das könnte sein. Es würde ihm ähnlich sehen. Ich rufe gleich bei Olaf an und sage ihm, er soll da mal nachsehen.«

»Ich fahre mit dem Boot hin«, versprach ich, »und schaue mich vom Wasser aus um.«

Dies ist mein Schiff, Cass ... Ich versuchte es bei Gavins Telefonnummer, aber entweder war ich in einem »kein Netz«-Bereich oder er hatte sein Telefon abgeschaltet. Ich hielt meine Botschaft so kurz wie möglich. »Gavin, Cass hier. Ein Junge wird vermisst. Ich glaube, er ist zum Elfenhügel gefahren. Ich segle übers Meer hin.« Ich schickte Anders eine SMS: »Bin mit dem Schlauchboot zum alten Cottage.« Er würde wissen, was ich damit meinte.

Ich hatte das Schlauchboot aufgetankt, ehe ich es weggeräumt hatte. Jetzt zog ich Vliesjacke und Schwimmweste wieder über, klippte mir die Notstoppleine ums Bein und machte mich in voller Fahrt auf den Weg. In weniger als zehn Minuten bog ich um die Ecke ins Rona; zehn Minuten später war ich draußen auf dem Atlantik, hielt geradewegs auf die roten Klippen unterhalb des Elfenhügels zu.

Wie ich später erfuhr, hatte man zu dem Zeitpunkt Alex' Leiche bereits gefunden.

6

What's forborne sood aye be forsworn.
Wovor man gewarnt ist,
dem sollte man aus dem Weg gehen.

(Sprichwort aus Shetland)

KAPITEL 14

Es war jetzt sieben Uhr, und der Wind hatte sich völlig gelegt. Das Wasser erstreckte sich klar und still vor mir, ein blasses Silberblau, das sich bis zum Horizont des Atlantiks erstreckte. Die Sonne ließ die Klippen in feurigem Orange aufstrahlen, aber der Berg vor mir lag im Schatten, und das Cottage schmiegte sich dunkel hinter seinen schützenden Bergausläufer.

Die Flut lief ab. Ich ließ achteraus den Wurfanker heraus, paddelte das Schlauchboot an den Strand, platschte mit einer Festmachleine an Land und zerrte dann das Boot wieder ins Wasser. Ich hielt inne, schaute zum Cottage hinüber, holte dann tief Luft und ging langsam um das Haus herum, fing bei der am nächsten gelegenen Seite an. In Shetland glaubt man, dass es Unglück bringt, wenn man entgegen der Sonnenrichtung geht. Die Fensterscheiben waren dunkel, aber sauber; nach dem Frühjahr hatte hier jemand das Salz der Winterstürme vom Glas gewaschen. Es war schon von außen zu sehen, dass das Haus nicht verlassen war. Nun schaute ich genauer hin. Die Vorhänge an den Fenstern waren sauber, der Boden im Wohnzimmer mit Teppich ausgelegt, ein Läufer lag beim Kamin und ein anderer bei einer kleinen Kommode. In der Mitte war ein merkwürdiger freier Platz. Hatte ich dort nicht bei meinem letzten Besuch ein Bett gesehen? Ein Sessel war vom Kamin weggeschoben, als wäre jemand gerade aufgestanden. Ich schaute alles an, ohne meinen Kopf zu drehen, und ging dann weiter. Das Dach des Windfangs war in einem guten Zustand, die blaue Farbe der Haustür nur ein klein wenig rissig. Das Einsteckschloss war strahlend neu. Ich erinnerte mich daran, dass Brian, als ich ihn getroffen hatte, ein altes Schloss umklammert hatte, und dass seine schwarzen Brauen finster gerunzelt waren. Dann hörte ich in Gedanken Jeemies Stimme: *Robbie o' the Knowe hat das Maul ein bisschen weit aufgerissen, als sie am Berg waren.* Brian hatte sich nicht die Mühe gemacht, seine Schlüssel zurückzufordern; er hatte das Schloss ausgetauscht, um den Spielchen ein Ende zu machen, an denen hier wohl auch seine Ehefrau Cerys beteiligt gewesen war. Ihre Reaktion auf meine unschuldige Frage neulich konnte ich mir jedenfalls nur so erklären.

Der Abflussgraben rings ums Cottage roch nach feuchtem Moos, und ich konnte hören, wie darunter Wasser gurgelte. Auch das Dach hatte Moos an den Ecken, als wäre der Regen an den Traufen hängengeblieben und hätte sich in den Speicher hineingearbeitet. Eine Amsel keckerte ihren Warnruf von dem windschiefen Ahorn hinter dem Haus.

Hinter dem Haus war es dunkler. Ich erinnerte mich an das Aufblitzen des Feldstechers bei meinem ersten Besuch. Der Gedanke gefiel mir gar nicht. Angenommen, der Jemand, der den Sessel zurückgeschoben hatte, war aus dem Haus geschlichen und wartete hinter der letzten Ecke auf mich? Ich erstarrte und lauschte. Nein, nichts zu hören als die kleinen Wellen, die am Strand auf die Steine schwappten, und das Flügelschlagen der Amsel, die auf einen anderen Baum flog, um mich besser beobachten zu können. Ich ging weiter. Das geteerte Dach reichte bis etwa dreißig Zentimeter über meinen Kopf hinunter, und die rauen Mauern wölbten sich unter ihrem fleckigen weißen Anstrich. Der Anbau hinten am Haus hatte Plastikvorhänge und ein modernes Fallrohr, das bis zum Boden reichte. Ich kam langsam um die zweite Ecke und blieb mit angehaltenem Atem stocksteif stehen, blickte auf die dunkle Masse, die vor mir aufragte, aber es war nur ein Holzstoß aus Ahornästen und zerhackten Paletten. Das Holz roch ein wenig schimmelig, als lägen die untersten Bretter schon sehr lange da. Ich schlängelte mich darum herum und weiter zur letzten Ecke.

Vor dem Küchenfenster hing ein Netzvorhang, wahrscheinlich von Barbara ausgemustert, vermutete ich, denn er war im gleichen Stil wie in ihrem Haus, mit einem Muster aus großen Blumen und einer Längsbordüre. Auf dem Edelstahlabtropfbrett der Spüle waren eine Tasse und ein Teller, beide umgedreht. Zwei Stühle standen an dem nackten Holztisch. Ich kam wieder zum Strand zurück und legte eine Pause ein, untersuchte den Pfad, der zum Ende der Straße führte, eine undeutliche Linie, von Generationen von Füßen gestapft, die in die Schule, zum Laden, zum Haus des Nachbarn gingen. Im Winter war er wohl eher eine Rinne, durch die man seinen Weg bahnen musste, aber jetzt war es ein Lehmpfad zwischen blauen Kissen von Skabiosen und dem ersten Sumpfknabenkraut mit seinen Pyramiden aus kleinen zartrosa Blüten über braun getupften Blättern. Mit einem Pick-up würde man aber hier fahren können, und das hatte auch jemand gemacht. Man sah deutlich eine Spur von zwei Doppelreifen, die an einem Wendeplatz endete.

Am Strand unterhalb hatte jemand ein Feuer angezündet und wohl das Bett verbrannt. Ich hatte mich also richtig an dieses Bett erinnert. Es waren die verkohlten Überreste von Sprungfedern zu sehen, ein hölzerner Rahmen, sogar eine Ecke von etwas, das wie ein schwarzes Satinlaken aussah. Ich schnitt eine Grimasse. Cerys' Geschmack, vermutete ich. Auf die Überreste hatte jemand ein zerbrochenes Metallstativ geworfen, das so verbogen war, als hätte ein starker Mann es auseinandergerissen. Also hatte jemand diese Spielchen vielleicht auch noch auf Video aufgezeichnet. Igitt! Und Anders? *Es ist kein guter Ort...*

Ich suchte aber nach einem vermissten Kind, nach Alex. Ich schaute wieder auf den Pfad, doch da waren keine Reifenspuren, die darauf schließen ließen, dass er hier gewesen war. Ich stieß erleichtert die Luft aus, die ich, ohne es zu merken, angehalten hatte. Hier gefiel es mir überhaupt nicht; alle Instinkte, die mich bisher von felsigen Stränden und nebeligen Buchten ferngehalten hatten, kamen nun zum Tragen: Geh zurück, halte dich in sicherer Entfernung.

Ich stieg den Hill of Heodale hinauf. Die Heidekrautstengel knirschten unter meinen Füßen und gaben ihren Honigduft ab. Das Gras war mit den gelben Sternchen der Blutwurz übersät wie mit winzigen Tudorrosen. Über mir ragte der Steinhügel wie ein hässlicher Troll empor, der kauernd auf der Spitze des Berges auf mich wartete, die vordere Seite grasbegrünt und hell in der Sonne, die hintere ein schwarzer Schatten. In der Ferne konnte ich einen Bootsmotor hören, aber das Schiff war so nah an den Klippen, dass es unsichtbar blieb.

Oben blieb ich kurz stehen, um wieder zu Atem zu kommen. Ich stand auf dem abgeflachten Gelände, schaute auf das Wasser, genau wie es die Steinzeitmenschen getan haben mussten, die diesen Grabhügel errichtet hatten. Die Sonne war noch hoch am Himmel, aber sie veränderte ihre Farbe bereits von Gold zum Bernstein eines Whiskys, und das Wasser sah aus, als sei es mit Gold angefüllt wie der Bach eines Goldgräbers. Die drei Stufen von Foula zeichneten sich mit scharfen Konturen siebzehn Meilen südwestlich klar am Horizont ab, doch trotzdem war die Insel in ein dunstiges Grau gehüllt. In meiner Blickrichtung geradewegs nach Westen lag die Wikingerroute nach Grönland und Nordamerika. Wir waren auf dem Rückweg von meiner ersten Atlantiküberquerung, als Alain gestorben war. Ich hatte zehn Jahre gebraucht, um mit dem Gedanken fertig zu werden, dass ich ihn umgebracht hatte. Ich musste an Anders' Worte denken: *Wäre es einfacher, wenn die Narbe innen wäre?*

Ich verdrängte den Gedanken. Von hier oben gesehen, war die Klippe nicht so senkrecht, wie sie vom Meer aus wirkte. Eine Reihe von schmalen Felsvorsprüngen führte wie eine Zick-Zack-Leiter hinunter, und ich würde jede Wette eingehen, dass der Shetland Climbing Club hier schon mal einen

Kletterversuch unternommen hatte. *Brian hat sie nicht mal in die Nähe gelassen ...*

Ich begann, um den Hügel aus Steinen und Gras herumzuspazieren. Auch hier waren keinerlei Anzeichen von einem Quad-Bike zu sehen. Auf dem grünen Berg war ebenfalls keine Bewegung auszumachen, keine röhrenden, stotternden Motorengeräusche waren zu hören. Wo Alex auch steckte, hier jedenfalls nicht.

Ein Dutzend Schritte weiter wusste ich, dass er trotzdem hier gewesen war. Jenseits des Hügels fand ich eine zertrampelte Reifenspur, Grassoden waren abgelöst und hatten den weichen Torf freigelegt. Ich kniete mich daneben. Ja, es war sicher die Spur eines Quad-Bikes: Die Reifen waren breiter als bei einem Motorrad. Einen Meter entfernt war auch ein Stück Heidekraut herausgerissen, wo das andere Rad sich tiefer eingegraben hatte, um den plötzlichen Verlust der Haftung auf der anderen Seite auszugleichen. Ich fuhr mit den Fingern über die Vertiefung in dem verbliebenen Abdruck. Ich brauchte keine Polizeischule, um zu begreifen, wie frisch die Spur war. Er hatte uns reden hören und während des Segelns über den Elfenhügel nachgegrübelt und sich dann gleich hierher aufgemacht, kaum dass er umgezogen war.

Als ich wieder an die Vorderseite des Steinhügels kam, blieb ich stehen. Es war kürzlich auch noch jemand anderes hier gewesen. Ich war direkt den steilsten Teil des Hangs hochgekommen, aber es gab auch einen Schafpfad, der mit einer sanfteren Steigung zum Cottage führte, und daneben, knapp unterhalb des Steinhügels, war ein deutlicher Fußabdruck zu sehen. Er stammte nicht von den Männergummistiefeln, die ich unten entdeckt hatte, sondern von einem kleineren, schmaleren Fuß in Turnschuhen. Ich stellte meinen eigenen Fuß daneben und betrachtete die Umrisse. Der Abdruck war ein kleines Stückchen größer als meine Größe 5, also der einer kleinen Frau oder eines Kindes. Außerdem waren die Spuren nicht von irgendeinem Turnschuh, sondern von einem, der auf Griffigkeit konstruiert war. Das klare Profil, das über die gesamte Länge der Sohle verlief, und das zweite, das um den Ballen zu sehen war, zeichneten sich klar und deutlich im Torf ab. Hier war ein Segler hochgewandert, ein Kind oder eine Frau, die nicht viel größer war als ich. Ich schnitt eine Grimasse. Die meisten Leute waren größer als ich. Sandra war etwa eins sechzig und Madge noch ein bisschen größer, vielleicht eins fünfundsechzig. Ich hätte vermutet, dass diese schmalen Füße eher die von Sandra als die von Madge waren, denn ich ging davon aus, dass eine molligere Frau auch breitere Füße hatte, was jedoch nicht unbedingt stimmen musste.

Das bedeutete, dass Sandra und Peter hier gewesen und wieder fortgegangen waren. Auch Alex war hier gewesen und wieder fort. Das musste Gavin erfahren. Ich zog mein Mobiltelefon hervor und erreichte ihn diesmal. Seine Stimme klang müde, leicht gestresst: »Cass, wo bist du?«

»Beim Elfenhügel. Alex war hier – hier sind Quad-Abdrücke.«

»Wir haben den Jungen gefunden«, sagte er. Sein Tonfall machte den Satz zur Elegie. »Er scheint gleich bei Mavis Grind von der Straße abgekommen zu sein. Das Quad hat sich überschlagen und ihn unter sich begraben.«

Ich schnaufte, als hätte man mir eine Ohrfeige gegeben. Ich brachte kein Wort heraus.

»Bist du noch da, Cass? Mach, dass du nach Hause kommst.«

Ich steckte mein Handy weg und trat wieder auf das flache Gelände zurück. Als ich mich von der Steinmauer wegbewegte, die zum Meer hinunterschaute, beleuchtete die Sonne eine vertikale Spalte zwischen zwei Felsplatten. Ich erstarrte in der Bewegung und schaute darauf. Ein langer, tiefer Einschnitt verlief von dem überhängenden Heidekraut bis ganz unten, als könne man diesen Stein bewegen. Und da, auf der anderen Seite der großen Platte war eine andere dunkle Linie zu sehen, wie der Spalt zu beiden Seiten einer Tür. Diese Steinzeitleute hatten ja irgendwie in den Hügel hineinkommen müssen, um die Knochen ihrer Toten dort zu begraben, und natürlich hätten sie den Eingang hierher gelegt, wo sie ihr gesamtes Territorium überblicken konnten. Ich dachte an den Tomb of the Eagles in Orkney, den man hoch über der Bucht errichtet hatte. Den betrat man durch einen niedrigen Gang, der halb unterirdisch verlief. Wieso sollte dieser Hügel nicht genauso aufgebaut sein?

Jetzt, da ich den Eingang entdeckt hatte, schaute ich mir das Heidekraut darüber näher an. Es wuchs hier nicht zwischen den Steinen wie am Rest des Grabhügels, sondern hing von dem horizontalen Stein oben herunter, von dem Stein, den ich jetzt als Türsturz erkennen konnte. Der Stein mit den Spalten rechts und links war wie ein riesiger Pfropfen, und ich konnte ihn nur deswegen als solchen so deutlich erkennen, weil man ihn bewegt hatte, und zwar vor nicht allzu langer Zeit.

Ich schaute ihn weiter an und fuhr mit den Fingern an beiden Kanten entlang. War da etwa eine kleine Delle, eine schärfere abgesprungene Ecke, an der Mitte der einen Seite, genau da, wo ich eine Brechstange angesetzt hätte, um den Grabhügel zu öffnen? Vielleicht, vielleicht. Wenn etwas von dieser Größe herausgehebelt wurde, müsste es ungefähr dorthin fallen, wo ich gerade stand. Ich schaute nach unten und sah die leicht geschwungene Delle, die von der untergehenden Sonne hervorgehoben wurde. Die Kanten waren immer noch ein wenig rau, und an der unteren Seite war eine gelbe Blutwurz abgeknickt, und die heraldischen Rosenblättchen wurden an den Ecken eben erst braun.

Die Leute mussten mir vom Cottage hier hochgefolgt und schnell über die Bergkuppe gekommen sein, während ich hinter dem Hügel war und Alex' Spuren berührte, dann hatten sie mit mir um den Hügel herum Verstecken gespielt. Sie hatten wohl auch zugehört, während ich mit Gavin telefonierte. Ich hörte rechts von mir Schritte, fuhr herum und sah eine Gestalt, die über mir aufragte, einen erhobenen Arm. Mein Kopf explodierte mit einem Schauer von Sternen, die sich in der Dunkelheit verloren. Mit den letzten Fetzen meines Bewusstseins spürte ich, wie ich fiel, und streckte, um mich abzufangen, die Arme aus, nahm sie aber nur als schlappe Lappen wahr, während ich auf die grasbestandene Plattform sackte. Meine Wange landete auf kühlem Moos. Dann spürte ich, wie meine Schulter auf den Boden donnerte, und danach nur Dunkelheit.

KAPITEL 15

Ich war nicht tot, doch jetzt schoben mich die Leute vor sich her, machten sich daran, mich über Bord zu werfen. Die Planken des Decks waren feucht vor Blut; auch meine Wangen waren damit verschmiert, und der widerliche Geruch stach mir in die Nase. Ich konnte die Gesichter der Leute nicht sehen, obwohl ich mich anstrengte, die Augen zu öffnen, und das »Nein, nein«, mit dem ich zu protestieren versuchte, blieb stumm. Die Leute rollten mich herum, und ich fiel und fiel, und dann lag ich auf dem Deck der Marielle, spürte die kalte Glasfaser unter dem Rücken, aber sie war voller Split, denn ich hatte keine Zeit gehabt, das Deck zu fegen, und es war nicht Alain, sondern Anders, der da neben mir lag, einen Arm über meine Brust geschlungen, und er küsste mich, und sein ordentlich gestutzter Bart lag rau an meiner Wange. Im Traum wollte ich, dass er immer weitermachte, aber jetzt nicht mehr, mein Kopf tat zu weh, und ich versuchte ihm das zu sagen, wandte den Kopf von ihm ab, während mein Körper sich noch an seinen schmiegte. Dann hallte rings um mich matt ein Kratzen und dumpfes Dröhnen, als der große Stein wieder an seinen Platz geschoben wurde ...

Da wachte ich auf. Meine Wange lag auf kleinen Steinchen, die nach Dingen rochen, die man längst der Fäulnis überlassen, längst vergessen hatte. Was da unbequem quer über meinen Körper lag, war mein eigener Arm; meine Finger berührten die Erde. Ich tastete ein wenig weiter und spürte die harten Körner unter meinen Fingern. Mein Körper schmerzte, und mir war kalt. Am schlimmsten war die Dunkelheit, die ringsum auf mir lastete. Ich hatte nie bemerkt, dass ich Angst vor der Dunkelheit hatte. Selbst in der schwärzesten Nacht, wenn die Schiffslichter durch den strömenden Regen glommen, war es auf See nie wirklich finster. Jetzt spürte ich die Dunkelheit wie ein Wesen, das mir näher kam, um mir den Atem aus dem Körper zu saugen. Sie lag über mir wie ein Leichentuch, und sosehr ich auch meine Augen anstrengte und auf einen freundlichen stecknadelkopfgroßen Punkt Tageslicht hoffte, es war keine Veränderung im dichten Dunkel auszumachen. Ob ich die schmerzschweren Lider hob oder senkte, es änderte nichts. Über der Finsternis lastete zudem noch das Gewicht des Felsens und des Torfs und des Heidekrauts. Ich konnte spüren, wie es mich an den Boden drückte, bis der letzte Atemzug aus mir herausgepresst sein würde und meine Knochen mit den anderen vermoderten. Wie würde mein Geist mit den Steinzeitgeistern von vor so vielen Jahrhunderten kommunizieren? Wenn ich hier starb, würde mein Geist unter der Erde eingeschlossen bleiben, unfähig, Alain um Verzeihung zu bitten?

Mein Kopf pochte vor Schmerzen, und mir war speiübel. Ich hatte Schmerzen am ganzen Körper, an den Armen, Beinen, Hand- und Fußgelenken, als hätte man mich auf einer Streckbank gefoltert. Wer auch immer die Leute waren, die mich hier hineingeworfen hatten, sie hatten sich nicht die Mühe gemacht, mich wie einen lebenden Menschen zu behandeln. Sie hatten mich einfach nur vor sich her gerollt, durch den Eingang gezerrt und hier liegenlassen.

Sie hatten sicher nicht damit gerechnet, dass ich noch ein lebendiger Mensch war. Außerdem war es egal, wie man jemanden behandelte, der ohnehin in den nächsten paar Tagen verdursten würde. Vielleicht hatten sie auch geplant, dass ich früher sterben sollte. Es war ein ziemlich wirkungsvoller Schlag auf den Schädel gewesen. Ich wollte die Hand heben und die Beule abtasten, aber das bedeutete zu viel Anstrengung. Ich wusste ja, dass mein Hinterkopf weh tat.

Ich biss die Zähne zusammen. Ich würde hier nicht sterben. Ich hatte Gavin gerade gesagt, dass ich hier war. Sobald ich draußen Geräusche ausmachen konnte, würde ich schreien, bis man mich hörte. Ich sagte es laut vor mir her, um das Schweigen zu brechen, das auf mir lastete, und das Gewicht von Jahrhunderten, das über mir hing, warf es mir spottend als Echo zurück: *schrei, schrei, schrei, schrei* ..., bis das Wort mir im Hals steckenblieb und nur noch ein Wimmern herauskam. Kein Geräusch würde aus dieser massiven Kammer aus Stein und Erde dringen. Hatte sich jemand so geäußert, als sie mich hier hineinzerrten? Eine Stimme in meinem Kopf flüsterte es wie eine Erinnerung: »Ist egal ... Durch diese Mauern hindurch hört sie niemand.« Ich konnte nicht sagen, ob es eine Männer- oder eine Frauenstimme gewesen war; die Worte fielen in das Schweigen und verwirrten sich in meinem schmerzenden Kopf: *Ist egal ... Egal ... Hört sie niemand ...*

Ich war der Panik näher als je zuvor in meinem Leben, näher sogar als damals, als ein Tropensturm durch die Karibik fegte und wir die ganze Nacht an Deck gekauert hatten, um unseren Anker festzuhalten, näher als damals, nachdem Alain fort war und ich allein weitersegeln musste. Ich zwang mich, mich auf dem kalten Boden zu entspannen, und atmete zehnmal lang und tief ein und aus. Sie würden mich hören. Ich würde einen losen Stein finden und damit hämmern. Ich würde schreien, als müsste ich Befehle bei Windstärke zehn zur Mastspitze brüllen.

Ich machte noch zehn tiefe Atemzüge. Ich würde auch nicht hier liegen und auf Rettung warten. Ich würde versuchen, selbst herauszukommen. Wenn ich von innen den großen Stein nicht bewegen konnte, würde ich den Eingang suchen, den Brian benutzt hatte. Ich war jetzt nicht viel dicker als er damals. Wenn er herein- und herausschlüpfen konnte, dann konnte ich das auch. Wenn er das Loch aufgefüllt hatte, würde ich es eben wieder freilegen.

Zunächst musste ich herausfinden, ob ich verletzt war. Ich hob vorsichtig den rechten Arm von der Brust und ließ ihn an meine Seite sinken. Er fühlte sich steif an, war aber wohl nicht gebrochen. Ich hob langsam die andere Hand und tastete meinen Kopf ab. Ich spürte eine knochige Beule und verkrustetes Blut, aber der Schädel war nicht verletzt, hatte keine gefährlichen Einbuchtungen. Schmerzhaft, aber nicht tödlich. Ich hob den Kopf und drehte ihn sachte hin und her. Keine Halsverletzung. Sonst tat auch nichts so weh, als wäre etwas gebrochen. Ich streckte vorsichtig die Arme aus. Meine Handgelenke schmerzten an den Stellen, wo man mich gepackt hatte, um mich hier hereinzuschleifen, aber sonst schien ich nicht verletzt zu sein. Die Beine waren auch heil. Böser Fehler, Jungs.

Ich brauchte Licht. Ich tastete nach meinem Handy, aber die Tasche war leer. Sie hatten wohl nicht riskieren wollen, dass ich hier ein Netz bekam. Das war egal. Eine nützliche Funktion meiner ansonsten sehr einfachen Timex war, dass sie leuchtete, wenn man auf die Krone drückte. Peerie Charlie war ganz fasziniert davon, und es war eine seiner Freuden an Bord, sich in meine Koje zu wühlen und die Uhr aufleuchten zu lassen – bei dem Gedanken nahm ich sofort die Hand von der Krone. Ich musste nicht wissen, wie spät es war, und ich würde besser sehen, wenn ich nicht auf die grüne Scheibe schaute. Ich würde die Uhr als Taschenlampe benutzen, um hier herauszukommen. Sie funktionierte mit aufgespeichertem Licht, also würde sie nicht unendlich viele Lichtblitze abgeben, vielleicht acht, und die würden auch nicht weit leuchten. Doch wenn ich sie sorgfältig einsetzte, würde das vielleicht reichen.

Wenn man an Bord eines Bootes ein riskantes Manöver machen muss, durchdenkt man es zuerst, denn das Meer gibt einem keine zweite Chance. Jetzt, da ich wusste, dass ich die Dunkelheit kontrollieren konnte, die auf mir lastete, jagte sie mir keine Angst mehr ein. Ich würde mein Licht nicht verschwenden, ehe ich so weit war, es richtig einzusetzen. Ich tastete mit einer Hand nach oben. Da war nichts, woran ich mir den Kopf stoßen würde. Von oben schob ich Zentimeter für Zentimeter die Arme zur Seite, als wollte ich einen Schneeengel machen, wie Inga und Martin und ich das als Kinder im Spiel getan hatten, und bis zum größten Winkel traf ich nur leeren Raum. Gut. Ich setzte mich vorsichtig auf, ignorierte den Protest sämtlicher Muskeln, die zu lange in einer Position verharrt hatten, begann dann, mich zu dehnen und zu biegen. Ich rieb mir die Arme, massierte meine Handgelenke, wiederholte dasselbe mit meinen Beinen und Fußgelenken. Ich konzentrierte mich darauf, meinen Körper wieder funktionsfähig zu machen, überließ es meinem Unterbewusstsein, die Optionen abzuwägen und die Hinweise und Erinnerungen zu sammeln, die ich brauchte.

Sobald mir wieder warm war und ich mich gelockert hatte, zog ich unter der Vliesjacke die Knie an den Leib und dachte nach. Ich befand mich in einem runden Hügel von zehn Metern Durchmesser und zwei Metern Höhe. Wenn dieses Hügelgrab ähnlich aufgebaut war wie der Tomb of the Eagles, so würde es hier ringsum an den Wänden kleine Zellen mit Nischen für die Knochen geben und einen Eingang zum Meer hin. Es würde sich lohnen, den Türstein näher zu betrachten; vielleicht konnte ich ihn von innen heraushebeln. Ich könnte erst einen, dann einen zweiten, dann noch mehr Steine in die Spalten schieben und den großen Stein so nach vorn bewegen. Wie sagte doch Archimedes: *Gebt mir einen Hebel, der lang genug, und einen Angelpunkt, der stark genug ist, dann kann ich die Welt mit einer Hand bewegen.* Segelschiffe waren für starke Männer gebaut, und kleine Frauen lernten sehr schnell, die Hebel gut für sie arbeiten zu lassen.

Wenn sich der Stein nicht bewegte – und ich machte mir da keine großen Hoffnungen –, dann musste ich Brians Eingang finden. Der würde nicht durch die Wände verlaufen; denn das wäre so offensichtlich, dass auch andere ihn schon gefunden hätten. Was hatte Olaf gesagt? Ich stellte mir bildlich vor, wie wir zusammen auf der Holzbank vor dem Klubhaus saßen, während seine Hände das Garn in sorgfältigen Schlaufen um das graue Tau legten. *Ein Spalt unter einem der großen Steine ... ein Kaninchenloch, das ganz durch die Mauer ging.* Ja, und er hatte es einen Tunnel genannt: *Er hat sogar den Tunnel aufgefüllt, durch den wir reingekommen sind.*

Als das Kätzchen rausgekrochen war, um mein Brötchen zu fressen, hatte ich, an einen der großen Steine gelehnt, links vom Eingang gesessen, und das Kätzchen war einen Meter entfernt aufgetaucht. Wenn es derselbe Eingang war und ich Glück hatte, dann konnte ich hier das Ende dieses Lochs finden, irgendwo zwischen zwei und drei Metern vom Einfang entfernt, und so ausmachen, wo ich graben musste.

Wo standen meine Chancen besser? Worauf sollte ich mein Licht verwenden, auf den Eingangsstein oder den möglichen Tunnel? Falls ich das Licht benutzte, um den Eingang zu lokalisieren, dann konnte ich mich innen an den Wänden entlang zum Tunnel vorarbeiten, eine Delle in der Erde suchen, einen matten Lichtschein, einen winzigen Luftzug von draußen.

In der Bretagne, wie in Seefahrergemeinschaften auf der ganzen Welt, besuchten die Männer noch eine letzte Messe, die Unserer Lieben Frau gewidmet war, um sich ihren Segen zu holen, ehe sie in See stachen. Ich brauchte bei dieser Unternehmung einen Segen. Ich setzte mich gerader hin, bekreuzigte mich und hauchte ein leidenschaftliches Gebet um Hilfe, bat, ich möge klar denken, meine Kraft klug einteilen und Glück oder Gottes Gnade haben, um einen Weg hier heraus zu finden. *Im Namen des Vaters und des Sohnes und des Heiligen Geistes ...* Ich holte tief Luft, drehte das Zifferblatt meiner Uhr von mir weg und drückte auf die Krone.

Sofort war das Grab in grünes Licht getaucht, kränklich und flackernd in meinen von der Finsternis geblendeten Augen. Ich sah regelmäßig angebrachte Steinsimse, die in Stufen bis unter das Dach hinaufgingen, als säße ich in der Nabe eines großen Steinrads, mit dunklen Räumen dazwischen, wo das Licht nicht hinreichte. Ich drehte den Kopf zu einer Stelle, wo der Abstand zwischen den Pfeilern größer war, und ließ dann die Krone los. Wieder schloss sich die Dunkelheit um mich, erstickte mich wie abgestandene Luft. Ich hielt den Kopf sehr still, saß einen Augenblick da, bis das grüne Schimmern in meinen Augen verebbt war, drehte dann meinen Körper herum, bis ich dem Eingang gegenüber war. Die Pfeiler waren einen Meter von mir entfernt. Ich musste zwei Meter nach vorn kriechen, dann würde ich den großen Stein berühren. Unterwegs tastete ich nach Steinen, die ich als Hebel benutzen konnte. Falls ich keine fand, konnte ich mich immer noch an der Außenwand entlangtasten und Brians Eingang suchen. Ich hatte nicht viel Hoffnung auf lose Steine. Diese Wand war so gebaut, dass sie überdauern würde. Die Steinzeitmänner und -frauen, die ihre Toten hierherbrachten, wären sehr stolz darauf gewesen – diesen Gedanken verdrängte ich gleich wieder. Es hatte keinen Sinn, die Geister von vor viertausend Jahren heraufzubeschwören, obwohl ich überall rings um mich ihre Gegenwart spürte. Coole Cass, so hatten mich Brian und Olaf genannt, pragmatische Cass. Stell dir keine Knochen vor, keine Fackelzüge, keine längst verstorbenen Männer und Frauen, die dir zuflüstern, dass du dich zu ihnen gesellen sollst, sondern denke an die Flucht. Ich würde nicht versuchen, Steine aus den Pfeilern zu ziehen, aber vielleicht waren irgendwo welche heruntergefallen. Die würde ich dann unterwegs finden. Im Augenblick musste ich erst einmal diese beiden Meter nach vorn bis zum Eingangsstein schaffen.

Es war schwieriger, als es klang, im Dunkeln vorwärts zu kriechen. Ich bewegte mich Zentimeter für Zentimeter auf einer Hand und zwei Knien nach vorn, während ich die andere Hand vor mir ausstreckte und erwartete, jeden Augenblick gegen die Wand zu stoßen oder schlimmer noch, gegen irgendein unsichtbares *Ding*, das in der Finsternis auf mich zugekrochen war. Ich konzentrierte mich aufs Rechnen: Die Wand war zwei Meter entfernt, und ich musste mit meiner Hand zehnmal – fünfzehnmal – siebzehnmal – einundzwanzigmal vorrücken, ehe ich mit den ausgestreckten Fingern den glatten Stein berührte. Zehn Kriechschritte ergaben einen Meter. Okay. Ich schob mich in eine Sitzhaltung hoch und tastete den Boden rings um mich ab, so weit ich reichen konnte. Keinerlei Anzeichen von irgendwelchen Steinen, nur grober Sand, und der nutzte mir nichts. Ich lehnte mich mit der Schulter an den Eingangsstein und drückte fest. Er bewegte sich kein bisschen. Es fühlte sich so an, als wäre der Stein nach innen geneigt, was sinnvoll schien, wenn man an die Form der Außenwand dachte. Das hieß, dass sein eigenes Gewicht und die Schwerkraft ihn an der Stelle hielten. Ich drehte mich um, stemmte meinen Rücken dagegen und drückte meine Beine mit voller Kraft auf den Boden, presste gegen den Stein, bis meine Muskeln zu zittern begannen. Nichts. Ich durfte meine Kraft nicht auf Unmögliches verschwenden. Ich versuchte es noch einmal, diesmal mit kurzen, rhythmischen Stößen, als wäre ich Teil einer Wache, die eine schwere Rahe herumhieven muss. Aber immer noch bewegte sich nichts.

Wenn es sein musste, würde ich noch mal hierher zurückkommen. Jetzt würde ich es mit Brians Eingang versuchen.

Um mich an der Außenmauer entlangzutasten, würde ich in jede Einbuchtung zwischen den Pfeilern hineingehen, wo man die Knochen zur Ruhe gelegt hatte. Es war nicht nötig, sich hier zu fürchten; trockene Knochen konnten mir nichts anhaben. Trotzdem würde ich lieber sehen, ehe ich etwas anfasste. Ich schob mich zurück, streckte die Hand nach dem Pfeiler zu meiner Linken aus und krabbelte in die Nische, hielt dann wieder meine Uhr hoch und drückte auf die Krone.

Wieder schossen die fest verkeilten Steine im grünen Licht hervor, wie ein Bücherregal aus Ziegeln. Grauer Staub lag auf den Simsen über den Knochen, die in ordentlichen Stapeln aufgeschichtet waren, immer ein Schädel neben jedem Haufen langer Knochen. Von Spinnweben verschleiert, starrten mir die Augenhöhlen entgegen.

Ich ließ die Krone los und krabbelte vorwärts. Hier war zwischen den Stapeln der Boden fünf Zentimeter tief mit pudrigem Staub bedeckt, der an meinen Händen klebte und mir ins Gesicht flog. Während ich noch hustete, wurde mir klar, dass das etwas zu bedeuten hatte. Im Mittelpunkt der Kammer war kein Staub gewesen; den hatte jemand weggeräumt. Also hatte man die Grabkammer tatsächlich als Lagerraum benutzt. Kein Wunder, dass die Person, die mir eins über den Schädel gezogen hatte, nicht gewollt hatte, dass ich den Eingang untersuchte. Ehe ich hier wegging, würde ich mein letztes Licht dazu verwenden, mich noch einmal gut umzusehen.

Ich fand die Außenmauer und tastete mich vorsichtig an ihrem unteren Ende entlang. Unter dem weichen, klebrigen Staub war der Boden eben. Der Tunnel sollte in der nächsten Zelle sein. Ich kroch um den Pfeiler herum und begann, mit der Hand an der Kante zwischen Wand und Boden entlang zu streichen, sie dann zurückzuziehen und die Erde vor der Wand abzutasten. Ich dachte gerade, dass Brian wohl seinen Tunnel vollständig aufgefüllt hatte, als ich mit dem Knie nach unten sackte und nach vorn fiel, bis ich mich, mit den Händen schrammend, an einem der Regale abfing. Ich spürte einen glatten Knochenstab unter meinen Fingern. Ich riss sie rasch zurück, zog mein Knie hoch und erkundete mit den Händen, was ich da gefunden hatte.

Es musste Brians Tunnel sein. Es fühlte sich an wie ein Kaninchenloch, war etwa so breit wie meine Schultern, und wenn ich mich hinlegte und die Hände hineinstreckte, senkte es sich ein wenig nach unten und verlief dann in Richtung Wand. Ich reckte mich weiter, und meine Hände stießen an ein Gewirr aus steifen Fasern: Heidekrautstängel. *Er hat sogar den Tunnel aufgefüllt ...* Nach allem, was Olaf gesagt hatte, hatte Brian den Tunnel aufgefüllt, um die Archäologen fernzuhalten; das hier hatte ein Erwachsener aufgefüllt. Ich tastete um die Heidekrautstängel herum, bis ich eine Kante fühlte, dann noch eine.

Ja, er hatte Reste vom Torfstich genommen, große Brocken von Heidekraut und Wurzeln, und sie nach unten gestopft. Ich krabbelte mit den Fingern an der Seite des ersten Blocks und zog daran, bis er nachgab, packte ihn dann fester und zerrte ihn heraus. Meine Gedanken explodierten im Triumph. *Danke, lieber Gott* ... Ich würde hier wieder herauskommen.

Der zweite Block ließ sich genauso leicht entfernen. Ich stapelte ihn auf den ersten. Für den dritten musste ich mich halb in den Tunnel schlängeln, und er klemmte in einem ungünstigen Winkel und ließ sich nicht gut ziehen. Schließlich kam er mit einem kleinen Erdrutsch aus Krume und kleinen Steinen, als hätte Brian oben noch ein paar Säcke lose Erde aufgefüllt, um das Heidekraut zu verbergen. Mit dem vierten tauchte Tageslicht auf, ein schwacher grauer Schein, den ich benutzte, um den Erdblock auf die anderen zu stapeln, ehe ich bemerkte, dass ich meine Hände als bleiche Flecken vor dem dunklen Block ausmachen konnte.

Den Himmel konnte ich noch nicht sehen, aber das Licht, das zu mir durchdrang, wurde immer klarer. Der Geruch nach toten und vermodernden Dingen schien mich beinahe zu umklammern, und ich konnte es kaum abwarten, wieder an die Luft zu kommen. Als ich anfing, die lose Erde aus dem Weg zu räumen, bemerkte ich, wie sehr das zähe Heidekraut meine Hände verkratzt hatte. Ich zog die Vliesjacke aus, verknotete die Ärmel und benutzte sie wie Handschuhe, um die lose Erde wegzukratzen, grub schneller und immer schneller, als die Freiheit in Reichweite kam. Ich wusste, dass ich den Tunnel groß genug machen musste, um mich ohne allzu viel Schieben hindurchschlängeln zu können. Obwohl die unterste Schicht in der Mauer aus Steinplatten bestand, die nun schon seit viertausend Jahren massiv da standen, sollte man doch kein Fundament leichtsinnig untergraben, und der Tunnel war nun beinahe so breit wie der große Felsbrocken, der den Türsturz bildete.

Ich warf die letzte Erde nach unten, schlüpfte wieder in die Vliesjacke, zog mir die Kapuze über den Kopf und knotete sie mit dem Zugband straff unter dem Kinn zusammen. So würde sie vielleicht meinen Kopf vor schürfenden Felsen schützen. Dann wandte ich mich noch einmal zur Grabkammer um. Der leergeräumte Platz in der Mitte, der dicke Staub an den Seiten – ich wollte es wissen.

Ich leuchtete mit meiner Uhr langsam im Kreis, bis das Licht schwächer wurde und verlosch. Zweifellos hatte man diesen Raum als Lager benutzt. Mir gegenüber hatte das grüne Licht einen schwarzen Gitterschatten von einem Holzgestell geworfen, in dem man Gemälde aufrecht und mit Abstand voneinander aufbewahrt. Daneben standen fünf Holzkisten, jede in vier Abteilungen von etwas dreißig mal dreißig Zentimeter aufgeteilt. Es lag noch eine armbreite Rolle Blasenfolie dabei, darauf eine irgendwie unpassend häuslich wirkende Schere.

Jetzt würde ich hier rauskriechen und Gavin erzählen, was ich wusste. Ich streckte beide Arme vor mir aus wie ein Taucher und ging zum Tunnel. Er schmiegte sich eng um meine Schultern, aber nicht so eng, dass es gefährlich war. Erde rieselte mir über die Kapuze und in den Halsausschnitt. Ein fauliger Geruch füllte meine Nase, und ich würgte. Vielleicht ein totes Kaninchen im Bau? Ich hatte mir das gerade eingeredet und drückte mich mit den Schultern nach vorn wie eine Made in einem Schiffszwieback, als das erste echte Tageslicht meine Augen blendete, und meine tastende Hand auf kaltes Fell und darunter auf die reglose Schlaffheit des Todes traf.

Ich brachte es nicht über mich, darüber hinwegzukriechen. Ich schob es den letzten Meter vor mir her und wandte das Gesicht davon ab, obwohl ich spürte, wie das tote Fell meine Wange berührte, als ich die Erde des verengten Eingangs vor mir her schaufelte. Ich rollte es vor mir aus dem Loch und zerrte mich hinter ihm ans Licht.

KAPITEL 16

Ich sackte gegen den Stein, an den ich mich erst vorgestern gelehnt hatte, um mein Makrelenbrötchen zu essen. Es kam mir vor, als wäre das Jahre her. Ich musste wohl eine halbe Stunde dort gesessen haben, den Rücken am Stein, die Beine ausgestreckt, die schmerzenden Hände auf den Bauch gelegt, das Gesicht der Sonne zugewandt, während ich die heidekrautsüße Luft in mich aufsaugte, die wunderbare Wärme, das goldene Licht auf meinen geschlossenen Lidern. Ich hatte Schmerzen am ganzen Körper, und ich war so müde, als hätte ich einen ganzen Tag in einem Orkan rund um Kap Horn an den Leinen geschuftet. Bald würde ich zum Strand hinuntergehen, ins Schlauchboot steigen und nach Brae zurückfahren, aber erst musste ich mich ausruhen.

Jetzt, nachdem der erste Schock vorüber war, traf mich die Nachricht von Alex' Tod erst richtig. Die arme Kirsten, der arme Olaf. Alex hatte das Zeug zu einem guten Segler gehabt. Ich sah ihn vor mir, wie ich ihn zuletzt gesehen hatte, mit hochrotem Kopf und triumphierend, weil er als Erster zum Schlauchboot gekommen war. Dann noch einmal auf der letzten Spinnakerfahrt in den Hafen. Robbie war an der Pinne gewesen, und er hatte sich über das Dollbord gebeugt und darauf konzentriert, dass sein gelb-roter Spinnaker die perfekte Rundung hatte. Als sie an Land waren, hatte er das Boot abgetakelt und so gründlich abgespritzt, dass ich ihn anweisen musste, es auszuschöpfen, ehe er es verstaute. Das war das letzte Mal, dass ich mit ihm gesprochen hatte. »Alex, Robbie«, hatte ich gesagt und das rote Segel angehoben, um ihnen zu zeigen, dass das Wasser einen Fuß hoch im Boot stand, »ihr habt's vielleicht mit dem Abspritzen ein bisschen übertrieben?«

»Oh«, hatte Alex erwidert und mich breit angegrinst. »Tut mir leid, Cass. Das schöpfen wir raus.« Dann hatten sie sich mit der Össchaufel daran gemacht, wobei der größte Teil des Wassers auf den beiden gelandet war und es empörte Schreie und Rachedrohungen gegeben hatte.

Es war eine so triviale Unterhaltung gewesen bei diesem letzten Mal, als ich mit ihm geredet hatte. Aber es schien mir doch wichtig, mich daran zu erinnern. Ich erinnerte mich auch an sein waches, aufmerksames Gesicht, als er seinen Spinnaker getrimmt hatte, und ich trauerte. Er war so quicklebendig und so albern gewesen, und er hatte niemandem etwas zu Leide getan. Hatte jemand gefürchtet, er würde ihm Schaden zufügen? Ich erinnerte mich, wie er mich nach den Leuten aus dem Motorboot gefragt hatte. *Weißt du, ich kenne die. Ich hab die jedenfalls schon mal gesehen, als ich bei Brian unten war.* Ich hatte damals gedacht, dass Norman ihn geschickt hatte und da was wissen wollte. Norman war Alex' großer Bruder, sein Held. Wenn Norman es wissen wollte, würde Alex tun, was er konnte, um es rauszufinden. Ich hatte ihn hingehalten, aber bald hatte er gehört, wie Magnie über die Elfenlichter sprach, und beschlossen, die Sache näher zu untersuchen. Die Quad-Spur beim Elfenhügel bewies, dass er hier gewesen war. Er hatte etwas gesehen oder jemanden getroffen, und die Leute hatten ihn umgebracht. Und was dann?

Dann hatten sie mir etwas über den Schädel gezogen und mich in die Grabkammer geworfen. Mich konnte man sehr leicht verschwinden lassen. Dazu musste man nur das Schlauchboot aufs Meer hinausschleppen und da loslassen. Alle wussten, dass ich immer eine Schwimmweste trug, aber auch Schwimmwesten können versagen, und sie würden zwar nach meiner Leiche suchen, aber es wäre nicht sonderlich ungewöhnlich, wenn sie sie nicht fänden. Einer dieser Unfälle auf See, Fall abgeschlossen.

Es würde nicht so leicht sein, Alex verschwinden zu lassen.

In dem Augenblick, wo er offiziell als vermisst gemeldet wurde, hatte sicherlich eine riesige Suchaktion begonnen. Nein, für Alex hatten sie einen Unfall inszenieren müssen. *Er scheint gleich bei Mavis Grind von der Straße abgekommen und in Richtung Strand geschleudert zu sein*, hatte Gavin gesagt. *Das Quad hat sich überschlagen und ihn unter sich begraben.* Mavis Grind lag nördlich unweit von Brae, südlich von meinem augenblicklichen Standort, es war ein schmaler Landsteg zwischen zwei Voes, einem von der Nordsee im Osten und einem Finger des Atlantiks im Westen. Wenn man gut im Steinewerfen war, konnte man einen Kiesel von der Nordsee in den Atlantik schmeißen, und Touristen probierten das oft. Ich versuchte, mir die Lage der Straße vor mein geistiges Auge zu rufen, und kam auf keine Stelle, wo man zufällig mit einem Quad-Bike von der Straße abkommen und dann auf dem Strand landen konnte. Gavin hatte wohl gemeint, dass Alex anscheinend zum Strand hinuntergefahren und ihm dort das Quad umgestürzt war. Dann rief ich mir die Landkarte ins Gedächtnis. Ja, Mavis Grind hatte den Vorteil, dass es die nächstgelegene Stelle von hier war, zu der man sowohl auf der Straße als auch auf dem Wasser hinkommen konnte. Mit dem Quad würde es nicht lange dauern, nach Mavis Grind zu fahren, vielleicht eine halbe Stunde, und dann konnte einen ein Boot einsammeln. In der Nähe des Strandes gab es da Landspitzen, an die sogar ein größeres Motorboot beinahe ungesehen herankam, so dass jemand vom Berg an Bord springen konnte.

Wenn die Leute Alex so geschlagen hatten, wie sie mich geschlagen hatten, dann war er wohl bewusstlos gewesen, und einer von denen hätte ihn so vor sich auf das Quad nehmen, ihn halten und mit ihm über den Berg nach Mavis Grind fahren können. Fuhr man direkt zum Strand, musste man gar nicht über die Straße. Dann – wenn ich nur daran dachte, wurde mir übel. Dann erledigte man den lästigen Zeugen ganz und kippte das Quad so über ihn, dass es wie ein Unfall aussah.

Ich musste mit Gavin reden. Wenn es so gewesen war, musste die Spurensicherung etwas finden. Ich schlug die Augen auf und rappelte mich mühsam auf die Beine. Alle meine Gelenke protestierten. Die Sonne stand nun beinahe am Horizont; halb zehn. Das Wasser glitzerte wie frischpoliertes Messing, und jeder Grasklumpen am Berghang warf einen doppelt langen Schatten. Neben mir sah ich, dass der Haufen reglosen Fells, den ich aus der Tiefe hochgeschoben hatte, goldene Streifen hatte. Ich schaute ihn im Tageslicht an. Es war kein Kaninchen, wie ich gedacht hatte, sondern eine Katze – Katers Mutter, deren Tod ihre Kätzchen auf den Berghang hinausgetrieben hatte.

Ich begriff, was sie umgebracht hatte, sobald ich sie umgedreht hatte, um sie wieder in die stille Erde des Gangs zu schieben. Jemand hatte am Berg geschossen, hatte Magnie erzählt, und zwar an dem Abend, ehe David und Madge, Peter und Sandra im Yachthafen angekommen waren. Es waren gar keine Kaninchen gewesen, hinter denen die Schützen her waren. Sie hatten Katers Mutter erschossen; ein Hinterbein war zerschmettert, und Knochensplitter ragten aus dem Fell heraus, das Bein wirkte schmerzvoll verkrampft, und ihr Bauch war angeschwollen, als wäre sie auch dort verletzt worden. Ein schießwütiger Teenager oder jemand, der sein Versteck im Elfenhügel sogar vor einer Katze schützen wollte?

Ich schnitt eine Grimasse über die Ironie des Schicksals. Wenn sie Katers Mutter nicht umgebracht hätten, hätte ich das verhungernde Kätzchen nicht gefunden und hätte nicht gewusst, wo ich nach Brians Tunnel suchen musste. Ich hätte nicht überlebt, um jetzt Zeugnis darüber abzulegen, was Alex vielleicht zugestoßen war. Wenn es nach mir ginge, würde ihre sorglose Grausamkeit ihnen jetzt das Genick brechen.

Es war Zeit zu gehen. Ich hatte gerade einen Schritt vom Elfenhügel weggemacht, als ich mehr als eine Person von unten den Berg hinaufkommen, leise und schnell auf mich zusteigen hörte.

Meine erste Reaktion war Empörung. Ich hatte wirklich die Nase voll. Und doch machte ich, während ich noch vorwurfsvoll »Großer Gott!« dachte, schon einen Schritt zurück über das kurze Gras der Plattform, um mich auf die andere Seite des Grabhügels zu bewegen. Vielleicht waren es Retter, aber ich hatte kein Boot ankommen hören, während ich hier saß und mich erholte. Nein, diese Leute waren schon hier gewesen, im Cottage, und das Erste, was sie sehen würden, sobald sie über die Hügelkuppe kamen, wäre der erweiterte Tunneleingang. Dann würden sie wissen, dass ich entkommen war, und wären wild entschlossen, mich vollends zu erledigen.

Ich konnte schlecht mit ihnen rings um den Grabhügel herum Verstecken spielen, und der Berghang lag viel zu ungeschützt da. Ich würde zwar einen Vorsprung vor ihnen haben und bergab rennen, aber sie würden mich sehen. Ich wollte keine Zielscheibe für Leute mit einer Schusswaffe abgeben. Wenn ich mich hinter einen kleinen Hügel duckte, würden sie mich aus der Deckung aufjagen, sobald sie nach mir suchten, und dann wäre ich als Zielscheibe nur noch näher. Es gab nur eine andere Möglichkeit: den Felsvorsprung etwa zwei Meter unter der Plattform. Diese Möglichkeit musste ich schleunigst ergreifen. Dort wäre ich natürlich eine leichte Beute, wenn sie mich erblickten. Ich musste das Risiko eingehen, dass sie glaubten, ich wäre längst fort, über den Berg nach Mangaster gelaufen und schon ein gutes Stück auf der Hauptstraße zum Polizeirevier unterwegs.

Ich ließ mich vorsichtig von der Ecke der Klippe herunter. Ich versuchte, nicht an den Höhenunterschied zum Meer zu denken, rutschte halb und fiel halb, hing einen Augenblick da, während meine Füße nach dem Sims unter mir tasteten. Die trampelnden Füße waren schon beinahe an der Hügelkuppe angekommen. Jeden Augenblick konnten jetzt meine Feinde zur Plattform hinübersehen. Ich ließ mich die letzten zwei Fuß fallen und landete mit einem Ruck, der mich weiterstolpern ließ. Ich klammerte mich mit den Händen an die scharfe Kante der Klippe und schaffte es, das Gleichgewicht zu halten.

Meine Vliesjacke war dunkelgrün. Ich zerrte mir die Kapuze auf den Kopf und rannte zum äußersten Ende des Felsvorsprungs, wo ein Felsbrocken einen Cass-großen Schatten warf. Ich kauerte mich dort hin und saß reglos da, wie ein frischgebackener Skipper, der in eine vor Tankschiffen nur so wimmelnde Fahrrinne geraten ist und hofft, dass Reglosigkeit Sicherheit bedeutet. Wenn ich Glück, sehr großes Glück hatte, dann würden sie mich übersehen, wenn sie nur kurz hinunterblickten. Wenn sie genauer hinschauten – na ja, dann hoffte ich, dass sie mich schnell erschießen würden und ich die Sache rasch hinter mir hatte.

Von oben war ein Schrei zu hören, dann Stimmengewirr. Hier unten zusammengekauert, konnte ich keine Worte ausmachen oder Stimmen erkennen, aber die Wut konnte ich heraushören. Sie hatten das Ende meines Tunnels gefunden. Schritte schleiften von einem Ende des Grabhügels zum anderen. Eine Frauenstimme blaffte: »Weit kann sie nicht sein!« Ein Mann antwortete: »Sieh nach!«

Ich konnte das Knirschen von Heidekraut, das weiche Nachgeben des Rasens hören, während sie sich bewegten, konnte sogar das Beben der Erde spüren. Ich schien schon Ewigkeiten hier zu kauern. Endlich kamen die Schritte auf die Plattform.

»Nichts.« Es war eine Frauenstimme.

»Wenn er nicht bald kommt, warte ich nicht mehr. Die finden die Leiche jeden Augenblick, wenn sie sie nicht schon längst entdeckt haben.« Die Männerstimme knisterte vor Wut. Ich war mir ziemlich sicher, dass da David gesprochen hatte.

»Ich kann mir nicht vorstellen, was er will, was so dringend sein sollte.«

»Da kommt er.« Erleichterung schwang in der Stimme der Frau mit. Madges Stimme? Ich war mir nicht sicher. Wieder spürte ich das Beben der Erde, dann hörte ich ein Fahrzeug näher kommen, einen Pick-up oder einen Geländewagen, der schnell über unebenes Gelände fuhr. Ich hörte, wie er anhielt, in einiger Entfernung. Dann vernahm ich einen überraschten Ruf des Mannes, dann einen Schuss, einen Schrei der Frau, noch einen Schuss. Der doppelte Knall hallte von Berg zu Berg wider, bis das Echo völlig verebbte.

Hier würden die Hilfstruppen nicht mit Gewehrfeuer einschreiten. Ich wartete reglos, während ich über meinem Kopf die Schritte eines Einzelnen um den Grabhügel herumgehen hörte. Dann kam ein Schleifen, angestrengtes Stöhnen, und in einem Hagel von kleinen Steinen wurde etwas von der Plattform heruntergeschoben, klatschte mit leblosem Gewicht auf meinen Felsvorsprung und stürzte dann weiter in Richtung Meer. Ich öffnete die Augen zu spät, um zu sehen, was es war, hörte aber das Aufklatschen und sah die Wellen. Unten tauchte etwas Dunkles an der goldenen Wasseroberfläche auf.

Die zweite Leiche wurde von der Richtung, in die ich gerade schaute, über den Klippenrand geworfen. Ich sah die rudernden Arme und Beine, in dunkle Jacke und Hose gehüllt, hörte das schwere Dröhnen, als der Körper weiter unten auf einen Felsvorsprung prallte. Ich erkannte Davids Gesicht, den Mund unter dem dichten Schnurrbart aufgerissen, die Augen blind starrend. Dann hörte ich das zweite Aufklatschen, und nun folgte eine lange Stille, als stünde die Person mit dem Gewehr da und wartete. Ich schloss wieder die Augen. *Herr, steh mir bei!*

Ich zitterte vor Erleichterung, als sich die Schritte endlich entfernten. Mit einem Dröhnen wurde der Pick-up wieder angelassen und fuhr über den Berg fort. Ich wartete, bis der Lärm verhallt war, ehe ich den Kopf hob. Meine steifen Muskeln protestierten, und ich konnte mich nur nach und nach aufrichten und auf dem Felsvorsprung stehen, die Hände gespreizt gegen den roten Stein gelegt, die Füße fest auf das Gras des Simses gestemmt. Unter mir schaukelten die beiden dunklen Rücken schwer im Wasser. Sie trieben bereits voneinander fort, der Sog riss sie vom Strand fort. Die Polizei würde sie schnell bergen müssen.

Ich drehte mich so um, dass ich zur Klippe sah. Ich hatte mich vielleicht zwei Fuß auf diesen Felsvorsprung heruntergefallen lassen, musste also hier hochklettern. Das wollte ich nicht machen. Ich war zu müde, hatte zu viel Angst vor der Tiefe unter mir. Ich drehte mich wieder mit dem Rücken zum Felsen und ließ mich auf einem der Grasbüschel nieder. Jemand würde nach mir suchen. Die würden dann ein Seil herunterlassen und mich hochziehen.

Ich saß wohl eine gute halbe Stunde da, schaute zu, wie die Leichen im Wasser allmählich aufs offene Meer trieben, und tat mir leid. Jeder Knochen im Leib schmerzte mir. Meine Hände waren schwarz vor Erde, kreuz und quer von winzigen Kratzern überzogen, die ich desinfizieren musste. Ich hatte eine ziemlich große Schürfwunde, die ich durch einen Riss im Knie meiner Jeans sehen konnte. Das Blut war dunkelrot zwischen all der Erde. Meine Knöchel schmerzten, wo ich nach meinem Fall hier unten aufgekommen war, und ich wollte lieber nicht darüber nachdenken, was mit meinem Gesicht war.

Das Dröhnen eines Hubschraubers der Küstenwache ließ mich wie elektrisiert in Aktion treten. Gavin musste wohl nach Brae zurückgekommen sein, hatte gesehen, dass ich nicht da war, und die Küstenwache alarmiert. Der rotweiße Chopper kam von Süden, recht hoch, flog danach im Kreis, als hätte er etwas gefunden. Das Schlauchboot, würde ich wetten, das ohne Menschen an Bord im Wasser trieb. Dann hörte ich unter dem Surren der Rotorblätter das Röhren eines schnellen Motors. Sie hatten auch das Rettungsboot von Aith alarmiert. Es kam in einer Fontäne aus weißem Wasser aus dem Rona. Das würden sie mir von nun an immer aufs Brot schmieren … Der Gedanke, dass ich gleich hilflos an einem Seil hängen würde, in voller Sichtweite der kombinierten Rettungsdienste, ließ mich ruckartig in Aktion treten. Ich wandte dem tödlichen Abhang zur schimmernden See den Rücken wieder zu und schaute mir die Klippe näher an. Ich brauchte doch nur einen Halt für meinen Fuß etwa in Kniehöhe, und dann, etwa gleich weit davon entfernt, noch einen. So würde ich mit den Schultern über die Klippenkante kommen und könnte mich von da hochziehen. Wenn der Felsvorsprung, auf dem ich stand, fester Boden gewesen wäre, hätte ich keine Sekunde gezögert.

Bald hatte ich die Trittflächen gefunden, die ich benötigte. Ich holte tief Luft, drückte mich dann schwungvoll nach oben, gab mir vom zweiten kleinen Vorsprung einen ordentlichen Ruck nach oben und schlängelte mich mit dem Torso auf die Plattform, während meine Beine wie wild in der Luft kickten. Elegant war das nicht, aber ich hatte es geschafft. Ich musste nicht mehr gerettet werden. Ich kam taumelnd auf die Füße und stand schwankend da.

Ja, sie hatten das Schlauchboot gefunden. Ich konnte es jetzt sehen, wie es von der Bucht beim Cottage abgetrieben war. Das Rettungsboot nahm es in Schlepp, während der Helikopter darüber im Kreis flog und nach meiner Leiche Ausschau hielt. Ich zog den Reißverschluss meiner Vliesjacke auf. Das T-Shirt darunter war weiß gewesen, als ich es nach dem Segeln angezogen hatte, aber jetzt würde es keinen Persil-Test mehr bestehen. Ich zerrte es mir vom Leib, zog mir die Vliesjacke wieder an und schwenkte das T-Shirt als Signalflagge. Meine Uhr war nicht groß genug, um damit Spiegelsignale zu geben, aber blitzen konnte ich damit. Ich neigte sie zur Sonne, dann wieder weg, ein paarmal, danach wedelte ich wieder mit dem T-Shirt.

Sie hatten mich gesehen. Der Helikopter drehte ab und kam direkt auf mich zu. Er schwebte mit seinen rot-weißen Rhomben über mir, neigte sich auf die Seite und flog zum offenen Gelände knapp hinter dem Elfenhügel, stand dort noch einmal in der Luft, senkte sich und kam zum Stillstand. Einen Augenblick lang dröhnte das ohrenbetäubende Donnern noch weiter, und der Wind von den Rotoren peitschte mir das Haar ins Gesicht und stieß meinen Körper hin und her. Dann wurden die Rotorblätter langsamer und blieben schließlich stehen, und der Krach verebbte. Die Tür an der Seite des Hubschraubers ging auf, und Gavin stieg heraus.

Ich wollte zu ihm hinrennen und mich umarmen und trösten lassen, aber so vertraut waren wir nicht miteinander. Ich wartete so lässig, wie ich es mit meinem schmutzigen Gesicht und meinen zerrissenen Jeans nur konnte, bis er in Hörweite war: »Doktor Livingstone, nehme ich an?«

»Ms Stanley.« Er warf mir einen raschen Blick zu, der alles registrierte. »Oberflächliche Schürfwunden, aber kein schlimmer Schaden?«

»Nichts, das eine Dusche nicht heilen könnte«, stimmte ich ihm zu. »Wenn du mich im Helikopter zum Schlauchboot mitnehmen kannst, dann fahre ich es nach Hause.«

»Das hat das Rettungsboot im Schlepp.«

»Wenn der Mann an der Winde uns auf dem Rettungsboot absetzen kann, dann sparen die sich die Fahrt nach Brae.«

»Die sind schon halbwegs da«, meinte der Pilot. »Die sind losgefahren, sobald wir dich erkannt haben und wussten, dass wir nicht nach einer Leiche suchen müssen.« Er grinste. »Hätten wir uns eigentlich denken können, dass du gesund und munter wieder auftauchst.«

»Genau«, sagte ich. »Aber leider werdet ihr es doch mit einer Leiche zu tun kriegen – na ja, mit zwei.« Ich deutete mit der Hand über den Klippenrand. »Jemand hat zwei Leute erschossen und sie dann da rübergerollt, vor etwa einer Stunde. Dunkle Jacken, aber ich habe sie noch im Wasser treiben sehen.« Ich verzog das Gesicht. »Ich hatte wirklich einen interessanten Abend. Ich erzähl dir alles auf dem Heimweg.«

KAPITEL 17

Der Helikopter landete auf dem Fußballplatz von Brae. Gavin blieb drin, um zum Hauptquartier der Polizei in Lerwick weiterzufliegen, und ich musste nur die Straße entlanglaufen, um zum Bootsklub zu gelangen. Weil ich aber in Shetland war, saß in dem zweiten Auto, das an mir vorbeifuhr, Magnie. Er hielt an, um mich einsteigen zu lassen.

»Mädel, du siehst ja aus, als hättest du ordentlich gebuddelt.«

»Hab ich«, stimmte ich ihm müde zu. »Ich war in deinen Elfenhügel eingesperrt – Magnie, ich bin völlig fertig. Ich erzähl dir die ganze Geschichte, sobald ich geduscht habe.« Mein Magen erinnerte mich daran, dass ich auch nichts gegessen hatte. »Hast du heute Abend was vor? Du könntest mich nicht vielleicht beim Segelklub absetzen und mir dann bei Frankie's Fish and Chips holen? Ich habe gerade gemerkt, dass ich nichts zu Abend gegessen habe.«

»Kein Problem, Mädel.«

Die Dusche war wunderbar. Ich schäumte mir die Erde aus den Haaren, seifte mich, leise vor Schmerzen winselnd, von Kopf bis Fuß ein, stand dann einfach unter dem heißen Wasser, bis ich fünfmal den »Ein«-Knopf an der Dusche gedrückt hatte. Als ich herauskam, war ich am ganzen Leib rosig. Ich trocknete mich ab, schmierte mir die Kratzer dick mit Savlon-Creme ein, salbte meinen restlichen Körper mit erdbeerduftender Lotion von Shetland Soap und machte mich auf den Weg zurück zum Boot. Im Vorübergehen warf ich einen raschen Blick ins Schlauchboot und stellte zu meiner Freude fest, dass mein Handy in der Backskiste unter dem Sitz verstaut war. Ein schöner Schachzug.

Magnie war vor mir da, und Anders saß bei ihm. Die beiden hatten sich bereits über ihre Fish and Chips hergemacht. Mein Essen war noch in seiner blau-weißen Schachtel, und daneben dampfte eine Tasse Tee. Ratte schnüffelte missbilligend, als sie meinen Duft nach Erdbeere und Savlon roch, aber Kater kam sofort meine sauberen Jeans und den Pullover hochgekraxelt und schlang sich mir um den Hals, surrend wie eine kleine Dampfmaschine. Magnie und Anders blickten auf, widmeten sich dann wieder ihrem Essen. Trotzdem wusste ich, was sie gesehen hatten; ein Netz aus Schürfwunden und Kratzern, kreuz und quer über Gesicht und Hände, hier und da noch ein bisschen hartnäckiger Dreck.

»Aaahh«, sagte ich genüsslich, während ich mich auf die Motorabdeckung setzte und an die Kajütentür lehnte. In meiner Schachtel fand ich ein Riesenstück Rotbarsch, das von der Größe her an die Schwelle auf der *Chalida* heranreichte, und perfekt zubereitete Fritten. Der Fisch war fangfrisch, saftiges weißes Fleisch, umhüllt von einer knusprigen Panade. Ich legte ein Stückchen für Kater zur Seite und verputzte dann den Rest bis auf den letzten Krümel, einschließlich der unvermeidlichen letzten harten Fritte in einem Essigtümpel.

»Ich hab auch Eis«, sagte Magnie. Er zog drei Magnums mit weißer Schokolade aus einer dicken Umhüllung aus Zeitungspapier. »Hatte das Gefühl, du könntest das brauchen.«

Leute, die auf kleinen Booten leben, haben kein Gefrierfach, in dem sie Eis aufbewahren können. Ein unverhofftes Magnum war eine Wonne. Ich aß es sehr langsam, gab Ratte ein Stückchen von der weißen Schokolade. Sie hielt sie in den Vorderpfoten, knabberte aufrecht wie ein Eichhörnchen daran, ihre Schnurrhaare bebten genüsslich. Kater fraß seinen Fisch auf und setzte sich dann auf meinen Schoß, um sich das Gesicht zu putzen.

»Also«, sagte Anders. »Was hast du heute so gemacht?«

Ich legte mit meiner Geschichte los. Ich fügte hinzu, was mir

Gavin im Hubschrauber zugebrüllt hatte, dass man nämlich Alex' Tod wegen der verdächtigen Umstände, unter denen er gefunden wurde, als Mord behandelte. Gavin hatte mir keine weiteren Einzelheiten verraten, und ich hatte ihn auch nicht danach gefragt. Ich sah immer noch Alex' Gesicht vor mir, seine lavendelblauen Augen, den wirren blonden Haarschopf ... Er hat nicht leiden müssen, hatte Gavin gesagt. Ein Schlag auf den Kopf hatte ihn sofort getötet.

»Und es waren dieser David und diese Madge, die dich in der Grabkammer eingesperrt haben, meinst du?«, fragte Magnie.

»Sie müssen es gewesen sein«, versicherte ich ihm. »Die wussten, dass ich entkommen war – also hatten sie mich da auch reingeworfen. Aber wer hat die dann erschossen?«

»Und wie passen die beiden anderen da rein?«, fragte Anders. »Peter und Sandra, denen die Yacht gehört hat?«

»Und wie ist es dazu gekommen, dass der bei mir einquartierte Siamkater auf Linga zurückgelassen wurde?«, fügte Magnie hinzu.

»Gavin meint anscheinend, dass er da hingeschwommen ist«, sagte ich. »Er glaubt, dass da jemand die Yacht in Cole Deep versenkt hat, und zwar in der Nacht, als wir sie wegfahren sahen.«

»Wer immer das war, der muss aber Berge von Geld haben, wenn er es sich leisten kann, so ein Boot zu versenken«, sinnierte Magnie. »Was ist die Yacht wert, was meinst du? Siebzigtausend?«

»Eher hundert«, antwortete ich.

»Peter hat seine Katze geliebt«, sagte Anders. »Das konnte man sehen. Der hätte sie nicht ertrinken lassen, genauso wenig wie ich Ratte. Also, wenn das Boot in Cole Deep liegt, dann war es nicht Sandra, die es in jener Nacht rausgesteuert hat.«

»Aber jemand hat David und Madge erschossen«, sagte ich. »Die haben auf einen ›er‹ gewartet. Und es war jemand, vor dem sie keine Angst hatten.«

»Wahrscheinlich jemand von hier, der in die Sache verstrickt ist«, meinte Anders. »Du hast gesagt, es war ein Pick-up.«

»Es hat so geklungen«, stimmte ich ihm zu. »Mit einem normalen Auto könnte man da oben nicht hinfahren.«

»Na dann«, sagte Anders, »man mietet doch keinen Pick-up. Die haben beim Verleih nur kleine Flitzer oder ganz bequeme Autos oder Lieferwagen. Ein Pick-up, das bedeutet, dass es jemand von hier war.«

»Ja«, sagte ich langsam, »ich denke schon.« Kevin vom lauten Motorboot hatte einen Pick-up, Brian vom Cottage auch …, aber das Gleiche traf auf neunzig Prozent der Landbevölkerung in Shetland zu. Das war kein sonderlich aufregender Hinweis.

Ein anderer Gedanke tauchte plötzlich in meinem Hinterkopf auf. Ich fuhr hoch. »O verflixt! Es ist Freitag. Ich sollte heute bei Barbara o' Staneygarth putzen. Die Suche nach Alex hat mich das total vergessen lassen.« Ich schaute auf meine Uhr. »Elf Uhr. Jetzt kann ich da nicht mehr anrufen.« Als ich merkte, wie spät es war, musste ich so schrecklich gähnen, dass alle Kratzer auf meinem Gesicht wieder aufbrachen. Magnie stand auf.

»Mädel, ich lass dich mal früh zu Bett gehen.«

Früh ins Bett, das schien mir eine gute Idee zu sein. Sogar nach der Dusche schmerzte es mich überall. Schlafen war gar nicht so einfach. Als ich mich in meine Koje geschlängelt hatte, konnte ich nicht abschalten, selbst als Kater sich an meinen Hals schmiegte und schnurrte. Meine Lider waren geschlossen, aber die Augen darunter waren weit geöffnet und starrten auf eine ordentliche Steinmauer in grünlichem Licht. Als ich endlich einschlief, stürzte ich in einen Alptraum: Ich war bei lebendigem Leibe begraben; die *Chalida* war auf die Seite gekippt, und Erde strömte in sie hinein wie Wasser. Ich konnte das Gewicht schon auf den Beinen spüren, den Geruch in meinem Mund schmecken …

Ich wachte auf, als Anders mich an der Schulter rüttelte. »Komme ut*, Cass, du hast einen schlimmen Traum.«

Ich war zu aufgewühlt, um mich zu streiten, hatte das ungute Gefühl einer Vorahnung, das man nach einem Alptraum hat. Ich krabbelte aus der Koje, und er breitete sofort eine Vliesdecke um mich. Er setzte sich auf meine Seite des Tisches und zog mich an sich, einen Arm warm über meinen Rücken gelegt, meinen Kopf tröstend an seiner Schulter geborgen. Ich zog meine nackten Füße unter das Vlies und entspannte mich in seiner Umarmung. Es war ein schlimmer Tag gewesen, und obwohl dies nur Anders, der Nerd war, der Warhammer spielte, war es doch einen Augenblick lang gut, zu glauben, dass er wirklich ein junger Odin war. Er wirkte stark und sicher.

»Schau mal«, fuhr er auf Norwegisch fort. »Du bist jetzt zu Hause.« Ich konnte die Wärme seines Atems auf meinem Haar spüren. Sein anderer Arm erhob sich und drückte mich an ihn. »Du musst nicht mehr die Super-Cass sein, die sich alles traut. Du bist auf deiner *Chalida*, und jetzt darfst du zugeben, dass du Angst hattest, als du in der Grabkammer eingesperrt warst.«

»Es war so dunkel«, sagte ich. Ich würde nicht heulen; ich hielt meine Stimme absichtlich leise und schläfrig. »Es war so, als würde es nie wieder hell werden, als hätte man den Mond und die Sonne ausgelöscht am Ende der Welt. Und es hat nach Erde und Kälte gerochen und nach vergessenen Dingen. Die Wände waren aus glatten Steinen und perfekt zusammengefügt. Alles war für die Ewigkeit gebaut. Ich konnte mich schon sehen, wie ich dalag, immer mit ihren Toten zusammen. Ich konnte den Eingangsstein von innen nicht aufschieben. Danach hatte ich Angst, dass ich nie wieder rauskommen würde, obwohl ich wusste, dass Brian früher einmal reingekommen

---

* (norw.) Komm raus.

war. Ich musste einfach glauben, dass ich es schaffen konnte, aber im tiefsten Inneren wusste ich, dass er das Loch vielleicht für immer und alle Zeit mit Zement verfüllt hatte. Und dann war ich gerade eben draußen, als die wieder nach mir gejagt haben.«

Sein Arm verschob sich und hielt mich fester. »Ich hätte mich nicht so über eine Klippenkante fallen lassen können.«

»Das hättest du«, sagte ich voller Überzeugung. »Es gab keine andere Möglichkeit.«

»Ich hätte es mit Rennen versucht.«

»Ich wusste, dass die ein Gewehr hatten.« Nun fielen meine Augen wirklich zu. Ich ließ das Gewicht meines Kopfes auf seiner Schulter ruhen. »Die hatten Katers Mutter erschossen. Wenn sie das nicht gemacht hätten, hätte ich nicht gewusst, wie ich aus der Kammer rauskommen konnte. Hätten sie die Rustler nicht versenkt und die siamesische Katze an Land schwimmen lassen, dann würde Gavin morgen nicht Cole Deep absuchen. Rache der Katzengöttin.«

»Schlaf, Cass.« Ich konnte das Lächeln in seiner Stimme hören.

»Das Motorboot muss beim Cottage vor Anker liegen.«

»Der Inspektor wird es finden oder die Küstenwache oder das Rettungsboot.«

Das Cottage ... Mein Gehirn hatte inzwischen Zeit gehabt, zu begreifen, was da los war mit dem Bett und dem Stativ. *Was hierzulande in den Gesetzen über Sexfilme steht.* Es ging nicht darum, Pornos ins Land zu bringen, sondern welche zu drehen. Cerys musste sich an Anders gewandt und ihn gefragt haben, ob er in einem Film mitwirken wollte. Ich konnte mir nicht vorstellen, dass viele normale, gesunde junge Männer dieses Angebot abgelehnt hätten, aber sobald Anders da mitgemacht hatte, hatte sich wohl sein protestantisches Gewissen gemeldet. Kein Wunder, dass er diese Mischung aus Schwung und Elend an den Tag gelegt hatte. Das Verbot, mich dem Cottage zu nähern, bekam auf einmal auch einen Sinn. Er wollte nicht, dass ich in diese Spielchen hineingezogen wurde.

»Ich hab ins Cottage reingeschaut«, sagte ich. »Ich hab das Arrangement gesehen. Es macht mir nichts aus.« Doch, ein bisschen schon. Ich wollte mir nicht vorstellen, wie Anders und Cerys sich liebten.

Die warmen Arme spannten sich an. »Ich bin nur einmal hingegangen«, antwortete Anders. Ich konnte an seiner Stimme hören, dass er errötete. »Sie hat mich gefragt, und ich hab mir gedacht, das würde ein Riesenspaß werden, weißt du, und dann, als er angeboten hat, mich dafür zu bezahlen, da habe ich gedacht, na ja, warum nicht? Obwohl ich nervös war, weil ich so was noch nie gemacht hatte. Aber es hat mir nicht gefallen. Es war nicht recht, das habe ich gewusst. Deswegen wollte ich nicht, dass du bei denen arbeiten gehst. Ich dachte, ich wollte das Geld wenigstens dafür verwenden, uns für zwei Wochen was zu essen zu kaufen.« Jetzt, da die Beichte vorüber war, entspannten sich die Arme wieder. »Aber ich würde so was nie wieder tun. Ich habe mich so geschämt. Es war nicht gut.«

»Hat Olaf die Kamera bedient?«, fragte ich.

Er nickte. »Deswegen wollte ich nicht, dass du was mit ihm zu tun hast. Er ist kein netter Mann.«

»Ich habe was gemacht, das genauso schlimm ist«, gestand ich ihm. »Ich hatte gehört, dass Alain den Atlantik überqueren wollte, also habe ich mich an ihn rangemacht, bin seine Freundin geworden, damit ich mitfahren konnte.« Hatte die Sache deswegen so geendet, weil ich sie aus den falschen Motiven heraus angefangen hatte? Und doch waren wir nicht nur ein Liebespaar gewesen, sondern gute Freunde geworden. Der Verlust, der sein Tod für mich war, quälte mich von neuem. Wir hätten so viel Spaß haben können, hätten gemeinsam die Meere der Welt erkundet …

»Denk an was anderes«, riet mir Anders. »Warum machst du dich nicht schick, und wir beide gehen morgen Abend tanzen?«

Ich lag warm an seiner Brust. »Ich sehe schickgemacht ziemlich albern aus.«

»Ich weiß nicht, woher du das weißt. Du hast dich seit Jahren nicht mehr schick angezogen, nur einmal für dieses Presse-Interview. Das hübsche Kleid, das deine Mutter dir dafür gekauft hatte, hängt im Schrank.«

»Maman. *Joue avec tes poupées, chérie, sois sage.** Sei ein kleines Mädchen.«

»Ich möchte gern tanzen gehen«, beharrte Anders. »Ich habe eure Shetland-Tänze noch nicht ausprobiert. Ich würde gern rausfinden, ob sie von den norwegischen abstammen.«

Ich dachte einen Augenblick darüber nach. Er gab sich solche Mühe, um mich zu trösten, dass es mir kleinlich erschien, ihm das abzuschlagen. »Du meinst, du willst zu einem der Touristenabende nach Islesburgh gehen?«

»Ich meinte den Tanzabend morgen bei der Voe Show.«

Jetzt war ich nicht mehr schläfrig. »O je, morgen ist die Voe Show! Und ich habe versprochen, dass ich am Rettungsboot-Stand helfe. Das heißt, wenn das alles überhaupt stattfindet – nach der Sache mit Alex. Vielleicht haben sie es abgeblasen.«

»Dafür war es schon zu spät«, meinte Anders. »Wir haben erst nach acht Uhr von dem Jungen gehört, vom Besitzer der *Renegade*. Der hatte mit Olaf zusammen gesucht, bis sie den Jungen gefunden hatten und die Polizei die Sache übernommen hat.«

»Aber den Stand hat Kirsten, seine Mutter.«

Die Arme, die mich umfassten, zuckten. »Seine Mutter heißt Kirsten?«

»Die hast du wahrscheinlich noch nicht kennengelernt«, antwortete ich. »Sie kommt nicht oft nach dem Segeln her.«

»Ich weiß nicht ...«, sagte Anders. »Die arme Frau.«

»Kennst du sie doch?«

---

* (franz.) Spiel mit deinen Puppen, Schätzchen, sei brav.

»Sei ein braves Mädchen«, erwiderte Anders, »und hör mit der Fragerei auf. Ich glaube, du bist ein Halbmungo, wie in den alten englischen Geschichten vom Großvater über den Mann, der die Kuchen bäckt.«

Ich machte mir nicht die Mühe, diese Aussage zu entwirren. »Sie hat die Kommunion verweigert«, sagte ich. »Und jetzt das hier. Der arme Alex. Er wäre ein prima Segler geworden, und es hätte ihn auch davor bewahrt, in irgendwelche Sachen reingezogen zu werden. Er war noch so jung...«

Der Zauber war gebrochen. Ich schlängelte mich aus Anders Umarmung, und er ließ den Arm fallen. Ich raffte die Vliesdecke eng um mein Nachthemd, schaute ihn nicht an und setzte mich wieder auf meine Motorabdeckung. »Willst du auch zur Show mitkommen? Ich werde wahrscheinlich gleich nach dem Frühstück lossegeln.«

»Du segelst hin?«

»Das hatte ich vor.«

»Dann brich so früh auf, wie du willst. Ich bin wach, wenn ich dir beim Festmachen in Voe helfen kann.«

»Okay«, sagte ich. Ich schlüpfte wieder in meine Koje und kuschelte mich in meine Schlafposition. »Gute Nacht.« Und dann fügte ich verlegen hinzu: »Anders, danke.«

Er saß noch einen Augenblick da, seufzte und stand auf. Die *Chalida* schwankte, als er zum Vorschiff ging und sich auszog; ich hörte das Nylon rascheln, als er in seinen Schlafsack kroch, danach war es still.

7

›Hit's a fine day in Voe.‹
»Es ist ein schöner Tag in Voe.«

(Shetland-Spruch aus den Zeiten der Prohibition:
Voe war einer der wenigen Orte,
wo man Alkohol kaufen konnte.)

KAPITEL 18

Samstag, 4. August
   Gezeiten für Brae:
Niedrigwasser   04.58   0,3 m
Hochwasser   11.40   2,0 m
Niedrigwasser   18.38   0,5 m
Hochwasser   23.43   2,3 m
Mond abnehmend, erstes Viertel

Ich wachte kurz nach halb sechs auf und lag noch einen Augenblick da, während die Ereignisse des Vortags wieder über mich hereinstürzten. Gavins Ankunft, und wie er und Magnie mich wegen der Elfenlichter aufgezogen hatten. Der Fund der siamesischen Katze. Alex, der das Rennen gewann – Alex' Tod. Jimmie, der Kevin suchte, und Kevins Boot war abgesperrt. Das finstere Cottage, das zerbrochene Stativ und die verkohlten Überreste des Doppelbetts am Strand. Der erdige Geruch des Grabhügels, der raue Stein der Klippe. Anders, der mich in der Nacht tröstete.

All diese Erinnerungen trieben mich aus dem Bett. Ich war steif am ganzen Körper, und die Kratzer schmerzten jedes Mal, wenn ich meine Hände benutzte. Sobald ich mich angezogen hatte und in meine Stiefel geschlüpft war, suchte ich die Tube mit der norwegischen Handkreme und massierte die Creme gründlich ein.

Der Wind war sanft, das gehörte schon beinahe zur Tradition der Voe Show. Leute, die sich auskannten, nahmen zur Walls Show ihr Ölzeug mit, zumindest für den Morgen, aber zur Voe Show die Sonnencreme. Der erste Samstag im August war in jedem Jahr meiner Kindheit, an das ich mich erinnerte, ein herrlicher Sommertag gewesen, und wenn ich nach den kleinen Wölkchen am Horizont und dem strahlend blauen Himmel gehen konnte, würde es heute wieder so sein. Ich ließ mein Ölzeug im Spind hängen und setzte das Großsegel, während wir noch am Liegeplatz waren. Es war nicht nötig, Anders damit zu wecken, dass ich den Motor startete; ich machte die Leinen los, warf sie so, dass sie ordentlich am Ponton lagen, schob dann die Rah nach außen, so dass die *Chalida* rückwärts auslief. Sobald wir Raumschotkurs genommen hatten, entrollte ich die Fock, und wir glitten leise aus dem Yachthafen und nahmen Kurs nach Süden. Natürlich war das auch die Richtung, aus der der Wind kam; also holte ich dicht, und wir kreuzten zum alten Pfarrhaus, zurück zum Busta House, dann quer hinüber bis knapp vor das Unterwasser-Cuillin und wieder zum Burgastoo, dem seltsamen Vulkanpfropfen am Ausgang des Kanals, der Muckle Roe von Mainland Shetland trennte. So sollten wir sicher um die Felsgruppe vor Weathersta Point herumkommen.

Ich war nicht die Erste auf dem Wasser. Kurz nach dem Aufwachen hatte ich das Boot von Ingas Charlie ausfahren hören, und jetzt sah ich den roten Bootskörper draußen in Cole Deep, und ein lackiertes Fischerboot, das normalerweise in Voe ankerte, kam jetzt an Linga vorbei, um sich dazuzugesellen. Beides waren Allzweckboote, fünfunddreißig Fuß lang, mit einem weißen Aufbau hinter dem Ruderhaus, den Winden, mit denen sie eine Leine mit Hummerkörben hochzogen. Als ich Busta Voe hinuntersegelte, erreichte das lackierte Boot Cole Deep, und die beiden fuhren in stetigem Tempo hintereinander über dieses Gewässer. Sobald ich mich Muckle Roe näherte, machten sie beide kehrt und fuhren wieder zurück. Schleppnetze, dachte ich zuerst, aber wahrscheinlicher war, dass sie mit ihren Echoloten den Meeresboden untersuchten. Heutzutage hat selbst das kleinste Fischerboot Instrumente, mit denen man einen Eimer am Meeresboden entdecken kann, ganz zu schweigen von einem größeren Boot mit einem Mast, das auf den Bildschirmen ein sehr deutliches Muster abgeben würde.

Ich war gerade knapp vor Burgastoo zu diesem Schluss gekommen, als mein Handy klingelte. Es war Gavin.

»Guten Morgen. Ich sehe, deine Abenteuer von gestern haben dich nicht allzu sehr mitgenommen.«

Wie hatte Anders mich genannt? »Ich bin eben Super-Cass.«

»Und wohin bist du an diesem herrlichen Morgen unterwegs?«

»Nach Voe. Und wo bist du?«

»Auf dem lackierten Fischerboot.«

»Schleppnetz oder Echolot?«

»Echolot. Wenn wir die Yacht finden, brauchen wir mehr als diese beiden Boote, um sie zu heben.«

»Viel Glück«, sagte ich. »Ich werde ja hören, wie ihr so vorankommt.«

»Mit Sicherheit«, stimmte er mir zu. »Möchtest du die Neuigkeiten von gestern Abend hören?«

»Wenn du sie mir verraten darfst.«

»Die Polizei vom Ort ist mit dem Tod des armen Jungen befasst, aber sie haben gar nichts dagegen, dass ich wegen der beiden anderen mit Newcastle Kontakt aufnehme. Wir haben eine deiner Leichen gefunden, die Frau. Der Hubschrauber sucht heute noch mal nach der anderen, aber die ist vielleicht schneller versunken oder wurde von einer stärkeren Strömung erfasst. Nach der Nacht ist der Mann jedenfalls bestimmt nicht mehr am Leben.«

»Das ändert auch nichts mehr«, sagte ich. »Die waren beide tot, als sie über den Klippenrand geworfen wurden. Moment, ich muss hier wenden.« Ich legte das Telefon hin, schwang die *Chalida* herum, wechselte mit der Fock die Seite und hob das Telefon wieder auf. »Bin wieder da.«

»Sie schicken jemanden aus Newcastle hoch, der die Leiche identifizieren kann, die wir gefunden haben. Ich hätte gedacht, dass Fingerabdrücke und ein Foto reichen würden, aber die schienen wild entschlossen.«

»Lag ihr Motorboot beim Cottage vor Anker?«

»Ja, genau, aber wir können nichts unternehmen, ehe wir es nicht als ihres identifiziert haben. Das könntest du für uns erledigen, und dann können wir einen vorläufigen Durchsuchungsbefehl erwirken. Wir hatten noch keine Gelegenheit, mit dem Besitzer des Cottage zu sprechen.«

Ich erinnerte mich an Ingas Gespräch. Ich sag dir was, geh zum Schießstand auf der Voe Show, hatte sie gesagt. »Der baut gerade einen Schießstand auf.«

»Klar, die Voe Show. Ich komme auch vom Land, vergiss das nicht. Ich konnte diese Fischerboote nur für eine Stunde kriegen, und dann auch nur so früh. Danach hat Keith hier alle Hände voll damit zu tun, auf dem Grill Makrelen und Seeteufelschwänze zu braten, und Tam vom anderen Boot muss Vieh begutachten.«

»Ich helfe am Stand mit den Souvenirs für das Rettungsboot.«

»Der Beamte aus Newcastle will sich alles hier genau ansehen, das bedeutet, dass dein Grabhügel geöffnet wird.«

»Wird man euch das erlauben?«

»Ich versuche so zu argumentieren, dass auch andere in letzter Zeit in diesem Hügel waren. Zweifellos wird der zuständige Archäologe darauf bestehen, dabei zu sein, und vielleicht noch jemand von Historic Scotland*. Ich weiß nicht, wie lange es dauern wird, von denen eine Genehmigung zu bekommen.«

»Ich melde mich jedenfalls nicht freiwillig, um reinzugehen und Fotos zu machen.«

»Ich habe schon einen dieser Kameraroboter vorgeschlagen.

---

* Bis 2015 schottische Behörde, die sich um die Erhaltung und Pflege von archäologisch und historisch bedeutsamen Stätten des Landes kümmert. Ab 2015 Historic Environment Scotland.

Chief Inspector Talley, der Mann aus Newcastle, hat darauf bestanden, da oben eine Wache aufzustellen. Du kannst dir vorstellen, wie beliebt ich jetzt bin.«

»Besonders bei dem, der Wache steht.«

Ich hörte hinter ihm jemanden rufen, in meinem Handy und als Echo über das Wasser. Das lackierte Boot hielt an, fuhr ein Stück zurück. »Ich muss Schluss machen«, sagte Gavin. »Wir sehen uns später.«

Ich legte das Handy auf den Kartentisch zurück und nahm mit der *Chalida* Kurs auf den Olna Firth zwischen Weathersta und Linga. Ich hakte die Kette der Selbststeueranlage über die Pinne und ließ die Chalida selbst segeln, während ich beobachtete, was fünfhundert Meter entfernt passierte. Beide Boote hatten jetzt mitten im Cole Deep angehalten. Ich konnte die Fetzen aufgeregter Gespräche von einem Schiff zum anderen fliegen hören.

Sie hatten die Yacht gefunden.

Als wir uns Voe näherten, hatte ich bemerkt, dass auf der Hauptstraße, die hier am Voe entlangführt, mehr Verkehr als gewöhnlich war. Alle fuhren auf Voe zu, und jetzt, als wir durch die Meerenge in den inneren Olna Firth kamen, war sehr deutlich, dass es der Tag der Voe Show war. Die Straße war völlig verstopft mit Autos, die alle links blinkten. Hinter der Halle hatte man die Zelte aufgebaut, und die grünen Wiesen, die bis zur Schule reichten, waren mit geschäftigen Menschen übersät, genau wie in meiner Kindheit, als die Voe Show immer der Höhepunkt meiner Sommerferien war.

Voe war ein geteiltes Dorf, das am Ende des langen, schmalen Olna Firth lag. Zu beiden Seiten des Voe waren die Berge steiler als sonst in Shetland, und steuerbord sah man an den grünen Hängen eine Reihe von Ruinen ehemaliger Bauernhäuser. Die grauen Mauerrechtecke waren einmal von der Pier mit dem Boot in zehn Minuten erreichbar gewesen, aber heutzutage, da man überall mit dem Auto hinkommen musste, lagen sie einen undenkbar langen Fußweg von einer Meile entfernt. Die ersten noch bewohnten Häuser standen an der Straße, die über das Camel's Back nach Aith führte, massive zweistöckige Bauernhäuser mit Windfang und Dachfenstern, die robust und solide gebaut wirkten, vor allem im Kontrast zur blassgelben georgianischen Eleganz des Voe House, das BP restauriert hatte, damit die Chefs des Unternehmens dort Empfänge abhalten konnten. Das Steinhaus des Pierhead Restaurants gehörte Keith, der gerade für Gavin mit dem Echolot unterwegs war, aber gleich am Grill eine Schicht übernehmen würde. Dahinter schwang sich die Straße hinauf und traf auf die Hauptstraße nach Norden. Am Ufer entlang standen weitere Häuser, eine Mischung aus traditionellen und neu gebauten. Inmitten eines Waldes aus spitzastigen Strommasten kam – wie im westlichen Hochland – ein kleiner Bach den Berg hinuntergestürzt.

Die nördliche Seite des Dorfes war eine völlig andere Welt, stand ganz im Zeichen der führenden Unternehmen, die nach Shetland gekommen waren. Unten am Ufer waren die Überreste einer alten Kirche und eines Friedhofs zu sehen. Die neuere Kirche lag hundert Meter weiter, ein massives, weiß verputztes Gebäude. Die darüberliegenden Häuser waren einstöckig und blau, weiß, rosa und gelb gestrichen. Mulla nannte sich diese Siedlung, und sie war von den Ölgesellschaften für ihre leitenden Mitarbeiter und deren Familien errichtet worden. Auf dieser Seite war auch der Laden, Tagon Stores, mit einer Tanksäule, und dahinter befanden sich die Schule mit drei Holzanbauten ringsum und die Dorfhalle, die man in den achtziger Jahren umfassend renoviert hatte.

Sobald wir die Meerenge hinter uns gelassen hatten, legte ich Speck unter den Grill und butterte zwei Brötchen. Ratte kam hervor, um mit hoffnungsvoll bebenden Schnurrhaaren nach der knusprigen Rinde zu schnüffeln. Ich schickte sie damit ins Cockpit hinaus, ließ Kater aber mit seiner Rinde unten bei uns sitzen. Er war noch nie auf See draußen frei herumgelaufen, und für eine Tierschwimmweste war er noch zu klein. Der siamesische Kater hatte bestimmt eine gehabt, und ich wette, er hätte die auch getragen; also waren es bestimmt nicht Peter und Sandra gewesen, die die Rustler versenkt hatten. Da hatten Anders und Magnie wirklich recht. Außerdem war das Schiff ihr Zuhause gewesen. Ich erinnerte mich an die Inneneinrichtung. Sie war wesentlich schicker als die auf der *Chalida*, hatte aber die gleiche bewohnte Atmosphäre, Bücher lagen aufgeschlagen da, hier und da ein Kissen, Henkeltassen waren in Reichweite. Das war kein gemietetes Boot, das man so leicht aufgab. Nein, die beiden hätten genauso wenig die *Genniveve* versenkt, wie sie ihre Katze ertränkt hätten, das war mir klar.

Die Sonne war noch nicht ganz durch den Dunst gekommen, aber das Grau wurde bereits heller, und man konnte sehen, dass es ein herrlicher Morgen werden würde. Die Show war so aufgebaut wie immer. Unmittelbar hinter der Halle befand sich ein Netz aus Holzpferchen mit schwarzweißem Shetland-Vieh. Ich konnte die Tiere bis hier brüllen hören. Es war immer ein Bulle dabei, der den ganzen Tag lautstark dagegen protestierte, dass er in einem abgezäunten Raum von vier mal vier Metern eingesperrt war. Daneben befand sich ein grüner Schuppen, der aussah wie eine riesige Konservendose, die man längs aufgeschnitten hat; hier waren die Pflanzen untergebracht, und unmittelbar daran war noch ein rechteckiger Schuppen angebaut. Oberhalb davon stand unter bunten Fähnchen der weiße »Büro«-Wohnwagen, wo man sein Programm kaufte. Dann gab es diesseits des Schuppens eine Bühne, flankiert von riesigen Lautsprechern, und die vielen kleinen Pferche mit Hühnern, Gänsen und Enten. Das Zelt gleich daneben war für die Haustiere und die Schafvliese, daneben waren die Hunde angebunden, und dahinter stand das Bierzelt. Ich war nie dort drin gewesen, weil immer mindestens einer der Sekundarstufen-Lehrer der Brae High hinter der Bar arbeitete, der bis auf den Tag genau wusste, wann jedes Kind im weiten Umkreis gerade das Mindestalter für Alkoholkonsum erreicht hatte. Ich war noch nicht ganz sechzehn gewesen, als Dad an den Persischen Golf versetzt wurde und man mich zu Maman nach Frankreich verfrachtete, alt genug, um in einer Disco ein paar Dosen Bier zu trinken, aber bei der Voe Show wäre es viel zu riskant gewesen.

Hinter dem Bierzelt standen zwei große Zelte mit dem Giebelende zu mir, darin waren die Marktstände. Hinter ihnen war eine unordentliche Reihe von Pick-ups, Lastwagen und Pferdeboxen geparkt. In einem dieser Zelte würde der Rettungsboot-Stand sein. Der Grill war mitten auf dem Feld aufgebaut und machte bereits gute Geschäfte. Ich sah den blauen Rauch darüber in der Luft hängen; eine Schlange von Menschen wartete auf ihr erstes Speckbrötchen. Ich war um halb sieben aufgestanden, hatte also relativ lange geschlafen, im Vergleich zu den Leuten, die um vier Uhr früh ihre Pferde, Schafe und Rinder noch ein letztes Mal gebürstet hatten, ehe sie sie auf den Lastwagen luden. Selbst von hier aus konnte ich die erste Duftwolke der gebratenen Makrelen riechen, die in der Luft hing, dazu den Stier brüllen und einen Hund bellen und die CD mit Country Classics dröhnen hören – all das stand für Show Day, solange ich mich erinnern konnte.

In den Pferchen im untersten Feld waren Schafe und Pferde untergebracht. Von den Schafen in ihren quadratischen Umzäunungen sah man nur wollige Rücken in Weiß, Schwarz und Braun – wie auf einem Schachbrett. Die Pferde wurden in einem Ring begutachtet, und ein Reigen von farbigen Rücken ging im Kreis um das für sie reservierte Feld herum, ringsum ein Quadrat von Zuschauern. Hinter dem Schulhof war das grüne Gras bereits mit den ersten Reihen geparkter Autos kariert gemustert, Chrom und Spiegel glänzten im Sonnenlicht, das durch die Wolken brach.

Knapp unterhalb der alten Kirche, zweihundert Meter von

der Pier reffte ich die Fock und holte das Großsegel ein. Bei der ersten Umdrehung des Motors tauchte Anders auf und machte die Festmachleinen und die Fender bereit. Wir fuhren unter Motor an der Pier längsseits, von der früher einmal Strickwaren aus Shetland in alle Welt verschifft wurden. Das lange niedrige Gebäude gleich auf der anderen Straßenseite, heute das Pierhead Restaurant, war einmal Adie's Knitwear gewesen – Adie wie Kate Adie, die unerschrockene Kriegsberichterstatterin der BBC. Die Pullover, die Sherpa Tenzing und Edmund Hillary am Tag der Krönung von Elizabeth II. auf der Spitze des Everest getragen hatten, kamen aus dieser Strickwarenfabrik.

Natürlich war Voe auch ein Fischerdorf gewesen. Wir waren über das lange, geschützte Voe gekommen, das ein sicherer Hafen für die Heringsboote gewesen war, die im Westen ihre Netze auswarfen. Sie waren in ihren Sixareens*, offenen 25-Fuß-Booten, hinausgerudert und hinausgesegelt, fünfzig Meilen in Richtung Amerika, bis die westliche Insel Foula knapp unter dem Horizont lag, dort hatten sie ihre langen Leinen für Rotbarsch, Kabeljau und Steinbutt ausgeworfen. Am Strand hatte es damals eine »Haaf** Station« gegeben, wo die Fische ausgenommen, eingesalzen und getrocknet wurden, und das Gebäude knapp oberhalb der Pier war das Böd***, früher einmal der Schuppen für die Netze und die Segel der Fischfangflotte von Voe. Inzwischen bot man hier Unterkunft im Camping-Stil an, aber es gab durchaus noch kommerzielle Fischerboote an der Pier, neben einer wunderbar restaurierten Fischerschmack**** und einer Ansammlung von kleinen Booten, die Seite an Seite oder Nase an Nase in dem kleinen Yachthafen festgemacht hatten.

* Shetland: Sechsriemen-Boote, die mit sechs Ruderern und Segel fuhren.
** Shetland: Tiefseefischerei; auch Tiefsee.
*** Shetland: Fischerhütte.
**** Schmack: zweimastiger Küstensegler mit flachem Boden und Gaffelrigg.

Wir machten an der Außenseite des letzten Liegeplatzes fest und setzten uns ins Cockpit, um unsere Speckbrötchen zu essen. Keiths lackiertes Boot kam herein, drehte mit röhrenden Bugstrahlrudern um, fuhr rückwärts an seinen Liegeplatz und schaltete den Motor ab. Keith warf die Festmachleinen über den Klampen und hob dann die Hand zum Gruß.

»Dein Polizist ist noch da draußen«, rief er. »Charlie hat seine Tauchausrüstung mitgebracht, und er geht runter, um sich das mal anzusehen.«

»Ihr habt die Rustler also gefunden«, sagte ich.

Er nickte. »Da gibt's keinen Zweifel. Der Mast ist auf dem Echolot so deutlich wie nur was zu sehen gewesen.«

Ich schaute Anders an und verzog das Gesicht.

»Ich glaube, sie wollen Seile um die Leichen binden, die sie finden, und die hoch schaffen, selbst wenn sie mit dem Heben des Bootes noch ein bisschen warten müssen«, sagte Keith. Er ging an Land. »Ich verkeile das Tor. Es werden einige Leute mit dem Boot zur Show kommen.«

Ich hatte nicht daran gedacht, dass Leichen an Bord sein könnten, aber das war wohl nur logisch. Wenn man Peter und Sandra beim Elfenhügel oder beim Cottage getötet hatte, dann wäre es ein Leichtes gewesen, die Leichen vom Motorboot auf die Yacht zu verfrachten, indem man die Rah wie einen Kran benutzte. Wenn man die Yacht entdecken würde, in zwei, drei Jahren vielleicht. Denn würden sie vorher irgendwo auftauchen, gäbe es nur eine Untersuchung. Der heller werdende Tag schien mir bei diesen Gedanken finsterer zu werden.

Wir aßen unsere Speckbrötchen auf, tranken jeder eine Tasse Tee, und dann machten Anders und ich uns auf den Weg. Kater und Ratte ließen wir auf dem Boot zurück. Landwirtschaftsschauen sind nur für Tiere geeignet, die man an der Leine führen kann. Der Parkplatz des Pierhead war leer, aber die Tische waren schon draußen aufgestellt und bereit für die Massen, die sich hierherbewegen würden, sobald die Bar im

Zelt nichts mehr verkaufte. Hier würde man während des Tages auch Fish and Chips bekommen, und das Restaurant im Obergeschoss, dessen Mansardenfenster einen wunderbaren Blick über das Voe boten, war wohl für den Abend ausgebucht. Unten würden sie blendende Geschäfte mit ihren Pub-Mahlzeiten machen. Es lohnte sich, nach Voe zu kommen, nur um hier zu essen; Keith züchtete oder fing seine eigenen Jakobsmuscheln, Muscheln, Lachse, Rotbarsche und Seeteufel. Frischer bekam man all das nur, wenn man in eines dieser Restaurants ging, wo man sich im Fischbecken was aussuchen konnte.

Wir stiegen die Treppe neben dem Böd hinunter, gingen mit knirschenden Schritten über den Strand, dann den steilen, grünen Hang hinauf, der direkt zur Show führte. Meine Beine protestierten, als sie nach den Anstrengungen des gestrigen Tags wieder bergauf gehen mussten: zwei Berge in zwei Tagen. Wenn ich so weitermachte, würden meine Segelkollegen mich als Freiwillige für das Shetland-Äquivalent des »Three-Peaks-Race«* vorschlagen. Die Wiese war wie ein Streublümchen-Gobelin übersät mit gelber Blutwurz, den ersten Kissen der Skabiosen, leuchtendem Blaustern und den altrosa Lippenblüten des Läusekrauts. Über unseren Köpfen zwitscherte eine Lerche, und das Aroma der gegrillten Makrelen hing verlockend in der Luft. Ich rief mir in Erinnerung, dass ich gerade erst ein Speckbrötchen gegessen hatte; den Fisch würde ich mir fürs Mittagessen aufsparen, nachdem ich einen Morgen lang Souvenirs verkauft hatte.

Wir gelangten zwischen zwei Häusern endlich zur Straße, einer zweispurigen Hauptstraße, der Verbindung zwischen Brae und Lerwick. Wir überquerten sie und machten uns über den Parkplatz auf den Weg zu den Zelten.

---

* (engl.) Drei-Gipfel-Rennen. Langstreckenlauf über drei Berggipfel in Yorkshire von etwa 23 km Länge.

Ich hatte vergessen, dass der Schießstand zwischen den Zelten D und E aufgebaut war, in dem freien Raum, wo alle verirrten Kugeln harmlos auf die Wiese zwischen der Hinterseite der Zelte und den geparkten Tieranhängern fallen würden. Der Standbesitzer legte gerade noch letzte Hand an. Ich blieb stehen und starrte. *Ich sag dir was, geh zum Schießstand auf der Voe Show.* Inga hatte gesagt, dass ich da Brian treffen würde.

Der Schießstand selbst war eine gute Handwerksarbeit, mit einem hohen Rückteil aus Sperrholz, zwei Flächen von acht mal vier Fuß, die senkrecht standen, davor ein Brett mit Pyramiden aus Blechbüchsen, auf die man schießen konnte. Das Sperrholz war weiß lackiert und von den Fehlschüssen der vergangenen Jahre recht pockennarbig; die Dosen leuchteten in Neonorange. Davor war eine Theke aufgebaut, einen Meter vom Ziel entfernt, mit einer aufrechten Stange, an der Plüschtiere in grellen Farben hingen, und kleineren Spielsachen davor. In der Mitte war ein freier Raum von zwei Metern, auf dem ein ziemlich professionell aussehendes Gewehr lag. Der matte Schimmer des Metalls verriet mir, dass es in Gebrauch und gut gepflegt war. Es gab auch noch einige Plakate in schrillen Farben mit Slogans wie »Versuch dein Glück, Partner!« und »Zeig, dass du ein Scharfschütze bist!« Über der Theke war ein Brett angebracht, das dem ganzen Stand Stabilität verlieh und auf dem zwischen Cowboyhüten und Pistolengurten in Wild-West-Buchstaben »Schießstand« geschrieben war.

Brian selbst war damit beschäftigt, vier Meter von der Theke entfernt ein langes Brett am Boden festzuhämmern – das Abstandsbrett für seine Kunden. Er war in voller Western-Montur: kariertes Hemd, Lederweste, Leder-Überhosen über seinen Jeans und ein breitrandiger Cowboyhut, der ihm auf dem Rücken hing. Er hob den Kopf, als wir herüberkamen, schlug noch ein paarmal auf das Brett, richtete sich dann auf und wandte sich uns zu. In seiner Cowboy-Kleidung sah er aus wie ein mexikanischer Statist in einem frühen Clint-Eastwood-

Film, und zwar einer von denen, denen man nicht trauen kann. Seine dunklen Augen huschten zu Anders, und sein Mund verzog sich verächtlich, wie ich das von ihm kannte. Dann erblickte er mich und strahlte mich mit seinen weißen Zähnen an.

»He, Cass, willst du's mal als Annie Oakley versuchen? Wie gefällt dir mein Stand?« Es war ihm und Olaf schon in der Schule nicht gelungen, mich zu beeindrucken, aber anscheinend kann man alte Gewohnheiten nicht so leicht ablegen. Ich starrte lange auf das Brett mit den Hüten und Pistolen.

»Sieht echt gut aus«, antwortete ich. »Auffällig.«

Er nickte zufrieden. »Hier ist richtig was los, besonders nachdem die Leute im Bierzelt ein, zwei Whiskys getrunken haben. Dann wollen die Männer es alle mal probieren, ihren Freundinnen beweisen, was für tolle Machos sie sind.« Er nahm das Gewehr auf und hielt es Anders hin. »Hier, versuch's mal. Geht aufs Haus.«

Ich konnte spüren, dass Anders beinahe einen Schritt rückwärts gemacht hätte; dann fing er sich aber wieder. Er schob das Kinn nach vorn, trat einen Schritt vor. Einen Augenblick standen die beiden da, Auge in Auge, ein seltsames Paar, wie Dunkelheit und Licht, Brians dunkler und Anders' blonder Schopf, Anders' goldbraune Haut und Brians Mahagonibräune, und ihre Blicke sprühten Funken wie bei zwei Katzen, die sich auf einer Mauer gegenüberhocken. Ich konnte mir keinen Grund vorstellen, warum Anders je ein Gewehr in der Hand gehabt haben sollte, außer beim Cowboy-Spielen im Wald als Kind, aber er nahm das Gewehr ganz locker auf, prüfte, wie es in der Hand lag, und hob es an die Schulter, als wüsste er, was er tat. Brian hatte das auch bemerkt; seine dunklen Augen verengten sich, und sein Mund unter dem Schurkenschnurrbart wurde ganz dünn. Aber er hatte die Herausforderung ausgesprochen, und jetzt konnte er keinen Rückzieher machen.

Anders nahm das Gewehr wieder von der Schulter und schaute nach unten auf das Abstandsbrett. Er trat dahinter, hob das Gewehr erneut an, zielte, zuckte dann verächtlich mit den Schultern und ging drei, vier, fünf Schritte zurück. Ein rascher Blick zu Brian, den ich nicht begreifen konnte und der mir nicht gefiel. Nun hob er noch einmal das Gewehr. Es folgte eine lange Pause, die Country-Musik schrillte mir in den Ohren, und ich trat auf dem tauglatten Gras von einem Fuß auf den anderen. Schließlich bewegte Anders seinen Finger am Abzug, und die mittlere Dosenpyramide stürzte scheppernd zu Boden.

Er machte sich nicht die Mühe, noch einen zweiten Schuss abzufeuern, sondern kehrte nur zum Abstandsbrett zurück, das Gewehr in der ausgestreckten Hand. »Das ist ein gutes Gewehr.« Brian nahm es schweigend von ihm entgegen. Auf Anders' Gesicht war keine Spur von Triumph zu sehen, kein Ausdruck, den ich begreifen konnte. Er hatte sich, wie er das manchmal tat, hinter seine undurchdringliche glatte Fassade zurückgezogen. »Danke, Cass.« Ein rascher Blick zu Brian. »Ich geh jetzt zur Halle. Schick mir eine SMS, wenn du Hilfe beim Kistentragen brauchst.«

Dann drehte er sich auf dem Absatz um und eilte mit großen Schritten davon. Der beunruhigende Ausdruck, den ich in Brians Augen gesehen hatte, war verschwunden. Jetzt lachte er, wenn auch ein wenig gezwungen, und schüttelte den Kopf. »Ich hätte mich dran erinnern sollen, dass es in den norwegischen Wäldern noch Bären gibt.« Er legte das Gewehr wieder auf die Theke und hob die Kiste mit der Munition hoch. »Für welchen Stand trägst du denn Kisten?«

»Den vom Rettungsboot.«

»Oh, Cerys kommt schon bald zurück.« Er lächelte, aber es sah nicht so aus, als dächte er liebevoll an seine Frau. Natürlich, wenn er über ihre Spielchen mit Anders im Cottage Bescheid wusste, würde das die kleine Szene erklären, die für Brian so sehr nach hinten losgegangen war. Ich beschloss, dass Anders und ich Voe verlassen würden, ehe der Schießstand schloss und ehe es in der Bar zu hoch herging. Dieses Spiel mit den Muskeln, das ließ darauf schließen, dass Brians Fäuste vielleicht locker saßen. »Meine Frau Cerys – die hast du ja neulich bei Mam kennengelernt. Sie hat den Stand für Kirsten übernommen.« Sein Gesicht überschattete sich. »Du hast ja wohl von dem Jungen gehört. Das ist eine Tragödie, er hätte niemals mit dem Quad fahren dürfen, er war viel zu leicht für das Ding. Cerys und ich, wir fühlen uns, als wäre es unser Junge gewesen.« Er ließ sich auf die Zuschauerbank an der Seite des Zeltes fallen, und ich setzte mich neben ihn. »Wir haben ja keine Kinder, na ja, bisher jedenfalls nicht, und Olaf und ich sind doch alte Freunde, und dann haben wir noch Freundinnen geheiratet, also sind ihre Jungs, seit sie Babys waren, immer viel bei uns gewesen.« Tränen schimmerten in seinen dunklen Augen. »Ich dachte, die würden vielleicht die Show absagen, aber es war einfach zu spät, als wir die Nachricht bekommen haben. Es wird 'nen Haufen Leute geben, die heute nicht so recht Lust zum Feiern haben. Aber besser wird's davon auch nicht.«

Er holte tief Luft. Am anderen Ende der Wiese wurde ein Traktor angelassen.

»Er war einer von uns beim Segeln«, sagte ich. »Er hatte das Zeug zu einem guten Seemann.«

Brian nickte. »Ja«, sagte er. Er holte noch einmal tief Luft und straffte die Schultern. »Also hat Cerys zu Kirsten gesagt, dass sie sich um den Stand kümmert, ihn aufbaut und dann zu ihr zurückkommt. Sie wird jeden Augenblick wieder hier sein. Ich brauchte den Pick-up, um das Ding hier zu transportieren, und danach ist sie damit zurückgefahren, um ihn vollzuladen.«

Er stand auf und wandte sich von mir ab, als hätte er nun von unserem Gespräch genug. »Du bist in diesem Zelt hier.«

»Danke«, sagte ich.

Ich schaute aus dem Eingang zum Zelt noch einmal kurz zu ihm zurück. Er klatschte die heruntergefallenen Dosen mit einer Heftigkeit auf das Brett, die mich beunruhigte. Trotz des fröhlich karierten Hemdes und des scharlachroten Halstuchs würde er irgendjemandem heute noch Probleme machen.

KAPITEL 19

Von Cerys war noch nichts zu sehen, also dachte ich, am besten würde ich meine Entschuldigung bei Barbara gleich jetzt hinter mich bringen. Während meiner gesamten Kindheit hatte Barbara in der Strickwaren-Abteilung der Voe Show die Aufsicht geführt, und so machte ich mich auf den Weg zur Halle. Schon immer war der Blick als Erstes auf die Strickwaren gefallen, wenn man zum hinteren Eingang hereinkam, und so war es auch jetzt noch. Hier gab es zwei kleine Räume, die normalerweise für Ausschuss-Sitzungen und dergleichen benutzt wurden. Heute stand dort in jedem ein langer Tisch in der Mitte, und ringsum hatte man an den Wänden Strickarbeiten aufgehängt. Im ersten Raum waren es Strickwaren von Erwachsenen: spinnwebfeine Schultertücher an der einen Wand und »Haps«* aus dickerer Wolle in Muschelstich und in natürlichen Grün- und Rottönen an einer anderen. In der Mitte des Raumes waren die traditionellen Fair-Isle-Pullover ausgestellt; die für Frauen hatten ein Schulterjoch mit Tannenzapfen- oder Sternmustern, und auf den spektakulären »ganz gemusterten« Männerpullovern, wie dem, den Magnie trug, wenn er sich feinmachte, prangten Musterstreifen in drei Schattierungen von Braun, Grün oder Blau auf hellem Grund.

Im zweiten Zimmer fanden sich eher lustige Strickprodukte, die meisten von Kindern gefertigt. Da gab es einen Kaffeewärmer in der Form eines Bauernhauses, komplett mit Windfang, einen anderen als Blumentopf mit riesigen scharlachroten Begonien drin. Ein ganzes Bataillon von gestrickten Vogelscheuchen, Soldaten, großäugigen Püppchen und plattgesichtigen

---

* In Shetland handgestricktes Wolltuch.

Bären starrte mich an. Die jüngsten Schulkinder hatten anscheinend in der Schule in Naturkunde »Vögel und Krabbeltiere« durchgenommen, denn es gab einen Schwarm gestrickter Marienkäfer, Libellen und Spinnen, und zwei Frauen, die ich für Jurorinnen hielt, begutachteten diese mit ernster Miene.

Barbara stand ein wenig abseits, den Katalog in der Hand, falls man sie brauchen sollte, machte aber mit ihrer Körperhaltung deutlich, dass sie die Jury auf keinen Fall beeinflusste. Ich wollte mich gerade zurückziehen, weil ich meinte, ich sollte sie jetzt lieber nicht ablenken, doch meine Bewegung hatte sie auf mich aufmerksam gemacht. Sie schaute zu mir herüber und nickte. »Hallo, wie geht's?«

Sie war um zehn Jahre gealtert. Ihre Augen, die so scharf hinter ihren Brillengläsern hervorgeschaut hatten, waren rot unterlaufen und hatten dunkle Ringe, der feste Mund bebte, wie ich es noch nicht gesehen hatte. Olafs Kinder waren für sie beinahe so etwas wie ihre eigenen Enkel gewesen. »Ich habe dich gestern Abend erwartet.« Selbst ihre Stimme hatte heute keine Durchschlagskraft.

Ich ging zu ihr hinüber und sprach leise, um die Jurorinnen nicht zu stören. »Barbara, es tut mir wirklich leid. Ich hatte gehört, dass Alex vermisst wurde, und ich hatte plötzlich eine Idee, wo er sein könnte. Er hatte uns zugehört, als wir uns über den Elfenhügel unterhielten, den oberhalb von eurem Cottage.«

Als ich das Cottage erwähnte, zogen sich ihre Brauen zusammen. »Er hatte da nichts zu suchen.«

»Magnie hat über Lichter oben am Elfenhügel gesprochen. Ich dachte, Alex hätte vielleicht beschlossen, dort nachzuschauen. Ich bin einfach losgefahren, ohne daran zu denken, welcher Tag war.«

Sie schüttelte den Kopf. Der Katalog zitterte in ihrer Hand. »Es ist furchtbar, eine schreckliche Sache. Ich hatte immer

Angst vor diesen Quad-Bikes. Da muss es ja ein Unglück geben, habe ich immer gedacht.«

Ich nickte. »Er war ein prima Junge, einer von meinen Segelschülern.«

»Ja, sein Großvater konnte gut mit Booten umgehen. Der Junge war ihm wie aus dem Gesicht geschnitten, bis zur Augenfarbe.« Sie zog ein Taschentuch aus dem Ärmel und schnäuzte sich, schaute dann zu den Jurorinnen hinüber, die inzwischen von den Marienkäfern zum gestrickten Gemüse übergegangen waren. »Ich muss mich auf die Arbeit hier konzentrieren.«

»An welchem Tag soll ich jetzt kommen?«

Sie sah mich entschuldigend an und wandte dann den Blick ab. »Ich habe mir gedacht – ich habe mit Brian gesprochen –, und er meinte, ich brauche nun doch keine Hilfe. Er findet es besser, wenn ich bei der Stadtverwaltung einen Antrag auf eine Haushaltshilfe stelle, jetzt wo ich über fünfundsechzig bin. Also denke ich, das mache ich vielleicht.« Sie bekam hektische rote Flecken am Hals. »Ich hoffe, ich habe deine Zeit nicht verschwendet.«

»Nein, ist schon in Ordnung«, erwiderte ich. Ihre Verlegenheit machte auch mich unbeholfen. »Kein Problem. Dann seh ich dich später.«

Ich trat von ihr weg, navigierte um die Tische herum, ging wieder hinaus in die frische Luft und über die Wiese zurück zum Zelt D. Brian hatte also beschlossen, dass seine Mutter keine Hilfe benötigte, was? Lag das nur daran, dass er meinte, die Verwaltung würde dafür zahlen (keine Chance bei den gegenwärtigen Sparmaßnahmen, würde ich mal vermuten), oder wollte er nicht, dass eine neugierige Person ungewöhnliche Gegenstände wie etwa eine russische Ikone mitten unter dem Nippes entdeckte? Die coole Cass war immer auch eine schlaue Cass gewesen, hatte bei Tests gut abgeschnitten, hätte wohl in sieben Fächern in der Schule sehr gut abgeschlossen, wenn man sie nicht zuvor nach Frankreich verfrachtet hätte.

Na gut. Es tat mir leid wegen des Geldes, aber Anders würde sich freuen.

Ich kam gerade an den vielen aufeinandergestapelten Hühner- und Entenkäfigen vorbei, als ich Kevin vom lauten Motorboot bemerkte. Ein Blick zur Pier zeigte mir, dass er mit dem Boot hergekommen war. Es lag draußen neben der *Chalida*. Ich hoffte nur, dass die beiden jede Menge Fender angebracht und ihre Festmachleinen zur Pier und nicht an meine Krampen geführt hatten und dass sie Kater und Ratte in Ruhe gelassen hatten.

Kevins seltsames Verhalten erregte meine Aufmerksamkeit. Er klimperte mit irgendwas in der Tasche herum und stand da, als bewunderte er das Geflügel in den Käfigen, linste aber dabei ständig über die Schulter, als versuchte er, jemanden zu finden oder jemandem aus dem Weg zu gehen. Er schlurfte einen Meter weiter zu den nächsten Käfigen (»Hahn und zwei Hennen, gleiche Rasse«), wandte den Tieren das Gesicht zu und stand wartend da, während seine Augen immer noch in alle Richtungen huschten. Ich blieb an der Ecke der Pferche stehen und beobachtete ihn, die Augen genauso lässig auf die ausgestellten Tiere gerichtet wie er.

Allmählich wurde er ungeduldig. Er schaute auf die Uhr, drehte sich um und sah zur Pier, schaute wieder auf die Uhr, klimperte währenddessen immer weiter mit dem Zeug in seiner Tasche. Ich hatte das Gefühl, hier zu leicht zu entdecken zu sein. Vorsichtig ging ich um die Pferche herum zur anderen Seite der Käfige, vor denen er stand, so dass der hohe Stapel zwischen uns aufragte. Ich konnte gerade eben den oberen Teil seines Kopfes und seine in Gummistiefeln steckenden Füße sehen. Ich machte einen Schritt zurück, denn auch meine Füße wären ja leicht zu sehen gewesen. Jetzt war ich für ihn völlig unsichtbar.

Kevins gelbe Stiefel trappelten unruhig wie die Hufe eines

Ponys, das still stehen soll. Endlich wandte er sich mit einem scharfen Schnaufen um. »Ich dachte schon, du kommst gar nicht mehr.«

Ein Paar schlammbespritzte Gummistiefel kamen neben den gelben zum Stehen. Ich versuchte durch den Spalt zwischen zwei Käfigen hindurchzulinsen, konnte aber nur Kevins Ellbogen ausmachen. Der andere Mann hatte eine tiefe Stimme, und Kevins Ungeduld schien ihn nicht zu kümmern. »Der Schafbock hat sich blöd angestellt. Wollte sich nicht aufladen lassen.«

Wieder war das klimpernde Geräusch zu hören. Kevin zog einen Schlüsselbund aus der Hosentasche. Er hatte einen Korkball als Anhänger – einen von denen, die auf dem Wasser schwammen, also waren es wohl Bootsschlüssel. »Hier. Es ist alles an Bord, alles bereit. Du musst es nur auf deinen Pick-up laden.«

»Ja, ja.«

»Und achte drauf, dass er dich nicht sieht«, zischte Kevin. »Hier wimmelt es nur so vor Polente.«

Die Stimme des anderen Mannes klang laut und sorglos. »Die Polente hat draußen auf dem Voe zu tun, bei dieser Yacht, die sie da am Grund gefunden haben. Und der Chopper hat noch 'ne Leiche reingebracht.« Die schwarzen Gummistiefel marschierten an den aufgereihten Käfigen entlang. Ich duckte mich rasch, als sie um die Ecke bogen, und schaute ihnen nach. Ich wusste nicht, wie der Kumpel hieß, der da zu Kevin gekommen war, aber ich kannte sein Gesicht: Er war einer von den eifrigsten Besuchern der Bootspartys.

Was immer an Bord gewesen war, musste fortgeschafft werden, ehe »er« es fand. Gavin, überlegte ich, oder jemand anders?

Ich ging zum Zelt D und fand dort zwei leere Tische. Auf dem, der mir am nächsten stand, lag eine Karte »Aith Lifeboat«. Wir waren gleich bei der Tür, teilten uns das Zelt mit einem Mitarbeiter der Inselverwaltung, der für Kompostiertonnen warb, den Biobauern, einem Stand, der zugunsten der Restaurierung der Kirche von Gonfirth Tütchen mit selbstgemachtem Toffee, Strickwaren, handgemachte Grußkarten und Nippes verkaufte, und dem Katzenschutzbund mit einer Sammlung von Katzenartikeln. Die schaute ich mir an und überlegte, ob ich Kater einen mit Sisal umwickelten Holzkratzbaum mit einem baumelnden Ball kaufen sollte, um die Holzteile der *Chalida* vor seinen Krallen zu retten.

»Ich habe gerade ein Katerchen gefunden«, erklärte ich der Frau am Stand. »Bisher hat er seine Krallen noch nicht am Lack meines Bootes geschärft, aber Vorbeugen ist wahrscheinlich besser als Heilen.«

»Das ist bei Katzen ganz unterschiedlich«, erwiderte sie. »Manche sind schreckliche Möbelkratzer, ganz egal, was man macht, und andere kratzen nur draußen. Wie alt ist er?«

Ich wollte ihr gerade Genaueres erzählen, als ein roter Pickup übers Gras geschlittert kam und schleudernd mit der Rückseite zum Zelteingang anhielt. Auf der Ladefläche befand sich ein Dutzend Pappkartons, die mit dem weiß-blauen Band des RNLI zugeklebt waren.

»Ich komm später noch mal«, sagte ich zu der Frau. »Das da ist für meinen Stand.«

Die Tür ging auf, und Cerys stieg aus, heute mit einem bonbonrosa Trägerhemdchen und der Art von Shorts, die einfach abgeschnittene Jeans sind. Ihre waren so kurz, dass die Taschenklappen unterhalb des unteren Randes hingen. Ich fand, dass das seltsam aussah, aber ich war durchaus bereit, es als den letzten Modeschrei zu akzeptieren – was wusste ich denn schon? Das Trägerhemd war so weit ausgeschnitten, dass man einen schwarzen Spitzen-BH sah, und Cerys hatte sich eine riesige Sonnenbrille mit einem rosa Gestell ins Haar geschoben. Sie war auffälliger denn je geschminkt, aber unter dem silbrigen Puder waren ihre Augenlider geschwollen, und das Weiße ihrer Augen war leicht gerötet.

»Hi«, sagte sie. Ihre Stimme war heiser, als hätte sie sich den Mund fusselig geredet. »Hoffentlich wartest du noch nicht lange.« Ihre ausdruckslose Stimme war nicht freundlicher, aber zumindest weniger scharf. Ich vermutete, dass ihre Schwiegermutter nicht gerade die besten Eigenschaften in ihr zum Vorschein brachte.

Ich trat einen Schritt auf den Pick-up zu. »Soll ich das alles ins Zelt tragen?«

Sie hielt die Hand hoch. »Ich will zuerst drinnen alles vorbereiten.«

Sie tat das mit eindrucksvoller Effizienz. Auf einem Schiff hätte ich sie sofort die Wachen einteilen lassen. Ehe ich mich versah, half ich ihr, den Tisch an eine Stelle zu schieben, wo er nicht wackelte, wo man gleichzeitig einen Meter von der Rückwand des Zeltes entfernt war, aber den Leuten, die hereinkamen, nicht im Weg stand. Sie drehte den zweiten Tisch so um, dass die beiden ein L bildeten, mit so viel Platz, dass die Leute herumstehen und schauen konnten. Dann organisierte sie für uns beide zwei Stühle und dirigierte mich zu einem kleineren, hochkant stehenden Karton, in dem große Plastiktüten und Rollen mit grünem Plastikteppich waren, den wir als improvisierten Weg auslegen konnten. Ich machte mich daran, den Plastikteppich zwischen den Stühlen und unserem Stand so zu verlegen, dass wir bequem darauf stehen konnten. Cerys borgte sich inzwischen einen Tisch von einem noch nicht besetzten Stand, auf dem wir unsere Kartons abstellen konnten, während wir sie auspackten. Erst dann hieß es: Alle Mann Kartons tragen.

»Ich habe viel Übung«, erklärte sie, sobald wir die Kartons ordentlich aufgereiht hatten. »Kirsten und ich, wir machen das bei jeder Show, den ganzen Sommer lang.«

Es war niemand in der Nähe. Jetzt war ein guter Zeitpunkt,

sofern es für solche Sätze überhaupt einen guten Zeitpunkt gibt. »Es tut mir so sehr leid wegen Alex«, sagte ich. »Er war einer von unseren Seglern, und ein echter Star.«

Ihre Augen füllten sich mit Tränen, die auf der dick aufgetragenen Wimperntusche glitzerten. Sie schüttelte den Kopf, war unfähig zu sprechen und stürzte sich auf eine Kiste, die mit »Tücher« beschriftet war. Wir drapierten schweigend weiße Tücher und ein Banner mit »Royal National Lifeboat Institution« am Tisch entlang, begannen dann die Kartons zu öffnen: Bücher über das Meer, Notizblöcke, Fingerhüte, klappbare Haarbürsten, Glaskrüge, auf denen das Severn-Rettungsboot eingraviert war, Kartenspiele, Geschirrtücher und Staublappen, T-Shirts und Klammerbeutel sowie Beutel zur Aufbewahrung von Plastiktüten. Es gab eine ganze Kiste mit Stiften, Radiergummis und kleinen Notizbüchern, eine weitere mit Plastikbooten. Und dann schließlich noch die »Kindersachen«: Bälle, Krokodile zum Aufziehen für die Badewanne, Schäufelchen in Haiform, Kreisel mit Lasermustern. Ich hätte nie geglaubt, dass man so viele verschiedene Gegenstände auf zwei Tische quetschen konnte. Es dauerte eine gute Stunde, bis wir alles hergerichtet hatten.

»So«, sagte Cerys, als alles zur ihrer Zufriedenheit aufgebaut war und wir den letzten leeren Karton unter dem Tisch verstaut hatten. »Jetzt haben wir nur noch die Box mit dem Essen, und dann kann ich den Pick-up wegbringen.«

Sie brachte einen weiteren Karton herein. Sie hatte offensichtlich vor, sich für den ganzen Tag hier häuslich einzurichten; in einer Ecke des Kartons stand eine silberne Thermosflasche, der Rest war angefüllt mit Chipstüten, Äpfeln, einer Tüte Marshmallows und – sie hatte sich offensichtlich schon angepasst – mit einem Paket der mürben, staubtrockenen Kekse, die »muckle biscuits« hießen, einer Dose Butter und einem Block Käse. Neben der Thermosflasche standen hochkant zwei Teller, festgehalten von zwei Henkelbechern, einem Glas Kaffeepulver und einer Plastikflasche mit Milch. In der Ecke ragte noch der Griff eines Messers hervor.

»Sei so gut und mach uns eine Tasse Kaffee. Ich bin gleich wieder da.«

Weg war sie. Jetzt, da wir alles aufgebaut hatten, kamen die Leute allmählich ins Zelt geschlendert und schauten sich unseren Stand an. Ich verkaufte der Frau vom Katzenstand ein Geschirrtuch, und ein alter Seemann erstand ein Notizbuch. Ich hatte gerade unsere beiden Kaffeetassen auf die makellos weißen Tücher gestellt, auf unserer Seite der ausgestellten Waren, als Cerys zurückkam und mit einem erleichterten Seufzer auf ihren Stuhl sackte.

»Danke, Cass. Wenn ich erst den Kaffee getrunken habe, kann ich dem Tag ins Auge schauen.«

»Was machst du sonst so?«, fragte ich. »Zu Hause, meine ich.«

Ein schiefes Lächeln verzog ihre Mundwinkel. »Ich arbeite ab und zu in einer Boutique für Teenager.«

Eine Gruppe kleiner Kinder kam herein. Wir nippten an unserem Kaffee, während die Kleinen alles an unserem Stand in die Hand nahmen, einander zeigten, es wieder hinlegten und weiterzogen, die ganze Zeit schnatternd wie ein Stamm wildgewordener Affen.

»Das ist für sie die reine Wonne«, sagte Cerys, die ihnen hinterherschaute. »Die sind zu jung und zu ehrlich für Ladendiebstahl. Da könnte ich dir Geschichten erzählen – echt, ich weiß nicht, was heutzutage aus den Kids geworden ist. Ich bin keine zwanzig Jahre älter als sie, und ich hätte gedacht, dass ich mich in deren Alter auch schon in der Welt auskannte, aber mir wären die Tricks niemals eingefallen, mit denen die einem heute kommen.«

»Im Bootsklub gibt's auch nichts zu klauen«, meinte ich.

Ein junges Mädchen kam herein, anscheinend direkt von der Reitvorführung, nach ihrer blitzsauberen Jacke, dem Schlips, den Reithosen und dem in einem Netz gebändigten Haar zu schließen. »Habt ihr diese Instant-Schuhpolitur-Schwämmchen?«, fragte sie keuchend.

Die hatte ich selbst ausgelegt. »Die hier? 1 Pfund.«

»Danke.« Sie bezahlte und rannte gleich wieder fort.

»Das sind nette Kids hier«, sagte Cerys. »Aber die können auch nicht klagen. Shetland ist wohlhabend, die Gehälter sind ordentlich, und die Eltern geben was für sie aus. Das Outfit, was sie anhatte, da sprechen wir von über 300 Pfund, und das Pferd und alles Zubehör, das ist nicht gerade kostenlos.«

»Es ist nicht nur das Geld«, meinte ich. »Es ist auch die Gemeinschaft.« Ich dachte an die Kinder, mit denen ich im Ausland in Segelschulen zu tun gehabt hatte, mürrische Teenager, deren Eltern sie einfach von einem zum anderen Elternteil verfrachteten und die beschlossen hatten, dass sie nur vorankommen würden, wenn sie bei beiden das schlechte Gewissen nach Kräften ausnutzten. Denen wurde genug Geld hinterhergeworfen, aber das konnte sie nicht für das Gefühl entschädigen, dass sie kein Zuhause mehr hatten. »Hier steht zweifelsfrei fest, wer du bist und wo du hingehörst. Ich habe das bei meiner Rückkehr gemerkt. Kaum war ich im Sommer einen Tag hier zurück, da war ich wieder Dermot Lynchs Mädel, das bei Muckle Roe aufgewachsen ist und das all die Segelpreise gewonnen hat. Es ist wie eine komplizierte Landkarte, und da bist du drauf, dein Platz in dieser Gemeinschaft ist markiert.«

»Ich glaube, genau das kann ich nicht ausstehen«, sagte Cerys offen. »Das ist ein Spinnennetz, keine Landkarte. Es macht mir Spaß, in den Sommerwochen gegen die kleinstädtischen Regeln zu verstoßen oder Brians Mutter zu ärgern, aber leben könnte ich hier nicht. Gott sei Dank hat Brian sich diese Idee aus dem Kopf geschlagen.«

»Die kleinstädtischen Regeln können auch hilfreich sein«, sagte ich. »Die Teenager kennen sie. Sie wissen, was immer auch im Süden passiert, wenn du hier beim Ladendiebstahl erwischt wirst, steht dein Name in der Zeitung, und jeder weiß es, und deine Mum schämt sich in Grund und Boden.«

Ein weiteres Kindertrio kam herein. Die drei überlegten lange, für welche Farbe Radiergummi sie sich entscheiden sollten, und gingen dann weiter, um am Stand für die Kirche von Gonfirth Toffee zu kaufen. Zur Verwirrung aller war hier in Shetland Toffee das, was die anderen Schotten »Tablet« nennen: viereckige Stücke aus zuckrig-knackigem braunem Karamell, großartig für Sofortenergie. Ich erinnerte mich daran, dass ich diese Süßigkeit immer bei der Voe Show genossen hatte – nur da war mir das erlaubt, denn Maman behauptete, es würde *détruire les dents**. Bei Shows ging Toffee weg wie warme Semmeln. Die Schachtel der Dame von der Gonfirth Kirk, in der die kleinen Tütchen waren, war schon halb leer, und ich musste mich beeilen, wenn ich noch etwas abbekommen wollte.

»Unsere Mum hätte mich vertrimmt, wenn ich auch nur daran gedacht hätte, mit Klamotten nach Hause zu kommen, für die ich nicht bezahlt hatte.« Cerys schüttelte den Kopf. »Die Zeiten ändern sich. Wir hatten die guten Jahre, als es genug Geld gab. Jetzt meinen alle, es steht ihnen alles zu, aber das Geld ist weg. Diese Krawalle, warst du da hier?«

Ich schüttelte den Kopf. Ich war damals in Bergen gewesen und hatte sie mir im Fernsehen angeschaut: einen Haufen wildgewordener Teenager, die eine Orgie der Zerstörung und des Plünderns veranstalteten, und ich hatte kaum glauben können, was ich da sah. Teile von London und Manchester wurden zu Sperrgebieten erklärt.

Cerys schüttelte den Kopf. »Nein, ich weiß nicht. Manchmal denke ich, Brian hat vielleicht doch recht, trotz all des Kleinstadtklatsches.« Sie stand auf, um für eine Dame mittleren Alters im Shetlandpullover eine Handvoll Stifte und Radiergummis und Notizbücher einzutüten. »3 Pfund 50 bitte.

---

* (franz.) die Zähne zerstören.

Danke. Wenn wir eine Familie planen würden, dann würden wir wieder hier herkommen, wo es noch friedlich ist. Der altmodische Lebensstil, aber mit allen modernen Annehmlichkeiten.« Sie setzte sich wieder bequem auf ihren Stuhl, sah sich kurz um, ob auch niemand zuhörte, warf mir dann einen schrägen Blick von der Seite zu, schaute mich boshaft unter ihren Spinnenbeinwimpern hervor an. »Und ein bisschen Spaß kann man hier trotzdem noch haben? Was machst du denn, wenn du mal einen Mann haben willst? Oder bist du scharf auf Frauen?«

Ihre Direktheit irritierte mich. »Das ist bisher nie ein Problem gewesen«, würgte ich nach zwei Atemzügen hervor. Das stimmte nicht ganz, aber in den meisten Nächten war ich, wenn ich in meine Koje krabbelte, zu erledigt, um mir Gedanken über mein nicht existierendes Sexleben zu machen.

Sie warf mir ein aalglattes Hailächeln zu. »Du könntest es schlimmer treffen als mit Anders, jetzt, da ich ihn ein bisschen für dich aufgetaut und ihm über seine Hemmungen hinweggeholfen habe.«

Darauf gab es keine Antwort. Von dieser aufgetakelten Barbiepuppe würde ich mich nicht provozieren lassen. »Da hätten auch ein paar Bier gereicht«, meinte ich.

»Oh, da hatten wir was Besseres.« Ihre Augen funkelten unter dem Schleier der glänzenden Wimpern hervor. »Nicht, dass er das auch nur geahnt hätte.« Sie stand auf, als ein alter Mann kam und nach Weihnachtskarten fragte, bediente ihn mit zuckersüßem Lächeln und setzte sich wieder hin. »Man weiß ja nie, wie gut ein Mann drauf ist, wenn eine Kamera auf ihn gerichtet ist, also gibt man ihm vorher in einem Bier eine kleine Hilfestellung.«

Bei dieser Art von Gespräch fühlte ich mich äußerst unwohl, aber das würde ich Cerys auf keinen Fall zeigen. Die coole Cass. Außerdem machte mich der Gedanke, dass sie Anders ohne sein Wissen eine Art Viagra untergejubelt hatten, wirklich wütend. »Echt hinterhältig«, sagte ich, so verächtlich ich konnte.

Ihre Augen blitzten wütend, die bonbonrosa Lippen wurden schmal. »Wäre es dir lieber gewesen, wenn er sich zum Narren gemacht hätte, wenn er zu früh gekommen wäre oder ihn gar nicht hochgekriegt hätte?« Ihr Ton wurde plötzlich sehr vertraulich. »*Ich* weiß, was mir lieber wäre. Es war eine tolle Nacht.«

Ich lächelte zuckersüß. »Immer schön zu hören, dass Leute Spaß haben.«

Ihre Augen waren wieder vorsichtig fragend. »Also, was ist dir lieber?«

Ich schaute sie ausdruckslos an, als hätte ich die Frage vergessen.

»Männer oder Frauen?«

»Männer«, antwortete ich ihr. Ich fügte meine persönliche Meinung nicht hinzu, dass mir im Allgemeinen ein guter Segeltörn viel mehr Befriedigung brachte. Der Pulk Kinder, der direkt zum Toffee gegangen war, hatte nun schließlich am Katzenstand alles umgeräumt, und jetzt waren wir dran. Ich stand auf und lächelte sie an.

»Hi, Cass«, sagte ein Mädchen. Ich brauchte eine Weile, um sie zu erkennen, so ohne ihren schwarz-hellblauen Trockenanzug. Die dunklen Augen verrieten mir, dass es Ingas mittleres Kind sein musste, Dawn. »Weißt du, dass sie bei Linga eine Yacht gefunden haben? Dads Boot war eines von denen, die heute Morgen da gesucht haben.«

»Sie haben eine *Leiche* gefunden«, betonte einer der Jungen. Ich erkannte ihn an seiner Mütze: Es war Shaun, ein Experte in der Kunst des trockenen Kenterns, aber nicht so gut, wenn es um technische Einzelheiten wie das Segeltrimm ging.

»Auf der Yacht?«

»Ja, das haben sie in SIBC gesagt, um elf.«

SIBC war der lokale 24-Stunden-Sender, der zu jeder vollen Stunde Nachrichten brachte. Ich scheuchte die Kids nach draußen und setzte mich hin, dachte über diese Neuigkeit nach. Eine Leiche an Bord der Yacht. Peter? Sandra? Ich hatte das Gefühl, man hätte mir eine Faust in den Magen gerammt.

»Wie stehst du zu einem flotten Dreier?« Cerys Stimme war geschäftsmäßig, als wollte sie sich erkundigen, ob ich Milch im Kaffee trinke. »Ich könnte das für dich arrangieren, sagen wir mit Anders und einem dunkleren Typen.« Sie hielt inne und musterte mich, als wäre das ein ernstgemeinter Vorschlag. »Nein, du bist ja selbst dunkel. Ein anderer blonder Mann. Wie lang ist dein Haar, wenn es offen ist?«

Dunkelheit und Licht ... Einen Augenblick lang war ich zu verdutzt, um zu antworten. Sie redete weiter, als hätte ich bereits zugestimmt. »Ein Mann, eine Frau, weißt du, das interessiert keinen Menschen mehr. Das können sie selbst. Aber wenn du nicht auf Frauen stehst, dann muss es ein Dreier sein.«

Ich würde jetzt nicht aus der Haut fahren. »Ich finde, das ist eine widerliche Idee«, sagte ich, »und ich bin nicht interessiert.«

Noch ein schräger Blick von der Seite. »Manchmal freuen sich Leute, die sonst keinen Sex kriegen, über so ein Angebot. Bei Anders war das so.« Sie schaute erneut auf die Uhr. »Jedenfalls, denk mal drüber nach. Ich muss jetzt wieder zurück zu Kirsten. Kommst du allein klar?«

»Prima«, antwortete ich.

Ich kapierte es nicht gleich. Sie hatte mir zu viel Stoff zum Nachdenken gegeben. *Dann muss es ein Dreier sein.* War Anders deswegen so verlegen gewesen? Und wer war die andere Frau gewesen? Ich hörte seine Stimme von gestern Nacht. *Seine Mutter heißt Kirsten?* Kirsten und Cerys, Freundinnen, die mit Freunden verheiratet sind. Dunkles Haar und blondes, Dunkelheit und Licht. Kirsten, die unter Olafs Fuchtel stand; Olaf, der schon in der Schule ein angeberischer Schlägertyp gewesen war. Ich erinnerte mich vage daran, dass er sich damit brüstete, welche Zeitschriften er gelesen hatte, obwohl nicht mal er sich getraut hatte, sie in die Schule mitzubringen. Und wie er mich gemustert hatte, als er zum Bootsklub gekommen war; hatte er sich gefragt, wie ich auf ein solches Angebot reagieren würde? Hatte er Cerys auf mich angesetzt, oder ging sie in eigener Sache auf Fischzug? Olaf war der »er«, den Anders erwähnt hatte, der den Dreier filmte. *Du solltest mit solchen Leuten nichts zu tun haben, finde ich ... Es ist kein guter Ort.* Jetzt, da ich angefangen hatte, die Sache zu kapieren, war es offensichtlich, welcher Art die Beziehung zwischen Olaf und Cerys war. Sie waren alle beide unverfroren genug, um miteinander ein Verhältnis zu haben, obwohl sie beide mit anderen verheiratet waren. Vielleicht war Olaf dann irgendwann der verbotene Sex mit der Frau seines besten Freundes langweilig geworden, und er hatte seine Frau dazu gebracht, mitzumachen, Kirsten, die Freundin seiner Geliebten, die sich einen Segen geholt hatte, aber die Kommunion verweigert hatte, als hätte sie etwas so Schlimmes getan, dass sie nicht zur Kommunion gehen konnte, ehe sie es nicht gebeichtet hatte.

Ich dachte an Brian in seinem schreiend bunten Hemd, mit dem griffbereiten Gewehr und der unterdrückten Wut im Bauch. Brian hatte offensichtlich herausgefunden, was alle anderen im Ort schon längst wussten: dass seine Frau und sein bester Freund es in seinem eigenen Haus miteinander trieben. Er hatte Olaf einen Schlüssel dagelassen, damit er nach dem Haus schaute, während Brian im Süden war. Er war dort hingegangen und hatte das Bett mit den schwarzen Satinlaken und das Stativ für die Videoaufnahmen gefunden. In einem Wutanfall hatte er alles verbrannt und zertrümmert. Er hatte das Schloss ausgetauscht und der Sache so ein Ende gemacht. Aber jetzt, nach Alex' Tod, konnte er Olaf damit nicht konfrontieren. Offensichtlich hatte er mit Cerys ebenfalls noch nicht abgerechnet, nicht solange seine Mutter im Haus war – aber das würde noch kommen, da war ich mir sicher.

Plötzlich fragte ich mich, welche Rolle Norman bei der Sache spielte. Was hatte Magnie noch gesagt? *Die Mütter sind nicht gerade scharf drauf, ihre Mädels auch nur in seine Nähe zu lassen ..., der geht immer zum alten Nicolson-Haus.* Nutzte Norman, so jung wie er war, die Vorteile des riesigen Doppelbetts und der Videokamera aus? Gehörte er zum Schmuddelimperium seines Vaters? Er war beinahe sechzehn; mit beinahe sechzehn hatte ich Pläne geschmiedet, wie ich aus Frankreich abhauen konnte, hatte Geld verdient und auf einem Konto gebunkert, von dem Maman nichts wusste, hatte mir einen Platz an Bord einer Windjammer gekauft, die mich zurück nach Schottland bringen würde, wo man mit sechzehn volljährig war und niemand mich zwingen konnte, wieder in Poitiers zur Schule zu gehen. Dort fühlte ich mich völlig fremd, wie die Selkie-Frau, die so tun musste, als interessierte sie sich für die neueste Musik und Mode. Norman wusste gern, was so lief, und er hatte vielleicht das mit seinem Vater und Cerys schon bald rausgefunden und konnte es sehr wohl zu seinem Vorteil ausgenutzt haben. Die beiden veranstalteten ihre flotten Dreier, er lud die jungen Mädels ein. Ich würde niemals den Fehler machen, einen frühreifen Teenager zu unterschätzen.

Es war widerlich. Alles.

KAPITEL 20

Ich grübelte gerade noch darüber nach, wie widerlich das moderne Leben war, als Peerie Charlie mit fliegenden Goldlocken hereingestürmt kam, als wirbelten ihn seine scharlachroten Turnschuhe vorwärts. »Dass, hab Kätzchen desehen.«

Heute trug er Shorts und ein lindgrünes T-Shirt, auf dem ein T-Rex mit sabbernden Lefzen prangte, ein Bild, von dem ich vermutet hätte, dass es jedem Kleinkind Alpträume bereiten würde.

»Ich hoffe, es macht dir nichts aus«, sagte Inga. »Wir sind schon vorhin mal hier im Zelt gewesen, aber da war noch keine Spur von dir zu sehen. Dann haben wir die *Chalida* an der Pier liegen sehen, sind also runtergefahren, um nachzuschauen, ob du da bist. Und natürlich musste Charlie deinem Kätzchen guten Tag sagen.«

Charlie reckte einen Finger in die Höhe. »Ganz vorsichtig. Nur einer.«

»Das Kätzchen hat ihn gleich gemocht«, sagte Inga.

Charlie imitierte ein Schnurren. »Ich steck in der Katzenklappe«, erklärte er. Er hob einen Ellbogen, um mir die Schürfwunde zu zeigen.

»Aua«, sagte ich und fragte mich, ob ich richtig gehört hatte. »Was hast du denn in der Katzenklappe gemacht?«

»Ich steck«, antwortete Charlie.

»Habe ich das richtig verstanden?«, fragte ich Inga.

Sie verdrehte die Augen. »Die Mädchen hatten diese Idee. In irgendeinem Fernsehprogramm haben sie berichtet, dass sie im Süden Kleinkinder durch die Katzenklappe schieben, die ihnen dann die Tür aufmachen. Dawn meinte, das würde nie im Leben funktionieren, Vaila dachte, das ginge schon. Also haben sie es mit Charlie ausprobiert.« Sie grinste. »Es hat nicht funktioniert.«

Ich verzog das Gesicht. »Man glaubt ja nicht, was manche Eltern mit ihren Kindern anstellen, was?«

»Es müssen ja nicht ihre sein«, erwiderte Inga. »Erinnere dich nur an *Oliver Twist*, die Stelle, wo Bill Sykes ihn zum Einbrechen mitnimmt?«

»Du liest Dickens?«, fragte ich ungläubig.

»Sei nicht albern. Miss Morrison hat uns den Film gezeigt, in der ersten Sekundarklasse, zum Abschluss des Schuljahres.«

Ich wühlte in meinen Erinnerungen. »Der Junge, der mehr Essen wollte, und ganz viel singen.«

»Genau.«

Charlie untersuchte inzwischen die Plastikboote an unserem Stand. »Meins«, sagte er und hielt eines in die Höhe.

»Ja, du hast genauso eines«, sagte Inga. »In der Badewanne. Das ist nicht deines, das gehört Cass. Du kannst dir ein anderes aussuchen.« Sie setzte sich auf Cerys' Stuhl. Ihr fröhliches Lächeln schwand. »Ich war gerade bei Kirsten drüben. Wir spielen beide in der Netzballmannschaft, und Alex war bei Dawn in der Klasse. Es ist einfach furchtbar.«

»Wie geht es ihr?« Ich spürte, dass das eine blöde Frage war; was konnte man schon erwarten?

Inga schüttelte den Kopf, und ihr Mund verzog sich. »Ist das Kaffee?« Sie langte in die Kiste, zog einen Henkelbecher heraus, gab Kaffeepulver, heißes Wasser und Milch hinein. »O Gott. Sie ist – sie ist außer sich. Es geht um mehr als nur um Alex …« Sie schüttelte den Kopf. »Natürlich meine ich nicht ›nur Alex‹. Das reicht ja schon, um jede Mutter in den Wahnsinn zu treiben. Ich weiß nicht, wie sie das ertragen kann. Wenn ich nur dran denke, will ich meine nie wieder aus den Augen lassen.« Jetzt weinte sie auch, nachdem sie einen raschen Blick auf Charlie geworfen hatte, der konzentriert am Boden die Schiffe ausprobierte. »Es ist schrecklich. Er war so ein feiner Junge.« Charlie schaute hoch. Dann stand er auf, und seine Kleinkindmuskeln brachten ihn gleich aus der Hocke zum Stand. Er kam herüber und umarmte Inga. »Mummy nicht weinen.« Er gab ihr einen Kuss. »Ich mach's besser.«

Inga wischte sich mit einer Hand die Tränen weg. »Danke, Charlie. Jetzt geht's mir schon besser.« Er ging wieder mit seinen Booten spielen, aber ich konnte sehen, dass er sie im Auge behielt. Das wusste Inga auch, und sie brachte mehr Ruhe in ihre Stimme. »Die arme, arme Kirsten. Sie haben ihr ein Beruhigungsmittel gegeben. Sie hat trotzdem noch wild dahergeredet, dass es Gottes Strafe für ihre Sünden wäre. Und sie wollte immer aufstehen. Ich musste sie mit Engelszungen überreden, sich wieder hinzulegen.«

»War sie in die Sachen im Cottage verwickelt?«

Inga warf mir einen scharfen Blick zu. »Hat das was mit deiner vermissten Yacht zu tun?«

»Ich glaube, alles hat irgendwie miteinander zu tun, aber ich verstehe noch nicht, wie.«

»Halt du dich da raus. Überlass das deinem DI – wie heißt er doch, Macrae? Das ist seine Arbeit.« Sie warf mir plötzlich einen entsetzten Blick zu. »Du hast dich doch nicht etwa schon wieder eingemischt, oder?«

Ich schüttelte den Kopf. »Hand aufs Herz, nein«, beteuerte ich ihr. »Ich habe nach den Leuten von der vermissten Yacht gesucht, aber das hat nicht zu Alex' Tod geführt.«

Ihr stand der Mund offen. Sie warf mir aus ihren seehunddunklen Augen einen langen Blick zu und nahm einen großen Schluck Kaffee. »Daran hatte ich nicht gedacht. Es war ein Unfall, oder nicht? Alex.« Ihre Stimme wurde wieder lauter. Sie holte tief Luft, sprach dann leiser weiter. »Du willst doch nicht sagen, dass ihm das jemand angetan hat? O Gott, die arme Kirsten.«

Das hier war Gavins Schiff. Ich wusste nicht, was ich sagen durfte und was nicht. Ein einziger falscher Satz konnte jede

Menge Schaden anrichten. Ich schüttelte den Kopf. »Ich weiß nicht, was die Polizei denkt.«

»Aber er redet doch mit dir, nicht, dieser Inspektor aus dem Süden? Du hattest ihn gestern auf dem Schlauchboot mit auf dem Wasser.«

»War das wirklich erst gestern?«, fragte ich. »Ich habe das Gefühl, als wäre es Jahre her.«

»Und was hast du mit deinen Händen gemacht?«

Da schaute Charlie wieder hoch, stand auf und kam zu mir, um es sich anzusehen, nahm meine Hände eine nach der anderen und drehte sie um. »Tut weh«, verkündete er. »Arme Dass.« Seine Stimme war voller erwachsenem Mitgefühl. »So ist's besser.« Er drückte mir einen nassen Kuss auf jede Hand.

»Danke, Charlie«, sagte ich.

Er nahm mich bei der Hand. »Jetzt gehen wir Pferde gucken. Dass, komm.«

Inga warf mir einen Blick zu, der mir ankündigte, dass sie mich später, wenn Charlie außer Hörweite war, einem peinlichen Verhör unterziehen würde. »Na los, geht schon«, sagte sie. »Spaziert ein bisschen rum. Ich halte hier eine Weile die Stellung. Wenn du eine von meinen Mädchen siehst, kannst du denen sagen, dass ich hier bin?«

»Ich sag's ihnen«, versprach ich und stand auf. Ich wurde sofort zu den Pferdekoppeln gezerrt. Die Beurteilung der Tiere war zu Ende; die kleinen Ponys waren wieder in ihren Pferchen neben den Schafen, und die großen Pferde standen in einer Reihe in improvisierten Boxen. Ich lenkte Charlie auf die Pferche zu. Es war wohl sicherer, wenn es eine Schranke zwischen ihm und diesen tellergroßen Hufen gab. Das Gras, über das wir liefen, hatten in der Woche zuvor die Schafe kurz abgefressen; es war trocken unter unseren Füßen, ab und zu hatte sich ein wenig Wolle in einigen längeren Halmen verfangen, aber man musste aufpassen, dass man nicht in trocknende Schafsköttel trat.

Aus der Nähe betrachtet, waren die Pferche aus Holzpaletten konstruiert, die man mit oranger Plastikschnur an senkrechte Pfosten gebunden hatte. Jeder Pferch bestand aus drei Paletten im Quadrat, gerade groß genug für drei Ponys oder ein halbes Dutzend Schafe. Charlie kletterte gleich an der ersten Palette hoch, als wäre sie eine Leiter, lehnte sich über die Oberkante und starrte hinein. Von unten herauf stierte ein brauner Schafbock mit rostrotem Vlies und einem eindrucksvollen Paar Hörnern, die sich um seine Wangen bogen, zu ihm zurück. Die Augen des Bocks waren gelb mit horizontal liegenden Pupillen. Ich packte Charlie beim T-Shirt. Stürme auf See waren eine Sache, ein wütender Shetland-Bock eine ganz andere.

»Bäää«, sagte Charlie und kletterte wieder herunter. »Schaf. Bääää. Nicht Pferd. Hüüü.«

Ich steuerte ihn noch an einem Dutzend weiterer Pferche mit Schafen vorbei, bis endlich die Pferde kamen. »Hier ist ein Pferde-Baby.« Es war ein rot-weißes Fohlen, das mit seiner Mutter im Pferch stand, der Kopf war nicht höher als der von Charlie, der Rücken noch wollig, und der kleine Stummelschwanz bewegte sich wie ein Uhrpendel hin und her. Sobald das Fohlen Charlies Schuhspitzen durch die Palette lugen sah, kam es heran, um mit der Lippe daran zu tasten.

»Nein, Pferde-Baby«, sagte Charlie und trat von einem Fuß auf den anderen. »Pfui!«

»Babys nehmen immer Sachen in den Mund«, erklärte ich. »Das hast du bestimmt auch gemacht, als du ein Baby warst.«

Charlie kletterte herunter und quetschte sein Gesicht in einen Spalt zwischen den Palettenbrettern, schreckte dann hoch, als das Fohlen ihn anschnaubte. Kurz überlegte er, ob er lachen oder weinen sollte, dann lachte er und pustete zurück. Das Fohlen sprang auf steifen Beinen zur Seite. Die Stute, die sich auf ihre Heuraufe konzentriert hatte, hob den Kopf. Ich nahm Charlie auf den Arm und ignorierte dabei den Protest meiner Schultermuskeln. »Schau mal, die hier schlafen.«

Zwei Stuten und ihre Fohlen waren zusammen im nächsten Pferch, und beide Fohlen lagen da, alle viere von sich gestreckt, völlig entspannt, bewegten leise ihre winzigen Hufe durch die Luft, hatten die Augen geschlossen. Das Fohlen, das am nächsten zu uns lag, hatte unglaublich lange Wimpern. Als wir stehen blieben, um es anzuschauen, schlug es ein braunes Auge auf, linste uns schlaftrunken an, schloss dann das Auge wieder.

»Ooooo«, sagte Charlie, mit genau dem gleichen Tonfall wie Inga. »Anfassen.«

»Die hier nicht«, antwortete ich. »Lass uns schauen, ob wir die Reitponys streicheln können.«

Wir duckten uns unter dem Zaun hindurch und gingen zu der Reihe von Ponys, die bei den Reitwettbewerben mitgemacht hatten. Das Mädchen, das so eilig Schuhkreme gebraucht hatte, war da und tränkte gerade zwei schwarze Shetland-Ponys. Beide waren ganz traditionell geschoren, mit einer wuscheligen Mähne zwischen den Ohren, die die Gesichter halb verdeckte und zu beiden Seiten des breiten Nackens fiel. Das schwarze Fell glänzte, als hätte sie die Ponys mit der Schuhkreme poliert, und beide hatten lange Schwänze, die lockig beinahe bis zum Boden gingen.

»Hi«, sagte ich. »Darf Charlie eines von deinen Ponys streicheln?«

»Das hier«, sagte sie. »Hi, Charlie! Du kennst mich, ich bin Janette. Ich bin in der Schule in Vailas Klasse. Möchtest du mal auf dem Pony sitzen?«

Charlie nickte mit weit aufgerissenen Augen.

»Streichle ihn zuerst mal«, sagte Janette. Sie ging neben Charlie in die Hocke. »Er ist ganz lieb. Schau mal.« Sie neigte sich vor, nahm das Halfter und gab dem Pony einen Kuss auf das Ende seiner schwarzen Nase. Das Pony ließ sich das gefallen, ohne mit der Wimper zu zucken, reckte dann den Hals vor und schnaubte Charlie an. Seine Hand in der meinen zuckte ein bisschen, aber er wich nicht zurück, als das Pony an seinem T-Shirt schnupperte, dann den Kopf schüttelte und erneut schnaubte. Janette hielt es weiter am Halfter gepackt. »Jetzt streichle du ihn mal. Schau mal, wie weich seine Nase ist.«

Charlie reckte vorsichtig die Hand vor, berührte gerade eben die samtige Nase, riss die Finger zurück und berührte das Pony erneut. »Er weich.«

»Er ist wirklich weich«, stimmte ihm Janette zu. »Soll ich dich mal auf seinen Rücken setzen?« Sie schwang ihn auf das Pony und hielt den Arm um ihn, so dass sie sein Gewicht noch abstützte. Charlie klammerte sich an ihrer Schulter fest. Allmählich brachte sie ihn mit sanften Worten dazu, ganz allein da zu sitzen, beide Hände fest in ein Büschel Mähne gekrallt. »Schau mal, das Pony will nicht, dass du runterfällst. Es steht so still, wie es nur kann.«

Ich fand ja, dass das Pony eher so schaute, als wollte es sagen: »O nein, nicht noch eines!«, nicht wirklich freundlich, aber was wusste ich schon? An Bord von Windjammern gab es keine Ponys. Janette hob Charlie wieder vom Rücken des Tiers.

»Sag dem Pony danke schön«, forderte sie ihn auf.

»Danke«, wiederholte Charlie.

»Und Janette auch«, fügte ich hinzu.

»Danke.« Charlie winkte und zerrte mich weg. Die Ponyzeit war offensichtlich zu Ende. »Eis.«

Er ging schnurgerade zum Mr Whippee-Wagen, der genau gegenüber vom Grill geparkt hatte. Das Gefühl in meinem Magen deutete an, es könnte Zeit zum Mittagessen sein, aber mein Geldbeutel war in meiner Jacke, die über dem Stuhl hinter unserem Stand hing, und nur weil ich dachte, es wäre Zeit für ein Eis, bedeutete das nicht, dass es für kleine Kinder auch Eiszeit war.

»Wir wollen erst Mam fragen«, sagte ich.

Ich führte ihn gerade zum Zelt zurück, als Charlie in die Höhe sprang und winkte. »Daddy!«

Da kam der große Charlie, flankiert von seinen beiden Töchtern. Peerie Charlie hatte das Aussehen von seinem Dad geerbt: Der große Charlie hatte das gleiche lockige, blonde Haar und die gleiche helle Haut, die die Sommersonne leicht rötlich gebräunt hatte. Es war seltsam, wie sehr der Sohn dem Vater ähnelte und die Töchter ihrer Mutter, aber wenn ich darüber nachdachte, kam das in Shetland öfter mal vor. Männer, die aussahen wie Wikinger, waren nichts Ungewöhnliches, besonders in Yell, wo es viele große, massig gebaute Kerle mit rötlichblondem Haar gab, aber man sah dieses strahlende Blond nur sehr selten bei den Frauen. Viele Frauen in Shetland waren klein und dunkel und hatten blaue Augen. Sie hatten dieses piktische Aussehen von ihren Urahnen geerbt, die sich die Wikinger als Konkubinen genommen hatten, als die Überfälle begannen.

Big Charlie hatte das Boot mit dem Echolot gesteuert. Ich warf einen Blick auf die Pier hinunter. Ja, er war auch da zwischen den anderen Fischerbooten vor Anker gegangen. *Die haben eine Leiche an Bord der Yacht gefunden ...* Als er sich mir zuwandte, verschwand all die gezwungene Fröhlichkeit, die er seinen Mädchen gezeigt hatte, aus seinem Gesicht. Unter der Sonnenbräune war seine Haut grau, und seine Mundwinkel zeigten nach unten, als wäre ihm übel. »Cass, Inspector Macrae hat mich gebeten, nach dir Ausschau zu halten. Er hat versucht, dich anzurufen, aber hier oben gibt es kein Netz.« Er beugte sich herunter, um sich Peerie Charlie auf die Schultern zu schwingen. »Also, Peeriebreeeks*, hast du schon die Pferde gesehen?«

»Ich saß auf Pferd«, bestätigte ihm Charlie. »Hände ganz fest.« Er ballte die Fäuste, um es seinen Schwestern zu zeigen. »Jetzt Eis.«

»Das soll besser Mam entscheiden«, antwortete Charlie. Er

---

* (shetl.) wörtlich »Kleine Hose«, Kosename für kleine Kinder.

hob seinen Sohn wieder von der Schulter herunter, übergab ihn seinen Schwestern und fischte eine Fünfpfundnote aus der Tasche. »Fragt Mam, Mädels, und dann nehmt ihn mit zum Eisessen.« Er wartete, bis sie außer Hörweite waren, und sagte leise: »Der Polizeibeamte hat mich gebeten, dich zu fragen, Cass, ob du vielleicht Zeit hast, zur Pier runterzukommen. Wir haben die Yacht gefunden, das hast du gesehen.«

Ich nickte.

»Ich hatte meine Tauchausrüstung dabei, also hab ich da unten mal nachgesehen.« Sein Gesicht wurde ganz verkniffen. »Es war eine Leiche in der Kabine. Ich habe ein Seil um ihn gebunden …«

»Um ihn?«, warf ich ein. »Peter …«

Charlie nickte. »Sobald wir ihn an Bord hatten, habe ich mich unten ein bisschen mit der Lampe umgeschaut.« Er warf einen raschen Blick nach hinten, als wollte er sich vergewissern, dass ihn niemand belauschte. »Wer immer diese Yacht versenkt hat, der hat es absichtlich getan.«

»Konntest du sehen, wie er das gemacht hat?«

Charlie nickte. »Eines der Toilettenrohre war durchgesägt, gleich hinter dem Seeventil.«

»Da muss sie sinken, das ist mal klar.« Die Seeventile waren an den Löchern in der Seite des Bootes angebracht: Kühlwasser für den Motor, Abflüsse von der Spüle und aus dem Cockpit, Zufluss und Abfluss der Toilette. Diese Ventile funktionieren normalerweise, aber wenn sie mal ausfallen, hatte man Probleme, denn dann hat man ein 3-Zentimeter-Loch unten im Boot. Jedes Boot führt für jedes Seeventil einen Stopfen mit, für alle Fälle.

»Das Seeventil war offen – so eines mit einem Absperrhebel, da konnte man sehen, dass es offen war. Das Rohr gleich dahinter, eines von diesen grünen Plastikrohren, war glatt durchgesägt, wahrscheinlich mit einer Bügelsäge, und dann hat derjenige das Ventil geöffnet.«

»Gibt es Anzeichen dafür, dass jemand versucht hat, das Leck wieder zu verstopfen?«

Er schüttelte den Kopf. »So eine schöne Yacht, dass die jemand versenkt.« Er schaute sich noch einmal mit finsterer Miene um. »Die haben die Leichen da unten in einem weißen Lieferwagen, die von der Yacht und eine, die der Hubschrauber heute Morgen eingesammelt hat. Der Inspektor hätte gern, dass du sie identifizierst, ehe sie sie nach Lerwick bringen.«

»Ich gehe gleich hin«, sagte ich.

8

He's da main string o da fiddle.
Er ist die wichtigste Saite an der Fiedel.

(Alter Spruch aus Shetland:
Er ist die wichtigste Person in der Unternehmung.)

KAPITEL 21

Gavin hatte mich wohl den grünen Hang hinunterkommen sehen, gegen den Strom aller anderen Besucher, die hinaufgingen. Als ich unten den Strand erreichte, wartete er dort schon auf mich. Er trug ein blaues Hemd, hatte die Ärmel bis zum Ellbogen aufgerollt, so dass man seine muskulösen braunen Arme sah; sein Kilt hing eckig über grau-grünen Socken. »Einen schönen Nachmittag«, sagte er und passte sich meinem Schritt an.

»Ist es schon so spät?«, fragte ich. Ich schaute zur Sonne und auf die kurzen Schatten; es war etwa ein Uhr. Ein Blick auf meine zerkratzte Uhr bestätigte das: zehn nach eins. Kein Wunder, dass ich Hunger hatte. Ich wünschte, ich hätte etwas gegessen, ehe ich hierherkam. Nachher würde ich vielleicht keinen Appetit mehr haben.

»Wir haben eine Leiche in der Yacht gefunden«, sagte Gavin leise, »und eine weitere trieb draußen im Meer, genau da, wo es zu erwarten war, wenn sie letzte Nacht über die Klippe geworfen wurde.«

»Die Küstenwache hat ein Computerprogramm«, sagte ich. »Da gibt man ein, wo etwas verlorengegangen ist, rechnet die Gezeiten, den Wind und die Größe des Gegenstandes mit ein, und dann sagt einem der Computer, wo man mit der Suche anfangen kann.«

»Das Programm hat einen Volltreffer gelandet. Der Helikopter hat die Leiche heute Morgen gefunden, und das Rettungsboot hat sie aufgenommen, ungefähr zu der Zeit, als wir die Yacht geortet haben, also habe ich ihnen gesagt, sie sollen sie nach Voe bringen.«

»Madge«, sagte ich. »Die Frau vom Motorboot. Und Peter auf der Yacht. Und wo ist Sandra?«

Gavin breitete in der Keine-Ahnung-Geste die Hände aus. »Keine Spur von dem Motorboot. Es lag unterhalb des Cottage vor Anker; während wir dich eingesammelt haben, habe ich es unter uns gesehen, aber als das Rettungsboot zurückkam, war es fort. Wir haben eine Fahndung ausgelöst.«

»Aber wieso sollte Sandra das Motorboot von David und Madge nehmen?«

»Die Yacht ist absichtlich versenkt worden. Ein Taucher hat sich unten umgeschaut. Er meinte, da wäre ein Rohr bei einem der Seeventile kaputt gewesen.«

»Er hat's mir erzählt«, sagte ich. »Aber selbst wegen eines kaputten Rohrs kann ein Boot nur dann sinken, wenn niemand an Bord das Leck stopft. Sie müssen schließlich Stopfen an Bord gehabt haben oder zumindest einen Besenstiel, um den man ein Handtuch wickelt, alles geht da. Und dann sollte es möglich sein, das Boot nach Hause zu bringen.«

»Falls man am Leben ist und das tun kann«, stimmte mir Gavin zu.

»Lebte Peter denn noch?«

Gavin schüttelte den Kopf. »Das muss die Gerichtsmedizin klären, aber er lag unten in der Kajüte, und es gab keine Anzeichen, dass Schotts verriegelt waren, um ihn dort einzusperren. Ich glaube, er war schon tot, als die Yacht versenkt wurde.«

Wir waren inzwischen an der Straße angelangt, und die Hintergrundmusik vom Pierhead war zu einem Bum-Bum-Bum angeschwollen, das zu beiden Seiten des Pubs aus brusthohen Lautsprechern dröhnte. An den Tischen saßen überall Leute, die Bier und Fritten genossen. Gavin führte mich an ihnen vorüber zum Parkplatz. Der weiße Lieferwagen war rückwärts so weit an den gegenüberliegenden Schuppen herangefahren, dass eben noch eine halbe Türbreite Platz war. So konnte man die hinteren Türen gerade weit genug aufmachen, um hineinzuschauen, ohne dass sonst jemand einen Blick ins Innere erhaschte. Ein Polizist in Uniform wartete daneben, damit auch alle ringsum wussten, was hier passierte.

»Das ist jetzt wahrscheinlich nicht besonders schön«, sagte Gavin. Seine Stimme klang nüchtern, eine Warnung schwang darin mit, kein Mitgefühl.

Ich nickte. Ich hatte die Hände an der Seite zu Fäusten verkrampft. Ich zwang mich, die Finger zu lockern.

»Der Mann, den wir letzte Nacht eingesammelt haben, ist schon in Lerwick. Den brauchst du dir nicht noch einmal anzusehen. Du hattest ihn ja bereits als denjenigen identifiziert, der sich David Morse nannte und den du tot über die Klippenkante fallen sahst. Und da höchstwahrscheinlich nicht viele Männer mit Schnurrbart von Klippen ins Meer stürzen, gehen wir davon aus, dass er das war. Wir haben Fingerabdrücke und ein Foto. Wenn er also irgendwo aktenkundig ist, wissen wir sicher bald seinen richtigen Namen.«

Er öffnete die Tür des Lieferwagens, bis sie die Wand dahinter berührte, und winkte mich in den so entstandenen Raum. Im Inneren des Wagens befanden sich zwei längliche Pakete in schwarzer Plastikhülle, wie Delfine, die an einen Metallstrand angeschwemmt wurden. Die Köpfe waren an meinem Ende. Ich holte tief Luft und machte mich auf einiges gefasst. Eine der Leichen hatte eine Nacht im Meer verbracht, und das Salzwasser hatte die Haut aufgedunsen. Die andere hatte drei Nächte unten am Meeresgrund gelegen, mitten unter Krabben und Hummern.

Gavin trat in den Alkoven, den die Wagentür und die Wand neben mir bildeten. Durch sein blaues Hemd hindurch konnte ich die Wärme spüren, die er ausstrahlte. Er machte auch die andere Tür auf, so dass wir nun in einem Metalldreieck standen, so nah beieinander wie ein Liebespaar. Ich konnte seinen Atem und das Rascheln seines Hemdes hören, als er sich vorbeugte, um den ersten Leichensack zu öffnen. »Das ist der von der Yacht.«

Ich schloss eine Sekunde lang die Augen, raffte all meinen Mut zusammen und schlug sie wieder auf. Gavin hatte den Reißverschluss bis zur Taille heruntergezogen, aber noch eine Ecke des Sacks über den Kopf zurückgeschlagen. Ich schaute auf den Torso eines Mannes, der einen Pullover trug, der einmal weit gewesen war, sich nun aber um Konturen eines Körpers spannte, der von Gasen aufgedunsen war. Früher strickten die Frauen der Fischer die Initialen ihrer Männer in den rautenförmigen Zwickel unter dem Arm ihrer Marinepullover; sie wollten die Ihren erkennen können. Dieser Pullover hier war allerdings in schreienden Farben in Streifen gestrickt, die das Wasser dunkler gemacht hatte, die aber trocken neongelb, quietschrosa und lindgrün sein würden. *Ich hab mir einen Hut wie Phil bei eBay bestellt ...*

Gavins Augen waren aufmerksam auf mein Gesicht gerichtet. »Erkennst du ihn?«

Ich schluckte. »Peter Wearmouth hatte so einen Pullover.«

»Es tut mir leid«, sagte Gavin. Seine Hand wanderte zu dem Dreieck aus schwarzem Plastik, das den Kopf bedeckte.

Es war weit unangenehmer, als ich es mir vorgestellt hatte. Die Unterwasserwesen hatten sich eifrig an dem Toten zu schaffen gemacht. Das Gesicht war nur noch eine Masse von zerfetztem, weißlichem Fleisch, unter dem der bleiche Knochen bereits hervorschaute, wo einmal die Wangen gewesen waren, ebenso um die Augenhöhlen. Ein Stück knochiger Knorpel war dort, wo einmal die Nase hervorgeragt hatte. Ein Augapfel lag noch in seiner Höhle, vollständig, aber völlig zerquetscht; der andere war nur noch eine Masse farbloser Röhrchen. Ich sah in diesem kurzen Augenblick mehr, als ich wollte. Dann fielen meine Augen auf sein Haar, eine zerfranste Kappe aus Silber, vom Wasser zu Grau verdunkelt und in Strähnen an den knochigen Schädel gepresst. Es war kaum noch ein Gesicht, aber ich erkannte doch die Proportionen. Ich nickte, weil mir so übel war, dass ich nicht wagte, den Mund zu öffnen.

»Kannst du ausmachen, wer es ist?«

Ich biss die Zähne zusammen und holte tief Luft. »Peter. Es ist Peter Wearmouth. Ich kann das Gesicht nicht erkennen, aber irgendwie stimmt alles, das Haar und die Proportionen.« Übelkeit stieg ihn mir auf; ich wandte mich ab, rang um Fassung. Ich drehte mich erst wieder um, als ich hörte, dass Gavin den Reißverschluss zugezogen hatte. Er sprach sanft.

»Kannst du noch eine ertragen?«

Ich nickte.

Ich sah zu, wie seine Hände den Reißverschluss langsam über das schwarze Plastik herunterzogen. Was darunter war, war auch schwarz, die schwarze Jacke und die Hose, die in einem endlosen Rad an mir vorübergewirbelt waren. Erst als Gavin den Reißverschluss bis zur Taille geöffnet und seine sicheren braunen Hände weggenommen hatte, schaute ich nach oben auf den Kopf. Ich erwartete Madges hummer-oranges Haar und ihr feistes Gesicht zu sehen.

Das Gesicht war tatsächlich plump, jedoch vom Wasser aufgedunsen und völlig farblos. Es war weitaus schrecklicher als das andere. Das war ja kaum noch ein Gesicht gewesen, sondern eher etwas aus einem Studio für Spezialeffekte. Dies hier war eine Tote, und alles, was sie einmal lebendig gemacht hatte, war wie weggewischt, nichts als kalter Lehm war übrig, der Mund schlaff, der Ausdruck fort. Irgendwie war sie schwerer zu erkennen, jetzt da alles verschwunden war, was sie als Menschen ausgezeichnet hatte. Die Augen starrten graugrün unter den hellen Brauen hervor, so ausdruckslos wie die eines Fisches auf einer Marmorplatte. Dann schaute ich erneut auf das Haar. Es war ebenso blond wie die feinen Brauen und zu einem langen Bob geschnitten. Ich verstand nicht, wieso sie mit David auf der Klippe über mir gestanden hatte, aber ich kannte sie. Ich nickte und wandte mich ab, bis Gavin sie wieder zugedeckt hatte.

Er schloss die zweite Tür und nahm mich beim Arm, um mich in den Sonnenschein zu führen. Ich war dankbar für die

Wärme, die sich wie ein Streicheln auf meinen nackten Armen anfühlte. Ich stand da und umklammerte meinen Arm, als Gavin losließ und dem Polizisten zunickte. »Sie können jetzt gehen.«

Wieder stützte er meinen Ellbogen mit seiner Hand. Er führte mich über die Pier vor zur *Chalida*. »Lass mich dir eine Tasse Trinkschokolade machen.«

Ich setzte mich bibbernd in mein Cockpit. Kater kam herausgeklettert und rollte sich auf meinem Schoß zusammen, eine schnurrende warme Kugel. Selbst die leichte Brise fühlte sich auf meinen Wangen kalt an, und der Lattensitz war hart unter mir. Ich hörte Gavin unten hantieren, hörte die vertrauten Geräusche: Wasser wurde in den Kessel gepumpt, die Gasflamme zischte, Henkeltassen, die aus dem Fach genommen wurden, klirrten, der Löffel klapperte im Glas mit dem Schokoladenpulver. Ich drückte Kater an mich, lehnte den Kopf gegen Rattes warme Fellrolle und schauderte, bis der Kessel pfiff, Gavin aus der Kajüte kam und mir eine Henkeltasse in die Hand drückte. »Versuche, nicht zu sprechen, trink einfach.«

Er hatte zusätzlichen Zucker hineingerührt und einen Schuss vom Notfall-Whisky der *Chalida*. Meine Zähne klapperten gegen den Rand des Bechers, als ich trank, aber der Kakao stärkte mich. Als ich ausgetrunken hatte, stellte ich den Becher in die Halterung auf dem Niedergang und schaute Gavin an. Seine grauen Augen waren unverwandt auf mich gerichtet, prüfend, aufmunternd. »Nun?«

»Ich verstehe das nicht«, sagte ich. »Die Frau, die gestern Nacht von der Klippe gefallen ist, die mit David Morse dort oben war, das war Sandra Wearmouth.«

Gavin kam aus der Kajüte und setzte sich mir gegenüber hin. Er schaute über die Schulter. Es war niemand in unserer Nähe, und das unaufhörliche Hämmern aus den Lautsprechern vor dem Pierhead übertönte unser leises Gespräch. So wie wir uns gegenübersaßen, berührten sich unsere Knie beinahe im schmalen Cockpit der *Chalida*: meine marineblaue Cargohose, der grünweiße Wollstoff seines Kilts. Die leicht säuselnde Brise war gerade stark genug, um sein dunkelrotes Haar zu zerzausen. Seine grauen Augen schauten mich ruhig an.

»Sprich mit mir, Cass. Was für einen Sinn ergibt das für dich?«

In meinem Kopf war alles durcheinander. Ich packte den Strang, dem ich folgen konnte.

»Es müssen David Morse und Sandra Wearmouth gewesen sein, die mich in die Grabkammer gesperrt haben«, sagte ich. »Sie waren die beiden Leichen, die im Meer gefunden wurden, die ich fallen sah, und vorher hatten sie darüber geredet, dass ich entkommen war – also haben die beiden mich da reingeworfen. Sie wollten, dass ich da drin starb. Aber ... es verwirrt mich, dass die Paare vertauscht sind. Ich dachte, David und Madge in ihrem schicken Motorboot wären die Kuriere gewesen, und Peter wäre der Polizist, der sie jagte. Jetzt sieht es so aus, als hätten David und Sandra zusammengearbeitet.«

»Das heißt nicht, dass deine erste Vermutung nicht auch gestimmt hat. Peters Partner bei der Polizei meinte, er wäre segeln, aber wieso sollte er seinen Urlaub nicht dazu nutzen, einem Bauchgefühl zu folgen, genauso wie ich es getan habe?«

»Und wenn Sandra der Maulwurf war ...?«

Gavin nickte. »Wir von der Polizei machen das manchmal. Es ist gegen alle Regeln, aber du kommst nach Hause, und du bist müde, und deine Gedanken sind mit dem aktuellen Fall beschäftigt, und du hast vollstes Vertrauen zu deiner Frau, deiner Freundin, deinem Bruder, du erzählst ihnen davon. Großer Gott, in was für Schwierigkeiten ich stecken würde, wenn Kenny nicht so zuverlässig wäre.«

»Also hat Sandra David und Madge erzählt, was los ist, und die dachten, dass Peter ihnen auf die Schliche gekommen war, und beschlossen, ihn loszuwerden.«

»Es muss aber auch jemand vom Ort mit drinstecken, denn sie haben ja die Grabkammer benutzt. Shetland ist zwar ideal gelegen, um von hier aus gestohlene Gegenstände an die Orte zu schaffen, wo einige von ihnen auch aufgetaucht sind, aber sicher gibt es einfacher zugängliche Stellen, um heiße Ware zu verstecken. Ich bin noch nicht da oben gewesen. Was hast du dort gesehen, das den Elfenhügel zu einem guten Versteck machte?«

»Zunächst einmal würde dort niemand herumwühlen«, antwortete ich. »Selbst hier in Shetland gibt es kein altes Cottage und kaum eine Scheune, die so abgelegen sind, dass nicht irgendjemand da rumschnüffeln würde. Ein Tourist, den der Regen überrascht hat, spielende Kinder – aber kein zufällig vorbeikommender Wanderer wäre in der Lage, den Stein am Eingang des Hügelgrabs hochzuheben.«

»Ein Cottage kann man abschließen. Hast du mal versucht, die Tür des Hauses unterhalb des Grabhügels aufzumachen?«

»Die war abgeschlossen, aber ich glaube nicht, dass das etwas mit all dem hier zu tun hat. Brian Nicolson, der Besitzer, na ja, der hatte seinem besten Freund einen Schlüssel hinterlassen.« Ich ärgerte mich, als ich merkte, dass meine Wangen puterrot wurden. »Ich habe gehört, dass da Sexspielchen liefen, unter anderem mit seiner Frau, und das hat er rausbekommen, und dann hat er das Schloss ausgetauscht. Das war am Donnerstag. Als ich am Mittwoch zum ersten Mal dort vorbeikam, habe ich nicht versucht, die Tür zu öffnen, denn ich war mir nicht sicher, ob jemand drin war. Als ich wieder vom Berg herunterkam, habe ich allerdings ein Fernglas aufblitzen sehen. Es war nicht David, der war auf dem Meer fischen, aber Madge hätte es sein können. Ich habe von ihr auf dem Motorboot keine Spur gesehen. Es könnte allerdings auch Sandra gewesen sein.« *Dreier* ... »Das Cottage war außerdem zu feucht, um dort Kunstgegenstände aufzubewahren. Es verläuft ein Drainagegraben rundherum und auf dem Dach und um die Mansardenfenster wächst Moos, während diese Grabkammer trocken und geschützt ist. Dort herrschen beinahe die gleichen Bedingungen wie in einem klimatisierten unterirdischen Lagerraum; besser bekommt man das außerhalb eines Museums kaum hin.«

Gavin verzog das Gesicht, ich hatte ihn wohl nicht überzeugt. »Sind Häuser in der Nähe?«

»Nein«, antwortete ich. »Und das ist auch ungewöhnlich. Hier wird man immer von irgendjemandem gesehen. Also bekommt normalerweise immer jemand mit, wenn man kommt und geht. Also hätten die Leute längst was gesagt, wenn sie bemerkt hätten, dass man Gemälde von einem Boot herunterschafft und sie später wieder an Bord bringt. Den Elfenhügel sieht man nur vom Meer aus oder vom Ward of Muckle Roe – Ward bedeutet Gipfel. Von da hat auch Magnie die Lichter gesehen. Er konnte an dem Abend nicht schlafen und ist den Berg hochgestiegen. Und dann ist da noch die Festmachboje unten vor dem Cottage. Hier konnten sie gut vor Anker gehen, dann zum Grabhügel hinaufsteigen, den Stein vor der Kammer mit irgendwas weghebeln, die benötigten Kunstwerke rausnehmen und wieder verschwinden, ohne dass jemand mitkriegte, dass sie dagewesen waren.«

»Es sei denn, Wanderer hätten sie gestört.«

Ich schüttelte den Kopf. Ratte klammerte sich protestierend an meiner Schulter fest; ich hob eine Hand, um sie oben zu halten. Kater schnurrte warm und tröstlich auf meinem Schoß. »Die Öffnung des Steinzeitgrabs befindet sich auf der dem Meer zugewandten Seite, und man hat von da einen guten Blick übers Land, ein ziemliches Stück weit. Wenn jemand ordentlich Ausschau hält, kann man den Stein schnell wieder schließen und als unschuldiger Wanderer sein Picknick genießen, bis jemand da oben angekommen ist.«

»Also hat jemand die Gegenstände gestohlen und dort hochgebracht, sie in der Grabkammer versteckt, und die Kuriere konnten sie von dort abholen. Aber wer soll das gewesen sein?«

»Höchstwahrscheinlich Brian«, sagte ich. »Brian Nicolson. Er ist als Kind mal in der Grabkammer gewesen, und sie liegt auf seinem Land, also konnte er die Archäologen fernhalten. Außerdem arbeitet er im Süden als Elektriker bei einer Sicherheitsfirma.«

»Ja, du hast ihn schon mal erwähnt.« Gavin angelte ein schwarzes Notizbuch aus seinem Sporran. »Noch jemand?«

»Alle aus seiner Altersgruppe und auch ein paar jüngere Kinder.« Ich erzählte ihm, wie Brian in der Schule versucht hatte, uns mit dem Schädel in der Tragetasche Angst einzujagen. »Jeder von uns hätte sich daran erinnern können, wenn er was zu verstecken hatte.«

Auch ein paar jüngere Kinder ... »Es gibt eine Verbindung zwischen Brian und David und Madge. Norman, das ist der Bruder von Alex, dem Jungen, der umgekommen ist, der glaubte, er hätte sie schon mal gesehen, als sie im Süden bei Onkel Brian zu Besuch waren. Der hat auch Alex den Auftrag gegeben, von mir mehr darüber rauszubringen.«

Auch das schrieb sich Gavin auf. »Ich habe den Jungen gesehen. Er ist etwa sechzehn, dunkles Haar? Er hatte bei der Suche nach seinem Bruder mitgemacht und kam nach Hause, kurz nachdem wir seinen Eltern die Nachricht vom Tod ihres Sohnes überbracht hatten. Okay, also könnte Brian unser Mann vor Ort sein. Reist er viel zwischen hier und dem Süden hin und her?«

»Ziemlich regelmäßig, glaube ich, um nach seiner Mutter zu schauen.«

»Mmmm.« Gavin machte sich noch eine Notiz, schlug dann eine neue Seite auf. »Was ist mit dem Vater des toten Jungen, Olaf? Hat der von der Grabkammer gewusst?«

»Ja, er war als Junge mal drin, hat er mir erzählt, Brian hat ihn mitgenommen und dann gleich wieder rausgescheucht, ehe er sich richtig umschauen konnte.«

»Er kannte also den Eingang, und er hat Brian im Süden

besucht. Und er hatte einen Schlüssel zum Cottage. Damit rutscht er auf meiner Liste der Verdächtigen vor Ort ziemlich weit nach oben.« Gavin lächelte über mein verdutztes Gesicht. »Du steckst mitten drin, Cass. Du hast zu viel mit Segeln und Überfallenwerden zu tun, da kommt man nicht zum Nachdenken.«

»Ich bin immer noch ganz durcheinander«, gab ich zu. »Sandra schien mir so nett zu sein, so normal, eine Hälfte eines zufriedenen Paares. Ich hätte sie nie im Leben verdächtigt.«

»Das gehört bei professionellen Kriminellen zum Handwerkszeug. Du würdest dich wundern, wie nett die wirklich guten Kriminellen sind, was für einen normalen Eindruck sie machen. Nur die kleinen Würstchen tragen ihr Schurkentum offen zur Schau.« Er hatte ein freundliches, ein wenig schiefes Lächeln, die Art von Lächeln, die einem das Gefühl gab, er sei ein Freund. Jetzt hatte er es nicht als Teil seines Verhörs eingesetzt; es war echt. Ich lächelte zurück. »Das erklärt natürlich, warum sich die Polizei in Newcastle so bedeckt gehalten hat. Wenn sie da auch nur den kleinsten Verdacht hegten, dass die Ehefrau eines hochrangigen Beamten mit Drogengeschäften zu tun hat, dann wollten sie so wenig Staub wie möglich aufwirbeln, falls sie sie erwischten. Wenn wir bei der Polizei eines hassen, dann ist es unser Vertrauensverlust in der Öffentlichkeit und das ›wir haben es doch immer gesagt‹ der Presse, wenn mal was schiefgeht.«

»Also ... war Sandra die große Chefin?«

»Es scheint möglich zu sein. Sie könnte Olaf oder Brian als Diebe für ihren Tauschhandel Kunst gegen Drogen angeheuert haben. Und David und Madge als Kuriere. Olaf oder Brian hat die heiße Ware nach Shetland gebracht und im Elfenhügel versteckt, David und Madge haben sie abgeholt und ins Ausland geschafft. Oder vielleicht haben Sandra, David und Madge die Operation gemeinsam geleitet. Wir müssen die Verbindungen zwischen ihnen finden.«

»Könnte es vielleicht sein, dass …«, hob ich an.

Er schaute mich abwartend an.

»Wie sie so tot dalag, das Gesicht aufgedunsen und die Augen aufgerissen, da dachte ich einen Augenblick lang, es wäre Madge. Dann merkte ich, dass die Haare nicht stimmten. Als ich sie zum ersten Mal gesehen habe, erinnerten mich ihre Augen an jemanden, und ich wusste nicht, an wen. Aber jetzt glaube ich, dass sie mich an Madge erinnert haben. Könnte es nicht sein …, dass die beiden vielleicht Schwestern waren?«

»Es lohnt sich, da mal nachzuforschen.«

Schon schaltete er wieder auf effizienten Kriminalpolizisten um. »Wir wollen mal einen Zeitstrahl machen und das einsetzen, was wir bis jetzt wissen oder vermuten. Es fing am Montagabend mit der Ankunft der beiden Boote an?«

»Ehe sie kamen, waren oben am Elfenhügel Schüsse zu hören. Magnie hat mir am nächsten Morgen davon erzählt. Er meinte, Norman hätte da rumgeballert, aber das war an dem Abend, als Norman mit diesem verdammten Jetski im Voe durch die Gegend gebrettert ist. Brian kann es auch nicht gewesen sein, denn der hatte mit seinen Schafen zu tun. Genauso wenig Peter und Sandra – die waren eben erst angekommen. Sie und das Boot sahen so aus, als hätten sie wirklich das gemacht, was sie erzählten, dass sie nämlich um die Spitze von Muckle Flugga herumgesegelt und dann zu uns nach Brae gekommen waren.«

»Du meinst also, es waren die beiden vom Motorboot, David und Madge, die da geschossen haben?«

Ich nickte. »Sie haben Katers Mutter erschossen, weil sie Leuten zeigen konnte, dass es einen Weg in die Grabkammer gab. David und Madge waren also wohl oben am Elfenhügel gewesen, ehe sie hier in den Hafen kamen.«

»Wieso sind sie überhaupt nach Brae gekommen? Haben sie dadurch nicht die Aufmerksamkeit auf sich gelenkt?«

»Treibstoff«, antwortete ich sofort. »Dieses Boot säuft bestimmt Sprit wie ein offenes Seeventil. Die haben alle Tanks gefüllt, ehe sie wieder weggefahren sind. Und dann am Dienstagmorgen dieses seltsame Gespräch in der Dusche – das haben sie wahrscheinlich für mich inszeniert. Aber Sandra hat Madge auch erzählt, dass sie zum Elfenhügel hochgehen wollten.«

»Okay.« Die nächste Notiz. »Am Dienstag machten sich dann Peter und Sandra über Land zum Elfenhügel auf, und das Paar auf dem Motorboot ist übers Meer hingefahren. Peter ist vielleicht da umgebracht worden, und sie haben seine Leiche auf das Motorboot geladen.«

»Du scheinst dir ziemlich sicher zu sein, dass Madge noch lebt«, meinte ich.

»Jemand ist mit dem Motorboot weggefahren.«

Ich schüttelte ungläubig den Kopf. »Ich habe die beiden für ein so normales Paar gehalten, außer dass sie seine Katze nicht besonders leiden konnte.«

»Leute, die sich lieben, erstrecken gewöhnlich dieses Gefühl auch auf Haustiere.« Gavins graue Augen huschten zu Ratte, die sich bequem um meinen Hals geschlungen hatte, den Schwanz ordentlich untergeschlagen, und mit ihren Schnurrhaaren meine Wange kitzelte. »Also lag das Boot den ganzen Dienstag hier. Ist am Dienstagabend irgendwas Besonderes passiert?«

Ich zuckte mit den Achseln. »Nein ... o ja. Da war die Punkteregatta, und Magnie hat mich gefragt, ob ich schon wieder was von den Wandersleuten von der Yacht gesehen hatte. Er hat die Frage gestellt, als ich gerade über den klatschenden Spinnaker hinwegbrüllen musste und es dann plötzlich ganz still wurde. Also hat das ganze Voe meine Antwort laut und deutlich mitbekommen: Ich müsste was unternehmen, wenn die beiden nicht bald zurückkämen. Olaf Johnson war Crew. Der hat es bestimmt gehört.«

»Mittwoch. Am Abend bist du zu dem Liegeplatz beim Cottage gesegelt und hast David fischen gesehen, aber sonst niemanden an Bord. Vom Cottage aus hat dich jemand beobachtet. Also waren sie da noch immer in der Gegend. Und das war auch die Nacht, in der jemand mit der Yacht ausgelaufen ist.«

»Ich glaubte, es wäre nicht Sandra«, sagte ich, »aber jetzt bin ich mir da nicht mehr so sicher. Ich habe nur eine Person entdeckt, doch wer immer es war, diese Person hat den Motor angelassen und keine Probleme mit den Leinen oder der Gangschaltung gehabt. Vielleicht waren es Sandra und Madge, und David hat das Motorboot hergebracht, um sich mit ihnen zu treffen.«

»Dann haben sie Peters Leiche auf die Yacht geschafft, dieses Rohr durchgesägt und die Yacht versenkt, haben keinen Gedanken darauf verschwendet, ob die Katze ertrinkt, und sind weggefahren.« Gavin kritzelte noch ein paar Worte hin. Er benutzte einen schwarzen Stift, schrieb in seiner schmalen Kursivschrift sehr klar und deutlich auf das elfenbeinfarbene Papier. Er war Linkshänder, genau wie ich.

»Und dann am Mittwochabend hat Magnie die Lichter gesehen, die in der Dämmerung den Berg rauf und runter zogen«, sagte ich.

»David, Madge und Sandra, die den Grabhügel leerräumten?«, vermutete Gavin.

»Er war auf jeden Fall leergeräumt, als ich darin eingesperrt war«, meinte ich. »Aber erst mal zu Donnerstag. Ich habe rumtelefoniert, um rauszufinden, wo die Yacht abgeblieben war, und keine Antwort bekommen. Also habe ich bei dir angerufen. Dann habe ich Inga besucht. Oh, Brians Mutter. Die Frau mit der Ikone, von der ich dir erzählt habe. Sie hat jemand zum Putzen gesucht, und ich habe mich beworben.«

Er schaute mich nicht an, aber ein Mundwinkel verzog sich wieder zu einem kleinen Lächeln.

»Ich bin schon wieder rausgeflogen«, erklärte ich. »Sie hat mir heute Morgen gesagt, Brian hätte ihr die Idee ausgeredet, mich einzustellen.«

»Und am Freitagabend bist du auch in den Elfenhügel eingesperrt worden.«

»Reingeworfen worden trifft es eher. Ich habe eine eindrucksvolle Sammlung von blauen Flecken.«

»Kurz nach sechs haben wir den toten Jungen gefunden. Er muss schnurstracks zum Elfenhügel hochgefahren sein, da wurde er umgebracht. Entweder, weil er etwas Verdächtiges beobachtet hatte oder weil er die Leute erkannt hat. Hatte er die beiden Paare aus so großer Nähe gesehen, dass er wusste, welcher Mann zu welcher Frau gehörte?«

»Ja«, antwortete ich. »Er ist am Dienstagmorgen am Hafen gewesen – und da hat er mich auch nach ihnen ausgefragt.«

»Also hat er einfach nur David und Sandra zusammen gesehen. Oder vielleicht hat er sie überrascht, als sie gerade die letzten Gegenstände aus der Grabkammer räumten. Wer weiß? Aber sie haben ihn umgebracht.«

»Sie waren völlig skrupellos. Peter, Alex – mussten sie eine solche ... Blutspur hinter sich herziehen?«

»Wenn die Leute einmal im Drogengeschäft sind, dann werden sie skrupellos. Ich habe da Geschichten gehört, sogar aus dem ruhigen schottischen Hochland.« Gavin klappte sein Notizbuch zu. »Ein junger Mann hatte sich zum Beispiel schwer bei ihnen verschuldet. Sie haben ihn entführt und ihm ein Messer an die Kehle gehalten, während er seine Eltern anrief und anflehte, ihm das Geld zu beschaffen.«

»Und haben sie es gemacht?«

Gavin verzog traurig den Mund. »Die Eltern waren ein ganz gewöhnliches Ehepaar mittleren Alters und konnten einfach nicht glauben, in welchen Alptraum ihr Sohn sie da gestürzt hatte. Sie haben eine neue Hypothek auf ihr Haus aufgenommen, um die Schulden zu bezahlen. Und beim nächsten Mal haben sie es dann verkaufen müssen.«

»Was ich nicht verstehe«, sagte ich, »ist, warum David und Sandra danach immer noch hier geblieben sind. Sie hatten doch den Elfenhügel leergeräumt, die *Genniveve* versenkt, und es gab keinen Grund mehr, hier zu bleiben.«

»Sie haben sich noch mit jemandem getroffen. Das hast du im Hubschrauber gesagt. Sie haben auf jemanden gewartet, der mit einem Pick-up den Berg heraufkam – und der sie erschossen hat. Du kannst mir keinen Hinweis geben, auch nicht den kleinsten, wer das gewesen sein könnte?«

Ich schüttelte den Kopf. »Es war ein Pick-up. Er kam schnell näher und blieb stehen. Dann fielen die Schüsse, und die Person hat die Leichen zur Kante der Klippe geschleift. Ich konnte hören, dass es ihm nicht leichtgefallen ist, er hat sie vor sich her gerollt und über weite Strecken wohl auch gezerrt.«

Gavin schüttelte den Kopf. »Um einen schweren Körper durch Zerren von der Stelle zu bewegen, braucht man zwei Leute, wenn man ihn jedoch rollt, könnte einer allein damit klarkommen, besonders auf ebenem Terrain wie dem flachen Platz vor dem Grabhügel.«

»Es hat nicht so geklungen, als wären es zwei Leute.«

Die Sonne schien mir warm auf den Nacken. Ich lehnte mich zurück und räkelte mich, dabei merkte ich, dass ich mich an die Leine von Kevins lautem Motorboot lehnte. Das erinnerte mich an das Gespräch von heute Morgen bei den Hühnerkäfigen. »Sind wir sicher, dass David und Madge die Kuriere waren?«

»So sieht es wohl aus.«

»Es ist nur, im Yachthafen ist noch dieses andere Paar. Die beiden haben sich sehr seltsam benommen.« Ich beschrieb ihm Kevin und Geri und deutete mit dem Kinn auf das dunkelblaue Boot, das längsseits von mir festgemacht hatte. »Das ist ihr Boot. Die fahren auch Ziele wie die Färöer und Island an, und es ist wirklich seltsam, dass sie ihr Boot zuschließen. Nicht mal Kevins bester Kumpel Jimmie schien an Bord kommen zu dürfen.«

»Ah«, sagte Gavin und grinste. »Während ich auf dich gewartet habe, konnte ich zuschauen, wie das Boot entladen wurde.« Er ließ den Blick zum Pierhead schweifen. »Ich glaube, dieses Geheimnis wird bald gelüftet.«

KAPITEL 22

Ich folgte seinem Blick. Während wir sprachen, hatte ein Bus gegenüber vom Pierhead da geparkt, wo der weiße Lieferwagen gestanden hatte. Männer in überkandidelten Kostümen gesellten sich zu den T-Shirt tragenden Gästen an den Tischen. Einige Neuankömmlinge trugen wie Fischer Watstiefel und grünes Ölzeug, andere übertriebene altmodische Knickerbocker in Neonkaro und Tweedhüte mit Angelfliegen ringsum. Sie lachten so laut wie junge Leute, die schon seit nach dem Frühstück Alkohol tranken. Jimmie stand in der Mitte, mit Buttons und einer Schärpe verziert, auf der zweifellos so was Ähnliches wie »Letzter Tag in Freiheit« stand.

»Ich war mal auf dem Polterabend eines meiner Kollegen in Orkney«, erzählte Gavin und rutschte auf seiner Sitzbank so zur Seite, dass er besser sehen konnte. »Das hätte gereicht, um jeden davon zu überzeugen, nur zu zweit und in aller Stille in Thailand zu heiraten. Hier kommt der Bus der Braut.«

Man hätte ihn nicht übersehen können. An jedem nur möglichen Punkt waren blaue, weiße und gelbe Ballons festgebunden, und aus den offenen Dachluken dröhnte Steeldrum-Musik. Der Bus kam abrupt zum Stehen, ehe er die Verengung in der Straße vor dem Pierhead erreichte. Dann strömten Donna und ihre Freundinnen heraus.

Sie hatten sich für das Thema Tropeninsel entschieden. Da gab es Baströckchen in Neonfarben, schrille Bikinioberteile oder kurzärmlige Blusen, die knapp unter dem Busen geknotet waren, schwarze Perücken und darüber Blumenkränze und Sonnenbräune, die nur so glänzte – man merkte gleich, dass die Mädels planten, einen denkwürdigen Tag zu erleben. Donnas Rock war silbern und weiß, und ihr BH war aus zwei Herzen zusammengesetzt. Ich war froh, dass ich zu weit weg war, um lesen zu können, was darauf geschrieben stand, denn ich war mir ziemlich sicher, dass es mir nicht gefallen würde. Donnas blondes Haar war im besten Amy-Winehouse-Stil hoch toupiert, und sie trug eine Tiara, die in der Sonne glitzerte.

Die Männer begrüßten die Mädels mit lauten Schreien und Pfiffen, und die beiden Gruppen vermischten sich sofort, als sich die dunkel geschminkten Mädels auf ihre Fischer stürzten und umgekehrt. »Ich verstehe immer noch nicht ...«, sagte ich.

Gavin schaute nach links, wo die Straße zum oberen Ortsteil von Voe und zum Festplatz hinaufführte. Ich folgte seinem Blick, sah aber nichts Besonderes: einen Pick-up, ein paar Autos, noch einen Pick-up mit etwas auf der Ladefläche, das ich für zwei Plastikstühle hielt. Gavin stand auf. »Sollen wir ein bisschen näher rangehen?«

»Ich bin mir nicht sicher, ob ich das möchte«, antwortete ich ehrlich, als ich mir die bunt gemischten Kostüme anschaute und das schrille Lachen hörte. »Ich habe nicht viel für solche betrunkenen Partys übrig.«

»Meine hochempfindlichen Detektivsensoren verraten mir, dass die recht bald hier wegfahren.« Er lächelte wieder, und seine gebräunten Wangen erröteten ein wenig. »Ich habe dir das letzte Mal nicht erzählt, wie es dazu gekommen ist, dass ein bescheidener Detective Inspector wie ich zu einem Fall von so großem öffentlichem Interesse geschickt wurde und über den Mord auf dem Wikingerschiff ermitteln sollte.«

»Nein«, antwortete ich. Ich brachte Ratte und Kater nach unten und schob die Schotten dicht.

Er zog die *Chalida* näher an die Pier und ging in einem Wirbel grüner Falten an Land. »Es war ein Missverständnis. Die Nachricht, die im Hauptquartier in Inverness ankam, lautete nur, dass man in Brae auf einem Schiff eine Leiche gefunden hatte.« Er imitierte die abgehackte Sprechweise eines Polizeichefs. »Wie heißt doch gleich der Mann von der Westküste,

Macrae? Schickt den hin, der kann gut mit Bauern umgehen. Er ist selber einer, verdammt noch mal.« Traurig zog er die Mundwinkel nach unten. Dann streckte er mir von der Pier höflich die Hand entgegen. Ich ignorierte sie. Wenn ich nicht mehr ohne Hilfe von meinem Boot über einen Zwischenraum von etwas über einem Meter an Land kam, würde ich mir meinen Lebensunterhalt damit verdienen, Porzellanpferde abzustauben.

»Da war ich also, mitten in dem wichtigsten VIP-Fall, den es im Hochland seit der Ermordung von Red Fox* gegeben hat, und mit einer langen Reihe von gleichermaßen vielversprechenden Verdächtigen.«

»Und ich an ihrer Spitze.«

»Ja«, stimmte er mir zu. »Irgendwann warst du mal nur die Breite eines Farnblatts davon entfernt, verhaftet zu werden.« Seine Augen waren ernst, seine Stimme klang sachlich. »Du warst aktenkundig.« Alains Tod.

Wir hatten inzwischen die geparkten Busse erreicht. Ich hob die Hand, um dem Fahrer zu winken, und blieb neben der Stoßstange stehen, eine Straßenbreite von der wilden Meute an den Tischen entfernt. »Was jetzt?«

»Da«, sagte Gavin. Er deutete mit dem Kopf auf den Pickup, der um die Kurve auf uns zugefahren kam. Ich hatte richtig vermutet: Es standen zwei Plastikstühle auf der Ladefläche, die Sorte, wie man sie in öffentlichen Einrichtungen findet, rot und mit verrosteten Metallbeinen. Die Stühle waren nebeneinander mit oranger Plastikschnur an einen Holzbalken gebunden, der quer über den Pick-up lag. Als der Wagen anhielt, konnte ich hineinschauen. Ein mir ziemlich bekannt vorkommender roter Eimer stand in einer Ecke, dazu noch ein paar

---

* Spitzname des Verwalters Colin Campell, der im Mai 1752 aus dem Hinterhalt erschossen wurde (Appin-Mord). Nach einem manipulierten Prozess wurde ein Unschuldiger gehängt. 2001 wurde der Fall durch das Geständnis einer Nachfahrin des Mörders aufgeklärt.

Kisten. Jetzt ergab alles einen widerlichen Sinn. Ich schaute über die Schulter zu Gavin. »Ich hätte es am Geruch erkennen müssen. Walgedärme von den Färöern?«

»Das würde ich vermuten. Möchtest du dir die ganze Prozedur anschauen, oder gehen wir schon mal am Strand entlang in die gleiche Richtung?«

»Strand«, antwortete ich und schlängelte mich zwischen den Bussen und dem Laden hindurch, an dem umgebauten Fischerboot vorbei zu einer Steinbank. Hinter uns wurde das kreischende Lachen noch lauter, mischte sich mit Protestschreien. Ich riskierte einen Blick über die Schulter und drehte mich um, um alles richtig sehen zu können. Die Szene erinnerte mich an das erste Mal, als ich auf einer Windjammer den Äquator überquert hatte. Meine Proteste, ich hätte das bereits in einem kleinen Boot hinter mich gebracht, konnten meine Schiffskameraden nicht davon überzeugen, nicht das ganze Neptun-Ritual durchzuziehen. Jimmie wurde von einem Dutzend seiner Kumpels auf den Pick-up gehievt. Drei hielten ihn auf dem Stuhl fest, während zwei weitere ihn festbanden. Neben mir nickte Gavin. »Sie machen es richtig.« Das Wasser gluckerte auf halbem Weg den Strand hinunter. Ein schwarz glänzender Kormoran schaukelte keine sechs Meter entfernt auf den Wellen, den langen Schnabel in Richtung des Krachs gedreht. Ich konnte mir gut vorstellen, was er seiner Brut erzählte, wenn er zu seinem Nest zurückkam: »Ihr glaubt ja nicht, was diese Menschen gemacht haben ...«

Donna hatte sich für würdevolle Fügung entschieden. Eine Gruppe ihre Freundinnen in Hularöcken half ihr auf den Pick-up. Es war schwer, unter den schwarzen Locken irgendeine der Frauen zu erkennen, aber ich war mir ziemlich sicher, dass die Freundin, die Donna neben Jimmie auf den Thron band, Geri war. Sie warf ihre langen Tressen zurück, hob den Eimer hoch, schnitt eine Grimasse und reichte ihn Kevin. Der hob den Deckel. Aus der Menge erschallte ein angewiderter, freudiger Aufschrei, und als der Gestank uns ein paar Sekunden später erreichte, erkannte ich ihn. Walgedärme, die drei weitere Tage gereift waren, seit ich sie im Yachthafen gerochen hatte. Ich hätte gewürgt, wenn mir jemand so was um den Hals gehängt hätte. Jimmie und Donna protestierten schreiend, aber ihre Freunde hörten nicht darauf. Kevin hob eine Länge der glitschigen, glänzenden Gedärme auf und wand sie mehrmals um Jimmies Hals, machte dann dasselbe bei Donna. Zum Abschluss kippte er ihnen noch das rot gefärbte Wasser über den Kopf.

Der zweite Eimer enthielt etwas, das wie ein Brei aus Hafermehl aussah und über ihre Gesichter rann, in großen mehligen Klumpen in ihrem Haar und auf ihren Schultern kleben blieb. Danach reichte Kevin eine der Kisten vom Wagen und sprang herunter. Es waren Eier, und die Menge war betrunken genug, um sich mit dem Werfen zu vergnügen, wie Dorfleute zur Zeit der Tudors, die ein Paar quälten, das man an den Pranger gestellt hatte. Zumeist zielten sie auf den Körper, aber ich sah Donna auch zusammenzucken, als eines der Eier auf ihrem Wangenknochen zerschellte. Es war eine ganze Pappschachtel voller Eierkartons gewesen, vielleicht zwanzig Dutzend, und als sie endlich aufgebraucht waren, hatten Gavin und ich bereits den halben grünen Hang hinter uns und schauten auf sie zurück.

»Das ist ein sehr gutes Argument gegen die Ehe«, sagte ich.

»Mit dir würden sie das nicht machen«, erwiderte Gavin. »Du bewegst dich nicht in diesen Kreisen.«

»Doch, allmählich schon«, erwiderte ich. »Ich habe mich jetzt hier wieder eingelebt. Ich kenne alle Gesichter.« *Sesshaft* ... »Inga versucht mich dazu zu überreden, dass ich in ihre Netzballmannschaft komme, wenn der Sommer vorbei ist. Dann wäre ich eins von den Mädels.«

Der Pick-up war inzwischen von einer weißen Wolke verhüllt. »Als nächstes Mehl«, erklärte mir Gavin. Ich setzte mich ins Gras, um zuzuschauen. Meine Oberschenkelmuskeln hatten entschieden genug von dieser Bergsteigerei an Land. Gavin setzte sich neben mich, stützte sich mit gespreizter Hand zehn Zentimeter neben meiner ab.

»Meine Beinmuskeln tun weh«, erklärte ich.

Die kleine Gestalt, die Kevin war, stand schon wieder auf dem Pick-up, riss Mehlsäcke auf und schüttete den Inhalt über die Schneefrau und den Schneemann. Vier von den Hulamädchen banden Bündel von Luftballons an die Ecken des Wagens. Ich musste nicht näher herangehen, um zu wissen, dass die rosa Ballons auf Donnas Seite mit Sprüchen wie »Mädelsparty – pimmelfreie Zone« oder Karikaturen von »nackten Sahneschnitten« verziert waren, und auf den blauen Ballons auf Jimmies Seite würde »Sexy Mann« oder »Die Party ist hier« stehen. Unter Freudenschreien wurden zwei besonders geformte Ballons vorn an der Fahrerkabine angebracht: von hier aus sahen sie wie ein scharlachroter Penis und eine aufblasbare Frau aus.

Gavin seufzte. »All das gibt mir das Gefühl, dass ich irgendwie nicht so recht in die moderne Welt passe. Ich kann mir nicht vorstellen, dass so was ein Vergnügen sein soll. Ich betrinke mich nicht mal besonders gern, wenn ich auch nie am Ende eines Tages ein anständiges Glas Whisky ablehne.«

»Du und ich, wir sind da einer Meinung, junger Mann«, stimmte ich ihm zu. »Zum Glück ist Alkohol in Norwegen einfach zu teuer, und sie kommen da nicht hin, aber am Mittelmeer gab es jede Menge Junggesellenabschiede. Die waren furchtbar. Alle, Männer wie Frauen, haben sich den ganzen Abend lang volllaufen lassen und waren dann wirklich ein Ärgernis. Bis sie wieder weg waren, war der gesamte Barbereich eine Sperrzone. Die haben in einer Nacht für ihre Besäufnisse so viel ausgegeben, dass wir zwei Wochen davon hätten leben können, und am nächsten Morgen haben sie sich an nichts mehr erinnert. Ich habe einfach nicht kapiert, was das sollte.«

»Weil wir von der Polizei waren, mussten wir uns bei diesem

Fest in Orkney halbwegs vernünftig verhalten. Na ja, zumindest sind wir im Hotel geblieben. Es hat keine Paraden durch die Straßen gegeben.«

Unter uns wurde nun die letzte Kiste geöffnet. Nach den Geräuschen zu urteilen, die zu uns heraufdrangen, enthielt sie eine Auswahl von Gegenständen, die Maman auf keinen Fall als Musikinstrumente bezeichnet hätte. Das Schrillen von Pennywhistles aus Plastik und von Quietschtrompeten, der abgewürgte Klang von Kazoos und das Rasseln von Maracas schrillten zu uns herauf. Das Tonband mit der Steelband dröhnte wieder, der Pick-up wendete in einem Wirbel aus Folie und wehenden Ballons, und die Menge tobte hinterher. Die Hularöcke schwangen, als die Mädels ihre Arme in der Luft schwenkten, und die Männer hoben ihre Bierdosen und feuerten Böller ab. Als der Wagen an uns vorüberfuhr, sah ich Jimmie und Donna, kerzengerade, als ginge es zu einer Krönung, aber mit Mehl verkrustet, das mit dem Ei bereits in der Sonne zu einer harten grauen Paste trocknete. Jimmie war betrunken genug, um das alles als Riesenwitz zu sehen, aber Donnas Lächeln wirkte gezwungen, und die breiverkrustete Tiara saß ihr schief auf dem eingepuderten Kopf. Der Lärm schwoll an, als sie auf der Straße auf uns zu und um die Kurve kamen, und verebbte wieder, sobald sie um den Berg bogen. Über uns sang eine Lerche. Der Wind raschelte sanft im Gras neben uns, und einen Augenblick lang war es wunderbar friedlich. Gavin legte sich zurück, verschränkte die Arme hinter dem Kopf und schloss die Augen. Die Sonne zeichnete die angestrengten Falten auf seiner Stirn und zwischen Nase und Kinn nach. Ich erinnerte mich, dass er, obwohl es nicht sein Fall war, einen guten Teil der Nacht und dann gleich wieder früh am Morgen auf gewesen war. Dann drang der Lärm von der Straße wieder herauf, vermischte sich mit dem Hupen vorüberfahrender Autos. Ich seufzte und stand auf.

»Ich gehe jetzt besser zu meinem Stand zurück. Ich bin bestimmt schon eine Stunde weg. Inga zerrt garantiert bereits an den Festmachleinen und will weg.«

Gavin erhob sich auch. »Ich fahre zurück nach Lerwick und setze mich mit Newcastle in Verbindung. Bis später.«

Er ging den Hang hinunter, und ich begann wieder bergauf zu klettern. Als ich von der Straße herunterschaute, hatte er bereits den Strand erreicht.

Der Pick-up mit Jimmie und Donna drehte gerade eine triumphierende Runde über den Festplatz, als ich dort eintraf. Ich duckte mich hinter die lachende Menschenmenge und kam mir dabei ziemlich arrogant vor. Ich hörte in Gedanken schon, dass meine Stimme der von Maman zu ähneln begann – »*Vulgaire*« – und schämte mich. Die Freunde hatten sich eine Menge Mühe gegeben, um dafür zu sorgen, dass der nahende große Tag der beiden mit so viel Brimborium wie möglich gefeiert wurde. Und nur weil es nicht meine Art von Brimborium war, bedeutete das ja nicht, dass die anderen keinen Spaß hatten. Im Gelächter der Menge klangen Sympathie und Zuneigung mit.

Inga stand am Zelteingang, applaudierte und lachte mit den anderen Standbesitzern. Ich machte einen Schritt über die seitliche Zeltleine und schlängelte mich neben ihr herein. »Es tut mir leid, dass ich so lange gebraucht habe. Hat Charlie es dir erzählt?«

Sie nickte. »War es schlimm?«

»Grausig. Gavin hat mir hinterher Trinkschokolade mit extra Zucker eintrichtern müssen. Und dann hat uns diese Meute hier aufgehalten.«

Inga grinste. »Geri hat mit der Vorbereitung schon vor Wochen angefangen. Du glaubst ja nicht, was für eine Auswahl an Party-Luftballons und Bannern es im Internet gibt.«

»Die ist wohl auch in der Netzballmannschaft?« Ich konnte mir nicht vorstellen, dass die makellose Geri irgendwas machte, das ihre Haut röten und ihr den Schweiß auf die Stirn treiben würde, außer vielleicht eine Runde auf dem Hometrainer im Fitnesszentrum, in schwarzes Lycra gehüllt.

»Die spielt Hockey.« Ah, das konnte ich mir allerdings gut vorstellen; wenn es je ein Killer-Spiel gab, dann Hockey. »Okay«, fügte Inga hinzu, »wenn du jetzt wieder an den Stand kannst, dann gehe ich meine Kids einsammeln. Peeriebreeks ist bei seinem Dad, und die Mädels schwirren irgendwo rum. Wenn sie nur nicht wieder Goldfische gewinnen …« Sie verdrehte die dunklen Augen. »Entweder treiben die mit dem Bauch nach oben im Wasser, oder sie fressen sich gegenseitig auf.«

»Wirklich?«, fragte ich. Ich hatte noch nie was von kannibalischen Goldfischen gehört.

»Wirklich. In einem Jahr hatten wir vier, und Ende September war nur noch einer übrig, aber der war dreimal so groß wie vorher. Hast du was gegessen? Möchtest du dir ein Speckbrötchen holen, ehe du wieder hier festhängst?«

Ich schüttelte den Kopf. »Mir ist nicht nach essen zumute.«

»Muss schlimm gewesen sein. Bis später dann.« Sie nahm ihre braunrote Jacke, warf sich die Tasche über die Schulter und ging. Es waren keine Kunden im Zelt, also blieb ich in der Sonne stehen, lehnte mich an die Stange, die die Tür des Zelts aufhielt.

Inzwischen war die Show in Fahrt gekommen. Das Tonband war verstummt, und eine Band war auf der Bühne, die aus drei Fiedeln, einem Akkordeon und einer Bassgitarre bestand. Alle Instrumente wurden mit mitreißendem Schwung von jungen Leuten in T-Shirts gespielt. Die erste Fiedlerin sah aus, als wäre sie höchstens vierzehn; doch sie lehnte sich in die Musik hinein und schwang mit, als wäre die Bühne ihr Zuhause. Hinter ihr grinste der Bassspieler, während er seine Grundtöne herausfetzte. Die Blumen und Pflanzen schienen aus ihrer halbrunden grünen Konservendose herausgewuchert zu sein: riesige Töpfe mit scharlachroten Begonien, groß wie Rosen, und Hängekörbe voller blassblauer Lobelien und silbriger Farne. An Bord der *Chalida* konnte ich nichts pflanzen, aber an Land schaute ich mir gern Blumen an. Manchmal schmuggelte ich einen Gartenkatalog an Bord einer Windjammer, wo ich wochenlang kein Land sehen würde. Allerdings achtete ich darauf, dass mich niemand bei der Lektüre erwischte.

Angeleinte Hunde schliefen in der Sonne. Ein Mädchen kam aus dem Zelt mit den Haustieren und trug ein rotes Kätzchen vor sich her, das so klein war wie Kater. Sie brachte es zu einem freien Stück Gras neben dem Zelt und ließ es herumlaufen, fing es wieder ein, wenn es zu weit gestreunt war. Die Hennen hockten zufrieden glucksend in ihren Käfigen. Die Sonne blitzte vom Chrom und wärmte mir das Gesicht.

Überall waren Leute: Männer in T-Shirts und Jeans, Frauen wie Sommerfalter in Shorts und Trägerhemdchen, weiß, bonbonrosa, himmelblau. Kleinkinder torkelten über das warme Gras und wurden von älteren Geschwistern wieder eingefangen; Teenager standen in Gruppen zusammen, reichten Cola-Flaschen herum und zeigten sich gegenseitig auf ihren Handys Fotos. Die älteren Frauen führten ihre besten Sommerkleider vor, verziert mit Blümchen in Marineblau und Salbeigrün. Sogar die älteren Männer hatten ihre Jacketts im Auto gelassen und gingen in Hemdsärmeln, obwohl sie nicht gewagt hatten, auch ihre Mützen abzusetzen. Die Schlangen am Grill und beim Eiswagen ringelten sich zunächst unabhängig voneinander, vereinigten sich dann zu einer Doppelschlange, in der die Leute sich von einer zur anderen unterhielten. Die beiden, die an der Spitze der Schlange standen, gingen zusammen weg und veranstalteten dann ein kompliziertes Tauschgeschäft von Steak-Brötchen gegen Eistüten. Mein Kopf wehrte sich gegen den Gedanken an Essen, aber mein Magen dachte über den Duft des gegrillten Minutensteaks mit Zwiebeln nach und fand die Vorstellung gut.

Hinter den Ständen mit dem Essen hatte man eine lange

Reihe von alten Landmaschinen aufgestellt. Es waren ein paar uralte Traktoren dabei (in Shetland sind die meisten Traktoren uralt), die graue Sorte mit Nummernschildern mit nur fünf Zahlen, dazu noch ein fauchender Dampfwagen, der direkt aus Thomas Hardys Roman *Tess von den d'Urbervilles* zu stammen schien, und verschiedene Motoren, die man auf Tischen aufgebaut hatte. Manche waren Bootsmotoren, mit Eimern voller Wasser und Schläuchen, die zu etwas führten, was wohl ein Rohwasserzulauf war. Natürlich war Anders' blonder Kopf dazwischen zu sehen; er und ein alter Mann lehnten sich über einen großen, rechteckigen Klotz aus Metallrohren. Wenn es um Motoren ging, dann waren seine Hände so zart wie die eines Liebhabers; mit der einen streichelte er die Zuläufe, die andere krümmte sich vorsichtig, um auf den Keilriemen zu deuten. Der alte Mann ruckte mit dem Kopf zur Seite, stocherte mit einem Streichholz in seiner Pfeife und nickte dann. Anders wühlte in seiner Tasche nach dem Multitool, und die beiden beugten sich wieder über die Maschine.

Ich überlegte gerade, dass ich null Chance hatte, beim Abendessen einem ausführlichen Bericht über sämtliche Motoren und Maschinen in dieser Abteilung zu entkommen, als ich einen vertrauten violetten Clio sah, der in wildem Tempo über das Viehgatter und auf den Parkplatz hinter den Maschinen bretterte und in eine Parkbucht schleuderte. Die Fahrerin stieg aus, ließ die Tür hinter sich weit offen stehen und kam mit vorsichtigen trunkenen Schritten auf uns zu, als wäre das mit Gänseblümchen übersäte Gras Eis unter ihren Füßen.

Es war Alex' Mutter Kirsten.

KAPITEL 23

Cerys hatte gesagt, man hätte ihr ein starkes Beruhigungsmittel verabreicht, aber davon wurden die Leute ja nicht immer bewusstlos. Das hatte ich an Bord schon erlebt. Kirsten sah aus, als hätte es sie aufgeputscht, anstatt sie zu beruhigen, als hätte es ihre Gedanken in die Richtung gescheucht, die sie sich nun in den Kopf gesetzt hatte. Sie musste handeln, obwohl ihr Körper ihr kaum gehorchte. Es war ein Wunder, dass sie die fünf Meilen von Brae hierhergeschafft hatte, ohne im Straßengraben zu landen.

Sie hatte gerade die äußerste Reihe der geparkten Autos erreicht und stützte sich auf deren sonnenbeschienenen Dächern ab, als vom Tor neben der Halle eine Fanfare und Applaus zu hören waren. Ein Lastwagen mit offener Ladefläche, der mit Blüten in Sahneweiß, Zitronengelb, Ocker und Butterblumengelb geschmückt war. Mitten drin saßen die Königin der Voe Show und ihre beiden Prinzessinnen, in gelbe Brautjungfernkleider gehüllt auf blumengeschmückten Thronen. Jedes Jahr wählte man sie aus den ältesten Mädchen der Grundschule von Olnafirth aus, und dies war ihr großer Augenblick. Alle Köpfe waren ihnen zugewandt, als der Lastwagen seine Runde um den Festplatz drehte.

Kirsten schaute sie an, als könne sie sich nicht daran erinnern, was das sein sollte. Sie machte eine hilflose Geste, und dann wendete sie langsam den Kopf. Ihre Augen suchten in der Menge nach jemandem. Ich musterte die Menschen ebenfalls, hielt Ausschau nach jemandem, der kommen und sie hier wegführen würde: Cerys, Barbara, Inga, jeder, der sie streicheln und trösten konnte, der sie dazu bringen würde, sich wieder hinzulegen, damit der Schlaf ihr die Last vom Herzen nahm. An seinem

Stand hinter meiner Schulter hörte ich, wie Brian scharf einatmete, und dann kam er und sagte mir leise ins Ohr: »Sie sollte nicht hier sein. Geh du und hol sie her, setz sie hier hin und halte sie ruhig. Ich versuche ...« Sein Gesicht verdüsterte sich, sein Mund wurde härter, aber Kirstens Zustand war ihm doch wichtiger als seine eigenen Gefühle. »Ich gehe Olaf holen.«

Zu ihr gehen, das war so ungefähr das Letzte, wonach mir der Sinn stand. Ich war nicht gut mit diesem Gefühlszeug. Ich konnte Seereisen planen und Anweisungen geben, Gezeiten berechnen und Stürme auf See überstehen. Was sollte ich dieser armen Frau sagen, die ihr Kind verloren hatte? »Ich gehe Olaf holen.«

Brians Hand lag auf meinem Rücken. »Geh du, Cass, ehe jemand sie sieht.«

Der Lastwagen war inzwischen mitten auf der Wiese stehengeblieben, damit der Präsident der Show eine Rede halten konnte. Jemand musste zu Kirsten hin, und es sah so aus, als wäre ich dieser Jemand. Ich eilte über das weiche Gras, um Kirsten abzufangen, ehe sie mit ihren schwankenden Schritten die Menschenmenge erreichte. Sie trug rosagemusterte Leggings und ein langes T-Shirt. Das sah aus wie ein Schlafanzug, als hätte man sie überredet, sich ins Bett zu legen, und sie wäre einfach aufgestanden und so gekommen, wie sie war. Die Füße hatte sie in pinkfarbene Segeltuchpumps gesteckt. Ihre Handtasche baumelte von einer Hand herab, der andere Arm war nach vorn ausgestreckt, als wolle sie jemanden bei der Schulter packen. Ihr dunkles Haar war zerzaust, und ihre Augen starrten mit geweiteten Pupillen aus ihrem weißen Gesicht. Sie zog die ausgestreckte Hand zurück, um sich die Augen zu beschatten, die sie gegen das strahlend helle Sonnenlicht zusammengekniffen hatte, und verlangsamte ihre Schritte, schwankte, als könne sie sich kaum noch aufrecht halten.

Ich bekam den Arm mit der Handtasche zu fassen. »Kirsten, hier draußen ist es zu hell für dich. Komm ins Zelt.«

Sie brauchte einen Augenblick, bis sie auf meine Berührung reagierte. Sie blieb stehen, schaute mich aber nicht an. »Cass. Ich muss ihn finden ...« Sie runzelte die Stirn, und ihr Mund klappte auf und wieder zu. »Ich muss ...«

»Komm mit«, sagte ich und zog sie von der Menschenmenge fort. »Komm und setz dich hin.«

Sie ließ sich wegführen, aber nur langsam, und ihre Augen suchten noch immer. »Ich sehe ihn nicht.«

»Komm und setz dich«, forderte ich sie erneut auf. »Und wenn du mir sagst, wen du suchst, dann finde ich ihn für dich, während du dich ausruhst.«

»Ausruhst«, wiederholte sie nuschelig.

Ich schob meinen Arm unter ihren, stützte sie, während sie neben mir her stolperte. Ihre Füße schlurften durch das Gras, als wäre es ihr zu beschwerlich, sie anzuheben, als hätte sich der Wille, der sie hergebracht hatte, nun beinahe erschöpft. Meine Kollegen von den anderen Ständen kannten sie natürlich und traten zur Seite, um uns hereinzulassen, die Frau von der Gonfirth Kirk nickte zustimmend. »Ich mache eine Tasse Tee«, murmelte sie und ging zu ihrem Stand.

Ich setzte Kirsten vorsichtig auf einen unserer Stühle. »Bleib du einfach hier sitzen«, sagte ich und hielt meine Stimme so ruhig wie möglich. Sie nickte, aber ich war nicht sicher, ob sie mich verstanden hatte. Meine Vliesjacke war über die Lehne ihres Stuhls gehängt, und sie tastete danach und zog sie bibbernd an sich. »Kalt ...« Ich löste die Jacke sanft aus ihren klammernden Fingern und hängte sie ihr über die Schulter. Es war zwar draußen ein schöner Tag, aber sie war nicht warm genug angezogen, um im kühlen Schatten eines Zeltes zu sitzen. Sie brauchte dringend einen Arzt. Es hatte früher hinter der Halle immer ein Zelt von der St John's Ambulance gegeben. Vielleicht konnte ich jemanden dort hinschicken, der Hilfe holte.

Kirsten saß jetzt ganz still, hatte die Augen halb geschlossen. Die Frau von der Gonfirth Kirk kam mit einer Henkeltasse mit

Tee zu mir, mit viel Milch, so dass Kirsten ihn gleich trinken konnte. Ich nahm die Tasse und hielt sie in Kirstens Schoß, legte ihre Hände darum. »Hier, trink das.«

Sie hob die Tasse gehorsam hoch und nippte daran. Die Wärme brachte wieder Farbe in ihre Lippen. Sie trank etwa den halben Becher leer und reichte ihn mir dann, genau wie Peerie Charlie, wenn er genug hatte. Sie schlug die Augen auf. Die Pupillen waren immer noch zu groß, aber zumindest schien sie auf mich zu fokussieren. »Cass.«

Ich nickte. »Bleib einfach ruhig sitzen.«

Ihre dünnen Finger packten mein Handgelenk. Sie waren überraschend stark, und die Nägel gruben sich in meine Haut. »Du gehst in unsere Kirche. Ich habe dich da gesehen. Du *weißt* ...« Ihre Augen waren so grün wie das Meer über Sand und voller verzweifeltem Ernst. »Beichte.« Ihre andere Hand tastete nach meiner. »Ich kann nicht schlafen.« Ihre Stimme verebbte, bis ich sie kaum noch hören konnte, war nichts mehr als ein schnelles Murmeln; ihre Hand packte meine Vliesjacke. »Ich brauche Pfarrer Michail. Ich dachte, er wäre hier. Ich will beichten. Olaf wollte mich nicht lassen. Ich bin weggelaufen, ich hab den Wagen genommen, als er dachte, dass ich schlafe. Ist er hier? Ich will beichten, ehe ich schlafe.« Sie schaute sich mit raschen, verstohlenen Blicken um. »Du versteckst mich, nicht wahr, wenn Olaf vor dem Pfarrer kommt?«

Wo fand ich jemanden, dem ich vertraute? Ich wollte, dass jemand einen Sanitäter vom St John's Ambulance Service holte, aber Kirstens Bitte um einen Priester konnte ich ihr nicht abschlagen. Ich hatte nicht das Recht, zu beurteilen, wie groß ihr Bedürfnis nach einer Beichte war, und ihr das zu verweigern, weil ich fand, dass ein Arzt jetzt für sie wichtiger war. Sie war katholisch wie ich, und sie verlangte einen Priester, mehr musste ich nicht wissen. Ich hatte das vage Gefühl, dass ich vorhin Pfarrer Michails schwarze Soutane gesehen hatte. Es ist schon seltsam, dachte ich respektlos, wie aus dem »Sakrament der Versöhnung« wieder die gute alte Beichte wurde, sobald man es wirklich brauchte. Ich wollte lieber nicht darüber nachdenken, was Kirsten Schlimmes zu beichten hatte, jedenfalls eine Sünde, die schwer genug war, um sie von der Kommunion fernzuhalten. Das ging mich alles nichts an. Meine Aufgabe war es, Pfarrer Michail für sie zu finden und dafür zu sorgen, dass ihr erlaubt wurde, mit ihm zu reden. Ich konnte ihn vielleicht über den Platzlautsprecher ausrufen lassen und ihn bitten, zu Zelt D zu kommen. Ich wollte Kirsten nicht allein lassen, auch keine Aufmerksamkeit auf sie lenken. Doch Brian hatte sich bereits auf die Suche nach Olaf gemacht, also musste ich rasch handeln.

Ich packte Kirstens Hände mit meinen und schaute ihr geradewegs in ihr gequältes Gesicht. »Kirsten, ich gehe jetzt Pfarrer Michail holen und bringe ihn zu dir. Bleib einfach hier und warte.«

Sie keuchte vor Angst. »Und wenn Olaf kommt? Der lässt mich nicht mit ihm reden.«

»Ich beeile mich«, sagte ich. »Ich gehe zum Platzlautsprecher und bitte Pfarrer Michail, herzukommen, dann kehre ich zurück und warte mit dir.«

Sie schüttelte den Kopf und rappelte sich auf die Beine. »Ich warte nicht, denn Olaf kommt und nimmt mich mit.« Ihr Arm schob sich unter meinen und drückte ihn fest an ihren Leib. »Ich bleibe bei dir.«

Ich begriff, dass Argumente hier zwecklos waren. »Dann lass uns schnell machen.«

Ich warf der Frau von der Gonfirth Kirk einen raschen Blick zu. »Können Sie sich um meinen Stand kümmern?«, sagte ich tonlos zu ihr, während ich über die Schulter auf meine Ansammlung rot-weiß-blauer Waren schaute. Sie nickte. Ich murmelte tonlos »danke« und führte Kirsten weg.

Die Rede des Präsidenten war nun zu Ende. Die Königin und ihre Prinzessinnen waren von ihren Blumenthronen herabgestiegen und drehten nun eine feierliche Runde über den Festplatz, der Präsident und die Königin zusammen und hinter ihnen Arm in Arm die Prinzessinnen. Die Menschenmenge begann sich zu zerstreuen. Ich sah, wie die Leute Kirsten anschauten und dann den Blick auf das Gras oder über das Voe lenkten, schüchtern wie Otter, die ins Wasser gleiten, zu freundlich, um sie anzustarren. Nur Leute, die sie nicht kannten, schauten zweimal hin, wie wir mit behutsamen Schritten über das Gras gingen.

Die Entfernung schien dreimal so weit geworden zu sein. Ich passte meine Schritte an ihr Schlafwandlertempo an und hatte den Eindruck, als wäre jede kleine Delle im Gras ein Wellental, jeder kleine Buckel eine Riesenwelle. Die Band hatte wieder zu spielen begonnen. Nein, es war eine andere Gruppe, Schulkinder, alle in einer Reihe mit einem Dutzend Blockflöten in verschiedenen Größen, und ihre Eltern und Verwandten füllten den ganzen Raum zwischen uns und dem Wohnwagen. Ich lenkte Kirsten ein wenig nach Steuerbord. Wir konnten durch das Blumenzelt gehen und dann beim Vieh rauskommen. Der Stier brüllte noch immer entrüstet. Der würde bestimmt Halsschmerzen haben, wenn der Tag vorüber war. Wir hatten aber Glück, denn es war nichts von Brian und Olaf zu sehen, noch nicht.

Zwanzig Meter von der Tür zum Blumenzelt entfernt, war Anders' blonder Kopf noch immer über den Motor gebeugt, den er mit geschickten Händen tunte. Wenn er sich jetzt nur umschauen würde – ich versuchte, ihn mit meinen Gedanken dazu zu zwingen, aber er zog gerade mit einem verstellbaren Schraubenschlüssel eine Mutter fest, war viel zu konzentriert auf seine Aufgabe, um den Kopf zu heben. Einen Augenblick lang erwog ich, Kirsten bei den Töpfen mit den scharlachroten Begonien stehen zu lassen, aber sie hing schwer an meinem Arm, und ich war mir nicht sicher, ob sie ohne Hilfe stehen konnte. Ich hielt einen Moment inne, schaute ihn an und rief dann: »Anders!« Meine Stimme verlor sich in den letzten Windungen der Blockflötenmelodie. Ich hob die freie Hand, um einen Trichter vor meinem Mund zu formen, aber Kirsten packte mich am Handgelenk.

»Ruf nicht. Olaf hört das und kommt …«

»Ich rufe Anders«, sagte ich. »Der hilft uns. Du kennst doch Anders.«

Das hätte ich nicht sagen sollen. Kirstens weiße Haut wurde puterrot. »Nein, mach das nicht, ruf ihn nicht. Ich kann ihm nicht in die Augen sehen. Bitte.«

Ich wollte sie nicht noch mehr aufregen, aber ich brauchte Anders. Ich war hier der Skipper, und dies war meine Aufgabe. Er würde jemanden von der St John's Ambulance holen, während ich bei Kirsten blieb. In dieser Menschenmenge würde es jemanden geben, den ich kannte und der Anders für mich herbeischaffen würde. Ich führte Kirsten in das Blumenzelt. Es war kühl und duftete wie ein Gewächshaus, ein moosiger Geruch nach feuchten grünen Blättern, gemischt mit der Süße von Rosen und Gardenien, und schon war der Lärm des entrüsteten Stiers im freundlichen Summen der Leute, die hier die Blumen bewunderten, beinahe verebbt. Wir schlängelten uns zwischen ihnen hindurch. Rechts waren im Mittelgang die Blumen angeordnet: in Minivasen wurde je drei perfekte Blüten zur Schau gestellt: Rosen, Geißblatt, Ringelblumen. An der Seite des Zelts stand eine Reihe von Tischen, auf denen Miniaturgärten zu sehen waren: ein winziges Bauernhaus, eine japanische Schlucht mit Bonsaibäumen, ein Kieselstrand. Stiefmütterchen schauten uns geziert mit ihren Mascara-Augen an, als wir vorübergingen, und ein hängender Weihnachtskaktus streckte seine Spinnenarme aus, um nach unserem Haar zu haschen. Die zehn Meter kamen mir wie ebenso viele Kabellängen vor, gegen Wind und Gezeiten, aber endlich erreichten wir den Engpass zwischen dem halbzylinderförmigen Zelt und dem anschließenden quadratischen Raum.

Dort hatte ich endlich Glück. Einer meiner Segelschüler zeigte seinen Kumpels gerade seinen Vulkangarten. Es war Drew, der mit der blondierten Irokesenfrisur, so verrückt wie nur was, aber ich wusste, dass er machen würde, worum ich ihn bat. Ich schob Kirsten vor mir her durch die Tür und legte Drew eine Hand auf die Schulter. Er wandte mir überrascht den Kopf zu. Ich machte »Psst« und sprach ihm leise ins Ohr: »Drew, das hier ist ein Notfall. Anders ist bei den Motoren. Kannst du ihn bitten, zu mir zum Wohnwagen zu kommen?«

Seine Augen wurden rund wie Murmeln. Ich schaute zu Kirsten, und er folgte meinem Blick und begriff. Er nickte heftig, und schon schlängelte er sich durch die Menge davon.

Hilfe war unterwegs. Ich schloss wieder zu Kirsten auf und ging mit ihr an Garben von grünem Hafer und Gläsern mit Marmelade vorüber. Eine Holzschubkarre, die mit einem einzigen riesigen Grünkohl angefüllt war, an dessen Wurzeln noch dunkel die Erde hing, blockierte beinahe unseren Weg. Dahinter saß ein Mann in schwarzen Hosen und einem blauweißen Fair-Isle-Pullover auf einer Bank mit aufrechter Lehne und zeigte, wie man aus Stroh den traditionellen Kishie flicht, den für Shetland so typischen Tragekorb, den man auf dem Rücken trägt und der noch von einem Band gehalten wird, das man sich um die Stirn legt. Er blickte auf, und an seinem Gesicht sah ich, dass er Kirsten kannte; er beugte sich vor und zog seinen halbfertigen Korb weg, damit wir vorbeikonnten. Ich hatte allmählich das Gefühl, als wären hinter mir jede Menge Menschen, die mir nachschauten und sich wunderten.

Endlich hatten wir die Tür des Schuppens erreicht, ein breites Türviereck, durch das heller Sonnenschein fiel. Kirsten zuckte wieder zusammen, als das Licht ihre Augen traf, und hob den Unterarm, um sie abzuschirmen.

»Mach die Augen zu, wenn du willst«, sagte ich. »Ich führe dich.«

Es war ein Dutzend Schritte bis zum Wohnwagen der Verwaltung. Ich steuerte Kirsten darauf zu. »Jetzt mach sie wieder auf«, riet ich ihr, »auf den Stufen.« Ich half ihr in den Wohnwagen hinauf. Eine sichere Zuflucht.

Die junge Frau hinter dem Tisch war in Kirstens Alter, ein fröhliches Bauernmädchen mit roten Wangen und einem Voe-Show-T-Shirt. Nach einem kurzen Blick auf Kirsten brachte sie ihr sofort einen Stuhl. »Kirsten, Mädel, setz dich. Du solltest heute gar nicht aus dem Haus gehen.«

Kirsten sackte auf dem Stuhl zusammen. Sie sah aus, als wäre sie am Ende ihrer Kräfte.

»Kannst du für mich eine Meldung über den Lautsprecher geben?«, fragte ich. »Wir brauchen Pfarrer Michail, wenn er noch hier ist.«

Dieses Mädchen würde ich jederzeit in meiner Wache haben wollen. Sie ging sofort ohne Frage und ohne Theater zur Sprechanlage und schickte die Nachricht raus, so klar wie der helle Tag. »Pfarrer Michail, wenn Sie noch auf dem Festplatz sind, bitte sofort in den Wohnwagen kommen. Pfarrer Michail, Pfarrer Michail, bitte zum Wohnwagen.« Dann füllte sie den Wasserkessel.

Ich trat zur Tür des Wohnwagens, stand da und musterte die Leute. Der gute Drew, da kam er, schlängelte sich zwischen den Eltern hindurch, die ihre blockflötenden Kinder einsammelten, hatte Anders im Schlepp und deutete auf den Wohnwagen. Ich flitzte die Metallstufen hinunter. Drew reckte den Daumen in die Höhe und schlängelte sich wieder in den Schuppen, wo ich ihn gefunden hatte. Anders begrüßte mich in schnellem Norwegisch. »Was ist passiert?«

»Kirsten ist hier, bis obenhin mit Beruhigungsmitteln zugedröhnt. Ich brauche die Erste-Hilfe-Leute aus dem weißen Zelt drüben hinter den Motoren.«

»Hier?«

Ich nickte, und er machte auf dem Absatz kehrt und rannte durch die Menge. Wieder einmal war ich dankbar für die Gewohnheit, an Bord Anweisungen widerspruchslos entgegenzunehmen. Die Hilfstruppen waren unterwegs. Anders lief gerade an Pfarrer Michail vorbei, der in großen Schritten zum Wohnwagen eilte. Ich ging ihm entgegen.

»Herr Pfarrer, Gott sei Dank.«

»Hallo, Cass.« Schottland war inzwischen ein Missionsgebiet. Pfarrer Michail war Pole, und niemand von uns machte auch nur den Versuch, seinen Nachnamen auszusprechen, geschweige denn, diese komplizierte Abfolge von y, c und z zu schreiben. Er war kaum dreißig und noch nicht lange geweiht; wir waren erst seine zweite Gemeinde. Er musterte mich kurz, die braunen Augen blinzelten in seinem kantigen, braun gebrannten Gesicht. »Was ist los?«

Ich bat ihn vor mir in den Wohnwagen. Als ich ihm folgte, war Kirsten bereits aufgesprungen und streckte ihm beide Hände entgegen. »Herr Pfarrer, Sie hören doch meine Beichte, ganz schnell, ehe Olaf kommt? Er will es mir nicht erlauben …«

Pfarrer Michail warf mir einen raschen Blick zu. »Sie braucht einen Arzt.«

»Die Erste-Hilfe-Leute sind schon unterwegs.«

Er hatte die Augen auf Kirsten gerichtet, zog seine Autoschlüssel aus der Tasche und hielt sie mir hin. »Du kennst mein Auto? Es steht gleich hinter der Halle, ein roter Fiesta. Meine schwarze Tasche ist im Kofferraum. Die bring mir.«

Ich rannte raus, an den Viehpferchen vorbei, durch das Tor bei der Halle und auf den Parkplatz. Warum hatten bloß so viele Leute rote Autos? Ich lief an den Kofferräumen einer Reihe entlang und an denen einer anderen Reihe zurück, fand endlich den richtigen Wagen und steckte den Schlüssel ins Schloss. Der kleine schwarze Koffer war da. Ich packte ihn, klatschte den Deckel des Kofferraum zu und rannte zum Wohnwagen zurück. Pfarrer Michail hatte Kirsten wieder auf den Stuhl gesetzt; ich gab ihm den Koffer, und das Bauernmädel und ich gingen hinaus und machten die Tür hinter uns zu. Wir warteten schweigend draußen, bewachten ihre Ungestörtheit, während das leise Murmeln von Stimmen durch die Blechwand hinter uns drang.

Dann öffnete sich die Tür, und Pfarrer Michail trat zu uns heraus.

»Ich fahre sie nach Hause. Sie gehört ins Bett. Ihre Freundin Cerys war heute Morgen da. Ich rufe sie an.«

Da kam die Frau von der St John's Ambulance, und Pfarrer Michail führte sie sofort zu Kirsten herein, während Anders und ich draußen blieben. »Es geht ihr gut?«, fragte Anders leise.

»Sie sollte besser zu Hause sein«, sagte ich, »und es sollte sich dort jemand um sie kümmern.«

Pfarrer Michail kam wieder heraus. »Ich fahre sie nach Hause, und diese Dame hier bleibt bei ihr, bis ihre Freunde kommen. Cass, du hilfst ihr, zu meinem Auto zu gehen.«

Kirstens Augen waren jetzt geschlossen, ihr Gesicht friedlich. Schon bald würde sie tief schlafen, doch im Augenblick reagierte sie auf unser Drängen und stand auf. Die Frau von St John's Ambulance auf der einen, ich auf der anderen Seite, ihr Gewicht schwer auf unseren Schultern, so geleiteten wir sie die Treppe hinunter. Gerade kam der Lastwagen mit der Show-Königin vorbei, und die Mädchen saßen wieder auf ihren Thronen und winkten. Wir folgten in dem Raum, den sie im Vorbeifahren frei gemacht hatten.

Kirsten hatte gerade vier zögerliche Schritte getan, als Brian und Olaf um das hintere Ende des Lastwagens herum direkt auf uns zukamen.

9

Mad folk is aye waur as mad kye.
Wütende Leute sind immer schlimmer
als wütende Kühe.

(Alter Spruch aus Shetland)

KAPITEL 24

Olaf sah aus, als hätte er sich heute Morgen auf gut Glück angezogen: Er trug eine alte Jeans und einen grauen Pullover, der um die Ellbogen und am Bauch ziemlich ausgeleiert war. Sein Gesicht wirkte müde und verhärmt, tiefe Falten zogen sich von der Nase zu den Mundwinkeln. Seine Wangen schienen bleich unter der Sonnenbräune, und sein wikingerrotes Haar stand ihm wirr vom Kopf. Er ging, als sei jeder Schritt eine Anstrengung.

Als Ersten sah er Pfarrer Michail. Sein Gesicht wurde verschlossen und misstrauisch. Dann bemerkte er Kirsten zwischen der Erste-Hilfe-Frau und mir und dann Anders, der neben mir ging. Seine graugrünen Augen verengten sich. Er schaute von einer Seite zur anderen, aber links von ihm stand eine Reihe Autos am Zaun, und rechts war die Mauer der Halle. Er machte einen Schritt zurück, doch hier stand ihm der Lastwagen der Show-Königin im Weg, der angehalten hatte, damit die Königin und ihre Prinzessinnen heruntersteigen und in der Halle Tee und Kuchen genießen konnten. Einen langen Augenblick zögerte Olaf, wägte seine Optionen gegeneinander ab. Dann rannte er zwei Schritte auf uns zu und flitzte in den Gang zwischen den Viehpferchen.

Er hatte allerdings nicht bemerkt, dass die in U-Form aufgestellt waren, so dass der Gang am hinteren Ende von dem größten Pferch blockiert wurde. Er raste in die Sackgasse und fuhr herum, um uns entgegenzutreten. Brian tat einen Schritt auf ihn zu, und auch Anders trat vor. Ich sah, dass Olaf begriffen hatte, dass er in der Falle saß. Er schaute die beiden an, blickte dann hinter sich, legte eine Hand auf die Paletten und sprang wie ein geübter Bauer in den Pferch. Ein Landmann in einem marineblauen Overall rief ihm eine Warnung zu, ein weiterer kam von der Wasserstelle herbeigelaufen. Die Kuh im Pferch hob den Kopf und bewegte sich nervös. Da sah ich, dass es keine Kuh, sondern der Stier war, der den ganzen Tag lang wütend protestiert hatte, ein Tier mit kantigem Kopf, breiter Brust und langen, tödlichen Hörnern. Olaf zerrte an dem Metallriegel und schwang das Gatter auf, das in unsere Richtung aufging, hastete hinter den Stier und klatschte ihm die flache Hand aufs Hinterteil. Er schwang sich gerade über den Zaun in den Hauptbereich des Festplatzes, als der Stier ihn mit einem Horn am Hinterteil seiner Jeans erwischte, doch dann machte das Tier plötzlich kehrt und stand nun uns gegenüber.

Zunächst schien sich der Stier wie in Zeitlupe zu bewegen, hob einen Huf und stampfte auf. Er schwenkte einmal majestätisch seine Hörner, und dann trabte er auf uns zu. Der Bauer drückte sich flach an die Außenwand eines Pferchs, und der Stier raste an ihm vorbei, die wilden roten Augen starr auf uns gerichtet, auf diese Dreifachperson: Kirsten, die Erste-Hilfe-Frau und mich. Kirsten war sich der Gefahr nicht bewusst, sie war zu langsam. Wir zerrten sie in Sicherheit. Rings um uns schrien Menschen. Hinter uns waren rasche Schritte zu hören, dann versetzte mir Anders einen heftigen Stoß, und ich flog aus dem Weg des Stiers. Ich krachte gegen die Paletten und klammerte mich daran fest, roch die Hitze des Tiers, als es an mir vorbeijagte.

Ich blickte mich um. Anders hatte Kirsten bei der Taille gepackt und wirbelte sie gerade gegen die Außenseite der Pferche, als ihn der Stier am Rücken erwischte und in die Luft schleuderte. Ich konnte Anders' Gesicht nicht sehen, aber ich spürte den zuckenden Schmerz, als das Horn sich in seinen Rücken grub, als seine Füße vom Boden hochgerissen wurden. Der Stier katapultierte ihn zwei Meter durch die Luft, als wäre er nichts als ein überflüssiger Mantel, und als er zu Boden stürzte, rollte Anders mit einem Schmerzensschrei ab. Ich sprang aus dem Schutz der Palette und ging neben ihm auf die Knie.

Ich sah nicht, wie es den Bauern gelang, den Stier einzufangen. Ich hörte hinter mir Schreie, aber ich konzentrierte mich auf Anders. *Bitte, Gott, bitte, Gott* ... Schon jetzt war sein weißes T-Shirt mit dem herausströmenden Blut befleckt. Ich zerrte mir die Vliesjacke über den Kopf und ballte sie zusammen, um sie auf die Wunde zu drücken, lehnte mich mit beiden Händen darauf. Anders stöhnte und versuchte, dem Druck auszuweichen.

»Bleib ruhig liegen«, sagte ich, als befände ich mich an Deck eines Schiffs, ganz nüchtern, im Befehlston. »Stille, Anders, stille*. Ich muss die Blutung stoppen.«

Nun versammelten sich Leute um uns. Das Blut sickerte durch meine Vliesjacke. Ich konnte es klebrig und feucht an meiner Handfläche spüren. Die Erste-Hilfe-Frau hatte ein Walkie-Talkie; ich hörte, wie sie mit ihren Kollegen redete und um Hilfe bat, um einen Krankenwagen. »Dringend«, fügte sie hinzu. Ich drückte weiter auf Anders' Rücken, während der am Boden lag, den Kopf mir zugewandt, die Augen vor Schmerz geschlossen. Allmählich wich ihm die Farbe aus dem Gesicht. Das Blut quoll zwischen meinen Fingern hervor, und obwohl ich nicht merkte, dass ich weinte, rannen mir Tränen über die Wangen und tropften auf meine Hände. Dann näherten sich eilige Schritte. Glänzende schwarze Schuhe unter dunkelgrünen Hosen erschienen rechts und links von mir. Hände legten sich über meine, erfahrene Hände, die Anders von dem rauen Boden aufhoben und ihm eine weiße Binde mehrmals fest um meine Vliesjacke wanden. Die erste Lage färbte sich sofort scharlachrot, schnell auch die zweite, aber sie wickelten weiter, zogen fester, und schließlich blieben die Schichten weiß. Die Männer hatten eine Trage mitgebracht, legten Anders bäuch-

---

* (norw.) Ruhig, Anders, ruhig.

lings darauf. Da schlug er die Augen auf, und ich beugte mich über ihn. Ich nahm seine Hand, und seine Finger umklammerten meine. »Stille, Anders. Hjelpe komme.«*

Einer der Erste-Hilfe-Sanitäter beugte sich über mich. »Spricht er Englisch?«

Ich nickte. Nun sickerte wieder Rot durch die Bandagen, aber nur schwach, ein seetangrostiger Fleck. Anders antwortete mühsam: »Ich spreche Englisch.« Er rang sich ein Lächeln ab, und ich spürte, wie mein Herz sich verkrampfte. »Besser als Cass Norwegisch.« Seine Augen schauten wieder in meine, und er murmelte auf Norwegisch: »Det gjør vondt, Cass.« Das tut weh.

Ich nickte. »Du hast Kirsten und mich gerettet.«

»Gut.«

Wieder drangen Geräusche aus dem Walkie-Talkie, diesmal antwortete eine andere Stimme. Um mich herum wichen die Füße zurück. Eine offiziell klingende Stimme erschallte über meinem Kopf. »Bitte zurücktreten. Bitte Platz machen – danke.« Jemand stellte rings um uns Schutzwände auf, grüne Stoffabschirmungen mit gespreizten silbernen Füßen. Anders schloss wieder die Augen, hatte die Lippen zu einer dünnen Linie zusammengekniffen, die Finger fest um meine geklammert. Ich konnte den Gedanken nicht ertragen, welche Schmerzen er leiden musste.

Ich versuchte mich an das zu erinnern, was ich mitbekommen hatte. Das Horn hatte ihn recht hoch am Rücken erwischt, die Spitze war nach oben hineingedrungen, und er war herumgeschleudert worden, nicht durchbohrt. Vorn war kein Blut zu sehen gewesen, als sie ihn hochhoben. Die Wunde, auf die ich mich gelehnt hatte, befand sich knapp unterhalb seines Schulterblatts, und ich hatte auch keinen Schaum in dem Blut auf seinem T-Shirt bemerkt. Bitte Gott, sie musste oberhalb

---

* (norw.) Ruhig, Anders, es kommt Hilfe.

der Lunge sein. Das Horn hatte sein Rückgrat nicht erwischt, sonst hätte er die Hände nicht bewegen können, allerdings hing der Arm auf der mir zugewandten Seite schlaff herab. Das lag aber vielleicht am Schmerz. Möglicherweise hielt er instinktiv diese Körperseite so ruhig wie möglich, oder das Horn hatte einen wichtigen Muskel veletzt. Ich beugte meinen Kopf zu ihm: »Kan du bevege ditt armen?«*

Wieder dieses schwache Lächeln. »Lege ... Kapitain.«**

Er hatte recht. Jetzt war ich nicht sein Kapitän, jetzt hatten die Mediziner das Sagen. Ich musste sie ihre Arbeit machen lassen.

Ich hob den Kopf und schaute mich um. Sie hatten den Stier eingefangen. Ein halbes Dutzend Bauern verfrachteten ihn auf einen Anhänger, und noch immer stampfte er mit den breiten Hufen, aber er wurde mit einem Stock in Schach gehalten, den man an seinem Nasenring befestigt hatte. Auf der anderen Seite der Pferche wurde Olaf gerade von zwei Polizisten abgeführt. Die Erste-Hilfe-Frau war immer noch bei Kirsten und Pfarrer Michail, und jetzt war auch Cerys da. Zusammen redeten sie Kirsten gut zu, sich zum Ausgang zu bewegen. Eine blonde Polizistin versuchte sie aufzuhalten, aber Pfarrer Michail sagte mit bestimmter Miene nur zwei Sätze, und die Beamtin ließ sie durch. Der Lastwagen der Königin fuhr weg, damit der Krankenwagen kommen konnte.

»Cass Lynch?« Es war eine Frauenstimme, und zwei blankgeputzte Damenschuhe standen neben meinen Knien. Ich hob den Kopf und erkannte die Frau sofort: Sergeant Peterson mit ihrem glatten blonden Haar, das im Nacken zu einem Pferdeschwanz zusammengebunden war, und mit ihren eisgrünen Augen, reserviert wie die Augen einer Meerjungfrau, die sich die Narrheiten der Menschen ansieht. Sie schaute auf Anders

---

* (norw.) Kannst du diesen Arm bewegen?
** (norw.) Arzt ... Kapitän.

hinunter. »Das ist Anders, nicht?« Sie runzelte die Stirn, schien die Karteikarten in ihrem Gedächtnis zu durchforschen. »Anders Johansen.« Ich nickte. Sie schnappte sich ihr Notizbuch. »Ist sein Wohnsitz immer noch bei Ihnen an Bord der *Chalida*?«

Ich nickte wieder. »Seine Heimatadresse ist Bildøy, gleich bei Bergen. Er wohnt da bei seinen Eltern, beim Døsjevegen, direkt am Yachthafen.«

»Ich brauche eine Kontaktnummer und eine Aussage von Ihnen, was sich hier ereignet hat.«

Ich holte mit der freien Hand mein Handy hervor und hielt es ihr hin. Meine Finger waren blutverschmiert. »Die Nummer steht da unter Kontakte. Anders' Telefonnummer zu Hause.«

Inga kam mit fliegender Tasche herbeigerannt. »Cass!« Sie sah mein Gesicht und stellte keine dummen Fragen, sondern wühlte in ihrer Tasche, fand eine Packung Feuchttücher und zog eine Handvoll davon heraus. »Hier.« Ich hielt ihr meine Hand hin wie Peerie Charlie, und sie wischte sie ab und gab mir noch zwei Tücher. »Du hast auch Blut im Gesicht.«

Ich wischte mich gehorsam sauber.

»Cerys ist mit Kirsten weggefahren, also räume ich den Stand auf«, sagte Inga. »Ihr werdet wahrscheinlich in der nächsten Stunde gute Geschäfte machen. Alle werden wissen wollen, was passiert ist und wie es Anders geht.«

»Er hat Schmerzen«, sagte ich, »und er hat eine Menge Blut verloren, aber ich glaube nicht, dass irgendwelche lebenswichtigen Organe verletzt sind.« Er sank nun in eine Ohnmacht, das konnte ich spüren. »Ich hoffe, dass bald ein Krankenwagen kommt.«

»Das *der* Krankenwagen kommt, der einzige«, sagte Inga. »Die Sparmaßnahmen. Wenn ihr Glück habt, ist er in Lerwick und fahrbereit.«

Von Lerwick nach Voe brauchte man mit Blaulicht zwanzig Minuten. Ich hatte das Gefühl, als kniete ich schon ein Leben lang auf diesem groben Sand, aber es waren wohl noch nicht einmal zehn Minuten. Noch zehn Minuten warten.

Wenn wir Pech hatten, brachte der eine Krankenwagen gerade eine beinahe genesene alte Dame mit einem gebrochenen Oberschenkel nach Baltasound zurück, zwei Fähren entfernt. Aber Oscar Charlie, der Rettungshubschrauber, konnte kommen und auf dem Festplatz landen. Inga sprach meine Gedanken aus.

»Wenn der Krankenwagen auf halbem Weg zu den Outer Skerries ist, schicken sie den Hubschrauber. Die sind bald da.« Sie ging weg und rief mir über die Schulter noch zu: »Ich ruf dich an.«

Sergeant Peterson klappte ihr Notizbuch wieder zu, gab mir mein Handy zurück, schaute in mein Gesicht und wandte sich ab, um jemand anderen zu belästigen. Anders wurde immer blasser, als wäre ihm kalt; der Schock der plötzlichen Verletzung, des Blutverlustes. Einer der Erste-Hilfe-Leute beugte sich über ihn und legte ihm eine Decke über. Ich zog sie ihm bis unters Kinn. Sein Bart kitzelte mich am Handrücken.

Der Helikopter war in Sumburgh stationiert. Von Sumburgh nach Voe würde der Flug immer noch eine halbe Stunde dauern, selbst wenn sie in weniger als zwei Minuten an Bord waren. Ich schickte ein Stoßgebet gen Himmel, dass wir Glück haben würden. Ich wünschte, Anders wäre sicher in einem Krankenhaus, man pumpte neues Blut in ihn hinein und tröpfelte Antibiotika in seinen Kreislauf, und er läge auf sauberen, gestärkten Laken und nicht auf diesem sandigen, von Tieren zerwühlten Boden. Während ich auf ferne Sirenen oder das erste Brummen von Rotorblättern lauschte, versuchte ich, durch bloße Willenskraft all meine Energie durch unsere verschränkten Hände in ihn hineinfließen zu lassen. Meine Gedanken verfielen in den Rhythmus des Rosenkranzes, der mich in meinem französischen Exil getröstet hatte. *Gegrüßet seist du Maria, voll der Gnaden, der Herr ist mit dir…*

Da kam Pfarrer Michail zurück. »Cerys hat Kirsten nach Hause gebracht. Sie bleibt bei ihr.« Er schaute auf Anders. »Kann ich hier etwas tun?«

Ich schüttelte den Kopf. »Beten.«

»Natürlich. Aber der junge Mann ist nicht aus unserer Gemeinde?«

»Er ist ein norwegischer Lutheraner.«

»Der christliche Glaube eint uns alle«, sagte Pfarrer Michail heiter und trat einen Schritt hinter mich. Ich konnte spüren, wie seine Willenskraft meine verstärkte. Ingas Tochter Vaila kam angerannt, sie hielt meine Jacke an sich gedrückt. Neben der Trage blieb sie stehen, starrte feierlich auf Anders, erinnerte sich dann aber an ihren Auftrag und streckte mir die Jacke entgegen. »Mam sagt, die brauchst du, wenn du mit ihm nach Lerwick fährst. Dein Geldbeutel steckt in der Tasche. Sie sagt, wir gehen das Kätzchen und Ratte füttern.«

Gott segne Ingas praktische Natur, den Pragmatismus einer Mutter, die daran gewöhnt ist, das gesamte Universum zu organisieren. Um *Chalida* sorgte ich mich nicht. Sie war ordentlich festgemacht. Ich würde später hierherzurückkehren, sobald Anders in sicheren Händen war, und mit dem Boot nach Brae zurücksegeln. Lieber Gott, warum kamen die Leute mit dem Krankenwagen nicht?

Endlich war das Rumpeln eines schwereren Fahrzeugs auf dem Parkplatz hinter der Halle zu hören und der Widerschein des flackernden Blaulichts auf dem geschwungenen weißen Dach des Wohnwagens zu sehen. Ich hörte das Knirschen der Gummireifen auf dem Kies, das metallische Quietschen eines fahrbaren Krankenbetts, und dann kletterten die Sanitäter aus dem Krankenwagen, das rollende Bett zwischen sich, und als ich gerade zurücktrat, um sie heranzulassen, hatten sie Anders bereits auf das Bett verfrachtet und rollten ihn weg. Ich packte meine Jacke und rannte hinter ihnen her. Sie luden ihn in den Krankenwagen, und ich kletterte ebenfalls hinein, ehe sie mir verbieten konnten mitzukommen. Anders wandte den Kopf. »Cass?«

Ich ergriff wieder seine Hand. »Du bist jetzt im Krankenwagen. Det er … ambulansen.«*

Wieder lächelte er schwach. »Sykebilen.«**

»Ich musste noch nie auf Norwegisch einen Krankenwagen rufen«, erwiderte ich.

Jetzt konnte ich mich ausruhen. Der Sanitäter hinten bei uns hatte schon die Sauerstoffmaske bereit und überprüfte alle fünf Minuten Anders' Körpertemperatur mit einem Gerät im Ohr, den Blutdruck mit einer Manschette mit Klettverschluss, den Puls mit einer Art Wäscheklammer an einem Finger. Im Krankenhaus verlief der ganze Prozess reibungslos in umgekehrter Reihenfolge ab, und dann musste ich in diesem Geruch nach Desinfektionsmitteln und Bohnerwachs Formulare ausfüllen, während sie Anders durch die Doppeltür in die tiefsten Eingeweide der Notaufnahme schoben. Ich überlegte gerade, wann er wohl seine letzte Tetanusimpfung bekommen hatte, wenn überhaupt, als ich Schritte auf dem Flur hörte und Gavin erschien und sich neben mich setzte.

»Die Leute finden, ihr wart beide gleich heldenhaft«, meinte er. »Er hat dich weggestoßen, als der Stier auf dich zuraste, und du hast sofort seine Blutung gestillt. Man kann es schon auf der Website der Shetland News nachlesen.«

Ich verzog das Gesicht.

»*Dramatische Rettung bei der Voe Show.*« Er schnitt eine Grimasse. »Steht gleich neben *Dritte Leiche gefunden.*« Er blickte auf, versicherte sich, dass die Krankenschwester am Empfangstresen sich auf ihre Papiere konzentrierte. »Also, wenn das vor

---

* Cass spricht kein korrektes Norwegisch. Sie benutzt das englische Wort für Krankenwagen mit norwegischer Endung.
** (norw.) Krankenwagen.

fünf Jahren passiert wäre, dann wäre alles bereits rechtsanhängig gewesen, ehe die Freitagszeitung erscheint, und wir hätten überhaupt keine Presseberichterstattung gehabt.«

»Wird es denn rechtsanhängig?«

Sein Blick wanderte zu der Krankenschwester zurück. »Wann hast du das letzte Mal was gegessen?«

»Zum Frühstück.« Es schien mir, als wäre das in einer anderen Welt geschehen. »Anders und ich haben nach der Ankunft in Voe Speckbrötchen gegessen.« Wir hatten im Cockpit gesessen und uns nach der Nacht zuvor beide ein wenig verlegen gefühlt. Die Sonne war noch hinter einem Dunstschleier, und die Flut strömte herein. Die Gezeiten würden sich schon bald wieder wenden, und die Kraft der Flut würde wieder in die Welt hinausfließen. Ich hoffte, diese Kraft würde Anders helfen, der hinter geschlossenen Türen um sein Leben kämpfte.

Gavins Brauen zogen sich zusammen. »Zum Frühstück.« Er schüttelte den Kopf, stand auf, trat zu der Krankenschwester und klappte seinen Dienstausweis auf. »Detective Inspector Macrae. Ich gehe mit Ms Lynch weg, damit sie was isst. Wir sind in einer halben Stunde wieder da.«

»Ich muss das noch ausfüllen«, sagte ich. »Zwei Minuten.« Ich schaute zu der Krankenschwester. Sie war in den Zwanzigern, hatte hellrotes Haar und ein ovales Gesicht über einem langen, schlanken Hals. Ihre Augen huschten zwischen mir und ihrem Computerbildschirm hin und her, sogar als ich mit ihr sprach. »Ich habe all die Fakten und die Kontaktdaten eingetragen. Soweit ich weiß, hat Anders keine Allergien gegen irgendwelches Essen, aber ich kann Ihnen wirklich nicht sagen, ob er medizinisch gegen irgendwas allergisch ist.« Ich reichte ihr den Packen Blätter zurück. »Ich bin keine nahe Angehörige, nur eine Freundin, also kann ich die Einverständniserklärung nicht unterschreiben. Doch als ich ihn zum letzten Mal gesehen habe, schien er mir bei klarem Verstand zu sein, jedenfalls war sein Verstand klar genug, um selbst sein Einverständnis zu erklären, oder Sie könnten seine Eltern anrufen.« Ich gab die effiziente Gangart auf und schaute sie flehentlich an. »Bitte, könnten Sie uns einfach sagen, wie es ihm geht, ehe ich irgendwo hingehe?«

Die Krankenschwester schürzte die Lippen, betrachtete mich, runzelte die Stirn und sah noch einmal sehr genau hin, ließ sich endlich von ihrer elektronischen Welt ablenken. »Hier, Sie kenn ich doch. Sind Sie nicht das Mädel, das für dieses Filmschiff verantwortlich war? Ich weiß noch, Ihr Bild war in der Zeitung.«

Das war ungefähr das Letzte, woran ich erinnert werden wollte, aber wenn ich so zu Anders durchkam, würde ich es einsetzen. »Ich war der Skipper«, antwortete ich, »und Anders war der Maschinist.«

»Und Sie haben Favelle und die anderen alle kennengelernt?« Ich nickte.

»Cool«, meinte sie. »Ich geh mal fragen, was los ist.« Sie sammelte die Papiere zusammen. Ihr blauer Overall raschelte, als sie durch die Schwingtür verschwand.

»Interessant«, sagte Gavin. Seine Stimme klang belustigt. »Als ich hier reinkam, sahst du völlig fertig aus, und dann ist der Käpt'n plötzlich wieder in dir erwacht, als ich versucht habe, für eine halbe Stunde das Kommando zu übernehmen.«

»Ich bin es gewöhnt, Kapitän zu sein.«

»Ich weiß. Ich bin genauso. Deswegen habe ich es lieber, wenn man mich rausschickt, damit ich mich mit Bauern rumschlage. Dann sind wir nur zu zweit, ich und mein Sergeant, und es sitzt uns keine komplizierte Hierarchie im Nacken.«

Hinter der zweiflügligen Tür konnte man leise Stimmen und dann Schritte hören. Die Krankenschwester erschien, begleitet von einer älteren Frau in Straßenkleidung und mit einem Stethoskop, dem Erkennungsmerkmal aller Ärzte, um den Hals. Sie hielt ein Klemmbrett mit dem Formular, das ich gerade ausgefüllt hatte. »Ms Lynch?«

Ich stand stramm. *Lege ... Kapitain.*

»Anders hat sehr viel Blut verloren. Er hat ein gebrochenes Schulterblatt und einen Muskelriss, aber es sind keine inneren Organe verletzt. Wir haben ihn ruhiggestellt. Sie könnten später anrufen, um sich nach seinem Befinden zu erkundigen, und morgen dürfen Sie ihn besuchen.«

»Hat jemand mit seinen Eltern telefoniert?«

Die Ärztin schaute zu der Krankenschwester, die den Kopf schüttelte. »Wenn Sie das übernehmen könnten? Sagen Sie ihnen, dass es ihm gutgeht, dass sein Zustand stabil ist und dass sie gern jederzeit das Krankenhaus anrufen und sich nach seinem Befinden erkundigen können. Wenn sie nach Dr. Goodwin fragen, sage ich ihnen weitere Einzelheiten. Wir sehen Sie morgen.«

Sie nickte, wandte sich ab und schritt in die Sicherheit ihrer Station zurück. Ich nahm meine Jacke. »Wie ist die Nummer des Krankenhauses?«

»Oh, die gebe ich Ihnen ... hier.« Die Krankenschwester schrieb sie auf ein Post-it. »Das ist der Empfang, und das hier ist die Station, auf der er liegen wird.«

»Danke«, sagte ich.

Ich durfte im Krankenhaus mein Handy nicht benutzen. Ich setzte mich draußen auf die Bank und wog es in der Hand. Nach Alains Tod hatte ich mich gedrückt. Ich wusste, dass ich seine Eltern hätte anrufen sollen, aber ich wusste nicht, was ich sagen sollte. *Hier ist Cass, die Ihren Sohn umgebracht hat* – diesmal würde ich anders handeln.

Die Polizei hatte wohl schon mit Anders' Eltern telefoniert, denn seine Mutter stürzte gleich beim ersten Klingeln an den Apparat. »Ja, Elisabet Johansen ...« Dann schaltete sie auf Englisch um. »Hier ist Anders' Mutter.«

»Cass hier.« Ich versuchte, das Wichtigste zusammenzufassen. »Anders liegt hier im Krankenhaus. Ich habe gerade mit der Ärztin gesprochen, und er hat viel Blut verloren. Sein

Schulterblatt ist gebrochen, und er hat einen Muskelriss. Sie sollen im Krankenhaus anrufen. Hier ist die Telefonnummer.«
Ich wartete darauf, dass sie sich einen Stift schnappte, und dann las ich die Zahlen von dem Post-it ab, das die Krankenschwester mir gegeben hatte.

»Ich habe die Nummer aufgeschrieben.« Sie las sie mir noch einmal vor. »Aber wie ist es zu dieser Verletzung gekommen?«

»Auf der Voe Show war ein Stier ausgebrochen, und Anders hat eine Frau vor ihm gerettet. Er hat sie aus dem Weg gestoßen, und der Stier hat stattdessen ihn erwischt. Er war sehr tapfer.«

»Ich habe ihm gesagt, er soll nach Hause kommen.« Sie erhob die Stimme. »Er hat hier eine Arbeit, er kann nicht einfach wie ein Hippie bei Ihnen auf dem Boot leben. Sein Vater braucht ihn. Jetzt kommen wir und holen ihn nach Hause. Er sollte sich nicht bei Ihnen herumtreiben und in Morde verwickelt werden.« Das Gift, mit dem sie das Wort »Ihnen« erfüllte, traf mich, als hätte man mich mit einem Strick geschlagen. »Ich habe ihm gesagt, dass er nicht mit Ihnen fahren soll. Sie sind älter als er, und Sie sind nicht an ihm interessiert, und da war der Mann, der auf dem Atlantik umgekommen ist, aber er wollte ja nicht auf mich hören. Ich habe es schon im Internet gesehen, es hat noch mehr Tote gegeben.«

Für Alain hatte ich diese Standpauke verdient. Jetzt wurde mir auf einmal klar, dass ich sie auch für Anders verdiente. Ich hatte mich nie so gesehen, wie mich Elisabet Johansen sah: die ältere Frau, die ungebundene, ungebildete Hippie-Frau, die ihren kalbsäugigen Sohn auf Abwege führte. Ich war blind gewesen, hatte mich bewusst blind gestellt, sein Gefühl für mich als Freundschaft gedeutet, weil ich nicht mehr wollte. Er war auf meine Bitte hin mit auf das Abenteuer mit dem Filmschiff gekommen, und er war nachher noch geblieben, obwohl ich ihn manchmal behandelte wie einen absonderlichen kleinen Bruder. Ich hatte ihn nicht verdient. *Du bist so sehr jung, Cass ...*

Man hörte ein Klicken im Telefon, und dann wurde es offenbar Elisabet weggenommen. Anders' Vater dröhnte auf Englisch über die Leitungen. »Cass, sind Sie das? Was gibt's Neues?«

Er entschuldigte sich nicht für Elisabet, und das erwartete ich auch nicht. »Anders ist hier in Lerwick im Krankenhaus. Die Ärztin sagt, dass sein Zustand stabil ist. Sie heißt Dr. Goodwin, Sie können mit ihr sprechen. Ich komme morgen früh wieder ins Krankenhaus.«

»Ich rufe bei dieser Ärztin an. Wir kommen auch. Es gibt einen Direktflug von Bergen aus. Bitte rufen Sie wieder an, wenn Sie weitere Neuigkeiten haben oder wenn Sie ihn gesehen haben.«

»Das mache ich«, versprach ich.

KAPITEL 25

Ich steckte mein Handy weg und ging zu Gavins Auto hinüber. Er saß schon hinter dem Lenkrad. Ich stieg neben ihm ein. Seine grauen Augen huschten kurz zu meinem Gesicht, dann wieder zurück zum Armaturenbrett. Er legte den Gang ein. »Anders ist erwachsen, weißt du. Er hat sich für das Risiko entschieden, verletzt zu werden, um dich und Kirsten in Sicherheit zu bringen.«

»Ich weiß«, stimmte ich ihm zu. Ich hatte kein schlechtes Gewissen, weil er verletzt war. Ich wusste, dass er die Risiken abgewogen hatte. Er konnte blitzschnell reagieren, unser Anders. Ich hatte Gewissensbisse, weil ich ihn nicht wahrgenommen hatte.

Gavin ließ das Auto auf den Ausgang zurollen. »Fish and Chips, indisch oder chinesisch?«

»Chinesisch wäre wirklich exotisch.« Chinesisches Essen war ein besonderer Genuss, den es nur alle zwei Monate gab – ein Team von Köchen machte in den Gemeindehallen auf dem Land die Runde, angekündigt durch ein handgemaltes Schild. Eine ihrer »Küchen« war der Bootsklub.

»Im Restaurant oder zum Mitnehmen?«

»Zum Mitnehmen. Ich muss zur *Chalida* zurück.« Sie war mein Zuhause, meine Sicherheit, und im Augenblick brauchte ich sie wirklich. Ich drehte das Handgelenk, um auf die Uhr zu schauen, und konnte kaum glauben, dass es erst zwanzig vor fünf war. »Um fünf fährt ein Bus.«

»Mein Bed & Breakfast ist in Brae, erinnerst du dich? Ich wollte dich mitnehmen.«

»Oh.« Ich ärgerte mich darüber, dass ich errötete. »Danke.«

Er bog beim Clickimin Leisure Centre, einem hellbeigen Gebäude, um das sich die Röhren für das Schwimmbad wanden und das von einem doppelten Fußballplatz und einer roten Asphaltlaufbahn umgeben war, auf eine andere Straße ein und fuhr dann durch den Kreisverkehr bei der Grantfield Garage.

»Ich kann einfach nicht glauben, was bei euch hier das Benzin kostet. Ich dachte, bei uns in Glengarry wäre es schon schlimm, aber bei euch sind es ja noch mal ganze 10 Pence pro Liter mehr.«

»Ich weiß«, sagte ich. »Und dabei wird das meiste Erdöl ja hier in Sullom Voe an Land gebracht. Ich nehme an, es muss erst mal nach Süden und raffiniert werden, ehe es hierher zurückkommt. Aber irgendjemand wird trotzdem sehr reich dabei.« Ich warf ihm einen Blick von der Seite zu. »Anders und ich haben sogar überlegt, ob wir das Auto abgeben müssen.«

Er seufzte. »Immer noch keinen Führerschein?«

»Ich habe einen beantragt«, sagte ich defensiv. »Ich nehme an, das bedeutet, dass du nicht mit nach Brae zurücksegeln und dich dann von mir zurückfahren lassen willst, um dein Auto zu holen?«

»Nur wenn du einverstanden bist, dass ich mit meiner eigenen Kaskoversicherung fahre.«

Ich dachte darüber nach, als er vor dem Red Dragon Takeaway anhielt und oberhalb der städtischen Siedlung parkte. Dahinter hörte man gelegentlich Bohrgeräusche von dem Bauplatz, wo schon bald Shetlands neues Kino- und Musikzentrum stehen würde. Gavin war schließlich Polizist, und im ländlichen Schottland bedeutete das, dass er viel Zeit damit verbrachte, mit Teenagern darüber zu sprechen, wie wichtig ein richtiger Führerschein war. Nur so war man ordentlich versichert, schon allein aus Rücksicht auf alle anderen im Straßenverkehr.

»Ich fahre im Augenblick kaum«, gab ich zu. »Ich gehe meistens entweder zu Fuß oder nehme das Boot. Es gibt auch eine gute Busverbindung nach Lerwick, wenn man nichts dagegen hat, dort ein bisschen zu warten.«

Wir überquerten die Straße zum Red Dragon. Es war ein winziger Laden an einer Straßenecke, mit zwei Holzbänken und einer Theke, und aus der Küche dahinter wehten uns verlockende Düfte entgegen. Eine Hängelampe aus Plastikjade und ein rotes Tuch bewegten sich im Zugwind, als Gavin die Tür schloss. »Beinahe legal, das ist für jemanden, der nicht von Natur aus gesetzestreu ist, schon fast ein Erfolg.«

»Auf See bin ich aber von Natur aus gesetzestreu«, erwiderte ich.

Wir lehnten uns einträchtig gemeinsam über die Theke und betrachteten die Speisekarte. »Wie heißen noch mal diese kleinen Päckchen, zu denen es die rote Soße gibt?«, fragte ich, »und darf ich sie auch im Auto essen?«

»Knusprige Won Tons. Meinst du, du schaffst es, die Soße nicht auf die Sitzbezüge von Bolt's zu kleckern?«

Ich warf ihm einen vernichtenden Blick zu. »Ich habe auf See schon bei Windstärke 7 Suppe gegessen, ohne einen einzigen Tropfen zu verschütten.« Er grinste, keineswegs vernichtet. »Dann nehme ich die als Vorspeise und dann Huhn Satay mit gebratenem Reis mit Ei.«

»Hmmm. Ich entscheide mich für den Krabbentoast und danach Chow Mein.«

Wir trugen die weißen Plastiktüten mit den Folienpaketen ins Auto hinaus und mampften einträchtig unsere Vorspeisen auf der Hauptstraße zurück nach Voe. Die führte bei dem Ort Gott an einem Feld vorüber, wo bunte Fohlen einander um ihre friedlich grasenden Mütter herum jagten. Dann ging es zwischen den Bergen hindurch und am Loch von Girlsta entlang.

»Wusstest du«, sagte ich, während ich an einem der Won-Ton-Päckchen knabberte, »dass die Wikinger Raben benutzt haben, um das nächstgelegene Land zu finden, genau wie Noah auf der Arche?«

»Floki, der Bootsbauer«, sagte Gavin. »Ich habe das Modell im Museum in Reykjavik gesehen.«

»Seine Tochter Gerhilda wurde auf der Insel da im See beerdigt«, sagte ich. Auf der Rückbank schrillte Gavins Telefon. Ich freute mich, dass er sich für einen einfachen Klingelton entschieden hatte. Er schaute mich an. »Kannst du rangehen, während ich an den Straßenrand fahre?«

Ich langte nach hinten und angelte das Telefon aus der Tasche seiner grünen Tweedjacke. Das fühlte sich für mich zu vertraut an, es war beinahe wie eine Geste unter Liebesleuten. »Hallo, Gavin Macraes Telefon.«

Kennys Stimme klang älter als die von Gavin, und er hatte einen viel stärkeren Akzent, als spräche er gewöhnlich Gälisch. »Ist das Cass?«

»Gavin fährt.« Das Auto schwenkte nach links auf den Kiesrand und blieb stehen.

»Ach, ich muss im Augenblick nicht unbedingt mit ihm reden. Du könntest ihm sagen, er soll mich später anrufen.«

»Er ist gerade an den Straßenrand gefahren.«

»Habt ihr inzwischen das vermisste Schiff gefunden, Cass?«

»Leider. Hier ist Gavin.« Ich reichte ihm das Telefon und hörte zu, wie Gavin in eine Flut von Gälisch ausbrach, melodiös und musikalisch wie Wasser, das über Kieselsteine plätschert. Sein Gesicht wurde weicher, während er mit seinem Bruder sprach, verlor den vorsichtigen Ausdruck, mit dem er mich anschaute, wurde lebhaft und ausdrucksvoll; er gestikulierte mit der anderen Hand, als könne sein Bruder ihn sehen. Ich konzentrierte mich auf meine Won Tons, tauchte sie in die kaugummirote Soße und schaute über den Wasserhahnenfuß, der sich unterhalb unseres Standorts an den Rändern eines kleinen Sees im Wind wiegte. Ich versuchte, nicht zu lauschen, hörte aber ein paarmal meinen Namen. Gavin beendete das Gespräch mit einem Lachen, warf das Telefon hinter sich und ließ den Wagen wieder an.

»Unser Schafbock macht Probleme. Er hat rausgefunden, dass er von seiner Wiese runter kann, wenn er nur fest genug auf die Pfosten der Umzäunung einstürmt, also muss er jetzt angepflockt leben. Das gefällt ihm gar nicht.« Seine viereckigen braunen Hände lagen ruhig auf dem Lenkrad.

»Ist er viel älter als du, dein Bruder?«

»Zehn Jahre. Meine Mutter war schon über dreißig, als sie ihn bekam, und ich war ein noch viel späteres Baby. Sie wird nächstes Jahr neunundsiebzig.«

Wir kamen an den Torfbänken gegenüber des Half Way House vorüber und fuhren dann auf das weite Moorland zwischen East und Mid Kames. »Also hier«, sagte Gavin und schaute über die Heidekrauthänge, »soll die Windfarm deines Vaters hin. Wie geht das Projekt voran?«

»Es ist ins Stocken geraten. Das Shetlands Islands Council hat viel Getöse gemacht, sie wollten erst die Bevölkerung befragen, und dann haben sie den Schwarzen Peter an die schottische Regierung weitergeschoben.« Inga war sehr gegen die Windfarm, und ihre Initiative hoffte, dass es eine öffentliche Untersuchung geben würde, damit alle Probleme ordentlich auf den Tisch kämen. »Dad ist im Augenblick gerade in Edinburgh und betreibt Lobby-Arbeit.«

»Hast du dich schon entschieden, wie du dazu stehst?«

Ich verzog das Gesicht. »Das wird immer schwieriger. Diese Hänge sehen so karg und leer aus, aber da draußen ist ein ganzes Ökosystem, mit seltenen Vögeln, die da nisten, und mit Torf, der Kohlendioxid speichert. Die Leute, die mit hundert riesigen Turbinen am Horizont leben müssen, sind auch ziemlich unglücklich drüber.«

»Im Hochland schießen die Dinger überall wie Pilze aus dem Boden«, sagte Gavin. »Die Leute klagen inzwischen über Gesundheitsprobleme, von denen die Betreiber vorab kein Wort gesagt hatten.«

»Dads Unternehmen hat eine Untersuchung der Gesundheitsrisiken versprochen, aber die haben sie noch nicht gemacht. Und da ist noch was«, fügte ich hinzu. »Du sagst, dass überall Windfarmen aus dem Boden schießen. Warum sollten dann die Leute aber unsere teurere Elektrizität kaufen, bei der sie obendrein noch für die Leitungen und nicht nur für die Turbinen zahlen müssen, wenn sie sie von einem näher gelegenen Ort kriege können? Und wenn es nicht funktioniert, haben wir diese hässliche weiße Fehlinvestition hier rumstehen, und wir haben Hunderte Hektar unberührtes Moorland ruiniert, und alles für nichts und wieder nichts. Aber andererseits ...«

»Es gibt immer ein ›aber andererseits‹.«

»Ich habe neulich eine Statistik über nistende Meeresvögel für das letzte Jahr gelesen. Das war schrecklich. Vögel, die ich für häufig hielt, zum Beispiel die schwarzen Kormorane, die man da draußen auf dem Voe sieht und die auf Papa Little hocken, ich wusste schon, dass es hier jetzt weniger von ihnen gibt, aber auf Fair Isle sind nur noch sechzig Prozent der früheren Population. Bloß sechzig Prozent! Und dann war ich im Museum, als sie dort einen Film aus den dreißiger Jahren gezeigt haben. Da stand eine ganze Wolke aus Meeresvögeln über jeder Klippe. Ich habe hier noch nie so viele Möwen gesehen – nein, ich habe noch nirgendwo so viele Möwen hier gesehen. Ich weiß nicht, was die Vögel tötet, aber wenn es der Klimawandel ist, dann müssen wir unseren Beitrag dagegen leisten, koste es, was es wolle.« Ich dachte einen Augenblick darüber nach, schaute auf das glatte Rund der heidegrünen Berge, die vorbeiglitten. »Stell dir vor, dass Peerie Charlie einmal in einem Boot um Papa Little herumfährt und keine Lummen da auftauchen, um ihn anzulinsen, keine Eiderenten, die ihn mit ›whoa‹ begrüßen, wenn er vorbeisegelt, keine Klippenmöwen. Das dürfen wir nicht zulassen, wenn wir es irgendwie verhindern können.«

»Windenergie an Land ist jedoch auch nicht unbedingt die Lösung«, sagte Gavin. »Schau dir doch mal die Gezeiten im

Yell Sound an. Damit könnte man ein Dutzend Turbinen antreiben.«

»Ja, aber ich bin sicher, dass Großprojekte nicht immer was bringen. Sicherlich wäre es doch sinnvoller, wenn jede Gemeinde ihren eigenen Strom erzeugen würde, so wie man das für jede Halle macht.«

»Nicht überall gibt es so viel Wind wie in Shetland.«

»Also müssen wir mit denen teilen, die keinen haben.« Ich seufzte. »Ich halte mich im Augenblick da raus. Ich glaube, im Kopf bin ich bei Dad, aber mein Herz ist bei den Gegnern.«

Die lange Straße führte nun in einer sanften Kurve nach Voe. Vom Festplatz wehten uns Fetzen von Musik entgegen. Das Bierzelt war noch offen, und später würde es Tanz geben. Anders hatte mich gefragt, ob ich mit ihm tanzen würde ...

Wir bogen nach unten zur Pier ab. Auch hier war viel los. Alle Tische waren besetzt, und eine Kellnerin rannte mit Plastikboxen voller Fish and Chips hin und her. Gavin parkte neben dem restaurierten Fischerboot, und wir machten uns mit unseren Alupaketen auf den Weg zur *Chalida*. Ich drehte das Gas auf, als wir an Bord waren. »Tasse Tee?«

»Bitte.«

Ratte kam hervorgeflitzt, sobald ich die Schotts hochschob, und Kater kam gleich hinterher. Ich nahm ihn hoch und schob das untere Schott wieder hinein, um ihn einzusperren, solange wir aßen. Ratte schnüffelte an Gavin, hockte sich dann auf das Schott, drehte und wendete den Kopf, schaute aus hellen, interessierten Augen. Kater krabbelte mit kratzenden Krallen am Schott hoch und darüber. Ich gab beiden ein Stückchen Huhn auf dem Boden des Cockpits. Ein junger Mann von etwa Anders' Statur ging den Hang herunter. Ratte setzte sich aufrechter hin, beobachtete ihn, beruhigte sich dann wieder, ließ die Schnurrhaare hängen. Ich holte zwei Teller und Besteck hervor, und wir machten es uns jeder auf einer Seite des Tisches bequem, Gavin in Anders' Ecke. Er wirkte, als wäre er hier zu

Hause, sein Haar verschmolz beinahe mit dem rötlichen Braun der Mahagonischotts, und das Licht von den Fenstern betonte seine Wangenknochen.

»Also?«, sagte ich.

»Ich habe einen Bärenhunger«, antwortete er. »Kann ich zuerst essen?«

Wir machten uns über unsere Mahlzeit her. Gavin aß schnell, wie jemand, der es gewöhnt ist, seine Mahlzeiten rasch zwischen anderen Aktivitäten einzunehmen. Ich glaube nicht, dass es ihm gelingen würde, während der ganzen Mahlzeit zu schweigen, und das tat er auch nicht. Sobald er seinen Teller halb leergegessen hatte, legte er die Gabel weg und fing an.

»Na ja, eine Menge von dem, was wir schon vermutet hatten, stimmt tatsächlich. In Newcastle sind sie immer noch nicht sehr gesprächig, aber ich glaube, wir können sicher sein, dass Sandra Wearmouth der Maulwurf bei der Polizei war. Dort schien man erleichtert, dass es nicht Peter war. Sandra allein oder sie und David oder alle drei zusammen könnten der Kopf der Unternehmung gewesen sein, der Mr Big, der Kunstgegenstände gegen Drogen tauschte und Madge und David als Kuriere einsetzte. Aber das wissen wir noch nicht genau. Vielleicht hat Sandra dem wirklichen Mr Big auch nur Informationen verschafft.« Er nahm eine Gabel voll Chow Mein. »Das ist tatsächlich lecker.«

»Aber«, sagte ich, »wenn David und Madge mit Sandra unter einer Decke steckten, wie kommt es dann, dass sie Anders und mich anscheinend für Polizeispione hielten? Warum haben sie so unsere Aufmerksamkeit überhaupt erst auf die Diebstähle gelenkt?«

Er beantwortete meine Frage mit einer Frage. »Wenn du was am Laufen hättest, wobei du den Elfenhügel benutzt, würdest du da die Aufmerksamkeit so auf den Elfenhügel lenken, wie die das gemacht haben? Schüsse, Lichter, nach Brae kommen, um Mitternacht mit dem Boot auslaufen ...«

Darüber hatte ich noch gar nicht nachgedacht. »Sie haben sich ja wirklich alle erdenkliche Mühe gegeben, Aufmerksamkeit auf die gesamte Sache zu lenken. Haben über die Kunstdiebstähle geredet, sind mit dem Motorboot nach Brae gekommen, haben den Ausflug zum Elfenhügel gemacht, das Boot über Nacht im Hafen von Brae gelassen – damit Madge es heraussteuern konnte, obwohl es sicherlich sinnvoller gewesen wäre, wenn Sandra die *Genniveve* und David und Madge das Motorboot genommen hätten.« Ich kniff die Augen zusammen, konzentrierte mich. »Was sollten wir also denken?«

»Sandra war verschwunden, erinnere dich«, sagte Gavin. »Und Peter hatten sie umgebracht. Vermutlich war Sandra startklar, um mit David und Madge aufzubrechen.«

»Ja«, stimmte ich ihm zu. »Falls Peter und Sandra nicht zurückkehrten, würde irgendjemand Fragen stellen. Sie würden uns und Magnie finden, nette, ehrbare Bürger …« Seine Augenfältchen verstärkten sich, aber ich ignorierte das … »die ihnen erzählen könnten, dass die beiden zum Elfenhügel aufgebrochen waren. Wenn sie dort suchten, wenn sie dort hineinfanden – und bei genauerer Untersuchung hätten sie sehr rasch Brians Tunnel entdeckt –, dann würden sie dort die Kisten und Kästen stehen sehen, aber der Vogel wäre längst ausgeflogen. Falls sie weiterfragten, würden wir ihnen erzählen, dass die *Genniveve* mitten in der Nacht ausgelaufen ist, dass wir aber nicht beschwören könnten, ob Sandra oder Peter am Steuer gestanden hatte. Sie würden glauben, dass Peter, der Gute, sich am Elfenhügel mit den Bösen angelegt hatte. Dass die ihn und Sandra umgebracht und das Boot gestohlen hätten, um es zu verkaufen. Wenn sie dann noch weiter suchten und die Yacht fänden, na ja, dann wäre da Peters Leiche an Bord.«

»Wir haben die Yacht nur wegen der siamesischen Katze gefunden.«

Peters Katze. *Sie redet nicht mit mir …* Über Bord geworfen, dem Ertrinken überlassen.

»Getötet von den üblen Kunstdiebstahlkurieren, die sich in ihrem nicht gekennzeichneten Motorboot zu einem unbekannten Ziel aufmachten, mit einem vollen Tank Diesel.«

»Oder die von ihrem Kontaktmann vor Ort umgebracht wurden.«

»War es Olaf?«

»Er hat zugegeben, dass er über seine Sexvideos Verbindungen zu den beiden auf dem Motorboot hatte, aus den Tagen, als man noch nicht alles einfach übers Internet raushauen konnte. Er behauptet, er hätte in den letzten fünf Jahren nichts mit ihnen zu tun gehabt und wisse nichts über irgendwelche Kunstdiebstähle. Und ob er jetzt bitte zu seiner Frau zurückkönnte, die über den Tod ihres Jungen ganz verzweifelt sei.«

»Wenn er so unschuldig ist, warum hat er dann einen Stier auf uns gehetzt?«

»Er hat Kirsten mit eurem Priester gesehen und Panik bekommen, weil er dachte, sein Pornounternehmen würde schon bald überall bekannt werden. Sein Rechtsanwalt findet, dass das eine sehr vernünftige Argumentation ist. Der Inspektor aus Lerwick überlegt, was sie ihm noch anlasten können.« Er lächelte. »Anscheinend ist es strafbar, wenn man ein wildes Tier frei lässt und so die öffentliche Sicherheit gefährdet. Doch dieses Gesetz wurde bisher in Shetland noch nie angewandt, und im Augenblick berät er sich mit seinem Sergeant über das technische Detail, ob ein Stier tatsächlich ein wildes Tier ist. Also werden sie Olaf vielleicht nur wegen Landfriedensbruch anklagen.«

Das Lächeln, mit dem ich darauf reagierte, fiel wohl etwas jämmerlich aus. »*Wir* fanden diesen Stier ziemlich wild.«

»Sie meinen, sie könnten aber noch eins draufsetzen. Diese Kunstdiebstähle waren immer ganz unkompliziert: Der Täter drang direkt ins Haus ein, ignorierte alle schrillenden Alarmglocken, er stieg durch das Fenster ein, das am nächsten an dem Gemälde oder an dem wertvollsten Gegenstand war, nahm an sich, was er wollte, und verschwand wieder. Meist brach man in kleineren Häusern ein. Einer der Hausbesitzer hatte aber über die Buschtrommel der Landbesitzer von den Diebstählen gehört und bei sich eine Amateurkamera zur Videoüberwachung eingebaut. Wir haben ein gutes Porträt von Olaf in voller Aktion. Selbst in dunkler Kleidung und mit tief in die Stirn gezogener Wollmütze ist er ziemlich unverwechselbar. Besser noch, die Northlink Ferries erstellen gerade einen Ausdruck aller seiner Fährfahrten in den Süden, um seinen besten Kumpel Brian zu besuchen. Wenn die Daten nicht zu den Diebstählen passen, fresse ich meinen Sporran.«

Sein Gesicht wurde nüchtern. »Einen Haken hat die Sache jedoch. Als David Morse und Sandra Wearmouth auf der Plattform oberhalb von dir erschossen wurden, war Olaf zu Hause. Zwei Beamte hatten ihm gerade die Nachricht von Alex' Tod überbracht, und seine Frau war zusammengebrochen. Er hat das Haus nicht mal für zehn Minuten verlassen, geschweige denn so lange, dass er mit dem Pick-up hätte zum Elfenhügel fahren können. Der Mörder der beiden läuft also noch frei herum.«

Mir lief ein kalter Schauer über den Rücken. Gavin sprach in neutralem Tonfall weiter. »Weißt du, der glaubt vielleicht, dass du ihn identifizieren kannst, es aber noch nicht gemacht hast. Es ist nur eine winzige Möglichkeit – wahrscheinlich nimmt er eher an, dass du uns schon alles gesagt hast, was du weißt.«

»Ganz bestimmt hat uns der halbe Westen von Shetland zusammen gesehen«, stimmte ich ihm freundlich zu. Er hatte mich wie eine Partnerin behandelt, verdammt noch mal, und jetzt wollte er mich wohl aus der Schusslinie befördern?

»Trotzdem bin ich mir nicht sicher, ob du dich im Yachthafen allein auf deinem Boot aufhalten solltest.« Wie sein vorsichtiger Ton bewies, war er sich im Klaren darüber, dass er mit diesen Worten sein Glück sehr strapazierte. »Besonders da doch alle beim Tanz auf der Voe Show sind. Würdest du in Erwägung ziehen, für einige Zeit zu deinem Vater nach Hause zu gehen?«

Ich war in einem 32-Fuß-Boot nach Amerika gesegelt. Ich hatte mehr gefährliche Gegenden der Welt gesehen, als ich warme Mahlzeiten zu mir genommen hatte. »Ich musste schon nach dem Mord auf dem Filmschiff mal an Land schlafen«, antwortete ich. Das Kind in mir bäumte sich auf. Ich lieh mir einen von Peerie Charlies Ausdrücken und sprach ihn mit einem Tonfall sanfter Endgültigkeit aus: »Will nicht.«

»Nein«, meinte Gavin. »Das hatte ich schon vermutet.« Er zögerte, und seine Augen wanderten auf der *Chalida* umher, als suchte er nach Verstecken. »Ich könnte einen Polizisten an Bord lassen.«

Ich reckte das Kinn vor. »Ich muss nicht beschützt werden.«

In dem nun folgenden langen Schweigen konnte ich an seinen Augen ablesen, dass er darüber nachdachte, einen Befehl auszusprechen, und zweifellos konnte er an meinen Augen ablesen, welch großen Schaden jeglicher Zwang der zaghaften Beziehung antun würde, die sich zwischen uns anbahnte. Schließlich sagte er milde: »Wenn der Mörder glaubt, dass du ihn identifizieren kannst, versucht er vielleicht, dich zum Schweigen zu bringen.«

»Du sagst immer ›er‹. Weißt du, wer es ist?«

Gavin spreizte die Hände mit den Handflächen nach oben. »Wir haben eine Vermutung, aber keine Beweise.«

»Wenn ich von Polizisten umgeben bin«, erwiderte ich, »dann kann er es nicht versuchen.« Ich lehnte mich an das Regal, streckte die Beine zur gegenüberliegenden Koje aus und schaute ihn von der Seite an. »Du kannst nichts gegen ihn vorbringen.«

Ich sah, wie er darüber nachdachte, wie er überlegte, ob er sich auf mich wie auf eine Kollegin verlassen konnte. »Hast du überhaupt eine Vorstellung davon, was passiert, wenn ich dich hier wie eine angebundene Ziege als Köder benutze und der Tiger dich erwischt, ehe ich ihn schnappe?«

»Dann sorge dafür, dass ihm das nicht gelingt«, erwiderte ich.

10

Seldom comes a doo fae a craw's nest.
Selten kommt aus einem Krähennest eine Taube.

(Altes Sprichwort aus Shetland)

KAPITEL 26

Ich brauchte mit der *Chalida* eine Stunde nach Brae zurück. Der Wind war wieder abgeflaut, also zog ich das rot-blau-weiße Gennaker der *Chalida* auf, ein bauchiges, beinahe ballonförmiges Segel, das knisterte und raschelte wie Seidenpapier, wenn der Wind kam und ging. Es war ein langsamer Törn den langen Olna Firth hinunter, zwischen den Seeschlangenbuckeln der Muschelbänke hindurch. Voe House, die laute Pier, die bunten flatternden Fähnchen der Show, all das fiel hinter uns zurück, als wir durch die Meerenge am Point of Mulla fuhren, und war dann hinter der Biegung der Landspitze verschwunden. Die Gezeiten standen gegen uns, denn der Strom der Mitt-Tide und der Vollmond schoben das Wasser landwärts. Auf der Sonnenseite des Souther Hill konnte man schon einen violetten Schein auf dem Heidekraut ahnen, und die Wolken türmten sich ganz bis nach Westen auf, ragten hoch auf wie das Heck eines alten Segelschlachtschiffs. Morgen würde das Gesicht des Mondes an der anderen Seite abgeflacht sein. Das Ende des Sommers rückte am Horizont näher, die kälteren Tage, die herbstlichen Stürme, die Tagundnachtgleiche.

Ratte war ängstlich. Sie hatte zugesehen, wie ich das Schiff seeklar machte, dabei immer von mir zum Ufer geschaut. Sobald wir abgelegt hatten, blieb sie im Cockpit und starrte zurück. Sie wusste, dass wir Anders zurückgelassen hatten, und ich hatte keine Ahnung, wie ich sie beruhigen sollte. Ich nahm sie hoch und legte sie mir um den Nacken. Da saß sie auch eine Weile, aber sobald Voe außer Sicht war, schlängelte sie sich nach unten in ihr Nest. Kater wuselte hinterher, winkte mit seinem Stummelschwänzchen, während er sich zwischen die Kissen kuschelte. Ich wünschte, ich könnte es ihnen erklären.

Ich seufzte und machte mir eine Tasse Trinkschokolade, nahm dann wieder auf meinem Sitz im Cockpit Platz. Das grüne Ufer glitt an uns vorüber, Häuserruinen, die nun nur noch wie gemauerte offene Kisten aussahen, standen auf hellgrünen Rechtecken, wo man früher einmal Kartoffeln und Grünkohl angebaut hatte, wo Kühe angepflockt gewesen waren und gegrast hatten. Das Gewirr aus rostigem Metall oberhalb einer Steinpier war Shetlands letzte Walfangstation gewesen. Kleine Bauernhöfe und Walfang, früher einmal die Hauptindustriezweige Shetlands, waren nun Vergangenheit. Vielleicht war wirklich Dads Windfarm das Einzige, was uns noch Wohlstand bringen konnte, wenn einmal das Öl versiegt war.

Als die *Chalida* ohne meine Hilfe auf die heidekrautdunkle Biegung von Linga zusegelte, versuchte ich nachzudenken. Ich musste das Rätsel lösen, denn sicher hatte es sich auf der Show, wo sich alle aus dem westlichen und nördlichen Mainland getroffen hatten, herumgesprochen, dass das Lynch-Mädel, du weißt schon, die, die auf dem Schiff lebt, mit dem Hubschrauber von einer Klippe gerettet worden war. Es hatte auch zwei Leichen gegeben, erschossen – nein, nein, sie hat nicht geschossen, das war jemand anders, aber sie war da gewesen.

Wenn ich der Mörder wäre, dann würde ich herausfinden wollen, wo das Lynch-Mädel während der Schüsse war und was es gesehen hatte. Ich musste wissen, vor wem ich mich fürchten musste.

Es war zu viel losgewesen, es gab zu viele Seitenstränge, die die Ereignisse verworren machten. Kevin, Geri, der geheimnisvolle Eimer, das verschlossene Boot, das hatte sich jetzt aufgeklärt. Das Cottage und Olafs Sexvideos, Kirsten, die man gezwungen hatte, sich daran zu beteiligen, und Cerys, die neue Leute heranholte, mit denen sie sich amüsieren konnte, wenn Brian sie im Sommer hier aufs langweilige Land brachte, den Teil verstand ich inzwischen auch. Es war sinnvoll, dass Brians bester Kumpel Olaf einen Schlüssel hatte, um im Cottage nach dem Rechten zu sehen – und wenn Olaf einen Schlüssel hatte, dann hätte er den auch David geben können, so dass er das Cottage bei ihren Besuchen nutzen konnte. Die Person, die mich bei meinem ersten Ausflug zum Elfenhügel beobachtet hatte, das konnte Madge gewesen sein, die nur sicher sein wollte, dass ich nicht in die Nähe von Peters Leiche kam, falls man die im Cottage zwischengelagert hatte, ehe man sie auf das Motorboot umlud. Robbies Klatsch und Tratsch hatte Brian misstrauisch gemacht. Er war am Donnerstag, an dem Tag, an dem ich seine Mutter besuchte, zum alten Cottage gefahren. Dort hatte er das Bett samt der sexy Bettwäsche und dem Kamerastativ am Strand entsorgt und das Schloss ausgetauscht. Hier würde es keine Spielchen mehr geben.

Ich runzelte die Stirn und setzte mich aufrechter hin. Diese Zeitabfolge funktionierte nicht. Das Schloss am Cottage war am Donnerstag ausgewechselt worden, also konnten David, Sandra und Madge es danach nicht mehr benutzt haben. Der Elfenhügel war in der Nacht ausgeräumt worden, nahm ich an, als Magnie die Lichter den Berg rauf und runter wandern sah. Das war in der Nacht zum Freitag gewesen, in der Nacht, nachdem man die *Genniveve* versenkt hatte. Der Grabhügel war bis auf die Kisten leer gewesen, als man mich am Freitag dort hineinwarf. Gestern. War das wirklich erst gestern? Ich hatte das Gefühl, dass seither ein Jahr verstrichen war.

Gestern hatten sie Alex umgebracht, nachdem man Peters Leiche im Meer versenkt und den Elfenhügel ausgeräumt hatte. *Was hatte Alex also gesehen?*

Die Frage machte mir zu schaffen. Ich war von der vagen Annahme ausgegangen, dass Alex zum Elfenhügel gefahren war und gesehen hatte, wie sie Kunstwerke abtransportierten oder sich sonst irgendwie verdächtig benahmen, aber das ergab keinen Sinn. Die Beute war bereits fortgeschafft gewesen, die Leiche versenkt, und zwar einen Tag, bevor er mit seinem Quad am Elfenhügel auftauchte. Wie ich mir vorher schon einmal überlegt hatte, konnte man ihn nicht so leicht verschwinden lassen. Wegen eines vermissten kleinen Jungen würde es zehnmal so viel Theater geben wie wegen eines Erwachsenen. Wenn er für sie nicht wirklich eine ernste, direkte Gefahr darstellte, wäre es überaus dumm, ihn umzubringen, und Sandra war nicht dumm. Was also hatte ihn so gefährlich gemacht?

Jetzt, da ich alles noch einmal durchdacht hatte, schien es mir offensichtlich. Ich hörte Alex' Stimme: *Ich kenne die. Ich hab die jedenfalls schon mal gesehen, als ich bei Brian unten war ... wir waren in den Ferien da unten, und da habe ich die gesehen.* Wie sie mit seinem Vater Olaf sprachen, vielleicht den nächsten Raubzug planten. Dann hatte Alex eine Pause eingelegt, und ich dachte damals, er wolle nur noch etwas dazuerfinden, aber wenn der darauffolgende Satz stimmte, dann war er tödlich gewesen: *An den Mann erinnere ich mich.*

Er hatte David Morse gesehen, mit seinem dicken Bauch und dem Walrossschnurrbart. Er hatte sich sogar beinahe den Namen gemerkt: *Der fängt mit einem B an ... nein, mit einem M.* Er hatte die beiden im Yachthafen beobachtet. Er hätte gewusst, dass die schmale aschblonde Sandra nicht die Motorbootfrau war. Wenn er das getauschte Paar, David und Sandra, erkannt hatte, dann würde ihnen das einen Strich durch ihre hübsch geplante Geschichte machen, dass die Bösen die Guten umgebracht hatten.

Diesen Gedanken spann ich weiter, während wir elegant an Linga vorüberglitten, vorüber an der Stelle, wo die *Genniveve* neunzig Meter unter dem Wasserspiegel lag. Ich erinnerte mich an Olaf als Jungen, erinnerte mich daran, wie Brian sich von ihm zurückzog, wenn er es mit seinem Drangsalieren zu weit getrieben hatte. *Immer ein bisschen geheimnisvoll ...* Genauso hatte sich jetzt Kirsten zurückgezogen. Ich hoffe, dass es ihr bald wieder bessergehen würde. Ich dachte über Cerys' Spielchen im Cottage nach und über Barbaras scharfe Stimme.

Am meisten dachte ich aber an Peerie Charlie, wie er mit seinen Fischstäbchen Auto spielte und Inga in ihrem eigenen Tonfall tröstete.

Ich legte das Gennaker-Segel zur Seite aus und schob einen Protektor ein, damit das Großsegel nicht zurückschwang, und so steuerten wir mit weit gefächerten Segeln das Busta Voe hinauf und auf den Yachthafen zu. Als wir ihn erreicht hatten, hatte ich eine ziemlich klare Vorstellung davon, wer da oben über mir auf der Plattform vor dem Elfenhügel David und Sandra erschossen hatte und warum. *Eine winzige Möglichkeit*, hatte Gavin gesagt, aber vielleicht dachte dieser Mörder überhaupt nicht logisch. Einen Augenblick lang fragte ich mich, worauf ich mich da bloß aus lauter Stolz eingelassen hatte. Dabei hätte ich sicher bei Dad zu Hause sitzen können, während die *Chalida* von der Polizei bewacht wurde. Dieser Gedanke gab mir all meinen Mut zurück. Ich hatte schließlich Weltmeere überquert. Ich konnte für meine eigene Sicherheit sorgen.

Der Yachthafen lag still da, als ich hingeisterte. Ich wollte mir nicht die Mühe machen, den Motor anzulassen, also trieb ich ein bisschen draußen vor dem Hafen, packte das Gennaker-Segel und die Stange weg, fuhr dann unter dem Großsegel hinein, machte im inneren Hafenbecken einen großen Bogen, um die *Chalida* zu verlangsamen, ehe ich sie an ihren Liegeplatz steuerte. Ich legte einen Schlag Heckleine über den Achterklampen und ließ das Schiff so: die Starterbatterie war noch eingeschaltet, der Schlüssel steckte noch im Motor. Vielleicht musste ich demnächst schnell hier weg.

Es war beinahe zehn Uhr, noch anderthalb Stunden bis zum Hochwasser. In den Biegungen des Ufers sammelte sich bereits die Dämmerung, und der Mond verstreute sein silbernes Licht über die glasklaren Kräuselwellen. Die Küstenseeschwalben schwatzten, während sie sich für die Nacht zur Ruhe setzten. Vom Wohnwagenpark beim Yachthafen waren klirrende Geräusche zu hören, ein Motorradfahrer machte sich unter einer altmodischen Triumph-Maschine zu schaffen. Samstagabend oder nicht, hier war es totenstill, kein Auto fuhr, kein Fernseher oder Radio dröhnte aus einem offenen Fenster. Selbst der Klub war heute Abend geschlossen. Alle, denen der Sinn danach stand, waren beim Tanzen auf der Voe Show. Es schien mir Hunderte von Jahren her, dass ich mit Anders über diesen Tanz gesprochen hatte.

Mein Herz schlug unregelmäßig. *Eine winzige Möglichkeit.* Ich hängte meine Segelkleidung weg, zog ein T-Shirt, Jeans und leichte Segeltuchschuhe an. Ich grübelte immer noch über Fluchtmöglichkeiten nach. In diesen Kleidern konnte ich, wenn es sein musste, schwimmen. Ich ging über den Ponton zum Liegeplatz des Schlauchboots gleich unterhalb des Tors zum Yachthafen und überprüfte, ob der Schlüssel und die Notstoppleine noch an der Stelle waren, wo die Männer vom Rettungsboot sie gelassen hatten. Ich machte auch hier die Leinen los, außer der Bugleine. Es war eine windstille Nacht, das Boot würde keinen Schaden nehmen. Der Motorradfahrer hob den Kopf und beobachtete mich eine Weile, widmete sich dann wieder seiner Schrauberei.

Ratte wuselte aus ihrer Ecke hervor, als ich zurück an Bord kam, saß dann eine Weile auf dem Kajütendach, schaute sich dort um und ging zur Vorpiek. Kater kuschelte sich um meinen Hals und schnurrte. Über mir rief in dem grünen Gelände beim Stehenden Stein ein Mutterschaf sein Lamm für die Nacht herbei, und das Lamm antwortete mit einem hohen Blöken. Ich dachte an Kirsten, die unter Beruhigungsmitteln im Bett lag. Ihr Kind würde nie wieder nach Hause kommen. David und Sandra hatten dafür bezahlt. Das reichte doch sicherlich?

Der Mörder hatte darauf gelauert, dass mein Segel das Voe hinaufkommen würde. Ich saß kaum fünf Minuten im Cockpit, als ich den Pick-up hörte, der knirschend über den Kies des Bootsklubs fuhr. Ein Schatten löste sich, schloss das Tor zum Yachthafen auf und glitt hindurch, ließ es hinter sich offen stehen. Er kam in gleichmäßigen Schritten auf die *Chalida* zu, den Ponton entlang, blieb bei ihrem Liegeplatz stehen, sah mich im Cockpit. Er hatte leere Hände. Darüber war ich froh. Ich habe eine verständliche Abneigung dagegen, dass jemand eine Schusswaffe auf mich richtet.

»Hallo, Norman«, sagte ich.

Norman, Olafs Sohn. Genauso wie Peerie Charlie Ingas Stimme und Gesten nachahmte, so war Norman zu einer Kopie seines Vaters herangewachsen. Ich konnte Olafs Philosophie förmlich hören: *Das Leben ist das, was du draus machst. Ich könnte dich da ins Geschäft bringen ...* Ich glaubte nicht, dass Norman in die Diebstähle verwickelt gewesen war, obwohl ich darauf auch keine Wette abgeschlossen hätte. Er war schnell, unser Norman. Er konnte sich mühelos durch ein schmales Fenster zwängen, sich den ausgewählten Gegenstand schnappen und sich wieder herausschlängeln, ehe sich die Alarmanlage auch nur warmgelaufen hatte. *Ich steck in der Katzenklappe ...*

Er blieb neben mir stehen. »Schöner Abend.«

»O ja«, stimmte ich ihm zu.

Das silbrige Licht der Pontonlaternen schien ihm aufs Gesicht. Er sah niedergeschlagen und jung aus, und der Atem stockte ihm in der Kehle, als hätte er geweint, aber solche Gedanken wollte ich mir nicht unter die Haut gehen lassen. Olaf hatte ja auch wortreich Reue geheuchelt, sobald sich die Probleme vor ihm auftürmten. Ich deutete auf den Sitzplatz im Cockpit mir gegenüber. »Komm an Bord.«

Ich wartete, bis er sich niedergelassen hatte, ehe ich eine Tasse Tee machen ging. Das ist unvorsichtig, würde Gavin sagen, aber ich war nicht so unvorsichtig, dass ich mich mit Norman außer Sichtweite begeben würde. »Bleib sitzen«, sagte ich. »Ich stell den Wasserkessel auf. Tee?«

Er nickte.

»Milch und Zucker?«

»Ja.«

Ich spürte seine Augen auf mir, während ich das Gas anzündete, den Kessel aufstellte, die Henkeltassen, Teebeutel und Milch hervorholte und dem hart gewordenen Zucker mit einem Teelöffel einen hoffnungsvollen Schlag versetzte.

»Das ist cool«, sagte er. »So auf einem Schiff zu leben. Du hast alles, was du brauchst. Niemand stört dich. Du kannst einfach die Leinen losmachen und wegfahren.«

»Würdest du nicht den Flachbildfernseher und das Breitband-Internet vermissen?«, fragte ich.

Er zuckte mit den Achseln. »Da bin ich mir nicht sicher. Ich schau mir was an, aber das packt mich nicht. Spiele, ja, Spiele mag ich. Ich mag die Sachen, wo die Leute anderen Streiche spielen.« Seine Augen wanderten den Mast hinauf. »Wie weit bist du mit der hier schon gesegelt?«

»Ich hab sie im Mittelmeer gekauft und bin dann mit ihr nach Norwegen gesegelt, aber das war immer nur an der Küste lang. Die Überfahrt von Bergen hierher war die längste Ozeanüberquerung, die ich mit ihr gemacht habe.«

»Cool«, wiederholte er.

Ich reichte ihm seinen Henkelbecher und kletterte neben ihm ins Cockpit. »Dein kleiner Bruder hatte das Zeug zu einem richtig guten Segler«, sagte ich.

»Es hat ihm Spaß gemacht«, sagte Norman. Er reckte die Unterlippe vor, war entschlossen, keine Gefühle zu zeigen. »Er wollte den Segelunterricht auf gar keinen Fall verpassen.«

»Du hast ihn gewöhnlich gebracht«, meinte ich. *Ingas Mädels, die Peerie Charlie an der Hand nehmen, um ihn zu Mam zurückzubegleiten.* Ich hatte mir immer einen kleinen Bruder gewünscht. Ich hätte auf ihn aufgepasst. Er hätte zu mir aufgeblickt, so wie Peerie Charlie zu Vaila und Dawn aufblickte – so wie Alex zu Norman aufgeblickt hatte. Wenn Norman ihn gebeten hätte, irgendwas zu machen, und wenn es ein noch so krummes Ding gewesen wäre, Alex hätte sein Bestes getan.

Norman zuckte gleichgültig mit der Schulter.

»Wie geht es eurer Mutter jetzt?«, fragte ich.

Er hatte wahrscheinlich auch gelernt, alles, was seine Mutter sagte, so von der Hand zu weisen, wie sein Vater es ignorierte. Er zuckte wieder mit den Schultern. »Sie ist bis obenhin mit Medikamenten vollgepumpt. Cerys ist bei ihr. Die Bullenschweine haben Dad eingebuchtet.« Er schaute mich von der Seite an. »Die behaupten, er ist in irgendwelche Kunstdiebstähle verwickelt. Oben am Elfenhügel.«

Für seinen Vater spielte das Gesetz keine Rolle. *Die Bullenschweine, eingebuchtet.* Man machte, was man wollte, man beschaffte sich Geld, wie einem das am besten passte. Wenn sich die Chance ergab, eine große Summe zu verdienen, so viel, dass man nie wieder vor jemandem katzbuckeln musste, warum dann nicht? Ich hörte in der Erinnerung Olafs Schuljungenstimme, wenn er wieder einmal einen Stift geklaut oder sich ein Video aus der Leihbibliothek unter den Nagel gerissen hatte. »Warum nicht? Die haben doch jede Menge davon.«

Olafs Sohn rutschte auf seinem Sitz hin und her und holte tief Luft. »Bist du da oben steckengeblieben? Gestern?« Seine Stimme war viel zu beiläufig.

Deswegen war er hergekommen, diese Frage wollte er stellen, während ich hier allein im Dämmerlicht saß und alle anderen beim Tanzen in Voe waren. *Hast du mich gesehen?*

»Als die Schüsse gefallen sind«, fuhr Norman fort. »Du bist doch vom Hubschrauber gerettet worden. Alle haben davon geredet auf der Show.«

Das hatte ich gewusst. Mein Rekord, dass ich noch niemals das Rettungsboot hatte rufen müssen, war futsch. Ich konnte mir jetzt aber nicht leisten, das zu bedauern.

»Ich war an der Klippe auf einem Felsvorsprung unter dem Gras vor dem Elfenhügel. Ich habe alles gehört, aber ich habe nichts gesehen. Ich könnte den Mörder nicht identifizieren. Das habe ich auch der Polizei gesagt.«

Ich spürte sein erleichtertes Aufatmen mehr, als ich es hörte. Er lehnte sich gegen die Reling der *Chalida*. Ich wartete schweigend. Er wirkte so verletzlich mit seinem goldenen Ohrring, der vor seiner schmalen Wange baumelte, und seinen graugrünen Augen, Kirstens Augen, die sich misstrauisch verengten. Vielleicht überschätzte ich seine Ähnlichkeit mit Olaf? Vielleicht rang er mit seinem Gewissen, rang mit den Prinzipien, die Kirsten sicher ihren Söhnen zu vermitteln versucht hatte. Schließlich stellte er seinen Henkelbecher hin, drehte sich zu mir und schaute mich an. Ich sah, dass er mir nicht geglaubt hatte; er würde nicht einfach weggehen und mich vergessen. Seine Stimme hatte die aggressive Schärfe verloren und war wieder zögerlich, jung.

»Ich hab mich gefragt, ob du dich je dran gewöhnst, dass du jemanden umgebracht hast. Ob du es je vergisst.«

»Nein«, antwortete ich schlicht.

Er zuckte zurück, als wäre es nicht das gewesen, was er hören wollte, aber jetzt war nicht die Zeit für freundliche Lügen. Die würden weder ihm noch mir helfen.

»Man kann nichts tun, um es besser zu machen«, erläuterte ich. »Man kann nicht Entschuldigung sagen und die Toten wieder zum Leben erwecken. Man kann das, was man getan hat, nicht mehr ändern. Wenn man könnte, würde man es zehnmal anders machen, aber es ist zu spät.«

Norman hatte Geld gewollt. *Ich weiß, wie du die Narbe gekriegt hast ...* Es ging das Gerücht, dass man mich für die Arbeit beim Film sehr gut bezahlt hatte, denn jedermann wusste doch, dass beim Film das große Geld zu verdienen war, aber Anders hatte ihn von mir weggescheucht. Dann hatte er die zwielichtigen Gestalten gesehen, mit denen sein Vater zu tun hatte. Da war wirklich Geld zu holen, wenn man irgendwie drankam.

»Es war meine Schuld, dass Alex gestorben ist.« Er sagte es aggressiv, als hätte ich vor, ihm zu widersprechen. »Ich habe ihn drauf angesetzt, hinter denen her zu schnüffeln, den beiden mit dem schicken Motorboot. Wenn ich das nicht getan hätte, dann hätten die ihn nicht umgebracht.«

Die Polizei hatte Kirsten wohl erzählt, dass sie im Zusammenhang mit Alex' Tod nach einem Täter suchten, dass sie nicht mehr glaubten, dass es ein Unfall gewesen war. Norman musste begriffen haben, was er angerichtet hatte, sobald er das hörte. Er hatte dann wohl bei dem Paar angerufen, sich mit ihnen verabredet, vielleicht vorgegeben, sein Vater zu sein. Anschließend war er wie eine Furie zum Elfenhügel gerast, mit dem Pick-up über das unebene Terrain des Hangs gebrettert, um sich mit den Mördern seines Bruders zu treffen und sich dort mit einem Racheakt von seiner Schuld und seiner Wut zu erlösen. Mit der Wut eines jungen Menschen ...

Ich nickte. »Er wäre nicht oben am Elfenhügel gewesen, wenn er nicht für dich hinter ihnen her spioniert hätte. Aber *sie* haben ihn umgebracht, nicht du.«

»Es war meine Schuld«, wiederholte er. Er wandte seine Wut nun gegen mich. »Redest du dir ein, dass es das Wasser war, das deinen Mann umgebracht hat?«

»Nein«, gestand ich ein. Drüben auf dem Wohnwagenplatz gab der Mann unter dem Motorrad seine Schrauberei auf und erhob sich. Er reckte sich, schaute über den Yachthafen und ging dann zu seinem Wohnwagen. Ein Rechteck aus blassgoldenem Licht markierte die Tür. »Was ich getan habe, hat ihn umgebracht. Ich wollte es nicht, aber ich bin für seinen Tod verantwortlich.«

Olaf hatte sich Sorgen gemacht, was sein Sohn da anstellte. *Die Kids heutzutage, man weiß nie, in was die so geraten ...* Er wusste, dass man Sandra, David und Madge besser nicht in die Quere kam. Ruhig lehnte ich mich zurück und legte den linken Arm über die Reling, gleich bei der Hufeisenboje. Ich hielt meinen Blick auf Norman gerichtet, während sich meine Hand zu der Trillerpfeife vorarbeitete, die daran hing, ein hartes Schneckenhaus aus Plastik, um das eine Schnur gewickelt war. Hinter der Boje wickelten meine Finger die Kordel ab und drehten die Trillerpfeife so, dass ich sie mit einer einzigen Bewegung an die Lippen führen konnte. Norman hatte schon zu viel gesagt, als dass er mich jetzt noch ungeschoren gehen lassen konnte.

»Hast du die Mobiltelefonnummer der beiden vom Handy deines Vaters genommen?«

Er warf einen verschreckten Blick auf mich, schaute mit zuckendem Mund weg. »Ja«, gestand er, »aber ich habe vom Telefon eines Kumpels aus angerufen. Ich habe Geld verlangt, damit ich sie nicht bei den Bullen verpfeife.«

»Darüber waren sie sicher nicht erfreut.«

»Mein Dad hat's rausgekriegt.« Er holte tief Luft, als hätte er eine Entscheidung getroffen. »Als ich dann das von Alex gehört habe, habe ich Dads Handy geklaut. Ich habe ihnen eine SMS geschickt, ich müsste sie oben beim Grabhügel treffen. Danach habe ich das Handy ausgeschaltet, damit sie nicht zurückrufen und rauskriegen konnten, dass nicht er die geschickt hatte. Ich bin mit dem Pick-up hingefahren und mit Dads Gewehr.« Er schaute mich scharf an. »Du bist nicht überrascht. Du wusstest, dass ich es war.«

»Zu der Zeit noch nicht«, antwortete ich. »Ich habe mir das später zusammengereimt. Die Leute von der Yacht waren tot, und Brian und das Cottage hatten nichts damit zu tun. Cerys ist zu sehr mit sich selbst beschäftigt, und die könnte auch keinen Pick-up diesen Hang hochfahren. Dein Dad war bei deiner Mam zu Hause, nachdem sie von Alex' Tod gehört hatten. Da bliebst nur noch du, um ihn zu rächen.«

Er richtete sich auf, so dass er nun größer und breiter als ich war. »Hast du das deinem Kumpel von der Polizei schon erzählt?« So hatte Olaf auch geredet, damals auf dem Schulhof.

Ich hatte damals keine Angst vor ihm gehabt, und ich würde mich jetzt auch nicht von seinem Sohn einschüchtern lassen.

»Die haben deinen kleinen Bruder umgebracht«, sagte ich. »Alex. Er ist tot, und jetzt sind sie auch tot. Könnte es nicht da aufhören?«

Er schüttelte den Kopf und beugte sich zu mir. Ich schwang rasch den Arm herum und führte die Trillerpfeife zum Mund. Es war eine von den Trillerpfeifen, die einen ohrenbetäubenden Lärm machten, und ich pustete mit meiner ganzen Kraft hinein. Norman zuckte zusammen. Ehe er sich auf mich zubewegen konnte, hatte ich die Trillerpfeife schon fallen lassen, war aufgesprungen und über die Reling der *Chalida* gehechtet. Anstatt über den Ponton zu gehen, wie er erwartet hatte, sprang ich in vollem Lauf mit einem Hechtsprung vom Ende des Pontons direkt in das ruhige innere Hafenbecken und kraulte schnell los, hatte bereits die halbe Strecke über die fünfzig Meter Wasser hinter mich gebracht, ehe er überhaupt begriffen hatte, was ich machte.

Das Wasser schloss sich über meinem Kopf wie eine eiskalte Dusche. Meine Kleidung hielt das Wasser eine Weile ab, aber dann drang es durch. Ich würde es nicht sehr lange hier im Hafenbecken aushalten, aber ich hatte auf das natürliche Zögern einer bekleideten Person gesetzt, direkt in kaltes, tiefes Wasser zu springen. Das Risiko hatte sich ausgezahlt. Es war kein zweites Klatschen zu hören.

Ich tauchte mitten im Hafenbecken auf und strich mir das Wasser aus den Augen. Norman stand im Cockpit der *Chalida* und starrte mir hinterher. Er hatte eindeutig begriffen, dass ich ihm gegenüber im Vorteil war. Wenn er auf dem Wasser hinter mir herjagte, würde ich an Land gehen, die Slipanlage hinauf, zum Klubhaus, wo ich die Tür verriegelt haben würde, ehe er auch nur den Ponton für die Dinghys erreichte. Wenn er an Land um das Hafenbecken herumkam, wäre ich im Nu wieder auf der *Chalida* und hätte meine einzige Leine losgemacht, ehe er wieder bei mir war. Ich paddelte langsam auf dem Rücken zum Ende des Dinghy-Pontons und wartete.

Dann wurde die blaue Dämmerung von grellem Licht zerrissen. Ein blendend weißer Suchscheinwerfer strahlte aus der offenen Wohnwagentür, erwischte zuerst Norman, schwang dann zu mir zurück. Die Hilfstruppen waren, wie vereinbart, die ganze Zeit über hier gewesen, mit einem hervorragenden Blick auf das Geschehen an Bord der *Chalida*. Ich machte kehrt und begann, auf die Slip zuzuschwimmen, um den Dinghy-Ponton herum, scherte mich nicht um die Rufe und die rennenden Füße. Auf einmal wurde mir klar, dass unter all dem Lärm ein vertrautes Geräusch war, das Klunk-Klunk-Klunk des Motors der *Chalida*. Ich hob den Kopf und schaute hin.

Er hatte schnell gedacht, unser Norman. Sie kamen über Land hinter ihm her, also würde er über das Meer fliehen. Der Motor der *Chalida* war nicht kompliziert, und er hatte bestimmt schon Dutzende wie diesen gestartet. Bis die Polizei über den Ponton gekommen war, fuhr er bereits rückwärts aus dem Liegeplatz. Er verlor keine Zeit damit, das Boot zu wenden, sondern steuerte mit dem Heck voraus auf den steinigen Hafeneingang zu.

Meine Vorkehrungen für eine schnelle Flucht hatten ihm geholfen: nur eine einzige Festmachleine, und der Schlüssel steckte. Jetzt half mir seine Hast. Er schaute vorwärts auf den Hafeneingang, ignorierte die Schreie hinter sich. Die *Chalida* kam nie gleich auf volle Fahrt, also musste ihr Tempo ihm furchtbar langsam vorkommen. Seine Hände umklammerten die Ruderpinne, er hatte die Augen starr auf den schmalen Zwischenraum zwischen den Felsen gerichtet, als wolle er das Schiff mit reiner Willensstärke beschleunigen. Ich hoffte, dass er sich an Gibbie's Baa erinnerte, den einzelnen Felsen, der ungünstig gleich vor der Ausfahrt lag.

Ich schwamm auf mein Boot zu. Als es an mir vorbeikam, streckte ich die Arme aus, um die beiden Pfosten zu umfassen, an denen die Reling befestigt war. Der Bug der *Chalida* ragte höher aus dem Wasser, als ich gedacht hätte. Ich zog mich hoch, so dass ich mit den Ellbogen auf dem Deck war, streckte dann eine Hand weiter aus und packte die vordere Klampe. Mit der anderen Hand umschloss ich die runde Abdeckung des Ankers, und so hatte ich genug Halt, um ein Knie an Bord zu bekommen. Das Schwanken des Schiffs, als es sich in die Kurve legte, gab mir ausreichend Schwung, um auch noch das andere Bein nachzuziehen. Ich duckte mich unter den Drähten der Reling hindurch und schlich mich rasch nach vorn, um mich hinter der abgerundeten Vorderseite der Kajüte hinzukauern. Norman hätte mich gesehen, wenn er vernünftig nach vorn geschaut hätte, aber ich verließ mich darauf, dass er den Blick entweder in die weite Ferne und auf den Meereshorizont gerichtet hatte oder über die Schulter auf die Verfolger. Außerdem hatte er den Ganghebel auf volle Fahrt gestellt, und unter Wasser hämmerte das Kielwasser des Propellers voll gegen das Ruder, was die *Chalida* nach backbord driften ließ. Er hatte alle Hände voll zu tun, sie auf Kurs zu halten, und einen Augenblick lang dachte ich, dass ich hochspringen müsste, denn wir waren wohl schon beinahe bei Gibbie's Baa. Dann bekam Norman das Schiff aber wieder in den Griff und wendete es in Richtung offenes Meer. Ich lag still da, schmiegte mich an die Krümmung der salzüberspülten Fiberglaswand.

Das Geschrei am Yachthafen hatte aufgehört. Jetzt übertönte das Röhren des Schlauchbootmotors das Klunk-Klunk des Motors der *Chalida*. Halleluja! Die Hilfstruppen waren immer noch unterwegs zu uns. Ich überlegte, ob Gavin wohl selbst im Wohnwagen des Motorradfahrers gewartet hatte.

Norman hatte das Geräusch auch gehört. Die *Chalida* brach erneut aus, als er sich umschaute. Als die Nase des Schlauchboots aus dem Yachthafen auftauchte, nutzte ich den Moment, um die Klappe im Vorschiff hochzuheben und mich durch die Luke in die Dunkelheit von Anders' Koje zu schwingen.

KAPITEL 27

Eine wundersame Verschnaufpause. In der Vorpiek, hinter dem blau-gelben Vorhang, fühlte ich mich wieder sicher. Ratte kam aus Anders' Schlafsack gekrabbelt und inspizierte mich mit vor Kälte bebenden Schnurrhaaren. Ich zerrte mir das nasse T-Shirt über den Kopf und wühlte in Anders' Seesack nach einem neuen T-Shirt und einer Vliesjacke. Wenn einem kalt ist, macht man dumme Fehler. Anders' Kleider rochen nach Imperial Leather-Seife und Maschinenöl. Der liebe Anders, er lag in Sicherheit im Gilbert-Bain-Hospital, wo sich die forsche Ärztin um ihn kümmerte. »Ich komm dich morgen besuchen«, versprach ich. Seine Jeans würden für mich nicht taugen. Ich angelte nach Thermounterhosen, hebelte mir die Segeltuchschuhe von den Füßen, zog mir vorsichtig die eng an den Beinen anliegenden nassen Jeans aus und schlüpfte in die lange Unterhose. Die trockene Wärme umfing mich wie eine Decke.

Die *Chalida* holperte noch immer in Richtung offene See, der Motor jaulte und klapperte, die Ruderpinne wehrte sich gegen Normans Griff. Dieses Schiff hatte begriffen, dass man es als Geisel genommen hatte. Erst jetzt wurde mir klar, dass ich Norman noch eine wertvollere Geisel geliefert hatte, wenn die Polizei kam. Mein erster instinktiver Gedanke, sofort rauszugehen und ihn anzugreifen, wurde von meinem Verstand überstimmt. Das Schlauchboot würde uns innerhalb weniger Minuten einholen.

Ich riskierte einen Blick nach draußen, durch den Spalt zwischen dem Vorhang und dem Schott. Norman schaute hinter sich auf das näher kommende Schlauchboot, wandte sich dann mit gerunzelter Stirn wieder nach vorn. Er blickte nach links. Da erkannte ich so klar und deutlich wie eine Gezeitenwelle, was er vorhatte: Wenn er die *Chalida* auf den Strand laufen ließ, dann konnte er herunterspringen und rennen, sich den ersten Wagen schnappen, bei dem der Schlüssel steckte, und fliehen. Er dachte natürlich nicht weiter: daran, dass das Nummernschild bekannt sein würde, dass er den Ausweis zeigen musste, um von der Insel zu kommen, ganz gleich, ob mit dem Flugzeug oder mit der Fähre. Jetzt hatte er nur die Flucht im Sinn.

Die Strandlinie raste hinter seinem Kopf vorbei: der Coop, der Baumarkt, der Bootsklub, bis sich das Bild schließlich beruhigte und der Stehende Stein direkt hinter seiner Schulter zu sehen war. Er nahm Kurs auf die andere Seite, zur Halle und zu den Straßen der Sozialsiedlung dahinter. Unterhalb der Halle war ein Kiesstrand, bei Niedrigwasser lagen davor Felsen voller Seetang. Wenn er die *Chalida* mit der Geschwindigkeit auf dieses Ufer jagte, würde es ihr glatt den Kiel wegreißen.

Ich hörte das Schlauchboot näher kommen. Norman schaute sich nicht um. Sein Blick war starr auf das Ufer gerichtet, er biss sich auf die Unterlippe. Er beugte sich herunter und berührte den Ganghebel, um sicher zu sein, dass Höchstgeschwindigkeit eingestellt war. So rasch wie der Hügel hinter ihm verschwand, war der Strand wohl weniger als fünf Minuten entfernt. Das Schlauchboot würde ihn nicht überholen, um dann gerammt zu werden. Die *Chalida* war zweimal so groß. Die Leute würden an Land gehen – selbst in meiner Angst hoffte ich, dass Gavin daran denken würde, den Außenborder anzuheben, damit er nicht auf Grund lief – und Norman schnappen, sobald er von Bord kam.

Ich holte tief Luft. Jetzt nutzte es nichts mehr, im Verborgenen zu bleiben; sobald ich die Kajüte betrat, würde er mich sehen. Ich nahm mir zehn Sekunden, um das Manöver zu durchdenken, rutschte dann von der Koje und stand aufrecht, zu allem bereit. Ich rannte los: Mit der linken Hand schleuderte ich den Vorhang zur Seite, schwang den rechten Fuß über die

Hängeschränke, dann durch die Kajüte, das Sofa auf der einen, den Herd und den Kartentisch auf der anderen Seite.

Norman sah mich, sobald sich der Vorhang bewegte. Sein Mund fiel auf. Er machte einen Schritt zurück, dann schnappte sein Mund zu, und er straffte die Schultern, zum Kampf bereit. Seine Hände verkrampften sich an der Ruderpinne.

Das passte mir gut. Ich ging langsam vorwärts durch die Kajüte. »Du entkommst ihnen nicht, Norman.« Ich hielt meine Augen ruhig auf seine gerichtet. »Es ist nicht nötig, mein Boot auf Grund zu rammen.«

Und dann ließ ich mich blitzschnell neben den Niedergang fallen, packte mit der linken Hand die Motorabdeckung, die gleichzeitig die oberste Stufe war, griff mit der Rechten hinein, um den Hebel zu ziehen, der den Motor stoppen würde, legte mit der Linken den Starthebel um, so dass Norman nicht einfach den Schlüssel drehen und den Motor wieder anlassen konnte.

Das Klunk-Klunk des Motors wurde langsamer. Norman wollte sich nach vorn stürzen, aber in dem Augenblick, wo er die Ruderpinne losließ, begann die *Chalida* wild zu schlingern. Er taumelte vor und musste sich an der Reling festklammern, um nicht kopfüber in die Kajüte zu fallen. Ich hielt den Hebel fest, bis es still geworden war. Dann waren nur noch wir beide an Bord der *Chalida*, und die Wellen klatschten gegen den Schiffskörper. Norman hob den Kopf und schaute mich an. Ehe er eine Bewegung machen konnte, hatte ich schon hochgelangt und das Schiebeschott über meinen Kopf gezogen.

Norman bäumte sich auf wie eine Furie, verfluchte mich immer und immer wieder mit »Scheißschlampe« und schob das Schott zur Seite. Es ging so schwer, dass es ihn um einiges langsamer machte. Ich hatte die Motorabdeckung offen gelassen. Er musste mühsam über den Motorschacht klettern. Bis er endlich unten war, um mich zu packen, war ich längst wieder aus der Vorderluke heraus und an Deck bereit, die graue Gummiwand des Schlauchboots vom weißen Überbau der *Chalida* fernzuhalten. Norman versuchte es nicht an der Luke, sondern kam wieder ins Cockpit zurück. Ich zog mich gerade aufs Vordeck zurück, als zwei Polizisten an Bord kletterten und ihn ergriffen.

»Ein bisschen spät«, sagte ich zu Gavin, der mit kritischem Blick vom Schlauchboot unten hochschaute.

»Im Gegenteil«, erwiderte er, »eine bestens geplante Operation. Du hättest eigentlich nicht auf deinem Boot mitfahren müssen. Du hättest dir das Ganze auch locker vom Strand aus ansehen können.«

»Jemand musste doch den Motor stoppen, damit ihr uns einholen konntet.«

»Ich nehme an, dir ist nicht in den Kopf gekommen, wie sehr uns eine Geisel hätte behindern können?«

»Nicht, ehe es zu spät war«, gab ich zu.

Hinter mir hatten die Polizisten es inzwischen geschafft, Norman ruhigzustellen. Sie hielten ihn fest, als er in das Schlauchboot hinunterstieg, weil die Handschellen ihn behinderten. Ich hörte noch, wie Gavin ihn über die »Rechte des Verhafteten« belehrte, ging fort und startete meinen Motor wieder, ehe wir an den Strand drifteten.

Sonntag, 5. August
  Gezeiten für Brae:

Niedrigwasser	*05.40*	*0,3 m*
Hochwasser	*12.06*	*2,0 m*
Niedrigwasser	*17.48*	*0,5 m*
Hochwasser Montag	*00.10*	*2,2 m*

  Mond abnehmend, erstes Viertel

Am nächsten Morgen wollte ich Anders besuchen. Es war Sonntag, also hatte ich mir eine Mitfahrgelegenheit zur Messe organisiert. Ich ging aber früher los und hoffte, dass irgendein freundlicher Fahrer mich mitnehmen würde. Ich hatte Glück; obwohl über dem größten Teil von Brae und Voe noch die Stille eines gemeinschaftlichen Katers hing, fuhr einer der Kleinbauern, um nach seinen Lämmern zu schauen, knapp hinter dem Bootsklub vorbei in Richtung Voe. Dann nahm mich ein Arbeiter von Sullom Voe mit, dessen Schicht zu Ende war und der nach Lerwick wollte.

Ich ließ mich von ihm an der Tankstelle absetzen, um Trauben und eine große Tafel Schokolade zu kaufen, Anders' Lieblingsschokolade, die weiße von Green and Black. Dann ging ich langsam zum Krankenhaus hinauf. Es war ein Kastenbau aus den sechziger Jahren, hellbraun verputzt, mit weißen Fensterrahmen. Das Gebäude ragte über dem »Sooth Mooth« – der südlichen Hafeneinfahrt nach Lerwick – auf, wo die Fähre nach Aberdeen ein- und auslief, daher der Spitzname »Sooth Moother« – einer, der über die südliche Hafeneinfahrt kommt – für jeden, der nicht in Shetland geboren ist. Im Sonnenschein hatte man hier eine herrliche Aussicht: auf die hohen weißen

Klippen von Noss, um die ständig die Basstölpel kreisten, und dann auf den Meereshorizont (nächster Halt: Norwegen; Anders würde in Richtung Heimat schauen). Vor Noss lag noch der grüne Berg von Bressay, der Insel, die der Wikingerflotte vor der Schlacht von Largs Schutz geboten hatte, ebenso den holländischen Fischern aus dem siebzehnten Jahrhundert, den Heringsschmacks des neunzehnten Jahrhunderts und den Kriegsschiffen beider Weltkriege. Dann war da der Sund mit den Seehunden, die sich auf den Felsen sonnten, und am nächsten das südliche Ende von Lerwick selbst: das Gesundheitszentrum, der Kreisverkehr, der Tesco-Supermarkt aus dem einundzwanzigsten Jahrhundert gleich gegenüber dem grauen Steinturm des Clickimin Broch aus dem zweiten vorchristlichen Jahrhundert.

Die Tür zum Krankenhaus öffnete sich zögerlich, um mich in einen Schwall warmer Luft einzulassen, die nach Reinigungsmitteln roch.

»Ich möchte Anders Johansen besuchen«, sagte ich zu der jungen Frau hinter der Glasscheibe mit der Aufschrift »Empfang«. »Er ist gestern eingeliefert worden. Er liegt auf Station 1.«

»Station 1«, antwortete sie. »Das ist im ersten Stock – einfach den Schildern folgen.«

Ich lief durch die blassgrünen Flure mit ihren Fotos und Gemälden, zumeist von Shetland, als könnten die Patienten möglicherweise vergessen, wo sie waren, dann die hallende Treppe hinauf und auf die Station.

Ich weiß nicht, was ich erwartet hatte: Anders, der so aussah, wie ich ihn zuletzt gesehen hatte, die Farbe völlig aus seinem Gesicht gewichen, die Züge starr vor unterdrückten Schmerzen, bandagiert, gefesselt an Schläuche mit scharlachrotem Blut und farblosen Salzlösungen. Es war ein Schock, ihn, aufrecht an ein Kissen gelehnt, am Fenster sitzen zu sehen, das Gesicht in Richtung Station gewandt. Das einzige Anzeichen für seine Verletzung war der Verband um seine Schulter. Er hatte wieder Farbe im Gesicht und war entspannt und lächelte – er hatte offensichtlich gerade einen Witz mit der jungen Krankenschwester in dem hellblauen Kittel gemacht, denn sie tadelte ihn mit gespielter Strenge. Ein seltsames Ziehen, das ich lieber nicht benennen wollte, umklammerte mit rauen Fingern mein Herz. Anders war jünger als ich und sah so gut aus; ich hatte eine Narbe auf der Wange, und meine Garderobe bestand aus Jeans und Segelklamotten.

Dann drehte er den Kopf und sah mich. Sein Gesicht leuchtete auf; er ging gleich zu Norwegisch über, vergaß die hübsche Krankenschwester. »Cass! Ich freu mich so, dich zu sehen. Du konntest Ratte wohl nicht mitbringen, nehme ich an, aber kommt sie ohne mich klar?«

Ich legte ihm meinen Beitrag zu seinen fünf Portionen Obst und Gemüse am Tag auf den Schoß und stellte seinen Seesack mit einer Auswahl sauberer Kleidung auf den Boden. »Sie vermisst dich. Sie verzieht sich entweder in ihr Nest oder hält nach dir Ausschau.«

Er streckte seine braune Hand aus, und ich legte meine hinein. Seine Finger schlossen sich warm um meine. Ich schaute hinunter auf die glatte Haut, die schwachen blauen Venen, die über den Handrücken liefen. Die Farbe und Gestalt der beiden Hände passte zusammen. Ich konnte ihm nicht ins Gesicht schauen.

»Wie geht es dir?«

»Ich habe Schmerzen. Aber die Ärztin sagt, es ist nichts Ernstes, der Muskel und das Schulterblatt werden heilen, und das Horn ist nicht zu tief eingedrungen. Der Stier hat mich in die Luft geschleudert, nicht aufgespießt.«

Erleichterung überkam mich. »Gut. Ich habe mir wegen deines Arms Sorgen gemacht.«

»Und dir geht es auch gut?«, fragte er. »Der Stier hat dich nicht erwischt? Ich habe es gestern nicht geschafft, danach zu fragen.«

»Du bist ein Held«, scherzte ich. »Du hast mich und Kirsten aus dem Weg gestoßen. Steht alles auf der Nachrichten-Website von Shetland. Ich hätte meinen Laptop mitbringen sollen, um es dir zu zeigen.«

»Und gestern Abend? Ich hab mir Sorgen um dich gemacht.« Da schaute ich auf. Seine Augen hatten das Blau des Meeres vor dem Fenster hinter ihm, waren von langen blonden Wimpern umrahmt. »Mir hat der Gedanke gar nicht gefallen, dass du auf der *Chalida* allein warst. Der Mörder hätte doch denken können, dass du ihn identifizieren kannst.«

»Hat er«, sagte ich und vergaß meine Schüchternheit, als ich ihm das Ende der Geschichte erzählte. »Zum Glück ist die *Chalida* nicht auf Grund gelaufen«, schloss ich, »sie ist also in Ordnung. Den Jungen haben sie im Polizeiauto weggebracht, und ich habe nichts mehr von ihm gehört.« Die arme Kirsten. Wenn sie aufwachte, würde die zweite Katastrophe auf sie warten.

»Aber die Hilfstruppen waren die ganze Zeit da. Dein Polizist.«

»Der auch.« Ich lächelte. »Er war nicht besonders erfreut, dass ich es riskiert hatte, als Geisel genommen zu werden.«

Anders schnaubte. »Eine Landratte. Ich hätte das genauso gemacht wie du.« Er verzog das Gesicht. »Ich habe mit meinen Eltern telefoniert, heute Morgen, sobald ich wach genug war. Sie kommen heute mit dem Flugzeug, und sie wollen, dass ich mit nach Hause fliege.«

»Du musst dich eine Weile ausruhen«, stimmte ich zu.

»Ich kann Ratte nicht im Flugzeug mitnehmen.« Seine Hand umklammerte meine fester. »Du könntest mich doch an Bord der *Chalida* gesund werden lassen.«

Ich dachte einen Augenblick darüber nach. Ich konnte es mir so sehr gut vorstellen, dass wir unser Zigeunerleben fortsetzten, Mahlzeiten zu den seltsamsten Zeiten aßen, Abende miteinander verbrachten, während die Laterne ihren Kerzenschimmer über uns verbreitete. Dann, wenn er wieder genesen war, ehe der Winter einsetzte, konnten wir das College und die regelmäßige Arbeit vergessen und auf Abenteuertour gehen, hinüber in die Karibik segeln, wo das warme Wasser aquamarinblau über den gelben Sand strömte und die Nachtsterne so niedrig am Himmel hingen, dass man meinte, die Hand nach ihnen ausstrecken und sie berühren zu können. Wir waren zwei vom gleichen Schlag, Anders und ich. Die Selkie-Frau hätte bei ihresgleichen bleiben sollen, anstatt es mit dem Leben an Land zu versuchen. Außer dass ich das bereits versucht hatte, mit Alain, und es hatte nicht funktioniert. Diesen Sohn würde ich seinen Eltern nicht stehlen.

»Natürlich würde ich das machen«, antwortete ich, »aber ich glaube, dir wird es zu Hause besser gehen, in einem sauberen Bett, mit richtigen Laken und einer Dusche nebenan.«

Anders schnitt eine Grimasse. »Und mit regelmäßigen Mahlzeiten und meiner Mutter, die alles beobachtet, und den Nachbarn, die zu Besuch kommen.«

»Manchmal braucht man das.«

»Und du kümmerst dich um Ratte, bis ich zurückkomme und sie hole?«

»Ich bringe Ratte nach Bergen«, versprach ich. »Beim ersten günstigen Wind bringe ich sie rüber.« Ich zog meine Hand aus seiner und stand auf. »Du sieh zu, dass du gesund wirst. Kann ich dir irgendwas in der Stadt besorgen?«

Er schüttelte den Kopf. »Allerdings habe ich das Krankenhausessen noch nicht probiert.«

»Also, wenn ich dich nicht vorher sehe, dann sehen wir uns in Bergen.« Ich beugte mich vor, um ihn auf die Wange zu küssen, aber er drehte, wie ich es gewusst hatte, den Kopf, und sein Mund fand meinen, warm und innig. Mir wurde ganz schwindlig, als ich merkte, wie ich darauf reagierte. Es war doch nur ein Kuss. Doch dann riss ich mich von ihm los, obwohl ich mich eigentlich noch weiter vorlehnen wollte, neben seinem Bett hinkauern wollte, so dass wir einander umarmen konnten, einander nie loslassen würden. Ich versuchte, die Sache lässig anzugehen.

»Pass weiter auf dich auf. Wenn der Wetterbericht gut ist, sehe ich dich in ein paar Tagen.«

Ich wandte mich um, als ich aus dem Zimmer ging. Er lehnte an den makellosen Kissen und lächelte.

Ich hatte noch jede Menge Dinge zu erledigen, ehe ich losfahren konnte. Sowohl der Kurzzeit- als auch der Langzeitwetterbericht waren gut. Ich konnte morgen lossegeln, mit einem südlichen Wind der Stärke 4–5, der mir in beide Richtungen einen schnellen Raumschotkurs ermöglichen würde. Einen Tag würde ich bis zu den Outer Skerries brauchen, dann würde eine Überfahrt von 32 Stunden folgen. Später sollte uns ein Tiefdruckgebiet erreichen, mit Orkanwinden und Regen. Ich musste mich jetzt gleich auf den Weg machen, sonst würde ich es gar nicht machen. Vielleicht war es auch ganz gut so. Wenn ich Anders das nächste Mal sah, würde er wieder der Sohn seiner Mutter sein, bandagiert, sauber gewaschen, nicht tauglich für Abenteuer, sicher unter ihrem mütterlichen Auge. Meine Rückkehr würde im Schoß der Wettergötter liegen.

Ich schickte ihm eine SMS: *Wetter jetzt gut. Wir sehen uns in Bergen.*

Ich hatte eigentlich noch eine Woche lang Segelunterricht zu geben, aber zwei, drei Telefonate reichten, und die anderen Lehrer übernahmen meine Stunden. Ich überprüfte die Takelage der *Chalida*, versicherte mich, dass die Selbststeueranlage ordentlich funktionierte. Ich ging alle Backskisten durch und machte Listen, welche Vorräte ich für die Reise brauchte. Ich verstaute sämtliche losen Gegenstände und klappte den kleinen Tisch weg. Ratte beobachtete mich mit intelligenten Augen; sie wusste, was wir machten. Ich hoffte, dass Kater auf seiner ersten richtigen Seereise nicht seekrank werden würde. Noch eine Autofahrt zum Laden, und wir waren seeklar.

Ich hatte gerade meine Seekarte der Nordsee aufgefaltet, die Gezeitentabellen, Bleistift und Papier auf den Tisch gelegt, als ich Schritte auf dem Ponton hörte. Ratte schaute hoffnungsfroh, tauchte dann in der Vorpiek ab, als Gavins Stimme meinen Namen rief. Ich stand auf und streckte den Kopf zur Luke hinaus. »Ich wollte gerade das Wasser aufsetzen. Komm an Bord.«

Er schwang sich über die Reling. »Ich kann nicht lange bleiben. Mein Flug geht um 18.20 Uhr.« Er kam in die Kajüte hinunter. Ich räumte mein schweres Ölzeug ins Vorschiff.

»Setz dich.«

Gavin schob das Kissen zwischen seinen Rücken und das Holzregal der *Chalida* und lehnte sich zurück, schaute auf die ausgebreiteten Karten, die stromlinienförmige graue Selbststeueranlage. Schweigen senkte sich herab, als ich den Kaffee machte, nur teilweise das gemütliche Schweigen unter Freunden. Ich war mir seiner körperlichen Präsenz zu sehr bewusst. Anders hatte einmal gesagt: *Du weißt doch, wie das ist, wenn man am Ende einer Seereise in einer Gruppe was unternimmt und sich anfreundet, na ja, dann wird man vielleicht für jene letzte Nacht ein Liebespaar. Sogar du, Cass, die Einzelgängerin.*

Plötzlich war ich nicht mehr Cass, die Einzelgängerin. Wir hatten das Ende dieser Seereise erreicht, und ich konnte Gavin nicht ins Gesicht schauen. Stattdessen beobachtete ich seine Hände, die Hände eines Bauern, wettergebräunt und kräftig, aber schön in ihrer Geschicklichkeit. Es waren Hände, die Schafe in die Höhe hoben und Zäune reparierten. Landhände, die eine Selkie-Frau am Ufer festhalten würden. Ich vermied es, seine Finger zu berühren, als ich ihm die Henkeltasse reichte, die nun schon beinahe seine war, und hielt vorsichtigen Abstand, als ich mich hinsetzte. »Was für Neuigkeiten gibt's?«

»Sie haben Madge in Bergen geschnappt – allerdings nur, weil ein Polizist mit scharfen Augen gesehen hat, dass sie eine Frau allein auf einem Motorboot der richtigen Machart war.

Sie muss wohl ihre Verkleidung schon an Bord gehabt haben: eine lange, dunkelhaarige Perücke mit passenden Brauen und Wimpern, Schuhe, die sie fünf Zentimeter größer machten, und Kleider, in denen sie schlank und nicht mollig aussah. Die Kunstgegenstände, die an Bord verstaut waren, haben sie allerdings verraten. Deine Vermutung, dass die beiden Frauen Schwestern waren, hat hundert Prozent gestimmt. Madge behauptet natürlich steif und fest, sie wäre völlig unschuldig in Davids und Sandras zwielichtige Geschäfte hineingezogen worden. Die beiden haben sich über sie kennengelernt, sich verliebt und hätten diesen Plan ausgeheckt. David hatte bereits mit Olaf Geschäfte gemacht, und sie beschlossen, seine Verbindung zu Brian auszunutzen, um Informationen über die Sicherheitsvorkehrungen in Häusern zu bekommen, die sie vielleicht ausrauben wollten. Sandra konnte natürlich über Peter alles Mögliche über Drogenhändler in Erfahrung bringen, und sie hat mit denen verhandelt, während David den eigentlichen Verkauf weiter delegierte. Ein sehr schönes, gewinnbringendes Projekt.«

»Und haben sie sich absichtlich so ungeschickt angestellt?«

»Allerdings. Sandra hatte vor, einfach irgendwohin in Urlaub zu fahren, aber Peter bestand darauf, nach Shetland hinaufzusegeln, hatte dabei speziell diese Einbruchdiebstähle im Hinterkopf. Da bekam David es mit der Angst zu tun und entschied, dass Peter verschwinden müsse. Wenn sich jemand in Newcastle Sorgen um ihn machte, nun, dann hatte Sandra ja ihr Handy und konnte den eine Weile beruhigen – und sobald ein angemessen schlimmer Sturm vorhergesagt wurde, würde sie einen letzten Anruf von diesem Mobiltelefon aus machen und es dann über Bord werfen. Inzwischen würden Sandra und David längst im Ausland leben. Falls es weitere Untersuchungen geben würde, na ja, dann könnte man vielleicht zu dem Schluss kommen, dass Peter etwas aufgedeckt hatte und dass die Verbrecher sie beide aus dem Weg geschafft hatten. Und

Norman ist natürlich noch nicht volljährig.« Er schaute auf die Seekarte, die auf dem Tisch ausgebreitet lag. »Wohin soll es gehen?«

Ich hob die Karte hoch, um es ihm zu zeigen. »Nach Bergen. Ich muss Ratte zu Hause abliefern.«

»Anders nimmt die etwas konventionellere Route?«

»Im Flugzeug, mit seinen Eltern.«

Ich spürte, wie er sich von mir zurückzog. »Also gibst du deine Collegepläne auf.«

»Nein«, antwortete ich mit Vehemenz. Ich breitete meine Hände aus, versuchte Gedanken heraufzubeschwören, die ich nicht recht aussprechen konnte. »Ich weiß nicht, ob ich da reinpasse oder nicht, aber ich muss erwachsen werden. Ich kann nicht mein Leben lang ein Hippie ohne festen Plan bleiben.«

»Manche Leute machen das.«

»Ich will es aber nicht.«

Er lächelte. »Das ist was anderes.«

»Jetzt habe ich ein Wetterfenster. Ich bringe Ratte rüber und komme zurück, sobald ich kann.«

Seine grauen Augen ruhten auf meinem Gesicht. »Was ist mit Anders?«

»Ich komme zurück«, antwortete ich. »Was er vorhat, weiß ich nicht.« Das war nicht ganz das, was er gefragt hatte, und er begriff das. Er schüttelte den Kopf.

»Für eine Frau, die ihr Leben im Griff hat, überlässt du die Initiative aber sehr den anderen.«

»Dieser Teil meines Lebens ist mir immer schon schwergefallen«, gestand ich.

»Wenn du aus Bergen zurückkommst, ruf mich an.«

»Ich komme zurück«, versprach ich.

LESEPROBE

EINS
9. April 1995
An der Küste von Oregon

Wenn ich in meinem langen Leben eines gelernt habe, dann ist es Folgendes: In der Liebe finden wir heraus, wer wir sein wollen; im Krieg finden wir heraus, wer wir sind. Heutzutage wollen die jungen Leute alles über jeden wissen. Sie denken, über ein Problem zu reden wäre schon die Lösung. Ich stamme aus einer schweigsameren Generation. Wir haben verstanden, welchen Wert das Vergessen hat, wie verlockend es ist, sich neu zu erfinden.

In letzter Zeit allerdings ertappe ich mich dabei, wie ich an den Krieg denke und an meine Vergangenheit, an die Menschen, die ich verloren habe.

Verloren.

Das klingt, als hätte ich meine Liebsten irgendwo verlegt; sie vielleicht an einem Ort zurückgelassen, an den sie nicht gehören, und mich dann abgewendet, zu verwirrt, um wieder zu ihnen zurückzufinden.

Aber sie sind nicht verloren. Und auch nicht an einem besseren Ort. Sie sind tot. Heute, wo ich das Ende meines Lebens vor mir sehe, weiß ich, dass sich Trauer ebenso wie Reue tief in uns verankert und für immer ein Teil von uns bleibt.

Ich bin in den Monaten seit dem Tod meines Mannes und meiner Diagnose sehr gealtert. Meine Haut erinnert an knittriges Wachspapier, das jemand zum Wiedergebrauch glattstreichen wollte. Meine Augen lassen mich häufig im Stich – bei Dunkelheit, im Licht von Autoscheinwerfern oder wenn es regnet. Diese neue Unzuverlässigkeit meiner Sehkraft ist nervtötend. Vielleicht schaue ich deshalb in die Vergangenheit zurück. Die Vergangenheit besitzt eine Klarheit, die ich in der Gegenwart nicht mehr erkennen kann.

Ich stelle mir gern vor, dass ich Frieden finde, wenn ich gestorben bin, dass ich all die Menschen wiedersehe, die ich geliebt und verloren habe. Dass mir zumindest verziehen wird.

Aber ich weiß es besser.

Mein Haus, das von dem Holzbaron, der es vor mehr als hundert Jahren erbaute, *The Peaks* getauft wurde, steht zum Verkauf, und ich bereite meinen Umzug vor, wie mein Sohn es für richtig hält.

Er versucht, sich um mich zu kümmern, mir zu zeigen, wie sehr er mich liebt in dieser schweren Zeit, und deshalb lasse ich mir seine übertriebene Fürsorge gefallen. Was kümmert es mich, wo ich sterbe? Denn darum geht es im Grunde. Es spielt keine Rolle mehr, wo ich wohne. Ich packe das Strandleben von Oregon, zu dem ich mich vor beinahe fünfzig Jahren hier niedergelassen habe, in Kartons. Es gibt nicht viel, was ich mitnehmen will. Doch eine Sache unbedingt.

Ich greife nach dem von der Decke hängenden Griff, mit dem die Speichertreppe heruntergezogen wird. Die Stufen falten sich von der Decke wie der Arm eines Gentlemans, der die Hand ausstreckt.

Die leichte Treppe schwankt unter meinen Füßen, als ich in den Speicher hinaufsteige, in dem es nach Staub und Schimmel riecht. Über mir hängt eine einsame Glühbirne. Ich ziehe an der Schnur.

Es sieht aus wie im Frachtraum eines alten Dampfers. Die Wände sind mit breiten Holzplanken verkleidet, Spinnweben schimmern silbrig in den Winkeln und hängen in Strähnen von den Fugen zwischen den Planken herunter. Das Dach ist so steil, dass ich nur in der Mitte des Raums aufrecht stehen kann.

Ich sehe den Schaukelstuhl, in dem ich saß, als meine Enkel klein waren, dann ein altes Kinderbettchen und ein zerschlissenes Schaukelpferd auf rostigen Federn und den Stuhl, den meine Tochter gerade neu lackierte, als sie von ihrer Krankheit erfuhr. An der Wand stehen mit *Weihnachten*, *Thanksgiving*, *Ostern*, *Halloween*, *Geschirr* oder *Sportsachen* beschriftete Kartons. Darin sind Dinge, die ich nicht mehr oft benutze, von denen ich mich aber dennoch nicht trennen kann. Mir einzugestehen, dass ich zu Weihnachten keinen Baum schmücken werde, ist für mich wie aufzugeben, und im Loslassen war ich noch nie gut. Hinten in der Ecke steht, was ich suche: ein alter, mit Aufklebern gespickter Überseekoffer.

Mit einiger Anstrengung zerre ich den schweren Koffer in die Mitte des Speichers, direkt unter die Glühbirne. Ich hocke mich daneben, habe jedoch prompt solche Schmerzen in den Knien, dass ich mich auf den Hintern gleiten lasse.

Zum ersten Mal seit dreißig Jahren hebe ich den Deckel des Koffers. Der obere Einsatz ist voller Andenken an die Zeit, in der meine Kinder klein waren. Winzige Schuhe, Handabdrücke auf Tonscheiben, Buntstiftzeichnungen, die von Strichmännchen und lächelnden Sonnen bevölkert werden, Schulzeugnisse, Fotos von Tanzvorführungen.

Ich hebe den Einsatz aus dem Koffer und stelle ihn neben mir ab.

Die Erinnerungsstücke auf dem Boden des Koffers liegen wild durcheinander: mehrere abgegriffene ledergebundene Tagebücher; ein Stapel alter Postkarten, der mit einem blauen Satinband zusammengebunden ist; ein Karton mit einer eingedrückten Ecke; eine Reihe schmaler Gedichtbändchen von Julien Rossignol und ein Schuhkarton mit Hunderten Schwarzweißfotos.

Ganz oben liegt ein vergilbtes Stück Papier.

Meine Finger zittern, als ich es in die Hand nehme. Es ist eine *carte d'identité*, ein Ausweis aus dem Krieg. Das Bild im Passfotoformat. Eine junge Frau. *Juliette Gervaise.*

»Mom?«

Ich höre meinen Sohn auf der knarrenden Holztreppe, Schritte, die mit meinem Herzschlag übereinstimmen. Hat er schon vorher nach mir gerufen?

»Mom? Du solltest nicht hier oben sein. Mist. Die Stufen sind wacklig.« Er kommt zu mir. »Ein Sturz und ...«

Ich berühre sein Hosenbein, schüttle langsam den Kopf. Ich kann den Blick nicht heben. »Nicht«, ist alles, was ich sagen kann.

Er geht in die Hocke, setzt sich zu mir. Ich rieche sein Aftershave, dezent und würzig, und auch eine Spur Rauch. Er hat heimlich draußen eine Zigarette geraucht, eine Gewohnheit, die er vor Jahrzehnten aufgegeben und nach meiner Diagnose vor kurzem wieder angenommen hat. Es besteht kein Grund, meine Missbilligung zu äußern. Er ist Arzt. Er weiß es selbst.

Instinktiv will ich den Ausweis in den Koffer zurückwerfen und den Deckel zuklappen, ihn wieder verstecken. Wie ich es mein Leben lang getan habe.

Doch jetzt sterbe ich. Vielleicht nicht schnell, aber auch nicht gerade langsam, und ich sehe mich gezwungen, auf mein Leben zurückzuschauen.

»Mom, du weinst ja.«

»Wirklich?«

Ich will ihm die Wahrheit sagen, aber ich kann es nicht. Es macht mich verlegen, und es beschämt mich, dieses Versagen. In meinem Alter sollte ich mich vor nichts mehr fürchten – und ganz bestimmt nicht vor meiner eigenen Vergangenheit.

Ich sage nur: »Ich will diesen Koffer mitnehmen.«

»Der ist zu groß. Ich packe die Sachen, die du haben willst, in eine kleinere Schachtel.«

Ich lächle bei seinem Versuch, mich zu kontrollieren. »Ich liebe dich, und ich bin wieder krank. Aus diesen Gründen habe ich mich von dir bevormunden lassen, aber noch bin ich nicht tot. Ich will diesen Koffer mitnehmen.«

»Wozu sollen dir denn die Sachen nützen, die da drin sind? Das sind doch nur unsere Zeichnungen und solches Zeug.«

Wenn ich ihm die Wahrheit längst erzählt oder wenigstens mehr getanzt, getrunken und gesungen hätte, wäre er vielleicht imstande gewesen, *mich* zu sehen statt einer verlässlichen, normalen Mutter. Er liebt eine Version von mir, die nicht vollständig ist. Ich dachte immer, das wäre es, was ich wollte: geliebt und bewundert zu werden. Doch jetzt denke ich, dass ich in Wahrheit richtig gekannt werden will.

»Betrachte es als meinen letzten Willen.«

Ich sehe ihm an, dass er sagen will, ich solle nicht so reden, aber er befürchtet, seine Stimme könnte schwanken. Er räuspert sich. »Du hast es schon zweimal geschafft. Du schaffst es wieder.«

Wir wissen beide, dass das nicht stimmt. Ich bin zittrig und schwach. Ohne medizinische Hilfe kann ich weder essen noch schlafen. »Natürlich schaffe ich es.«

»Ich will doch nur, dass du gut aufgehoben bist.«

Ich lächle. Amerikaner können dermaßen naiv sein.

Früher habe ich seinen Optimismus geteilt. Ich habe gedacht, die Welt sei ein sicherer Ort. Aber das ist schon sehr lange her.

»Wer ist Juliette Gervaise?«, fragt Julien, und es versetzt mir einen kleinen Schock, ihn diesen Namen aussprechen zu hören.

Ich schließe die Augen, und in der Dunkelheit, die nach Schimmel und längst vergangenem Leben riecht, schweifen meine Gedanken zurück in einem weiten Bogen, der über Jahre und Kontinente hinwegreicht. Gegen meinen Willen – oder vielleicht ihm zufolge, wer kann das wissen? – erinnere ich mich.

ZWEI

*In ganz Europa gehen die Lichter aus,
wir alle werden sie zu unseren Lebzeiten
nie wieder leuchten sehen.*
SIR EDWARD GREY ZUM ERSTEN WELTKRIEG

August 1939
FRANKREICH

Vianne Mauriac trat aus ihrer kühlen Küche in den Vorgarten. An diesem schönen Sommermorgen im Loiretal stand alles in Blüte. Weiße Bettlaken flatterten in der Brise, und üppig blühende Kletterrosen entlang der Steinmauer, die ihr Grundstück vor Blicken von der Straße verbarg, boten einen fröhlichen Anblick. Geschäftige Bienen summten zwischen den Blüten, und von weit her hörte Vianne das pochende Stampfen eines Zuges und dann das bezaubernde Lachen eines kleinen Mädchens.

Sophie.

Vianne lächelte. Ihre achtjährige Tochter rannte vermutlich durchs Haus und scheuchte ihren Vater herum, während sie sich für das Samstagspicknick fertig machten.

»Deine Tochter ist ein Tyrann«, sagte Antoine, der an der Tür aufgetaucht war.

Er kam zu ihr, sein pomadisiertes Haar glänzte schwarz in der Sonne. Am Morgen hatte er an seinen Möbeln gearbeitet – einen Stuhl abgeschmirgelt, dessen Oberfläche schon so glatt war wie Satin –, und eine zarte Schicht Holzstaub lag auf seinem Gesicht und seinen Schultern. Er war ein großer Mann, hochgewachsen und breitschultrig, mit kräftigen Gesichtszügen und so starkem Bartwuchs, dass er sich zweimal am Tag rasieren musste.

Er legte seinen Arm um sie und zog sie an sich. »Ich liebe dich, Vianne.«

»Ich liebe dich auch.«

Das war das Fundament ihres Daseins. Sie liebte alles an diesem Mann. Sein Lächeln, die Art, wie er im Schlaf murmelte, nach einem Niesen lachte oder unter der Dusche Opernarien sang.

Sie hatte sich fünfzehn Jahre zuvor in ihn verliebt, auf dem Schulhof, noch bevor sie überhaupt wusste, was Liebe war. Das erste Mal hatte sie in jeder Hinsicht mit ihm erlebt: den ersten Kuss, die erste Liebe, die erste Liebesnacht. Vor ihm war sie ein mageres, linkisches, unsicheres Mädchen gewesen, das zum Stottern neigte, wenn es eingeschüchtert war, was sehr oft vorkam.

Ein mutterloses Mädchen.

Du bist jetzt erwachsen, hatte der Vater zu Vianne gesagt, als er nach dem Tod ihrer Mutter mit ihr auf dieses Haus zugegangen war. Sie war vierzehn Jahre alt gewesen, die Augen vom Weinen verquollen, ihre Trauer unermesslich. Unversehens hatte sich dieses Haus vom Sommerhaus der Familie in eine Art Gefängnis verwandelt. Maman war weniger als zwei Wochen tot, als Papa seine Rolle als Vater aufgab. Bei ihrer Ankunft hier hatte er nicht ihre Hand gehalten oder ihr seine Hand auf die Schulter gelegt, er hatte ihr nicht einmal ein Taschentuch gegeben, mit dem sie sich die Tränen von den Wangen wischen konnte.

Aber ich bin doch noch ein Mädchen, hatte sie gesagt.
Jetzt nicht mehr.
Sie hatte zu ihrer jüngeren Schwester hinuntergesehen, Isabelle, die mit vier Jahren immer noch am Daumen lutschte und nichts von dem ganzen Geschehen begriff. Isabelle fragte in einem fort, wann Maman nach Hause käme.
Als die Tür geöffnet wurde, hatten sie eine große, dürre Frau vor sich, mit einer Nase wie ein Zapfhahn und Augen, die so klein und dunkel waren wie Rosinen.
Sind das die Mädchen?, hatte die Frau gefragt.
Ihr Vater nickte.
Sie werden keine Schwierigkeiten machen.
Es war so schnell gegangen. Vianne hatte es gar nicht richtig verstanden. Ihr Vater gab die Töchter ab wie einen Beutel Schmutzwäsche und ließ sie mit einer Fremden zurück. Der Altersunterschied zwischen den Schwestern war so groß, als kämen sie aus unterschiedlichen Familien. Vianne hatte Isabelle trösten wollen – jedenfalls hatte sie das vorgehabt –, aber ihre Trauer war so übermächtig, dass sie sich um niemand anders sorgen konnte, erst recht nicht um ein so eigensinniges und ungeduldiges und lautes Kind wie Isabelle. Vianne erinnerte sich noch gut an die ersten Tage damals in diesem Haus. Isabelle schrie immerzu, und Madame versohlte ihr den Hintern. Vianne hatte ihre Schwester angefleht, immer wieder gesagt: *Mon Dieu, Isabelle, hör auf zu kreischen. Tu einfach, was sie sagt.* Doch selbst mit vier Jahren war Isabelle nicht zu bändigen.
All das hatte Vianne ans Ende ihrer Kräfte gebracht – die Trauer um ihre Mutter, der Schmerz, von ihrem Vater verlassen worden zu sein, der plötzliche Wechsel ihrer Lebensumstände und Isabelles gefühlsbeladene, hilfsbedürftige Einsamkeit.
Es war Antoine, der Vianne rettete. In diesem ersten Sommer nach dem Tod ihrer Mutter wurden die beiden unzertrennlich. Mit ihm fand Vianne einen Ausweg. Kaum sechzehn, war sie

schwanger, mit siebzehn war sie verheiratet und die Herrin von Le Jardin. Zwei Monate später hatte sie eine Fehlgeburt und verlor sich eine Zeitlang. Man konnte es nicht anders nennen. Sie verkroch sich in ihren Kummer, spann sich in einen Kokon ein, außerstande, sich um irgendetwas oder irgendjemanden zu kümmern – und ganz bestimmt nicht um eine bedürftige, jammernde kleine Schwester.

Aber das waren alte Geschichten. Nicht die Art Erinnerungen, die sie an einem so wunderschönen Tag haben wollte.

Sie lehnte sich an ihren Mann, während ihre Tochter auf sie zurannte und verkündete: »Ich bin fertig. Lasst uns losgehen.«

»Nun«, sagte Antoine grinsend, »die Prinzessin ist bereit, also müssen wir uns in Bewegung setzen.«

Vianne ging lächelnd ins Haus zurück und nahm ihren Hut von dem Haken neben der Tür. Mit ihrem rotblonden Haar, der zarten Porzellanhaut und Augen, die so blau waren wie das Meer, hatte sie sich schon immer vor der Sonne geschützt. Bis sie den breitrandigen Strohhut aufgesetzt und ihre Spitzenhandschuhe und den Picknickkorb zusammengesucht hatte, waren Sophie und Antoine schon vor dem Tor.

Vianne ging zu ihnen auf die unbefestigte Landstraße hinaus, die an ihrem Haus vorbeiführte. Sie war kaum breit genug für ein Auto. Dahinter erstreckten sich weite Heuwiesen, hier und da von grünen Flecken durchsetzt, auf denen roter Klatschmohn und blaue Kornblumen wuchsen. Zwischen den Wiesen lagen kleine Wäldchen. In diesem Abschnitt des Loiretals wurde mehr Grünfutter als Wein angebaut. Obwohl nur knapp zwei Zugstunden von Paris entfernt, befand man sich in einer vollkommen anderen Welt. Nur wenige Touristen verirrten sich hierher, nicht einmal im Sommer.

Gelegentlich rumpelte ein Auto vorbei, ein Radfahrer oder ein Ochsenkarren, meist aber war die Straße verlassen. Sie wohnten etwa anderthalb Kilometer von Carriveau entfernt, einem Städtchen mit weniger als tausend Einwohnern, das vor allem als Station der Pilger auf den Spuren Jeanne d'Arcs Bedeutung hatte. Hier gab es keine Industrie und wenig Arbeit – bis auf die paar Stellen auf dem Flugplatz, der den ganzen Stolz Carriveaus bildete. Es war der einzige Flugplatz in weitem Umkreis.

In der Stadt wanden sich enge Pflasterstraßen zwischen uralten Kalksteinhäusern hindurch, die krumm und schief aneinanderlehnten. Mörtel bröckelte aus den Mauern, Efeu verdeckte den Verfall, der zwar nicht zu sehen, doch überall zu spüren war. Das Städtchen war über Hunderte von Jahren aus krummen Straßen, schiefen Treppen und verwinkelten Sackgassen zusammengeschustert worden. Bunte Farben belebten das Dunkel des Mauerwerks: Rote Markisen leuchteten über schwarzen Metallgestängen, Geranien in Tontöpfen über schmiedeeisernen Balkongeländern. Überall zog etwas den Blick an: das Schaufenster mit pastellfarbenen *macarons*, grob geflochtene Weidenkörbe voller Käse, Schinken und *saucissons*, Stiegen mit schimmernden Tomaten, Auberginen und Gurken. Die Cafés waren an diesem Sonnentag gut besucht. Männer saßen um Metalltischchen, tranken Kaffee, rauchten selbstgedrehte braune Zigaretten und diskutierten lautstark.

Ein typischer Tag in Carriveau. Monsieur LaChoa fegte die Straße vor seinem Bistro, Madame Clonet putzte das Fenster ihres Schuhladens, und ein paar halbwüchsige Jungen schlenderten Schulter an Schulter durch die Stadt, kickten ab und zu Unrat von der Straße und reichten sich untereinander eine Zigarette weiter.

Hinter der Stadt bogen Vianne, Antoine und Sophie Richtung Fluss ab. An einer flachen grasbewachsenen Stelle am Ufer stellte Vianne ihren Korb ab und breitete im Schatten eines Kastanienbaums eine Decke aus.